永樂王朝

上卷

金陵歸燕

作者 宋福聚・夏明亮

自序

嘗試著在黃塵古道上走得更遠

穿越久遠的時空，悠悠古道上黃塵已然湮沒，然而千年如夢依舊縈繞不散。恍然驚起中，幾樹枯藤上昏鴉凋零。

漫步書林，徜徉於碑痕殘存的歷史古道上，目力所及，或見悲愴，或見歡欣，或見纏綿，或見情絕，或見君子，或見小人，或見情誼，或見勾心，或見慶幸與生，或見惶懼於死，林林總總，不一而足。所見既多，常想若能擷取英華展示於大眾，使居於喧囂都市的人們閒暇之餘審視一番先祖的塵跡，未嘗不是一次心靈的愉悅與充實。

本著這種意願，我們在塵封的歷史中沙裡淘金，《永樂王朝》上下卷，正是我們經年努力的結果。有明一代，永樂最盛。然其開端之離奇，中間之紛爭，結尾之哀婉，可書者太多！作者不揣淺陋，志於將那段悠遠歲月生動地再現與讀者面前，上至宮廷，下到民間，大盜竊國，小盜竊鈎，王侯風範，百姓情感，悉數盡攬。務求《清明上河圖》式全景再現，雖力不能逮，然而志向有之。

中華文化，源源流長，歷朝歷代，無不由泣血和歡淚滙為歷史長河。那是曾經發生過的真實故事，牽動著難以計數的血肉之軀和纖纖情愫。我們從中走過來，也會融入未來的歷史中，細細想來，那將是一件多麼值得深刻思索和玩味的事情。歷史小說的魅力與努力追求的境界，也正是如此吧。

隆隆的雷聲劃過窗外，陰沉沉的天空即將落雨。有人匆忙地跑過，嬉笑聲打破我的沉思，將我拉回到現實世界中。回想整個寫作過程，寒暑交替間，我們竟走過了一個完整的王朝，這是一次多麼妙不可言的旅行！沿途奇花異石，奇情異事，真有流連忘返之感。是的，我們注定將生活在現實中，然而歷史仍然不容忘記。

子不嫌母醜，母亦不棄子陋，如捧親生嬰孩一般，我們將其小心翼翼地奉於讀者面前。我們講述的這段歷史，是我們曾經走過的一個王朝，這裡有人有情，有愛有恨，有美德有邪惡，有借鑑有揚棄，是我們先輩敲響洪鐘的餘音。

打開書頁，那是一個別樣而真實的世界。

宋福聚

二〇〇四．〇八．〇一

第一章

春霧淒清

春霧淒清

風塵古道望如夢

其實已經是春天了，然而廣袤無垠的北方原野仍然固執地留在嚴冬中。凜冽的寒風夾雜著細密雪沙抽打在突兀的枯枝上，瑟瑟發抖。蒼穹此刻顯得比平時要小，灰濛濛地倒扣在頭頂，讓人壓抑得有些透不過氣來。何況前幾天下的那場大雪幾乎沒有一點消融，結成硬梆梆的冰殼映照著天空的慘灰色，猶如一隻巨大的死魚眼珠子漠視天地間，更使人感到從裡到外陣陣茫然。

但是明朝繼洪武年之後的第二個國號，建文元年的春天的確已經來到了。

正月十六這天，新上任的山東參政鐵鉉終於進入山東地界。中午時分，一家四口隨著湍急的人潮湧進臨沂府城內。

作為即將就任山東第二號寶座的權勢人物，鐵鉉本可以和家眷們乘坐八抬大轎，熱熱鬧鬧威風抖擻地從京師南京一路炫耀著過來。這當然無可非議，別的大老爺們都是這麼做的。然而鐵鉉沒有，他不喜歡離普通百姓太遠而成為他們觀望的對象。夾雜在他們當中，自由自在地觀察他們的一言一行，讓鐵鉉會感覺更踏實些。

臨沂城地處山東南端，毗鄰皖蘇，南來北去的商賈行人交錯如織。此時雖然新年剛過，數省通衢的景觀已經略顯端倪。大街小巷中，到處擠滿了著各色新衣的人們。

馬車在一家客棧門前停下。鐵鉉立在寒風中匆匆打量一眼，這是座緊夾在兩旁店鋪中間的三層小樓，斗拱伸出老遠，琉璃瓦晶瑩剔亮，給人一種輕盈活潑之感。二層中間懸掛著巨大的泥金匾額，上書三個大字「客悅來」。

鐵鉉滿意地點點頭，轉身招呼夫人和兩個女兒下車。店中小二眼尖，早忙不迭地跑出來幫著從車上拿零零碎碎的包袱行李。一邊用討好的語氣說：「客爺，一瞧您就是打南邊來的，穿的這麼單薄。快進屋去烤烤火，這種天出遠門，可真夠遭罪的。」

鐵鉉不以為然地笑笑，看著滿大街的炮仗皮破燈籠說：「昨兒還挺熱鬧的。」

小夥計一聽這話興奮起來，嘴巴更勤快了：「可不是嘛！按說洪武爺剛殯天，大夥兒原不該這麼由著性子高興。可話又說回來，建文爺登基頭一年，又是個大喜事，熱鬧熱鬧也沒人管。知府老爺昨晚還在那邊街上的『青楓樓』上看燈了呢！可惜您沒趕上，那場面，嘿！」

順著小二手指的方向望去，除了對面街上各式的店鋪外，便是鉛灰色的天，根本望不見什麼「青楓樓」的影子。鐵鉉招呼馬夫一聲，扭頭進到店內。

鋪面不是很大，幾張八仙桌坐滿了飲酒吃飯的客人，顯得有些擁擠。店小二在身後幫鐵鉉撲打幾下身上的雪粒招呼道：「客房在二樓，夫人小姐已經上去安置了，老爺您上邊請。」

鐵鉉在嘈雜的人聲中略略想了片刻擺手說：「不忙，你去幫著夫人小姐安頓下來，她們想吃什麼送些過去。我先在這裡小酌兩杯驅驅寒。」說著走到牆邊一張空桌子旁坐下。

就著幾碟小菜閒酌漫飲間，鐵鉉凝視著棉簾半掩的門口處，雪沙在風中陣陣飄舞，往來雜遝的人們行色匆匆，一種去國懷鄉的感覺漸漸凝結心頭，沉甸甸地直往下墜。

猜拳行令的吵鬧聲中就聽鄰桌有人說：「唉，百年隨手過，萬事轉頭空。我爹常說洪武爺神人下凡，幾年間就趕跑了韃子，把那些和他爭江山的人打了個稀巴爛，可如今不是說沒就沒了？人啊，窮富貴賤就這麼幾十年，想開點兒，痛痛快快地喝！」

「咣」地一聲，有人放下酒杯緊接上話茬：「李大哥，你這話倒實在。不過洪武爺福氣著實不小，太子愣沒熬過他！倒是皇太孫建文爺撿了個便宜。要不老話都說命裡有時自然有，命裡無時莫強求，我看真是這個理兒。放著那麼多兒子沒有接著坐江山，倒讓皇太孫給接承了，這就是命。」

有個尖細的嗓門冷笑一聲說：「哼，什麼命不命的。叫我說，建文爺這個寶座坐得可不太正呢。你們想想，你爹的家業不讓你管，全給了你哥的兒子，你心裡是啥滋味？你給你侄子當跑腿的心裡能痛快？叫我說，這江山到底歸誰，恐怕還得理論理論呢！」

片刻沉默，「吱吱」地幾聲響，各把杯中的酒嚥進肚裡。又有人壓低嗓門略帶幾分神祕地說：「你們聽說沒有，洪武爺那些兒子裡頭，最厲害的要數北平的燕王了，打跑蒙古韃子，人家的功勞可也不小呢！當年洪武爺就想把江山傳給他，後來不知怎麼的沒弄成，如今看著侄子成了皇帝，他心裡頭氣大著呢。從北平那邊來的人都說，燕王在北平招兵買馬，等準備好了就要殺過來和建文爺奪天下。依我看，沒幾天太平日子了，天下不久就要大亂！」

話音未落，有個低沉的聲音喝道：「你不要命啦！要是讓錦衣衛們聽了去，不剝你的皮才怪！」

忽然沉默下來，緊接著有人打圓場：「對，來喝酒，喝酒！喝完了各自回家摟老婆去，這天可真出不得門了。」少頃便吆五喝六地猜起拳來，和其他桌上的聲音匯在一起。

鐵鉉偏過臉看了看鄰桌那幾個人，都是一些中年漢子，各色絲巾裹頭，素色棉袍長衫，似乎是些長年跑買賣的。鐵鉉忽然明白過來為什麼自己心緒如此低沉，原來自己也正在為朝中這些傳聞憂心忡忡。

想到自己赴任時朝中正廷議洶洶，矛頭直指分散在大江南北的各地藩王。年輕的建文帝對於擁兵在的外藩王叔叔們耿耿不能釋懷，這種情緒也感染了很多朝臣，大家都覺得那些手握相當兵權本有希望繼承大位的藩王們是一種無形的威壓，從心底深處忐忐忑忑，總覺得新朝不那麼讓人踏實。

而且更讓鐵鉉不安的是，去年建文帝登基剛滿一個月後，在齊泰、黃子澄、方孝孺等人的慫恿下，削藩運動終於開頭了。大將李景隆率兵突襲開封的周王府，頃刻間將高貴至極的皇子周王朱肅全家變為階下囚。這無疑是對王爺們的宣戰，很多大臣戰戰兢兢，大有天下將亂之勢。然而半年過去了，藩王們並無動靜。平靜，奇怪的平靜，這是否預示著會有什麼意想不到的事情正在醞釀中呢？

風捲棉簾打在門上拍拍作響，店外肅肅冷氣更襯得店內熱氣騰騰。夥計們在桌子間穿梭不停，大呼小叫地吆喝著：「來嘍，雞肉丸子！」「看好嘍，大冬天的鯉魚肥嫩嫩！」

門簾忽然高高撩起，隨著人影一閃，一股冷氣直衝進來，灌進正對門口幾桌人的鼻孔裡脖子中。手捏酒杯陷於沉思的鐵鉉不禁連打幾個寒戰，頭腦活泛過來。正要把杯中的酒往嘴裡倒，忽覺肩膀被重重地拍了一下，耳旁有人哈哈笑著說：「哈，尋親不如撞親，還真讓說著了！鐵鉉老弟，想不到能在這裡碰見你！」

鐵鉉聞言一愣，忙抬起頭，見身旁站著一個四十多歲身材削瘦的儒士，玄色絲巾和頭髮梢上還沾些未化的雪點。淡綠色棉袍糨得有棱有角板板正正，腰間的紅色絲帶搭配得有些奪眼。瘦長臉面，淡眉濃鬚，一彎細眼正笑瞇瞇地望著自己。

略一遲頓，鐵鉉大悟似地站起身來，一把拉住那人的手呵呵大笑：「葛誠兄，真是你啊！幾年不見，還真不敢認了。來，坐下，坐下！」一邊招呼店小二添筷添酒添菜。

接連三杯下肚，話頭才算扯開。葛誠摸摸漸漸紅潤過來的臉說：「鐵鉉老弟，你我朝中共事多年，想來還算咱倆最對脾氣。洪武三十八年我去北平任了燕府長史，一晃竟是三四年，唉，白駒過隙呀！」

鐵鉉給兩人杯中倒滿了，笑笑說：「葛誠兄，你並未顯老。我來時就聽說朝廷降旨要你回京奏事，琢磨著興許能在路上碰到，可一出來才知道人在天地間如浮萍歸海，哪能有那麼巧呢，還真不敢奢望了。」

葛誠也不客氣，端起杯一囁而盡，連連哈氣：「我也是。在北平就聽說老弟升官了，成了執掌一方的封疆大吏……」

鐵鉉聞言忙打斷話頭：「快別恥笑你老弟了。以咱們兄弟的稟性，原沒指望提什麼級，不過朝廷既然任命，自當竭力盡責。」

葛誠故意揶揄道：「我知道，這回老弟升官應歸功於你留任京師這幾年。你想，每天在天子腳下蹭來蹭去，纏纏磨磨，能不升官嗎？有道是腳不纏不小，官不纏不大嘛！哈，哈，哈……」

鐵鉉也被逗樂了，照他背上連拍兩掌：「好你個葛誠兄，還是這般開朗，自你走後，我很少聽到如此解頤的話了。你既然從燕王府來，那邊情形怎麼樣？」

一聽這話，葛誠臉色立刻凝重下來，四下打量一番才低聲說：「很不好。」

鐵鉉剛剛輕鬆下來的心弦立刻又繃緊了，忙湊近些問：「怎麼個不好法，你我不是外人，不妨直言相告，我正為皇上和藩王的事掛心呢。」

葛誠再次看看鄰桌方慢慢說：「燕王朱棣在先帝洪武皇帝二十六子中最能征善戰，你是知道的。洪武二十五年四月皇太子薨，當時就有意要立四皇子燕王為太子，後被大學士劉三吾等人所阻，勉強立了建文為皇太孫。如今建文登基，燕王心中自然不平，更何況傳言紛紛，說新皇要推行削藩，逐一制裁各王，再加上去年周王被逮，更是天下人心惶惶。燕王何等人，自然不甘為案上魚肉，他召集府中心腹，還有一個大和尚叫道衍的，日夜謀劃，暗暗招募壯士，厲兵秣馬，其勢不善哪！」

聽到過去的傳聞確是實情，鐵鉉懸著的心反而慢慢放了下來。他一手摩挲著酒杯沉靜地說：「葛誠兄，看來形勢不妙啊。北平居北鎮之首，右擁太行，北枕居庸，燕王又征戰多年，沙場之事無所不精，一旦紛爭乍起，勢必波及全國呀。」

葛誠緊鎖眉頭：「這次進京，除奏對王府日常事務外，皇上必定會問及我燕府有何異動，看來我只有如實作答了，朝廷也好有個準備。」

鐵鉉看看一臉肅然的葛誠，有些擔心地想：「燕王耳目眾多，將燕府實情報告了朝廷，一旦讓燕王知道，豈不是要招來殺身之禍？」不過他知道這樣的話對葛誠說出來也起不了什麼作用，便張張嘴又嚥了回去，只是輕輕歎道：「燕王此人，我看是蛟龍得雲雨，終非池中物呀。可是明哲保身，唉，耿介之士要明哲保身何其難也！」

二人各自想著心事，沉默半晌，只是推杯換盞痛飲一番。葛誠忽然扭臉問道：「險些忘了，夫人和孩子們也同來了吧？」

鐵鉉聞言勉強笑笑說：「來了，就在樓上。你不說我倒也忘了。秀英和秀萍一個十四，一個十一，都成大姑娘了，三四年不見，你這個葛伯伯未必能認出來嘍！」

葛誠一臉不屑：「我不信，外甥不脫舅家相，自家的侄女焉有認不出的道理。喝下這杯酒，咱們上樓去看看。」

剛端起杯，一股冷氣撲面打來。二人抬頭，看見有個人慢悠悠地挑簾晃進屋裡，走到正中央站定了，四下裡掃視著看哪裡有可坐的座位。鐵鉉見他戴一頂土灰色瓦楞帽，湖青棉袍沒過膝蓋，一條二指多寬的絲帶繫在胯部，長長的流蘇隨風擺動。紮著白色綁腿，一雙玄色道士鞋上沾滿黃泥。看他似道非道，似儒非儒的打扮，心想這人倒有點意思。

那人四下打量一番，見鐵鉉他們這張桌只有兩人，桌上菜又不多，便幾步跨過來，在對面凳子上坐下，順手將斜背的一個藍皮小包摘下來放在桌上。叫喊著要酒要菜，整個店中吵吵嚷嚷，倒也沒人在意他。

添酒擺菜中那人見鐵鉉正斜眼看自己，便微微一笑說：「這位客官好相貌，頷下墨髯似鐵，性情必定剛硬。看你臉方如矩，方即是金，命中有金，正主高貴，想必官人您正逢高升之時，恰遇春風得意之際，可賀，可賀！」

那人聲音不高，倒讓鐵鉉和葛誠暗吃一驚。葛誠笑道：「我說老弟怎麼升得如此快，原來是命裡帶著的。這位先生，算你說對了，你不妨再給他仔細瞧瞧。」說著遞過一杯酒去。

「嗯，」那人也不客氣，點點頭接過仰脖而盡，抿抿嘴接著說：「恕在下直言，這位官人方面寬額，當然是官場中人，且你命屬金，主高升不止，以後還有魚躍龍門之喜。」見二人含笑而聽，便口氣一轉：「可惜官人你額雖寬，但其色略赤，赤色血也，主有血光之凶。」

鐵鉉和葛誠聞言都是一愣，鐵鉉忍不住說：「你可看仔細了，不要信口聳聽，我們並不想給你什麼卦錢。」

那人哈哈一笑說：「豈不聞位尊者憂深，祿重者責大，你官位越居越高，頷下黑髯越長越硬，弓硬弦必斷，人強豈不易惹禍?!算了算了，自古無錢卦不靈，我又不收你卦錢，自費什麼口舌?不說了，各自喝酒。」

葛誠卻聽出了興趣，又遞過杯酒說：「這們先生果然一語中的，讓人佩服之至，但不知先生尊姓大名，操何營生？」

那人接過來又是一飲而盡：「唉，草木之人還有什麼尊姓大名，不過苟活於世罷了。在下姓金名忠，浙江鄞縣人氏，長年流落江湖，略通一二相術，聊以糊口，慚愧，慚愧！」鐵鉉乍聞自己有血光之災，不免心驚，這時才緩過神來，附和說道：「金先生，你給這位先生看看，他的命是否比我可好些？」

金忠仔細審視了葛誠片刻，慢慢說道：「這位先生眉目清秀，臉呈長形，雖不及你官高，但亦是飽學之士……只是長形為木，木多而金少，情勢恐不大好。先生此行之事怕不夠順利。」

幾句話說得葛誠也是一陣心寒，不知該從何問起。見二人沉悶，金忠忙賠笑說道：「二位官人受驚了，其實在下只是故作驚人之語，不必當真。你們想，算卦這一行當的人多不勝數，且多以奉承誇讚為主，那些求卦的主兒早就聽煩了，你偶爾以凶言相告，他心吃一驚，反而更容易相信。雕蟲末技，不足掛齒，兩位受驚了。來，在下自罰兩杯。」

聽金忠這般說，兩人才略略放下心來，但耿耿中總覺得不很舒服。這時忽聽門外亂作一團，有男人惡狠狠地斥責聲，有女人尖著嗓門的哭叫聲，還夾雜著通通的打鬥聲。

店內霎時寂靜下來，有人挑門簾向外看，有人將窗扇推開一條縫，翹著腳尖貼上去瞧。忽然幾個人同時驚恐地壓低嗓音吆喝道：「快走，錦衣衛來抓人了！」

聲音不大，店中卻像熱油鍋裡滴進幾點水一般，立刻響起一陣乒乒乓乓的桌椅挪動聲。沒人大聲叫嚷，但每個人都顯得規規矩矩，連和夥計算帳時說話也小心翼翼。在奇怪的沉靜中一股腦湧向門口，眨眼散在街上不見了。

金忠見狀也是臉色一變，慌忙抓起桌上的包袱，低低道聲：「告辭，」轉身便走。

鐵鉉黑下臉一拍桌子：「慢！我鐵鉉再不濟也是朝廷四品命官，這山東就是我的轄區。金先生既然精於相術，竟沒有看出來麼？區區錦衣衛何以讓你嚇成這樣！」

金忠聞言止住腳步，賠個笑臉說：「鐵大人布衣粗服，可達人之貌卻是長在臉上的，我剛才不就說了嘛。有大人在，我一個江湖草民，又不曾犯什麼國法，我怕什麼？」

外邊的吵鬧聲更響了，鐵鉉拉葛誠站起身，「走，咱們出去看看，我倒還沒見過他們怎麼抓人！」

不知什麼時候街面上已經冷清下來，雪和泥土混成一股股的黑水四處流淌。「客悅來」門口處的街道上，四五個身著黑短袍紅褲子，腳蹬高腰軟皮靴子的漢子正和一對男女撕扯不休。鐵鉉知道，這幫人就是錦衣衛中所謂的緹騎了。

就聽其中一個扯起尖嗓門大喝道：「好一個大膽刁民，竟敢擋著爺們辦差，真他媽的怪鳥年年有，偏偏今年多。連他一塊鎖了，回去慢慢整治！」

被稱為刁民的是個中等身材壯壯實實的小夥子。他一邊推搡著衝過來的緹騎，一邊把旁邊的那個女子往自己身後拉，嘴上大聲分辨著：「你們一定認錯了，她是俺媳婦，俺們成婚都快五年了，哪會是什麼逃犯！」

尖嗓門夾著幾聲冷笑又響起來：「好小子，有種！爺們辦了幾年差，你是頭一個說錯字的。爺們倒要叫你瞧瞧，到底是誰錯了！弟兄們，把這對狗男女鎖走，省得在大街上聒噪！」

緹騎們聞言立刻發狠衝上去，一個拽頭髮，一個擰胳膊，將那後生按倒在地，其餘的則搶上去扭住那女子。

那女子本來就已驚恐萬狀，此時更是手足無措，發瘋般地哭叫著要跑開。怎奈被人牢牢捉住，拼命撕扯也掙不脫，頭髮散亂，粉紅衣裙裉出半截，露出裡面的大紅小襖。

被按倒在地的後生聽見哭叫聲，知道情形不妙，心中一急，大喝一聲把按住他的兩個綺提掀翻在地，跑過去三把兩把將女子拉到身邊，二人瞪大驚恐的雙眼，緊緊相抱。

綺提們似乎從未遇到過敢於這麼反抗的，看著二人愣了片刻，一起把眼光投向站在身後的瘦高個。

鐵鉉這時才看清，發號施令的傢伙穿著倒沒什麼不同，只是臉上幾道橫切的刀疤透出一股殺氣，讓人看上去心驚肉跳。他見眾人都住了手，眉頭狠狠一皺，大踏步走上前去。

後生和女子抱得更緊了，像獵人面前的兔子般哆嗦著向後退挪。瘦高個逼到跟前，盯了他們幾眼，突然哈哈大笑，聲音陰冷尖刻，讓二人毛骨悚然。

笑聲突然止住，沒等看清，「嘩啦」一聲瘦高個從袖中抖出一根細細的鐵鏈。只見黑影一閃，拍地打在後生頭上。後生猝不及防，身子搖晃幾下，抬手摸摸額頭，熱乎乎的血已滲出一大片。

女子見到有血流出來，嚇得驚叫連連，後生卻一聲不吭，挺了挺腰身怒目而視。「怎麼？小子，不服氣？這鞭子是輕的，等會兒回去還有更好的玩意等著你消受呢！」瘦高個冰冷的聲音剛落，緊接著又是一鞭子甩過去。

後生這次有了防備，偏頭躲過，鞭梢抽空。「哈，爺爺打你你還敢躲，反了，真是反了！」瘦高個突然暴怒起來，鐵鏈在他手中呼呼作響，接二連三地打在後生頭上身上，還有一鞭子落在女子身上，女子「啊」的一聲慘叫忙捂住頭，血已經從指縫滴落在臉上。

倔強站立的後生見狀如公牛般跳起來，悶聲怒吼道：「你奶奶的，還有沒有王法啦?!老子跟你們這幫孬龜孫拼了！」一頭撞過去，和瘦高個扭作一團。

女子情知闖下大禍，撲過去拉住那後生，淒厲地喊著：「史鐵哥，千萬別動手，他們可打不得呀！」

後生全然不顧，急切中用腳蹬開女子：「環兒，俺纏住他們，你別管俺，快跑！」可女子沒聽見一般仍固執地拽那後生。旁邊幾個綺提被剛才情形驚得一呆，快步上來幫忙。

眼看脫不了身，後生突然發出一聲怒吼，閃電般一拳打在瘦高個臉上，打得他登登登倒退幾步，跌倒在地。緊接著後生拳腳並用，幾個人一時竟近不到跟前。

看見女子還站在身旁，後生焦急萬分地喊道：「環兒，你倒是快跑哇！你忘了你的身子啦，史家還靠著你哪！」

女子聞言渾身一震，停止了哭叫，咬咬牙轉身便跑，不等眾人反應過來，身影已隱沒在林林總總的大小店鋪中。

幾個綺提見狀一起發喊：「不好啦，朝廷要犯逃走啦！」待要去追，又被後生擋在中間，一時間手足無措，急得哇哇亂叫。

瘦高個從地上爬起來，揉著腮幫吐出一口血，惡聲叫道：「笨蛋，抄傢伙使勁打，他又不用要活的！」

嘩啦啦幾聲脆響，綺提們手中各自多了一條細鐵鏈，一起朝後生抽去。後生雙手招架不住，頭上臉上頓時鼓起幾道粗粗的血蚯蚓，有條鏈子纏在了腿上，被人一拽，撲通滾倒在地上。綺提們不等他爬起，圍上去亂踢亂跺。後生抱著腦袋滿地打滾，含糊不清地慘叫著。

冷清的大街空空蕩蕩，連最喜歡看熱鬧的人也躲得不見蹤影。亂腳踢在身上的通通聲傳出老遠，慘號在空曠的街上迴盪。

鐵鉉三人站在客悅來旁邊的一家雜貨鋪門口，錦衣衛的威風鐵鉉不是沒聽說過，而且還親眼見過錦衣衛的旗校們在金殿下廷杖大臣，親耳聽到過受廷杖大臣的哀號聲，但今天的情形，仍令他通身發冷。他捏緊拳頭，想要上去和他們理論。剛挪了挪腳，葛誠在身旁使勁拽他一把，悄聲說：「鐵老弟，錦衣衛可是直接給朝廷辦差的，你的話他們能聽嗎？」

鐵鉉張張嘴，想想又無話可駁，只好長歎口氣。抬眼望去，瘦高個不知從哪裡找來根棍子，獰笑著喝道：「閃開，讓爺爺我出口惡氣！」一棍子砸在後生背上，後生負痛翻身仰面躺倒，雙腿蹬起老高。又一棍子過來，不偏不倚正打在兩股間，後生全身一陣抽搐，痛徹骨髓地嚎叫一嗓子便沒了動靜。

瘦高個收住棍子，朝後生頭上踢兩腳，見沒什麼反應，轉臉向眾人冷笑道：「這小子今天犯癔症，敢攬咱爺們的公差，一棍子打斷他的是非根，去給閻王爺當鬼太監吧！」說著幾個人附和著笑起來。

突然有人叫道：「哎呦，那個什麼王妃跑哪兒去了？」一句話提醒了眾人，瘦高個一跺腳：「快搜，她跑不遠！」

鐵鉉沒想到，自己作為山東的父母官剛進山東見到的竟是當街殺人。他心中騰起一股無名烈火，卻又不知該如何發洩，憋得臉色鐵青。金忠目睹剛才一幕，雙腿發軟有些站立不穩，偷眼看了鐵鉉和葛誠一眼，見他們還算鎮定，才勉強穩住自己。

綺提們朝客悅來走過來，瘦高個仍提著棍子，大聲吩咐道：「把店裡的女眷全給弄出來，挨個查仔細了，別讓那娘們渾水摸魚！」說著一行人已到門口。

鐵鉉終於按捺不住，大喝一聲：「慢著！」一邊大踏步走上前。

綺提們並沒有注意到他們，聞聲嚇了一跳，駐足看時，鐵鉉已經來到跟前。

見他穿著普通，一身儒士打扮，瘦高個並不在意，棍子用力在地下點了兩下，冷冷一笑：「喲呵，今兒怎麼啦，剛才一個敢拼命的，這又來一個不要命的！小子，我看你滿臉鬍子跟刺蝟似的，不定是哪個山上跑下來的響馬賊，快給我鎖了回頭請賞去！」

幾個人答應著抖動鐵鏈走過來。葛誠暗叫不好，飛步上來喊道：「你們不可胡來！知道他是誰嗎？他就是你們山東新上任的父母官，山東參政鐵鉉！」

瘦高個盯住鐵鉉上下打量一番，轉臉對身後的人說：「怪鳥年年有，偏就今年多。那邊的王妃死活不認帳，硬說自家是村婦，這邊一個臭趕路的就敢說自己是參政。你們瞧瞧，堂堂參政，朝廷四品大官，就是這副模樣。參政，參你娘的腳去吧！」說罷幾個人哄然大笑。

鐵鉉覺得兩眼發熱，似乎要噴出火來，抖著手往懷中掏出一塊帶著體溫的東西。

「既然他敢冒稱朝廷命官，還等什麼，快把三個都鎖了回去領大賞！」瘦高個厲聲斷喝，迅速圍上來。金忠面如土色，後悔自己不該多事，以至無緣無故地大禍臨頭。

鐵鉉鼻孔裡哼了一聲，揚起手中的東西高聲說：「睜大你們的狗眼看看，本官有皇上御賜金牌在此！爾等當街行兇，侮辱朝官，該當何罪?!」

看見那塊閃閃奪目的金牌，走過來的幾個人頓時矮了半截，呆立著不知如何是好。瘦高個亦是一愣，靠近幾步仔細看了片刻，臉上擠出一絲笑意，點點頭說：「果然是新官上任。在下高青山，隸屬錦衣衛北鎮撫司，正奉命辦差。不知大人行轅到此，失敬得很！」

鐵鉉將金牌塞回懷中，面無表情地說：「高青山，失敬倒不敢當，這客悅來中住著本官的家眷，你們休得進去打擾！」

「噢?」高青山消瘦的刀疤臉又陰冷下來。「大人既然是朝中命官，當然知道錦衣衛與地方官衙互不相干，我們奉上司之命捉拿朝廷欽犯，恕不能從大人所言，得罪了！」擺手要手下人往店裡闖。

鐵鉉閃身堵住店門口，怒目吼道：「沒王法的東西，你們哪個敢進，看我打斷他的狗腿！」

既然知道了眼前這個大漢確實是新任山東參政，綺提們的氣焰有所收斂，欲進不進地僵持下來。

葛誠見狀忙擠過來衝高青山說：「雖說分屬不同，但效忠的都是當今皇上。以後你們還要同在山東辦差，初次見面，當然要互相給些臉面。參政大人只是不想驚嚇了他的家眷，情理之中的事嘛！再說我們一直在門口站著，親眼看著那女子沿街向西跑了，怎麼會在店裡呢！」

高青山摸摸臉上的刀疤，轉著眼珠子拿不定主意。倒是身邊一個年紀大些的綺提悄聲說：「旗主，客悅來這麼近，那王妃必定不敢躲在這裡，一定是逃到遠處了。既然她還在臨沂城中，不怕她飛到天上去，依我說，這些地方官不定日後升到哪一步呢，也別得罪得太緊了，不如……」

話沒說完高青山已經有了主意，重又一臉笑意地踱到鐵鉉面前說：「大人既然執意不讓進去，高某自然不敢硬闖。只是日後撞到大人門下，千萬也要給咱留個面子。好，我們這就回去，倘若別處追拿不著，恐怕還得回來攪擾大人！」淺淺一鞠，手提木棍領著眾人昂首而去。

看他們去遠了，金忠慢慢湊到鐵鉉跟前，小心翼翼地說：「大人原來是新上任的山東參政，真是失敬之極了！」看看鐵鉉仍怒視著遠處，便接著說：「這幫人也太無法無天了，見到朝廷大員也不下跪施禮，還口出不遜，大人您應該參他們一本，看他們還敢不敢亂抖威風！」

鐵鉉收回目光朝他笑笑：「金先生，給這幫東西撐腰的正是當今皇上，別說四品了，就是一品二品，只要有聖旨，他們照樣按倒在地往死裡打！唉，參他們談何容易呀！」

葛誠沉思著接過話頭說：「養癰遺患，遲早是個災難呀。他們對為官的尚且如此，百姓更何以堪！社稷之憂，不在邊關，正在廟堂之內，可惜卻無人參破，朝廷上下人人都在忙著不急之務，可惜喲！」

「參破又能怎樣，只要聖心不察，一切著急都是徒勞。」鐵鉉盯著當街橫躺的後生，似乎在喃喃自語。

「鐵大人，」金忠討好似地說，「不管怎樣，那幫傢伙在您面前到底有些顧忌，要是硬闖進去，和家眷們撕撕扯扯，那成什麼體統呢！」

「唔，你說的不錯，可是我不讓他們進去還有一層意思，」鐵鉉看他們迷惑不解，便笑了一下說：「他們要抓的那個女子，就躲在客店裡。」

葛誠和金忠剛才只盯著綺提，都沒在意那個女子到底跑到哪裡了，此時暗吃一驚，齊聲問道：「你怎麼知道？」

「我自然親眼看見。那女子看樣子見過些世面，倒不特別驚慌，拐過前面街邊那個木牌子後又悄悄返回來，鑽進客悅來中，只是不知她此刻藏在何處，我們一起進去看看。」鐵鉉說罷轉身進屋。

金忠走在最後，突然閃過一個念頭：「何不趁此時趕緊離開這個是非之地？」但他立刻又想到自己此次出來的目的，「對，既然要幹大事，就不能太膽小，這回奇遇，說不定日後能起大作用，且跟上他們見機行事。」一邊想著，雙腿邁進店門。

店內早已空無一人，幾個夥計也不見了蹤影。桌子上狼藉一片，幾條凳子橫七豎八地隨便亂放。鐵鉉他們直上二樓，樓上收拾得還算乾淨，廊柱欄杆擦拭得一塵不染，泛著黑紅色冷光，站在廊上正對著店後的大園子，白皚皚的一片，什麼也沒有，倒是四角的幾棵塔松綠汪汪的給園子帶出些生機。

有個三十出頭的婦女正站在廊頭，妝扮很是平常，挽著普通人家的大花髻，淡紅羅裙直拖到地下，倒是上身那件紅綠相間的百鳥朝鳳披風讓人覺得雅致不俗。鐵鉉放慢腳步衝葛誠說：「這就是內人楊氏了，你們見過的，不敢認了吧？」

葛誠也不答話，幾步上前拱手說：「弟妹一路辛苦，我那兩個侄女還好吧？」金忠見狀也忙上前施禮問好。

婦人先是一愣，隨即認出葛誠來，忙不迭地道萬福。彼此寒暄後，葛誠指著鐵鉉對楊氏說：「我這鐵老弟就是個受苦的命，升官了也不把妻兒老小用八抬大轎抬到任上來，還勞你娘幾個跟著奔波受累。」

鐵鉉和楊氏笑笑沒有說話，葛誠又問：「鐵老弟說兩個侄女都來了，我那兩個侄子呢，怎麼沒跟了來？」

楊氏這才含笑回答道：「福安和康安年歲尚小，怕他們受不得這番勞累，挨不得這等寒冷，寄養在戶部侍郎卓敬家了，待天暖了再接來。」

葛誠「哦」了一聲點點頭，見楊氏不住地瞟金忠，似乎有話想說又有些顧慮。正要開口引見，鐵鉉說話了：「這位先生叫金忠，是我們剛遇到的相面高手，胸襟坦誠，都不是外人，別在外頭乾凍著，快進屋吧！」

楊氏這才猶猶豫豫地說道：「剛才……剛才有個年輕女子闖進屋裡，頭上還流著血，樣子怪嚇人的。她說她被壞人追殺，求我們救她一命，將她藏起來。奴家自己不敢做主，倒是秀英她們兩個丫頭不知天高地厚，不由分說把她留在了屋裡，幸好沒人追上來，請老爺們幫著問問她是何樣人。」

葛誠和金忠對視一眼，自然明白那女子是誰，連忙跟著進到屋裡。

屋子是個一進三間的套間，正中客廳的陳設很簡單，盡頭窗下擺放著一張雕花條桌，兩側各有一把看上去很厚實的八仙椅，靠外側幾個坐櫈圍著一張茶几，牆上胡亂掛些字畫，因為外面光線較暗，屋裡多少顯得有些陳舊。不過地板剛剛抹拭過，泛著淡淡的木質光，讓人感到潔淨而沉靜。

秀英和秀萍兩個聽到動靜早跑出來，拜見過葛誠和金忠，一邊一個拉著娘的手小聲嘀咕不停，不時地捂住嘴暗笑。金忠見她們眼角不住地往自己這邊掃視，料是在議論自己這身算卦先生的打扮，不自在地低下頭去。

鐵鉉喝道：「你倆個老大不小了，怎麼一點都不沉穩?!你們救下的那個人呢，不妨領出來問問她怎麼回事?」

二人答應一聲扭身進了裡屋，扶著那個女子走出來。她頭上纏著白紗巾，有點點血跡滲出來，神情已平靜許多，對著眾人深深道個萬福，語音清脆地說聲：「奴家多謝眾位大人和夫人小姐的搭救之恩。」便退到一側和秀英秀萍站到一起，緊接著問道：「各位大人，史鐵他……他怎麼樣了?!」聲音有些打顫，聽得出來是強忍內心的不安。

鐵鉉看看那女子，詫異地見她容貌竟異常秀麗，雖未施粉黛，卻自然白皙，彎眉鳳眼，青髻如去，自有一番絕色之處，暗想此人斷非鄉間普通女子，定有一些來頭，便答非所問地說：「你姓甚名誰，為何讓錦衣衛們纏上了？」

那女的雖然心裡焦急，但還是強忍住回答道：「奴家叫翠環，就住在城北十里處的史家莊。今天湊巧有人趕馬車進城，俺便和丈夫捎腳來看熱鬧，不想讓那幫人纏上了，俺……俺也不知咋回事。史鐵他，他到底怎麼樣了？」

鐵鉉料想她在說謊，看看葛誠，葛誠也是一臉將信將疑，就冷冷地說道：「他已經讓錦衣衛們打死了。」

翠環不由地「啊」了一聲，臉漲得通紅，尖聲叫道：「史鐵哥，都是俺害了你呀！」沒頭蒼蠅一般朝門外撲去。秀英和秀萍手快，一把從後面拉住。翠環掙扎不脫，索性捂臉大哭：「史鐵哥，你等等俺，俺也隨你去了！」說著一頭朝對面門旁的牆上撞去，楊夫人正好坐在門旁，忙撲過去攔住。翠環哭鬧著尋死覓活，母女三人拉扯不住，亂作一團。

金忠沒想到出現這種局面，站起來走到後窗前，掀開一條縫隙看看那個叫史鐵的後生屍體是否還在街上。忽然他拍地合上窗子，衝著屋裡說：「快禁聲，錦衣衛們又回來了！」

一蓑煙雨任平生

女人們立刻停止了糾纏。鐵鉉和葛誠奔到窗前，因為有條桌擋著，只能站在一端側身將窗戶支起條小縫往下看。

果然還是那幾個人沿街頭走過來，走到橫躺的史鐵身旁停下，有人用腳尖在他的頭上和身上撥弄幾下，比比劃劃地說了句什麼，似乎還朝客悅來指了指。

鐵鉉正焦急地考慮他們上樓來如何應對時，那幫人卻慢悠悠地一直朝前走去，不一會兒到街口拐彎處不見了。懸著的心終於放下來，鐵鉉和葛誠長舒一口氣，放下窗戶轉身坐回八仙椅上。看他們臉色歸於平靜，知道是沒事了。翠環抹把淚又叫嚷著要去找史鐵，鐵鉉一拍桌子沉聲喝道：「翠環，既然本官執意救你，你要如實交代，錦衣衛們為何要抓你?!」

翠環抑住悲聲，看他們一個個神色陰沉，撲通跪倒在地：「各位大人，奴家看出來你們都是好人。不瞞你們說，奴家就是此地史家莊人氏，自小與本村匠戶人家史鐵情投意合，兩年前正待成婚之際，恰逢宮中選秀，奴家與妹妹翠紅，雙雙被官府帶進京中，妹妹翠紅留在宮裡，奴家和另外幾個姐妹進了開封周王府。去年年初周王開恩，讓奴家作了嬪妃。誰知沒過半年，朝廷派兵衝進王府，把王爺和王妃們抓進馬車拉走了，府裡的東西也被搶光。奴家本來也在被逮之列，恰好那天在花園中乘涼，聽到府中大亂，便和幾個丫頭從後園小門鑽出來逃走了。」

見她說得真切，幾個人都驚訝地想，原來她還是王妃。秀英替她拭拭淚，聽她繼續講下去。

「奴家變賣首飾，勉強湊合著回到家中。能夠得以團聚，父母自是歡喜，史鐵因掂念奴家，遲遲未曾完婚，兩家撮合，便結為夫婦。想著上天終於成全了我倆，能平平安安地生活一輩子，真比在王府裡還好，半年來我們隱居鄉間，開始還有些心驚膽戰，總怕有人找來。後來風聲漸鬆，自己也想著周王府那麼多人，多一個少一個不會有人在乎，便大著膽子四處走動走動。昨天奴家攛掇著史鐵來看花燈，史鐵本不願意進州府，怕引起人注意。到底沒拗過俺，還是來了。昨晚我們在店中住了一夜，本想今天早早趕回去，誰想讓那幫人盯上了。現在奴家才想起來，王府中的那些嬪妃都有畫像的，怪不得……」

說到這裡她又痛恨起自己來，連呼「史鐵哥，是俺害了你，」再次要往樓下跑。鐵鉉示意秀英、秀萍將她拖住，衝葛誠和金忠說：「走，咱們看看那個史鐵去。」

日頭已是斜斜西掛，風雖然小了許多，浸人肌骨的寒氣卻更重了。街上依然空曠，人們好像從土中鑽出來，錦衣衛一到，又都鑽回去了。史鐵仰臥在一片黑色泥水中，臉上布滿紫黑色的血跡。鐵鉉俯下身子，見他雙目緊閉，牙關死咬，臉色蒼白中透著鐵青，不禁搖頭歎了口氣。

金忠仔細盯了片刻，忽然蹲下身來，伸手在他鼻孔處摸摸，又翻開雙眼看看，隨即將手插進史鐵棉袍在心口處摸摸，見四周沒人，低聲說：「哎，他還活著呢！」

鐵鉉和葛誠知道江湖術士能頂半個郎中，金忠不管本事高低，人的死活還是斷不錯的，便齊聲問：「能救過來嗎？」

金忠又揣摸幾下說：「凍了這半天，能不能救過來也說不準，鐵大人，你是四品大官，為一個村夫不值得勞神，還是算了吧。」

「虧你還是個解救百姓困苦的江湖先生，說的什麼話！」鐵鉉滿臉嚴肅，「官無大小，唯民是依。一個村夫不值得救，兩個也不值得救，那多少才值得救呢？要是普天下的百姓都不值得伸手相救，那要當官的幹什麼?!」

說著鐵鉉摸出兩個銀角子交給葛誠：「老兄，到店中找兩個夥計來幫著抬進去。我看要救出他倆，此地是不宜住下去了，一會兒那幫緹騎過來，不見了史鐵，少不得又找麻煩。這樣吧，索性救人救徹，我帶他倆上濟南，以後如何再慢慢商量。老兄你公務在身，咱們只好就此一別了。」

葛誠沉思片刻，點頭說：「也只好如此了，那就彼此多保重吧，」

金忠擰眉想了想說：「我一個江湖遊士，本來居無定所，這回正好要去北平訪友，不妨順道跟上鐵大人，也好幫著診治診治這個史鐵。」

鐵鉉拍拍金忠肩膀：「那就有勞你了。來，我們快些收拾，免得和那幫人撞上。」

一別之後，離開了吵吵鬧鬧的場面，葛誠突然覺得有些空空蕩蕩。和前些日子不同，路上沒有了串親訪友的人潮和車輛，他這輛馬車輾在結實冷凍的路面上，轟隆隆的聲音在曠野中迴盪，曠野也因此更顯得寂靜。

或許一直往南走的緣故，天氣隨著車輪的轉動越來越柔和，路面開始有塵土飛揚，周圍田野中的麥苗似乎也顯得蔥蘢一些。高高矮矮的房屋星羅棋布，撒在田野與田野中間，走近了能聽到犬吠雞叫聲，幾個老頭蹲在牆根瞇起眼睛享受著陽光，農家漢子牽著牛慢悠悠走出籬門，肩上扛著各式犁耙，看樣子春耕就要開始了。經過兩天的奔波，已快到沭陽，而要到京師南京還有幾天的路要走，那裡恐怕已是鶯歌燕舞了吧，秦淮河上的依依楊柳彷彿正在向他招手。天何其大，地何其博啊，他不能不暗暗感歎。

車夫孫老頭五十開外，個子不高卻很精悍，即使馬車走得很快他也能上下自如。他已經在燕王府當了近十年的差，比葛誠資格還老出許多。葛誠知道自己這次進京，燕王頗有些不放心，臨行時再三叮囑「朝中事務錯綜複雜，皇上年輕少不經事，易於為大臣熒惑，卿但奏當奏之事，其他非所言者當自掂量。」這分明是在告誡，那麼這個孫老頭莫非就是來監視自己的了？因此葛誠盡量少與他答話，要麼專注地察看沿路景色，要麼縮在車廂中假裝打瞌睡。孫老頭似乎也知趣，有問方答，從不多嘴。

昏昏欲睡間，突然聽到一聲馬嘶，葛誠睜開眼睛探出頭來。「葛大人，前邊就是新沂河，咱們該坐船過去了。」孫老頭穩住馬，等葛誠出來決定如何坐船。

「咱們有馬有車，自然要大一些的，」葛誠說著跳下車向河邊走去。

因為是清閒時節，渡口處的人車並不多，倒是船家不少，一字兒排開，在泛著冷光的河面上輕輕盪漾。見有客人，立刻圍過來幾個船主。「客官，要過河？你一位還是幾位？有轎還是有馬？」

人多話雜，七嘴八舌，問得葛誠不知回答誰的才好，孫老頭手執馬鞭擠過來，拽拽葛誠衣袖說：「葛大人，那邊有條大船廠，馬車能上去，已經有位騎馬的客人在船上了，咱們去了就開船。價錢也不貴，你看……」

葛誠正頭疼如何討價還價，見孫老頭已找好了，樂得省事，便跟著他擠開人堆，沿石砌臺階走過去。

船果然不算小，船體上新塗的桐油閃閃發光，高高的桅檣頂端一面小紅旗正順風急速擺動。有兩個人正鋪板子讓孫老頭的馬車上船，見葛誠走過來，忙施禮笑道：「客倌裡面請，我們這船你儘管放心，我們家世世代代都靠這營生，要不是海禁查得厲害，我們早就出海去啦！這點小河算不了什麼，片刻工夫就到對岸，保管你天黑在沭陽城裡過夜。」

看著手忙腳亂嘴也不閒著的船家，葛誠點頭笑笑作答，踩著搭好的板子走到船上。

正如孫老頭所說，船上已有了位客人，中央還栓了匹棗紅色高頭大馬，馬背上鞍蹬鋥亮，泛著銅光，馬頭上一圈紫色流蘇，在風中跳躍不住，看樣子馬的主人有些來頭。

葛誠繞過馬，見馬的主人正站在船舷旁臨風眺望。本以為騎這種裝飾考究的馬的人應是位王孫公子，走近了才發現原來是個和自己年歲相仿的中年漢子，穿一身暗紅色棉袍，外罩元寶罩褂，戴頂黑紗瓜皮帽，腳穿一雙半高不高的黑皮靴，倒背雙手正順河望著出神。

聽到腳步響動，中年漢子回頭打量一眼葛誠，圓臉上濃濃的八字鬍向上翹一下算是笑笑，聲音卻異常洪亮，聽得出內氣十足：「這位客倌也坐船？要到什麼地方去？」

葛誠拱手回禮：「不才從北邊來，到南京去辦點事。」

中年漢子手拍船幫笑道：「好哇，京師可是個好地方。江南佳麗地，金陵帝王鄉嘛！你這一去，到長干里轉轉，去秦淮河逛逛，左手販奇貨，右手擁佳麗，享福不淺哪！」

葛誠聽他說的有些意思，卻一時琢磨不透，隨口應付道：「哪裡，哪裡，不才只是辦趟差事，事畢即回，先生說的福氣，恐怕只能想想罷了。」

中年漢子點點頭若有所思：「唔，上命急如火，官差不自由。拿人俸祿，忠人之事，先生做的還算不錯。」

葛誠見他話語蹊蹺，心中老大不舒服，聽船夫一聲吆喝：「開船嘍！」便轉回艙內坐下，遠遠的看那人獨立船頭，衣袂的飄搖將他的思緒打得紛亂，覺得有什麼地方似乎不對勁。

河面並不特別寬闊，加之風浪不大，不大工夫船抵對岸，船家和孫老頭急忙起身收拾。看著岸板鋪好，中年漢子牽過棗紅大馬，衝葛誠似笑非笑地說：「先生，其實咱們以前見過面的。」

葛誠一驚：「沒有吧，我可沒印象。」

中年漢子又是濃髯上翹：「當然，先生可能沒在意，客悅來店中，我就坐在先生旁邊，真是巧了！」

葛誠一臉茫然，不知他要說什麼。

中年漢子翻身上馬，揚著馬鞭說道：「先生，在下送你十六個字，對先生自有益處。那就是聞事莫說，問事不知，閒事莫管，無事早歸。」

說罷甩動馬鞭，一陣蹄聲脆響，灰土揚起處絕塵而去。

葛誠呆立半晌，細細品味他剛才說的那些話，很快感覺到，這次回京奏事，遠比自己料想的複雜。看到孫老頭已把馬車駕好在岸上等自己，忽然想起：「這回和中年漢子相逢，是偶遇還是人為的安排？看來孫老頭這傢伙確實是燕王特意派來的，以後得小心點，」一邊心不在焉地邁步走上車。

一路更加無話。漸往南行，春光漸濃，在和煦的陽光下搖搖晃晃昏昏欲睡中，馬車很快駛過淮安，穿過盱眙，踏進了高聳巍峨的南京金川門。

時已黃昏，和風輕漾，望著川流不息的人潮和兩側似是而非的各色店鋪，葛誠突然有種恍若隔世的感覺。其實掐指算來，離開京師也不過三四年光景，可就是這三四年中，多少物是人非啊。皇上已不是過去的皇上，各級要員也紛紛改頭換面。而當今的聖上，葛誠倒是見過幾面，只是印象已不甚清楚，仔細回想了半天，始終一片模糊，索性不去想他。

看看天色不早，今天是進不了宮了。便衝孫老頭說：「咱們先找個地方住下，等明天一早面聖。」頓一頓又說：「不妨跑遠點，到承恩寺那邊，順便逛逛。」

孫老頭應了句：「但憑大人吩咐，」一揚鞭吆喝一聲，篷車匯入街巷的人潮中。

葛誠端坐車中，看著馬車漸漸駛近鼓樓。斜陽西下，金色餘暉中鼓樓威嚴地審視著腳下的芸芸眾生，和位於西側的鐘樓一起用晨鐘暮鼓來宣告每日的開始結束，無形中給金陵城內每個人以天子腳下臣民的自豪感。葛誠知道，就在東北不遠處，一望無垠的玄武湖正以它波瀾不驚的湛湛碧水宣示著另外一種帝王之威，他甚至能感覺到此刻湖面上泛著的粼粼金光。

馬車一徑向南駛去，穿過北門橋，行人更加密集，路面似乎狹窄了許多，天色愈暗，有些店中已是燈影晃動。除了行色匆匆的過客外，沿街擺攤的買賣人漸漸多了起來，賣鹹水鴨、炊餅等晚餐要用的食品的，賣成衣、扯花布的，賣雨花石、佛珠等小玩藝兒的，叫賣聲婉轉動聽，此起彼伏，有幾次馬車不得不停下來躲讓那些圍著攤販挑挑揀揀的行人。

眼前的情景，耳旁的話音，葛誠既熟悉又陌生，似乎還夾雜著些不可捉摸的感傷，不知不覺中，通過了內橋，往東一轉彎，來到承恩寺和大中街交錯處。

「葛大人，時候不早了，就在這裡找個店歇息了吧？」孫老頭拽拽韁繩，讓馬放緩步子，扭臉問道。

葛誠從遐思中省過神來，抬頭正看見大街南側有座三層客棧，氣勢還算宏偉，四個通明的大燈籠映照著匾額上的金色大字：「水魚軒。」

名字倒挺有趣，以前在南京時可沒聽說過有這麼一家客店，葛誠抬手一指：「咱們今晚就住水魚軒。」

早有夥計領著孫老頭到後院去卸馬停車，葛誠信步邁進大堂。有個四十多歲的漢子迎上來，拱手笑道：「客官辛苦，快到裡邊請！」葛誠見他一身絲綢外套，頭上還戴頂畫滿元寶圖的瓜皮帽，料想不是一般夥計，便問：「貴店是最近新開的吧？」

「嗯，說是新店也不新了，」漢子笑態可掬，「洪武二十九年開張，有三年了。」

葛誠點點頭：「那你這『水魚軒』的名號是誰給起的？可有什麼典故？」

「都是自己一幫老粗人胡亂起的，」漢子笑道：「哪有什麼典故，不過是想著和氣生財的道理，我們好比是魚，客官您呢，就是那水，魚得靠水養活著才成。不是有那麼一句話嗎，魚幫水，水幫魚，我們就給湊合著用上了。」

葛誠聽著也笑起來，連聲說「好，」見孫老頭掂著行李過來，便由那人引著上了二樓，房間還算潔淨，葛誠要了個一進兩間的套間，孫老頭在西側隔壁的單間住下。

安頓已畢，葛誠坐下來啜口熱茶，這才感到有些疲憊，暈乎乎的似乎還在車上搖晃。想著明天就要面君，他忽然有些忐忑不安，奏事奏事，所奏何事呢？難道皇上召自己千里迢迢來到京城，就是要聽那些在公文上幾句話就可以說清楚的例行公事嗎？葛誠明白，自己是先皇欽點派往燕王府中不多的幾個朝臣之一，這幾年來緊隨燕王，對燕王府中的大小事情知道的不少，而目前朝廷和各藩王之間彼此心照不宣，都在暗中較勁。是不是正因為這個原因，新皇上才特別要自己進京呢？

要果真如此，那可就把自己推到了風頭浪尖了啊！葛誠想得有些心驚，接連幾杯熱茶下肚，竟出了一層細汗。

那麼，要不要把燕王府的情況如實稟報呢？很顯然，燕王對自己已有戒備之心了，他的人說不定就住在附近，自己如實稟報，萬一走漏了風聲怎麼辦？回到北平會有什麼結局等著自己？可推說什麼都不知道，皇上他會相信嗎？他想起在山東見到的那些錦衣衛們，皇上會不會讓這些傢伙們威逼自己說實話？另外，既然燕王不放心自己，為何又痛痛快快地放自己來南京呢？唉，剪不斷，理還亂哪！

孫老頭輕步進來問道：「葛大人是到下邊吃飯呢還是點好了讓人給送上來？」

葛誠沉思著放下茶杯說：「我倒還不覺得餓。你先下去吃吧，我待會兒再說。」見孫老頭轉身走出門去，葛誠暗想，這也是燕王的一顆眼珠子呀。苦笑一下低下頭接著想明天如何奏對。

又有腳步聲傳來，「吱呀」一聲有人開門。葛誠不耐煩地說：「我不是說過了嗎，待會兒再去。」抬頭看時，不禁愣住。

進來的不是孫老頭，而是兩個人，年歲相仿，都是四十有餘，穿著也差不多，一律雨過天晴絲綢袍，只是一個顏色深些一個淺些，腳踏淺灰色軟底靴，都沒戴帽子，細帶挽髻，看上去精神十足。二人不同之處只是一個略胖而高大，一個則消瘦矮小一些。

沒等他們說話，葛誠立刻認出，胖而高的是當朝兵部尚書齊泰，瘦矮一些的是翰林院學士黃子澄。當初葛誠在南京時，就與他們二人有過一些交往。那時侯二人是朝中的大才子，一個是應天府鄉試第一名，一個是會試中了第一名，讀書廣博，文章錦繡，深得先皇賞識，特意讓他們侍讀於皇太孫。葛誠還聽說，這二人在皇太孫登極後，很快便加官進爵，甚得重用。特別是他們力主削藩，極力攛掇建文帝將各地藩王的封地收回，去年周王被抄家就是他們一手策劃。

——他們怎麼知道自己住在這裡呢？他們迫不及待地夜裡來訪有什麼事呢？葛誠一時間竟沒

反應過來。

見葛誠發呆，齊泰和黃子澄相視一笑，大踏步走上前來，同時在他左右肩上一拍：「怎麼？不認識了？當初咱們同遊秦淮河，你還吃過我們的鹹水鴨子呢！哈，哈，哈。」

葛誠慌忙施禮：「怎敢不認識尚書和學士大人呢？只是沒想到你們能找到這裡，倒是讓葛誠吃驚不小。」

齊泰和黃子澄又是對視一笑，齊泰不無得意地說：「葛大人遠來之客，風塵僕僕，為朝廷之事勞頓如此，我等怎敢不過來拜望呢?!」

葛誠連說「不敢當，」請二人坐下，為他們斟上茶說：「葛某區區一個燕府長史，論級別為最末，論品級則不入流，兩位大人皆當朝國柱，能屈尊光臨已讓葛某受寵若驚，拜望二字如何承受得起，快不要如此說了。來，且飲一杯淡茶。」

齊泰和黃子澄倒不客氣，端起杯來一飲而盡。看著葛誠又斟上了，黃子澄濃眉舒展，大眼睛中閃著笑眯眯的神情說：「葛大人，你雖久在北平燕王府中，但說到底還是朝廷命官，和王府家臣自是不同，這次進京，是不是有重歸故鄉之感哪？」

葛誠聽他如此說，已猜出幾分來意，心說好傢伙，正不知明天該如何奏對皇上呢，他們倒先把難題給提出來了。忙一臉正色地說：「那是，久處北地，天寒地凍，滿目荒夷，每每站在北平城頭眺望南方，但見白草茫茫，思國懷鄉的辛酸別提多難受了。此次有幸回京，重見天朝繁華，真是有再生之感。這不，我特意從金川門大老遠地跑到這承恩寺，一則明日面君時近些，再則也想故地重遊。本想住到烏衣巷去，但天色已晚，沒去成。」

齊泰點頭若有所思：「難怪昨天聖上說葛誠心地耿直，雖遠在邊地，愛君之心終必不減，看來的確如此，真是可敬。」看齊泰圓圓的臉上疏眉微皺，細目似閉似睜，一本正經的樣子，葛誠連忙謙遜兩句。

黃子澄手捧茶盞湊近些放低聲音說：「葛大人，最近朝中紛紛議論藩王們因為皇太孫登極而他們作為皇子卻沒能輪上，心懷怨憤，尤其是燕王，仗著自己鎮守北平重鎮，手下有些兵將，更是磨刀霍霍，欲有不軌之圖。可真有此事？」

葛誠心裡咯噔一沉，知道難對付的題目終於提出來了。臉上卻極力鎮定，低頭沉思著不知如何回答。沉吟一會兒索性把自己的想法直接講出來：「齊大人，黃大人，恕葛誠直言，朝廷與藩王之事，我亦有耳聞，剛才兩位大人來時，葛誠正思量著明日聖上問起時如何奏對。葛某雖然在燕王府中供差三年，但此事關乎社稷江山，正所謂一言興邦，一言喪邦。因此葛某雖有私下揣度臆測，卻不敢輕易妄談。」

齊奏和黃子澄見他說得真切，連連點頭表示理解。一時無話，三人默坐飲茶，彼此心照不宣想著心事。

少頃黃子澄慢慢說：「葛大人剛才所言極是，但方今新皇登極，資望尚淺，藩王們雄鎮四方，論輩份，他們是叔輩，論功勳，他們在先帝朝中都多少有功於國，只怕長期以往枝大樹易折，尾大害於身哪！倘若一王發難，眾王回應，頃刻之間，國家大半土地就會不屬於朝廷，皇上政令就會不出京城。你想想，到那時必將天下大亂，生民塗炭，元末戰亂之災就會捲土重來呀！」

齊泰忙附和道：「正是，正是！故此聖上特以奏事為名，下旨要葛大人進京，以便洞察燕王動向，及早做好準備，既然注定要有這一痛，那就遲痛不如早痛，長痛不如短痛！」

話說到這分上，葛誠覺得已無處可躲。他只是忽然感到有些奇怪，自己為什麼不痛痛快快地把知道的情況說出來呢？除了怕說不準而引起朝野變動外，是否還有其他原因呢？往深處一想，他眼前閃過燕王鬍鬚倒豎，橫眉怒目的臉，閃過新沂河上遇到的那個中年漢子和他擲地有聲的十六個字。

想到此他才恍然大悟，從心底裡講，原來還是在為自己的後路擔憂啊！葛誠啊葛誠，想當初你和鐵鉉同在朝中時，那是有名的兩根直棍子，忠於職守，寧折不彎，可如今怎麼突然懦弱起來了呢？

挖到了心底的芥蒂，葛誠禁不住暗暗責怪自己。穩穩神，他迎著齊泰和黃子澄期待的眼光說：「二位大人，葛誠一向奉行道義二字，這一點你們是知道的。此次進京，葛誠也略微覺察出聖上的用心，因此特別將燕王府的情形留心查看一番。本來當時皇太子薨後燕王覺得自己最有希望取而代之，後來卻未能遂願，當然頗有不平之氣。去年先皇駕崩，燕王晝夜從北平趕往南京，名曰奔喪，其實是想查看京師情況見機行事。不料行至淮安，為齊尚書奉旨阻擋，他恨恨而歸，從此開始有不軌之心。再加上去年七月開封周王突然被逮，更讓燕王決意背離朝廷。按先皇古制，藩王所轄軍隊不得超過一萬八千人，燕王為了擴大實力，派遣心腹將領朱能、張玉等人祕密招募軍士，目前已有……」

葛誠聲音不是很高，娓娓而談，齊泰和黃子澄如獲至寶，聽得入神。突然外邊一陣腳步雜遝，有人喝道：「什麼人?!」

三人一驚，忙起身開門，只見孫老頭喘著粗氣站在門口。葛誠皺了皺眉頭：「怎麼回事？」

孫老頭看看齊泰和黃子澄，施禮回答說：「我……我剛才吃罷飯上樓，見有個人伏在葛大人門外，似乎是在偷聽裡邊說話，便跑過來，那人聽見動靜從西邊樓梯溜走了。」

「有人偷聽?!」葛誠心裡突地一沉，扭臉見齊泰和黃子澄也是臉色凝重。齊泰猶豫著說：「想必是見葛大人衣著不俗，探探風聲夜裡來偷盜的也未可知。既然他露了身形，肯定不敢再來了。好啦，天色不早，葛大人明日一早還要面君，就不打擾了，早些歇息罷。」

黃子澄跟著客氣兩句，兩人告辭而去，送客回來，葛誠非但沒有一吐為快之感，反而因為剛才的變故更沉悶了。誰在偷聽？真像齊泰說的那樣，僅僅是個普通夜盜？恐怕沒有那麼簡單吧？

正胡思亂想著，孫老頭走進屋來：「葛大人，你還沒吃飯呢，要不讓夥計送到屋裡來？」

葛誠淡淡說了句：「我不餓，」隨即語氣一轉，急急地問：「你見那個偷聽的人長得什麼樣？」

孫老頭臉色微微一變，吞吞吐吐地說：「我……我也沒看清，葛大人不必驚慌，可能……可能就是個賊吧。」

葛誠覺察出了孫老頭的變化，假裝不在意地說：「那好，你先去歇息吧，我不餓，餓了自會叫夥計送飯的。」

孫老頭答應一聲轉身退出去。看著他的背影葛誠冷冷一笑，沒看清楚？八成就是你自己吧！見我要向齊泰他們交底，故作玄虛地打住話頭。哼，愚蠢！今天說不成，明天見了皇上難道就不能說了?!難道你還能闖進紫金城打攪不成?!

葛誠心裡恨恨的，想到既然孫老頭是燕王派來的，那麼今天的情形他必定會報告給燕王，那又怎麼樣？我葛誠敢作敢當！他甚至想在回去的路上想辦法除掉這個孫老頭，但隨即又覺得不妥，怕燕王看出破綻，反而欲蓋彌彰。倒不如多給他些銀兩，堵住他的嘴算了。

想到此葛誠心裡暢快許多。支起窗戶向外看去，夜色沉沉，繁星滿天。遠處近處喧囂之聲漸低，燈光點點，搖曳不定。放眼遠眺，南邊有熒熒燈火緩緩移動，忽高忽低，想必是秦淮河上徹夜不眠的泛舟遊樂，傾耳屏息，似乎會有笙簫之聲傳來。葛誠不由得盤算著等面君一畢就去街上盡興轉轉，畢竟自己現在是金陵一客，再來不知要等到何年何月了。

讓心緒放馬由韁一會兒，覺得天色不早，才意猶未盡地合上窗子關好門，進裡間歇息了。

折騰了一天，確實有些累，但葛誠心裡亂糟糟的，翻來覆去難以入睡。齊泰和黃子澄的影子總在眼前晃動，他們所說的朝廷情形尤其讓葛誠不安，他有些驚恐地感到，外表平和的大明帝國也許正迎來一場腥風血雨，沿途見到的平靜如水的田園村莊也許很快就會變成屍骨橫積的戰場。那些瞇起眼睛曬太陽的老頭，那些牽牛耕田的莊稼漢，會有怎樣的命運等著他們呢？可惜他們都還蒙在鼓裡，還希翼著明年能有個好收成，猶如漠然無知地走進屠場的牲畜一樣更讓人倍感不忍。

不知過了多長時間，終於朦朦朧朧地進入夢鄉。忽然，一陣輕微的窣簌聲讓他從淺睡中驚醒。葛誠以為只是隻老鼠，心不在焉地半睜眼睛，看看黑暗的房間。但是他立刻驚呆了，一個黑色人影不知何時飄進屋裡，一點點地向床邊靠近！

葛誠感覺有股冷氣瞬間傳遍全身，身體僵硬得一動也不能動，這傢伙是人還是鬼？他腦中頓時空空如也，甚至忘記了躲避和呼叫。

人影在沉悶的黑夜中無聲地滑過來，近了，更近了，葛誠作為一介儒生，雖飽讀詩書，卻從未遇到過這種場面，更讓他目瞪口呆的是，黑影手中不知何時多了一柄閃著寒光的短刀！

來不及細細考慮，也幾乎沒有考慮，葛誠本能地從床上掀被坐起。恰在此時，那柄寒光閃閃的短刀呼嘯而至。然而黑影畢竟被嚇了一跳，出手稍微慢了一點，葛誠順勢躲過，驚叫著滾落床下。

驚恐萬分中，葛誠忽然發現屋內又多了一個黑影。一個人殺自己尚且易如反掌，何況兩個，葛誠一陣絕望，緊閉上雙眼。可是並沒人來殺自己，卻傳來通通的打鬥聲。葛誠睜開眼睛，驚訝地發現兩個黑影正在床前打得難分難解。兩人手中各持一把短刀，上躥下跳，閃閃刀光相互緊緊纏繞，鐵器撞擊的脆響不絕於耳。

葛誠下意識地摸摸腦袋，屏息蜷縮在床下，黑暗中分辨不清誰是先來者誰是後來者，也看不懂誰的武藝更高一籌。兩人你來我往很快鬥過十幾個回合，其中一個刀法好像開始變慢，似乎有些散亂，漸漸被向屋角逼去。葛誠知道那人怕是快要敵不住了。但他弄不清這對自己是福是禍。雖說自己讀過很多先賢傳記，也試想過視死如歸的情形，但真的死到臨頭時，他還是控制不住頭皮發麻。

被逼到屋角的黑衣人刀法越來越不濟，葛誠清楚地看見至少有一刀刺在了他的腿上。葛誠絕望地想，他們二人中倒下一個後，下一個恐怕就要輪到自己了。

忽然一陣輕風拂過，又一個人影從門口閃進來。這人手中也有一柄刀，看上去比前兩個人的還要短些。他立刻加入混戰中，刀光劃過幾個圓弧在黑暗中連續發出幾十聲急促的撞擊後，剛才佔上風的那個黑影突然支持不住，朝後連翻兩個跟斗才站定，冷森森地說道：「好哇，原來是你！」話音未落風一般衝向外間不見了。

剛才那個險些被殺的黑影收住刀，衝最後進來的那人說聲：「多謝！」然後兩人一起走出去，很快便沒了動靜。

葛誠被這奇怪的打鬥沖昏了頭，呆坐半晌才回過神。他想從床下鑽出來，但胳膊腿腳都不聽使喚，費了很大勁才算站起來。忽然腳步聲響，有人推門從外間進來，葛誠知道是剛才那個人又返回來了，心中絕望地叫道：「我命休矣！」

那人影卻在葛誠身邊站住，喘著粗氣說：「葛大人，我給你點上蠟燭照照。」

一聽是孫老頭的聲音，葛誠一顆心放回肚裡，雙腿卻軟軟地站立不住，摸索著坐在床邊。孫老頭點著了蠟燭，屋裡一片昏黃，葛誠好不容易回過神來。

燭光幢幢中，簡單的幾件桌椅板凳東倒西歪，一行血跡彎彎曲曲直繞出外間。身子忽然碰到一個硬梆梆的東西，回頭一看，原來牆上插著一把短刀，注目望去，發現閃著燭光黃暈的刀尖上還掛著一條白絲巾，扯下來抖開一看，雪白的絲巾上赫然寫著五個血紅欲滴的大字「舌是斬身刀。」

葛誠突然明白了，剛才的驚恐全屬多餘。對方根本沒準備殺自己，只不過是想給自己提個醒。毫無疑問，他是燕王派來的，既不想給人留下殺人的把柄，又要自己保住密祕。那麼後來的兩個黑衣人顯然是保護自己的了，可他們是誰？誰派來的？

葛誠凝燭深思，猛然抬頭見孫老頭正把翻倒的家具一一放回，燈光中他的臉龐更顯黑中透紅，花白頭髮有些散亂。儘管知道他和自己並不一心一德，但此時能個人陪在身邊，葛誠還是感覺心裡踏實些。明知不是伴，事急且相隨，這話還真讓自己給撞上了，葛誠苦笑著搖搖頭，起身開始漱洗收拾。反正睡不成了，早些動身，面君時也好從容一些，葛誠這樣想著打開包袱拿出準備好的新衣。

儘管剛才驚恐萬狀，但事情過後葛誠胸中又慢慢升起一股豪情，你燕王不是讓我閉嘴嗎，我偏要說實話；你燕王要我記住十六個字，我葛誠偏只記住一個義字，至於以後的死活，聽天由命吧，既然他這次沒殺自己，就說明燕王還不想背刺殺朝臣的惡名，那自己更不用怕了！

由於住的地方離皇城不遠，動身又早，不到五鼓時分，葛誠便頭頂滿天寒星站在了洪武門外。這是皇城中葛誠最熟悉的一座門樓，以前在京時每日裡進出五府六部，來來去去哪次不從它雄偉磅礡的威嚴中穿過？只是以往來去匆匆，很少駐足端注，對於它的氣勢磅礡更多的是一種心底的感受。而這次不同，葛誠神情肅穆，久久凝視，他發現巍峨的洪武門飛簷挑得很高，硫璃瓦在朦朧晨光中，亦紫亦藍，威嚴之處別有一種靈動，似乎有什麼東西在活躍地不停地跳動。這是葛誠以前從未感覺得到的。這種活潑靈動感染了他，長出一口氣，他覺得輕鬆了許多。

不知什麼時候，齊泰和黃子澄一左一右站在了他的兩側，葛誠省悟過來慌忙施禮相見，齊泰笑道：「怎麼，有些陌生了吧？昨晚歇息的可好？」不等他回答，黃子澄揮手接過話來：「這裡寒風吹得太緊，咱們到六部衙門去稍坐片刻，皇上也就要御座升殿了。

走進洪武門東側的六部衙門，值差的捧上熱茶來喝了一杯，身上果然暖烘烘的格外受用。黃子澄瘦長臉上肌肉更鬆馳了，盯著葛誠說：「昨晚咱們的談話葛大人如實稟報皇上即可，有我等坐陪，葛大人不必緊張。」

見葛誠若有所思，齊泰提高嗓門說：「也不必害怕，本來知無不言就是臣子的職份，有朝廷撐腰，他燕王能奈我何？葛大人不用有什麼樣慮顧。」

葛誠挺身子，笑容浮現在臉上：「有二位大人陪同，我就踏實多了。至於知無不言，葛某自然明白，不消多吩咐。」

這時承天門內鐘聲響起，齊泰說聲：「皇上就要登殿了，」三人便一同走出來，外邊天色亮了不少，晨光曦微中星河漸淡，只是飽含涼意的晨風大了些，他們不約而同地打個激靈。

走過外五龍橋，穿過承天門，四周寂靜異常。兩側排列整齊的太監各挑一盞米黃色燈籠，除了沙沙的腳步聲，能聽到的只有每個人細微的呼息。葛誠偷眼向後望去，一大群朝臣陸陸續續跟在他們身後，黑乎乎的不見盡頭。

轉眼過了端門，來到午門前站定。少頃，厚重的大門緩緩拉開，帝王天威也似乎洶湧而出，葛誠臉上一凜，整好衣冠肅然站定。就見有個太監衣著華麗，從內五龍橋一端緩緩走過來，扯著尖細的嗓子喝道：「皇上御駕奉天殿，有旨傳燕府長史葛誠及兵部尚書齊泰，翰林學士黃子澄進殿，其餘百官有奏事者華蓋殿暫候。」

三人快步上了內五龍橋，在奉天殿外站住，仔細收拾一下，這才低頭彎腰跨進高高門檻，緊走兩步跪倒高呼：「吾皇萬歲，萬歲，萬萬歲！」

一個年輕的聲音遠遠傳來：「愛卿平身，可到近前來說話。給他們看座。」

三人叩頭謝恩後走近御座，在下邊黃袱包面的龍墩上坐下。此時葛誠才看清，殿上高坐的皇上二十出頭，白淨面皮，眉目都很清秀，透出一股文弱的書卷氣。黃色龍袍映襯下精神煥發，虎虎有生氣，心想這就是新登極平年的建文帝了。模樣還和當皇太孫時沒有多大改變，只是略胖些。

正胡思亂想間，忽聽皇上開口說道：「葛誠卿是昨日到的京師吧？一路還算順利？」聲音清脆如金石之音，在空曠的大殿中很是悅耳。

葛誠慌忙翻身跪倒回奏：「承蒙皇上掛念，微臣接旨後不敢有絲毫怠慢，即日便從北平起程。託皇上洪福齊天，沿途還算順利。些許微勞，不足掛齒。」

「嗯，」建文帝點點頭，「葛愛卿乃當朝直臣，朕早有耳聞，不妨近前來說話，」說著用手指指龍案一側的龍墩。

「這……」葛誠猶豫著不知如何回答。作為臣子，登上丹墀與皇上對著龍案同坐，自己以前在朝中還沒見過，算不算越矩呢？他拿不定主意。

見葛誠左右為難，黃子澄說話了：「葛大人，當今聖上最愛賢臣，准你登丹墀而坐，這可是亙古未有的大恩哪！不快拜謝還等什麼?!」

一句話提醒了葛誠。想到自己一個微末小臣，既無功勳於當世，又乏仁德之彰顯，竟能蒙如此厚待，想到葛氏從此都將會以此為榮，不禁心頭一熱，淚水奪眶而出，頭撞金磚通通作響，高聲呼道：「臣何德何能，受此如海皇恩！今後唯有忠心報國，雖肝腦塗地心也快意！」

建文帝放眼望望齊泰和黃子澄，微微一笑。早有太監過來扶起葛誠，走上丹墀龍案旁坐下。

建文帝直視葛誠，放低聲音說道：「葛愛卿，遠在北平當差，途隔千山，你我君臣難得一見，今日正要促膝而談。朕之叔父皆在各地為王，本來皇族親威，朝中朝外互為依輔，未嘗不是美事。只是而今群議洶洶，說有些藩王心懷怨望，有窺竊神器不臣之心，倒讓朕心神不安。想到漢高祖大封藩王，結果尾大不掉，終引出七國之亂，社稷動搖，生民塗炭，不免心有餘悸，但要削藩，又恐各王不察朕之用心，激起巨變。愛卿久處燕府，你看燕王那邊情形如何？」

葛誠端坐御案一端，還沉浸在剛才的激動之中，見建文帝說得情真意切，忙毫不猶豫地拱手奏道：「皇上，以臣所見而論，燕王之心確如聖上所言，如今燕府上下忙於招募兵勇，打造兵器。以先帝所定古制，王府節制人馬不得超過一萬八千人，而燕王又另招壯士近千人，人數雖不多，但訓練有素，一旦上陣，皆可以一當十，況且其心腹將領四散活動，所招人數不斷增加，他們還與北平駐軍暗中來往，許多將領出入王府，儼然常客。如果有變，這些軍隊必不會聽命於朝廷。他們還在府內打造兵器，所有燕府兵丁裝備皆精於地方駐軍……」

建文帝眼睛一亮，打斷話頭疑惑地說：「打造兵器？燕王私募兵士之說倒有些耳聞，打造兵器之事卻不曾聽說，一片叮叮噹噹的敲擊之音，難道北平地方官府就不知道?!難道他們故意隱瞞不報?!」

葛誠見建文帝有些動怒，忙分辯道：「聖上有所不知，燕王怕引起地方注意，煞費苦心，於府中後苑地下建造許多房室，外有數重厚牆環繞，又在苑中放養無數鴨鵝。工匠每日在地下房室內打造兵器，敲打之聲為鵝鴨鳴叫所遮掩，因此外人難以發覺。」

建文帝聽完後面沉如水，沉默了一會兒才說：「朕自小跟隨齊泰和黃子澄讀聖賢之書，待人常以寬厚為美。燕王乃朕之四叔，朕從未以歹毒之心揣度於他。外界的傳聞朕始終將信將疑，今日聽愛卿所奏實情，委實傷心，朕不想負他，他卻執意要負朕呀！」

黃子澄起身走到殿中央奏道：「皇上不必傷心，如今事情僅見端倪，又有葛誠這樣忠直之臣為朝廷觀望風向，知己知彼，有何憂哉?!」

建文帝注視著葛誠，微鎖雙眉說：「能為朕分憂的，也就是葛愛卿了，你在燕王府中當差，如能留意府內動靜，一有風吹草動便及時告知朝廷，使朝廷能防患於未然，朕也就高枕無憂了。卿以為如何？」

一股熱血湧上頭頂，葛誠不及多想，就勢跪倒高聲答道：「能為聖上分憂是臣莫大榮幸，雖有萬死而不辭！」建文帝笑著招呼他重新落座：「愛卿哪，燕王強悍多詐，你可要小心仔細，切莫被他看出破綻。」不等回答隨即話題一轉：「有三四年沒來過京師了吧？千里迢迢來一回不易，好好看看，朕特意讓齊泰和黃子澄陪你。朕沒想到的，他二人再細細給你交代。只望卿不要辜負朕的重託。」

見皇上說得如此客氣隨意，葛誠復又激動不已，叩首拜謝。末了建文帝對齊泰和黃子澄說：「你二人陪葛卿多玩兩天，有些話交代仔細了。臨走時，朕還要下詔賜宴……」

忽聽葛誠跪在地上高呼道：「皇上，事關重大，臣已無心閒遊，臣今日就要啟程回北平去！」

建文帝與齊泰和黃子澄對視一下，三人都是滿臉喜色。齊泰拱手奏道：「皇上，既然葛大人忠心可嘉，我們君臣不妨現在就仔細的計議一番，看看怎麼對付燕王！」

休笑紛擾行人癡

北風正朔，遠遠近近除了寥寥幾塊麥田點綴著星星點點的綠色外，無邊的原野幾乎一片枯黃，泛著白色鹽鹼的路在空洞的天地間纖細而遙遠。「得得」的馬蹄敲打在冰凍的路面上，清脆而有回音，嫋嫋的揮散不去，讓人感到整個身體都成空的了，空曠得有些茫然。

馬車緩緩移動，在很久未遇著人家的路上走，給人一種錯覺，彷彿這樣一直走下去完全是徒勞，根本不會有什麼結果。

果然，車廂裡的女人急了，探出頭來衝轅上趕車的人說：「恩公，咱們這麼走了大半天了，連個人影，連個房屋都有沒有，這是要到哪裡去呀？」

趕車的男人是金忠，仍然那身不僧不儒的裝束。他懶散地坐在車轅上，輕揚馬鞭，漫不經心地說：「翠環，你不要著急嘛『天蒼蒼，野茫茫，風吹草低見牛羊』，聽說過沒有，咱們這一直往北走，人煙當然越來越少。不過也快啦，你看，遠處就有人家啦，北平城不遠了，今晚說不定還能進城去住呢！」

翠環在車廂中撐起身子，極目遠眺，真的看見遠處黑乎乎的房屋，立刻興奮起來，絮絮叨叨地說：「俺說怎麼會有麥田呢，人家遠了誰來收麥子呢？也真是，這地方恁冷，莊戶人家的日子不定比我們還苦呢！」隨後又縮回車廂中，對車上平躺著的男人說：「史鐵哥，你起來坐會兒吧，前邊不遠處就有人家了，恩公說今晚說不定還能進北平城呢！」

史鐵臉色有些蒼白，聞言勉強掙扎著坐起身，掖掖被角說：「翠環，以前聽說書的說楊家將，七狼八虎闖幽州，打得那麼熱鬧，還以為多好個地方呢，誰知荒成這樣！」

金忠在前邊冷不丁地插話說：「你們倆走的地方太少，其實北平可是個好地方！有燕山，有萬歲山，還有太液池，前朝的宮殿樓閣都大有看頭，你們見路上人少，那是因為這個時候天冷，又沒什麼活計，等天暖和了，人也多著呢！」

翠環和史鐵都自知見識少，也不好辯駁。翠環又問：「恩公，是不是到了北平，錦衣衛真的就找不來啦？」

金忠笑笑：「那當然，北平可是當今皇上四叔的封地，連皇上也奈何不了他，錦衣衛們怎敢來胡鬧！」

史鐵也探出頭來透透氣，瞇起眼睛看著原野說：「真是處處有好人，難為金先生不嫌累贅，替俺治了病又把俺們帶到北平來避鋒頭。」

金忠頭靠車廂，話裡帶著謙遜的笑音：「慈悲勝念千聲佛，造惡徒燒萬柱香，我給人家算命，自己當然也信這個。也算你倆運氣好，讓錦衣衛打了恰巧碰見鐵大人相救，我呢，正好要到北平來拜訪朋友，順路帶上你們，算不了什麼。」

日頭升到正午時，路邊人家漸漸多起來，路上稀稀落落的行人開始接連不斷。經這麼多天的跋涉，三人都有些疲憊不堪，好在就要到了，大家提起精神，胡亂吃些乾糧放馬疾奔。沿路房屋越來越稠密，行人也有些擁擠起來。忽聽金忠大喊一聲：「到了！」史鐵和翠環急忙伸出頭來看。正前方出現一座高聳於原野之上黑乎乎的城牆，他們直奔正前方的高大城門，不大工夫已到近前，斜陽的金色餘暉下，城門上方的三個大字氣勢磅礴：「麗正門」。

馬車駛過門洞，沿著甬道往東一拐，別有洞天的景象立刻展現在眼前。市面上人聲鼎沸，高高低低參差不齊的店鋪沿著寬廣的街道一字排開，不見盡頭。店鋪前寫著商號名字的各色旗子迎風擺動，遠望去如千軍萬馬奔騰一般，煞是壯觀。

翠環看得呆了，對史鐵連聲說：「史鐵哥，還真讓恩公說著了，誰能想到隔了那麼遠的荒地還有這樣一個熱鬧地方！」

馬車向北轉彎，沿河邊街上走出一小段路，在一戶高大門樓前停下來。金忠收韁下車，逕直走到朱紅大門前，「噹噹」連扣幾下銅環。片刻工夫「吱呀」一聲門開了，有個十四五歲的小童探出頭來，見是金忠，忙賠笑說：「果然是師叔，快些進來，師父等您老半天了。」

繞過照壁，院子驟然寬闊許多，幾棵高大蒼翠的冬青讓史鐵和翠環眼前一亮，來不及細看，跟著金忠匆匆拾級而上，走進正廳。

正中央端坐著個胖大和尚，黃土布僧袍，千層底的陀頭布靴，脖子上掛串大念珠，一顆顆紫朱油亮。見金忠他們進來，和尚欠身合掌說：「師弟終於來了。我算計著今日必到，在這裡等一些時候了。」

金忠走近些笑道：「師兄又胖了。我接著師兄書信便往北平趕，路上碰見這兩位施主有難，在濟南耽誤了些時日，怕師兄著急，先差人送封信來。師兄，沒誤事吧？」

「勉強沒誤，再遲可就說不準了。日月輪轉，一瞬千幻，驟變就在目前，你來的恰是時候，」胖和尚聲若洪鐘，打量一番翠環和史鐵，「這兩位施主是……」

「他二人與我萍水相逢，也算有緣，先安排一處讓他們歇息下，我慢慢跟你說。」金忠眼中有亮光跳動一下，胖和尚不再多問，吩咐小童安排。

「這位大和尚是我的師兄，人稱道衍和尚，最樂善好施。你們先去歇息，有話慢慢再說。」

金忠說著，示意史鐵和翠環跟隨小童走出門去。

屋裡寂靜下來，金忠坐在一側急不可耐地說：「師兄，聽說你如今深得燕王信任，成了燕王府的大紅人，小弟喜不自勝，這裡賀喜了。」

道衍擺手淡淡一笑：「命裡只有八斗米，跑遍天下不滿升。師兄我早已不以富貴名利為意，只不過想順應天命，助那可助之人罷了。」

「那是，那是，師兄道行高深，小弟不及萬一，」金忠語氣一轉，又問：「不知燕王府裡情形怎樣？」

「箭在弓弦，其勢難回呀！」道衍起身來回踱兩步，「只是時機尚未成，不得不待以時日。我這次寫信要你來，正是想將你推薦於燕王，時時備以顧問，以你我二人之力共輔其成大業。」

「好！還是師兄了解小弟，」金忠一臉興奮，也站起來，「小弟才智雖淺，卻也是身在江湖，心存魏闕，早想幹一番大事業。能與師兄共佐一代帝業，那真是再好不過了。小弟沿路就開始留意天下地理形勢，以備將來之用。剛才那對夫妻，就是小弟特意帶來的。師兄別看那女子衣著粗俗，她可是周王府的妃子，去年王府被抄時，逃落回鄉，與那男子成了親。小弟過臨沂時，正碰上錦衣們捉拿他們，便與去赴山東參政任的鐵鉉將其救下。輾轉到濟南，為那男的療了傷。錦衣衛們的人如狼似虎果真不假，一棍子下去竟把那男的陽物給打壞了，要不是救得及時，怕連命也難保。小弟聽他們說和王府有些瓜葛，便想或許將來有些用處，索性將他二人弄到北平來了。」

道衍靜靜地聽完後沒有說話，伸手從桌上拿起一張紙遞給金忠：「我若直接將你薦於燕王，只怕他未必看重，你好好看看此圖，明日到積水潭東面的鐘鼓樓旁燕京酒樓靜候，見機行事，運途從此便有轉機。你上次來北平距今已快三年了，本該細談一番，不過我得立即趕回燕王府，以免讓他知道你我已見過面。……你先歇息吧。」

金忠疑惑地接過紙，上面畫著一幅人頭像。

燕王府座落在北平城正南，基本上佔用了元時的皇宮。夜色漸濃，府城西北角的興聖宮燈火通明。宮內自不必說，就連宮外牆上也是燭光跳動的大燈籠一字兒排開去，映著太液池金光閃閃，彷彿有無數的魚兒竄來竄去。

殿內熱氣騰騰，十幾個人沿長條桌團團圍坐。桌上已經擺滿了形狀各異的各式盤碟，裡面的肴饌升起縷縷白氣。人雖不少，卻一片寂靜，個個屏息靜氣，目光集中在端坐上首的燕王朱棣。

朱棣年近四十，方面環眼，濃眉密髯，髮髻突起很高，橫貫一根銀亮的長簪，燭光下他雙目閃閃，朗聲說道：「眾卿皆本王股肱，平時忙於事務，難得一聚。今日適逢二月十二花朝節，我等且聊飲薄酒一杯，為百花祝壽。」

道衍面朝西比肩坐下首，接著說：「王爺之言極是，相傳二月十二為百花生日，可惜我北平苦寒，花枝尚未萌動，想必京師如今已是繁花似錦，我等不妨遙為賀之。」

燕山護衛朱能坐在道衍對面，抬眼看看朱棣和道衍，粗著嗓門說：「朱能雖是一介武夫，小時候倒讀過幾天書，白樂天詩裡說的『春江花朝秋月夜，往往取酒還獨傾』，這春江花朝大概就是指的今日吧。」

「好！朱能也開始文謅謅了，真可謂吳下阿蒙，士別三日刮目相看哪！」朱棣興奮起來，話音提高許多，「不過白居易是一個人喝悶酒，而今本王與眾卿同心戮力，濟濟一堂，心情自是不同，來，同舉一杯！」

座中多是武將，禮數講得到底少些，觥籌交錯，紛紛一飲而盡，緊挨朱能而坐的燕山左護衛張玉復又斟滿一杯雙手捧著站起來說：「燕王跟隨先帝征戰漠北，前後近二十餘載，大小功績數不勝數，赫赫威名堪與日月同輝。我等大小臣佐，當眾星拱月，忠心事王，張玉提議，為燕王偉業英名同乾一杯！」

說話語氣鏗鏘，擲地有聲，眾人紛紛舉杯站起。朱棣端坐著手握酒杯，輕歎氣說：「諸卿過譽了，本王南征北戰，跟隨父皇出生入死，並非為了什麼名，只是為了大明江山社稷。社稷之重，重於泰山哪！也罷，與其身後享那空名，不如眼前一杯熱酒，來，乾了！」

三巡一畢，望著大小將佐臣僚，朱棣一聲長歎：「美酒覺命促，良辰催人老啊！在座諸卿今日痛飲一畢，他年四散海內後，千萬莫忘你我共事之歡呀！」

挨道衍而坐的邱福正舉箸伸向盤中，聞聽此言忽然停下來問道：「燕王富於春秋，北平正鼎盛日上之際，何故歎息呀？」

問話正觸動朱棣思緒，他索性站起來說：「一言難盡哪。自去年新皇建文帝登極以來，屢有朝廷要收拿藩王的傳聞，卿等也一定聽到過。開始時本王還未敢相信，不料去年七月間開封府周王無故被逮，委實讓人吃驚不小。周王乃是當今皇上的五叔，毫無過錯之下他竟派李景隆率兵突襲王府，將周王一家捆綁至京師，死生至今未卜，實在讓人寒心！年後正月初五，人日尚且未過，下旨要燕府長史葛誠火速進京奏事。本王雖不知要他奏何事，但憚於天威，即日便安排其啟程，臣子之心，當盡都盡矣！不料葛誠尚未歸來，昨日又有旨到，要本王入京進覲。臣子進覲，當然應該，但以日下之勢，凶吉難料。想到爾等跟隨本王多年，怕本王一旦得罪於朝廷，連累了眾人，倒讓本王委實不忍。故此不得不以實言相告，今日宴後，諸卿可自行安排歸計，唉，天下無不散之宴哪！」說著朱棣淚花閃閃，有哽咽之聲。

「啪！」中間座中有人將酒杯使勁摔到地上，忽地竄起身叫道：「他奶奶的，當上皇帝先拿自家親叔叔開刀，也忒狠了！王爺不用理會他，安坐府中飲酒，誰敢來催，我一刀剁他兩段！」不用看，單聽那李逵式的口氣眾人就知道，肯定是燕右護衛譚淵。他臉上的連腮鬍鬚比燕王還要長些，正怒睜雙眼虎視眈眈。

「放肆！皇上乃是一國之尊，豈容如此污言穢語！」朱棣突然大怒，「君要臣死，臣不得不死，本王雖赳赳武夫，君臣大義還是知曉的。本王此一去，恐怕不是被羈留京師便是作刀下之鬼，唉，悔恨生於帝王家呀！不過能與諸卿共事一場，彼此心心相印，雖死也無大憾了。」話語未了，兩顆淚珠閃動一下滴在桌上。

大殿中沉寂了瞬間，道衍帶頭，眾人紛紛離座，齊聲叩頭喊道：「臣等誓死同心，永隨大王！」

不知是激動、興奮、難過，還是燈光的映照，朱棣臉色通紅，雙手擺動著哽咽說：「好，好，難得卿等……一片忠心，本王將來……如不與卿等共辱同榮，有如此杯！」

細膩的銀白瓷杯在地上猶如花開一般分作了數瓣，滴溜溜旋轉著滑向四處。道衍扶住朱棣，向眾人說：「大家儘管開懷暢飲，我扶王爺到後室歇息片刻，稍後就來。」

殿東側的小閣比外殿還要暖和一些，屋內陳設相當簡單，兩張鏤有龍鳳圖案的檀木大椅還是元朝宮裡留下的東西，案几是後來配的，卻是大紅的棗木色。「王爺，你看到了吧，人心還是向於王爺的，」道衍扶朱棣坐下後慢條斯理地說，「依我看，京師這個龍潭還是要闖一闖的。不去就會授人以柄，其短在我，去了反而會出乎那幫人的預料，他們惶急之下不會有什麼行動的，況且，不是有三位王子留守北平麼？這次葛誠進京，朝廷知我有所準備，更加不敢輕舉妄動。他們投鼠忌器，王爺定會平安而返的。」

朱棣手撫下頜點頭稱是：「讓葛誠進京，這一著走的對。就是要通過他來向朝廷示我反心不濃，藉以拖延時日，以便準備充分，待機而動。齊泰和黃子澄本王了解一些，皆是書生意氣，自以為胸中有百萬雄兵，其實臨事優柔寡斷，和建文倒同一個脾性。」

道衍侍立一側撥弄著念珠又說：「葛誠回來後還不宜處置，留著他以向朝廷示我懵懂不知，讓他們偷笑去好了。再者……王爺此行雖說無虞，但多少總擔些風險，我願隨王爺走一趟，以便見機行事。」

朱棣讚許地拍拍道衍說：「道衍哪，你是高僧，你看本王像是成大事的人麼？」

道衍雙掌合十，順目說道：「有心無相，相逐心生；有相無心，相隨心滅。王爺之貌酷似先帝，方今天下之勢，不在北平則在南京，不制人必制於人，如此勢若洞火，王爺何故疑慮？」

朱棣聞言哈哈大笑：「不錯，那麼你看將來萬一有事，這勝局是北平呢還是京師？」

道衍仍然合著雙掌，不假思索地說：「我遍觀古往今來千朝百代，始事者盛於東南，收功者多於西北，少有例外，王爺儘管放寬心。」

朱棣滿意地連連點頭，忽又想起一件事來：「道衍，你上回說起的那個師弟，也該到了吧？」

道衍故作神祕地說：「我幾日來未出王府，估計已經到了。此人善相，又喜在酒肆中豪飲。王爺不妨明日換上便裝，混同於幾個衛士中間到積水潭那邊以巡查為名，進幾家大酒樓中轉轉，師弟如果真有本領，必定會為王爺奇偉貌相所吸引，說不定還能識破王爺身分呢！」

朱棣興致勃勃。連聲說：「有意思，那明天本王就試試。如果你那師弟果然有才，讓他輔佐世子留守北平，你我進京也就無後顧之憂了。」

北方的夜空清澄而高遠，星光的寒意也就格外浸人肌骨。葛誠的馬車站在黑色巨人般的麗正門下，城門早已關閉，天地空曠而寂靜。「算來今天是二月十二，百花的生日，何等的良辰美景呀！」葛誠坐在黑暗的車廂裡，冷得有些瑟瑟發抖。聲音不大，像是自言自語。

孫老頭用鞭子在馬背上輕輕劃拉兩下，語氣蒼老地說：「這一個多月真夠辛苦的，終於又回來啦。唉，北平是個好地方，蒙古韃子在這裡打敗金人，洪武爺又千辛萬苦地把韃子給趕跑，我看要不了多久，這城牆上又得濺上不知多少人的血！你殺我我殺你，到底圖個啥呢?!」

沿途之上孫老頭始終是沉默的，他突然冒出這番話讓葛誠感到很奇怪，便伸出半個身子說：「你怎麼知道這裡又要開展呢?這樣的話可不是隨便亂說的，要是讓燕王府的人或朝廷的錦衣衛聽了去，即刻就有殺身之罪！」

孫老頭聲音更加蒼老：「葛大人，情勢明擺著，村夫百姓都知道。就連葛大人不也是因為這個才來回奔波的?!」

葛誠微微一驚：「孫老頭這傢伙果然是燕王府的耳目！」便口氣嚴厲地喝道：「朝廷大事你一個趕車的下人怎敢信口胡言！我為朝廷和燕王當差，至於當什麼差，你不必過問，趕好馬車就是了！」

孫老頭在黑暗中臉對著葛誠淒然一笑說：「葛大人誤會了。我孫老頭曾是燕王府中一個兵馬教頭，後來因為言語觸忤了燕王，被罰作趕車的下人。葛大人此次進京雖屢遭兇險恐嚇而忠於朝廷之心不改，老頭子我佩服不已，咱也是條熱血漢子，碰到葛大人這樣的忠義之士不幫一把心上過意不去。上回咱們過新沂河，在船上聽見那人對大人說的話，就知道大人處境不妙，直後悔不該圖便宜和他同上一條船，不過話說回來，人家這話在什麼地方都有機會說，上不上船都免不了。誰知他們竟然在店裡刺殺大人，開始我就想上手，見有人保護大人，便躲在暗中看動靜，後來見勢不妙，忙上手將刺客打跑了……」

葛誠恍然大悟，原來第三個出現的人竟是孫老頭，那開始保護自己的必然是皇上齊泰他們派來的無疑了。怪不得齊泰和黃子澄那麼快就在店裡找到了自己，朝廷和燕王都在暗中關注著自己呢！想起一路上對孫老頭的誤解和冷漠，葛誠心裡一熱，上前抓住他的胳膊說：「孫師傅，難得你一路暗中相助，倒是我葛某眼界不真，誤會你了。」

孫老頭目光黯淡下來：「葛大人，我和那客交手時，被刺客認出來了，只怕回去之後，很快就不免一死啊。」

葛誠大吃一驚地失聲「啊」地叫出來，想想說：「孫師傅，那你就不用進城了，連夜逃走吧，以你的武藝，天下還沒個立足之地？燕王那裡我自會交代好的。」說著從搭褳裡往外掏銀子。

孫老頭按住葛誠的手苦笑道：「不用了，要是能逃我早就逃了。可惜我還有個十七歲的兒子孫青在燕府，他媽死得早，孩子沒享什麼福。我這一逃燕王必定遷怒於他，連累了孩子還不如我死啊！」

原來這樣，葛誠一陣心痛，喉頭有什麼東西堵住，熱乎乎的兩行淚順著臉頰淌下來。

孫老頭聲音有些打顫：「葛大人，老漢我死了不打緊，人生在世，草木一秋，也就那麼回事。只是我那苦命的兒子，就託會給大人了，我看葛大人是朝廷命臣，只要燕王不起兵，他就不敢加害於大人。大人如果不嫌棄，可否將孫青認作義子，這樣也算對得起孩子，老漢死也瞑目了。」

葛誠說不出話來，咬牙使勁點點頭，淚光朦朧中，黑乎乎的城門似乎要撲面壓來。耳畔又響起孫老頭嗡嗡的說話聲：「葛大人，燕王不起兵，尚可保住性命，燕王一旦起兵，你千萬要和孫青逃離北平！」

燕王府城北面的積水潭附近是北平城最熱鬧的所在。尤其是積水潭東邊的鐘鼓樓大街和緊靠大街西側的羊角市一帶，更是人頭攢動，店鋪雲集，這裡有南方來的水果和白麵，有北邊來的獸皮和羊毛，有從全國各地甚至波斯天竺收集來的各色珍奇寶珠，還有從城內城外牽來的牛、羊、馬騾等大牲畜，鵝鴨等小家禽。分門別類地排開去，三轉兩轉總找不到盡頭。街上人流如潮，賣家從各地雲集，買者也是個千奇百怪，從北方趕來的蒙古漢子，從南方遠到的高額深眼的矮個，不時還能碰見三三兩兩或單獨一個手牽駱駝，高鼻藍眼的外蕃人種。

金忠坐在臨街的燕京酒樓二樓，從窗戶向下望去，街道像條寬闊的河流一般緩緩流動，嘈雜的人聲不絕於耳。燕京酒樓在這條街上算是較有氣派的一家，總共四層，一二樓是飯堂，三四樓供客商住宿。樓面寬闊明亮，地面全用松木板子鋪就，黃澄澄鋥光瓦亮，正中間豎著一根碩大石柱，雕有飛鳥走獸。整個布局像個北方漢子一般粗獷豪放。

時候尚早，一絲陽光越過街東邊店鋪照在二樓的上半截，明晃晃刺人雙眼，身上卻冷颼颼的不是滋味，店中幾乎還沒什麼酒客。金忠要壺燙酒漫不經心地咂摸著，眼睛卻四下掃視，心裡七上八下忐忑不安。

不大一會兒，半壺酒下肚，太陽也金燦燦地灑遍全身，金忠感覺有些躁熱，將腰間熟牛皮束帶略微鬆一鬆，長舒口氣，忽然樓下有腳步聲響起，沉重而雜沓，隨即嗵嗵地踩著樓梯木板走下來。

金忠的心提到嗓子眼，嗆到半截的酒熱辣辣地差點兒沒噴出來。忙扭臉看去，五六個軍丁走上來，清一色的裝束，綠色束身袍，綴滿海馬繡文，頭戴戰盔，腳蹬長筒戰靴，他們氣宇軒昂，在堂中來回踱了半圈，一聲不吭地轉身就要下樓。

金忠剛才一眼就認準了自己要找的目標，他只是沒有立刻鼓起勇氣，見他們要走，來不及多想，直撲到他們當中走在中間的那個兵丁前，叩了一個頭低聲說：「大王，你貴為萬金之軀，怎麼如此不知自愛，混同於兵士之中？」

其餘幾個兵丁見狀立刻散開，將金忠圍在中間，刷地拉出腰刀，氣勢劍拔弩張，驚得客人和夥計縮在桌子後邊戰戰兢兢，大氣不敢喘。金忠見事至此，只能橫下心把這齣戲接著往下演。他接著又磕一個頭說：「自古烏鴉彩鳳不同棲，王爺千萬自重！」

那個兵丁一愣神，望著腳下的金忠笑道：「這人是不是迷心病犯了，胡說些什麼話？莫名其妙！」

金忠一看剛才架勢，知道此人肯定是燕王，昨晚看了幾十遍畫像，是不會認錯的。如果不是的話，那些兵士何必那麼緊張？想到此他故作神祕地看看周圍，欲言又止，似乎有什麼難言之隱。

朱棣見他能從兵士群中認出自己，暗想此人果然有些本事，便吩咐道：「我看這個人滿嘴胡言，又鬼鬼祟祟，來，把他帶回去好好審問一番，別是哪個獄中逃出來的犯人。」幾個人答應一聲，上前將金忠架起就走。

燕王府西側隆福宮中，朱棣已經換上了一身便袍，隨意而舒適地斜倚在寬榻上，笑眯眯地看著端坐一側的金忠問：「金先生，你如何敢肯定走在兵士中間的就是本王呢？」

金忠仍然有些緊張，欠身拱手回答道：「王爺方面高額，龍行虎步，豈非常人衣服所能遮掩得了的？豈不聞當年魏武帝曹操代人提刀的故事，王者之氣收斂於內，迸發於外，氣吞萬里，降萬物於無形，明眼人一望便知。」

朱棣將頭仰靠在榻後的屏風上，輕點腳尖頗有些得意地問：「既然你精於相術，還能瞧出什麼來，不妨都說一說。」

金忠沉吟一下，突然從座位上蹦起來匍匐在地顫聲說：「殿下恕臣直言，殿下乃異日真龍天子，當享有大明江山二十載！」

朱棣打了個激靈翻身從榻上坐起，盯著地上的金忠兩眼露出凶光，獰笑著一字一頓地說：「你可知道你說的什麼話，本王立刻讓你這個大膽逆民人頭落地！」

金忠雖然頭埋在地上，仍然感到有股寒氣撲面而來。有一瞬間他甚至懷疑自己是否真的打算錯了，或許眼前這個燕王僅僅為了保住王位，並不真的要與朝廷作對？但是金忠又很清楚，此時畏縮，無異於自蹈死地，硬著頭皮走下去，也許還有一線希望。

想到此金忠爬起來哈哈大笑：「殿下府中枉有龍虎之氣，豈不聞天與不取，反受其咎，時乎時乎，時不再來。本以為殿下乃人中豪傑，故而以實言相告，卻不曾想堂堂王爺也這般畏首畏尾，可悲可歎！既然如此，臣也只能怪自己有眼無珠，但等著引頸就戮了。」說罷昂首而立，臉色肅然，暗地裡卻強壓住撲撲心跳。

朱棣默不作聲，倒背雙手繞榻踱了幾步，轉身出門而去。金忠晾在那裡莫名其妙，不知他葫蘆裡賣的什麼藥。正進退無措的時候，一個人影晃動，進門便呵呵大笑，把金忠嚇了一大跳，轉臉一看，原來是道衍。

道衍笑著拉住金忠衣袖：「師弟別來無恙，果然是好眼力，燕王目下韜光養晦之際卻被你認個正著，佩服，佩服！」

金忠知道險情已過，一顆心落地，也笑道：「這都是燕王天命所歸，我一個凡夫俗子，因人成事而已。」

道衍靠近些附耳悄聲說：「這裡朝廷耳目眾多，燕王此時力量還不足以抵抗朝廷，時機尚未成熟，不得不小心，師弟受驚了。」

金忠點頭不語，見道衍扯了把自己，便跟著他出了大殿，來到宮外。時已正午，白花花的陽光雖沒多少熱氣，金忠仍然感覺清爽不少。放眼看著偌大宮院，處處亭台樓榭，池塘環假山而繞。想著要是天氣轉暖萬花盛開，定然美不勝收，處處詩情畫意，真正是天上蕊珠宮，人間藩王府啊。

隨著道衍沿碎石小徑七拐八拐，走到一座圓門前。圓門不大，門牆上用琉璃磚拼成的兩隻猛虎圖案頗為醒目。門外兩側各有四名衛士手持刀槍把守。進得門內，又是一個小院，小橋流水，畫榭玲瓏，比起外邊來自有另一番雅致。金忠來不及細看，緊跟道衍走過小橋，進到北邊一個便殿內。

朱棣坐在殿中高座上等他們進來，彼此重新見過，略微客氣幾句，話題便轉到是否進京的問題上。金忠自然同意道衍的意見，侃侃說道：「燕王奉旨進京面君，諒無大害。如今情勢是我疑懼朝廷，朝廷更疑懼我，沒有確鑿把握，誰也不敢貿然發難。況且北平地處重鎮，兵多將廣，又有世子留守，附近秦王、晉王、寧王皆重兵在握，牽一髮而動全身，朝廷沒有全勝把握，必然畏首畏尾，何足懼哉！」

朱棣終於下了決心，咬牙說道：「不入虎穴，焉得虎子，北平有先生輔佐世子，有眾多猛將作後盾，本王又有道衍相陪見機行事，定能全功而返。齊泰、黃子澄一介書生，自以為有什麼妙計來賺本王，哼，徒留笑柄而已！」

金忠忽然想起一事，覺得此時恰是最好的見面禮，便向朱棣說：「臣來北平的路上搭救了一個為錦衣衛追殺的年輕人，其勢已壞，我想不妨曉之以理，激起其對建文帝的怨恨，王爺將他帶到京師，臣素知王爺在京師結交甚多，暗中託人薦其進宮當個……不怕他不賣命。那時候建文的一舉一動王爺都瞭如指掌，還愁大事不成麼……」

私語良久，小閣中突然爆發出一陣大笑。

史鐵和翠環在這座大宅院中轉眼已住了好幾天。伴隨著天氣漸暖，史鐵臉色紅潤了許多，胳膊腿腳開始靈活自如，被痛打的傷痕似乎逐漸淡去。

然而史鐵心頭的陰雲卻隨著傷勢的好轉越來越濃重。刀疤臉的錦衣衛照他雙股間狠狠砸下去的那一棍子刻骨銘心地印在了他頭腦中。劇痛的滋味已經記不甚清楚，但那玩藝兒卻從此木木的沒了感覺，這讓他恐懼莫名又不能向人說及。特別是近幾日，看他精神好轉，翠環好幾次眉目暗示，故意倒在他懷中纏綿著不肯離開，史鐵當然明白翠環的意思，他自己也是心口窩如小鹿亂撞，湧過一陣又一陣衝動，但是不管怎樣撥弄，那東西始終沒能像以前一樣挺拔起來，它好像不再屬於史鐵，孤零零地鑽在角落裡睡著或者死去了。

經過好幾次折騰之後史鐵終於絕望了，他只能溫柔地撫摸著翠環軟軟的小腹，對翠環也對自己說：「小傢伙有兩個月了吧，這可是史家的根哪，小心點兒別瞎胡鬧了。」

能在碰見那幫錦衣衛們之前留下這條根，史鐵暗自慶幸。然而翠環不明白他的意思，卻只能強裝歡笑罷了。

直到這時史鐵才想起，在濟南府金忠給他療傷時，搖搖頭苦笑著說：「外傷倒不打緊，只是其勢已壞，往後恐怕不能行人事了」。當時他沒能明白這話是什麼意思，也沒往別處多想。現在他終於明白什麼叫不能行人事了，哎呀，那自己不就……一陣鑽心疼痛，他不敢再往下想。

一想到後果的可怕，史鐵就覺得汗水爬滿了脊背，頭腦中一片空白，就像天要塌下來，不知該收拾什麼東西不知該往哪裡躲藏反而呆立在那裡一樣，面對這種從來沒想過的災難，史鐵的心被掏空了，他甚至忘了嚎啕大哭一場。

隱隱中史鐵盼望著能見到金忠，問問他還有沒有辦法治好，他知道這是一種很渺茫的懸千斤於一髮的希望，因此他不敢認真去想，只能有意無意地盼望。

金忠終於來了。幾日不見，金忠好像換了個人，穿著簇然一新，頭戴二梁冠，身穿寬鬆大袖長袍，上面繡著色彩亮麗花紋，心口後背處各綴一塊方形花布，上邊畫的是雲霧繚繞中一隻展翅而飛的長頸鷺鷥。臉色油光發亮，走起路來一搖兩擺，好不得意。

史鐵看他這身打扮，暗吃一驚，這不是州府老爺們穿的官府嗎，他從哪兒弄來的，大搖大擺的在街上走不怕讓衙役們抓去定個大逆不道的罪名？

見史鐵和翠環都站在門口直著眼看自己，金忠更覺得意，甩甩衣袖笑道：「怎麼，才幾天不見，就不認識你們的救命恩人了？」

史鐵和翠環忙過去見禮。翠環湊近些仔細看看那身衣服說：「恩公，看樣子你可升官了。奴家在周王府中見穿這種衣服的，可都是不小的官兒。」

金忠咧嘴「嗤」了一聲說：「唉，什麼不小的官，不過才六品，比芝麻粒大不了多少，也就和黃豆那麼大。」說得三人都笑起來。史鐵暫時忘了自己的心事，好奇地說：「金先生，哎不，金大人，六品官可不能算小了，我們那裡七品縣令一出門都是兩排跟班的，前邊敲鑼開道，坐在轎子裡面冬天有手爐，夏天有打扇的，威風著呢！」

金忠點點頭還沒說話，史鐵又接著說：「金大人，你交什麼好運了，來北平才幾天就弄了個六品官？」

金忠這才笑道：「史鐵呀，我來就是給你說這事的。你瞧我穿的這身官服夠闊氣是吧？我給你出個主意，只要你按我的話去做，用不了多久，這身衣服讓你穿你還嫌派頭小呢！」

史鐵和翠環一時摸不著頭腦，呆了一呆沒有說話。金忠朝身後的幾個衙役一擺手：「快在屋裡排好！」

衙役們答應一聲，將所帶的食盒端進屋裡，片刻工夫，當中桌上湯菜酒饌一應俱全，還冒者熱氣。

看他們收拾妥當，金忠衝著呆若木雞的史鐵和翠環笑道：「你們瞧，俗話說藥醫不死病，佛度有緣人，咱們萍水相逢，緣分自是不淺。這幾日忙於事務，沒顧上回來，今日特意備些薄饌，也好洗洗一路風塵。來，屋裡坐。」

史鐵聞言忙連聲說：「不敢當，不敢當。金大人救了小人一命，正發愁沒法子謝恩呢，如今又勞大人破費，這可如何使得。」

金忠微微一笑，意味深長地掃了翠環一眼，謙讓著三人進到屋裡坐下。金忠親自將酒杯斟滿，衝衙役們喝道：「你們都站到大門口去，不叫別進來！」又笑盈盈地舉杯對二人說：「咱們這一路擔驚受怕，總算是逃出狼窩啦，唉，那幫錦衣衛就是當今皇上的鷹犬，專門替皇上殘害百姓，如今熬過這一劫，說不定還有大福呢！來，喝了這一杯壓壓驚！」

翠環猶豫著抿了一小口，嗆得撫胸直咳，臉色通紅，不住地哈氣，金忠盯了她片刻，柔聲說：「翠環，不能喝就算了，多吃幾口菜。這可是燕王特意讓廚子做的，不是誰都能吃上，口福不淺呢！」

「燕王！」史鐵一驚，「就是坐鎮北平的洪武爺皇子那個燕王？金大人怎麼能攀得上他?!」

金忠又是一陣得意，指指身上嶄新的補服說：「瞧見沒有，這就是燕王特賜的，官雖不算大，卻也是堂堂六品！要是賣力幹活，往後指不定升到幾品呢！鄉下秀才苦讀半輩子書，百裡挑一地考中個進士，也只不過弄個七品銜，看來只要路子走對了，想升天也快呀！」

史鐵來了興趣：「金大人，俺和翠環在這北平城裡人生地不熟，正發愁以後怎麼過呢，既然大人升了官，那以後俺就給大人當差，也好有個飯碗端著。」

金忠一擺手，：「史鐵呀，我可不敢讓你當差。你年輕輕輕，尚不滿二十，大有可為呀！弄不好將來我還得給你當差呢！」

史鐵又迷惑起來，不明白他說的什麼意思，便支起耳朵聽下去。「史鐵你還記得嗎，當初在濟南府給你療傷時，我曾說錦衣衛們有一棍子打得不是地方，從此你將人事盡廢。你現在品品，是不是這回事兒？」

一句話戳到痛處，史鐵頓時臉色灰暗，半張著嘴辱直打哆嗦。翠環不明就裡，奇怪地看著史鐵，又轉臉去看金忠，見金忠也正看自己，慌忙低下頭去。

金忠臉色嚴肅起來，眼光看向遠處說：「普通百姓能有什麼罪，皇上卻派錦衣衛們把人打成這樣！我將此事向燕王稟報後，他也氣憤不已，還說要召見你呢！」

「召見俺？」史鐵將信將疑，「我一個草頭百姓，不過是個打鐵的匠戶，又沒什麼本事，燕王召見俺幹什麼！」

「史鐵，要不怎麼說人走了運扁擔開花，人倒了楣生薑不辣呢，這是你的運氣唄！你不知道，燕王這人最講禮賢下士，凡是願意替他出力的，他都不會虧待。你看我一個跑江湖看相算命的，能有什麼本事，燕王不照樣給了個六品官。咱們既然有緣，也就是一家人，我也就不用繞彎子，這兩天我給你思謀了一條出路，你要是樂意，我擔保你這一輩子要風行風要雨來雨，別說六品五品，就連閣老也保不定呢！」

聽他說得神乎其神，史鐵兩眼發亮。急不可待地說：「金大人，你是闖過世面的人，只要你覺得可行，俺就幹。將來出息了，金大人的恩情是斷斷不敢忘的。」

金忠擰擰眉毛，作出不好開口的樣子頓了一下說：「翠環，我和史鐵好好合計一番，要是幹好了，少不得有你享不完的福。你就不陪著了。回房中歇息去吧。」

翠環不明白金忠好好的為什麼要支開自己，不解地望望史鐵。史鐵急於聽下文，便說：「翠環，那你就先回後屋去吧，金大人見多識廣，又一心為咱們著想，咱們得聽他的。」

翠環這才不情願地起身，繞屏風到後房去了。

金忠又示意史鐵飲了杯酒才清清嗓子說：「史鐵呀，有些話當著翠環不好說，你實話告訴我，你那玩藝兒是不是讓打壞不管用了？」

史鐵聽他又提起這茬，又是羞又恨，臉紅到脖子根，支唔兩句忽然伏桌抽泣起來。

金忠並不急於說話，自斟自酌幾下，看他平靜些了，伸手拍在他背上說：「好端端的男人給廢了，這是誰害的，還不是那幫天殺的錦衣衛，還不是當今忠奸不分的皇上?!史鐵呀，他們就是你的仇人，是他們害得你年紀輕輕就……」

史鐵突然昂起頭來，瞪著血紅的眼珠子低聲吼道：「別說了，金大人，這幫龜孫的仇俺記下了，俺史鐵如今報不了仇，死後變成厲鬼也饒不了他們！」

金忠苦笑道：「唉，活人的事尚且沒有把握，死後有沒有鬼誰能說得清呢？錦衣衛北司的詔獄中哪天沒有上百成千的冤死鬼，那幫人卻活得滋滋潤潤，也沒見誰給鬼抓去。要是活著能報了仇，豈不更好？」

「活著報仇？」史鐵垂下頭來，「俺一個百姓人家，文不能當官，武不能作將，如今身子又給弄得和宦官一樣，拿什麼報仇?!」

「你算慢慢開竅了，」金忠話語緩慢，語重心長，「當今天下形勢你可能也聽說過一些，皇上自登基後聽信奸臣鬼話，指使錦衣衛使勁殘害老百姓，還想把他那些當藩王的皇叔們給殺掉，你想想，這樣的皇帝也能坐天下？燕王早就看不慣了，他要替百姓討個公道，也要保護先帝爺的皇子們不被一個個殺掉，因此籌劃著起兵打到南京，把這個昏君趕下臺……」

關於皇上和王爺們的事情，史鐵在鄉間也聽到過不少傳聞。不過那都是田間地頭或打鐵作坊裡頭當閒話偷偷摸摸地說的，現在第一次從穿著官服的人口裡說出來，仍然吃驚不小，目瞪口呆地聽他說下去。

「燕王目前正在加緊準備，凡是有能耐，願為燕王效力的，都會加官進爵，世世代代有享不完的富貴。史鐵，你想想，將來燕王打到南京登了基，那你還不就成了開國功臣，這大仇也報了，名也成了，該有多美氣！人啊，就這麼短短幾年，真是如白駒過隙，有幹事業的機會可得千萬抓住啊！否則，人生之價值何在呢？」金忠見他聽得仔細，便講得格外帶勁。

「可是俺沒什麼能耐呀！」史鐵有些遲疑。

「我已經替你想好了，眼前就有個立大功的機會。聽說皇上很快要召一批太監進宮，而燕王呢，正發愁不知道京師那邊宮裡的動靜。我想反正你已經廢了，倒不如趁勢進宮當個太監，在皇上跟前吃香的喝辣的，順便把宮裡消息傳出來，這樣福也享了，功也立了，真是個天大的美差呢！」金忠終於把想法說出來，有些緊張地看史鐵的反應。

「史鐵哥，不能呀！」翠環突然從屏風後邊跑出來，撲到史鐵身邊帶著哭腔喊道。

史鐵卻很平靜，苦著臉將手搭在翠環肩膀上：「翠環，既然你聽到了，俺也就不瞞你，俺讓那幫狗日的錦衣衛給廢了。好在史家總算留了條根，俺就是死了也……」

翠環嗚嗚地哭出聲來，伏在史鐵膝蓋上抬起滿是淚水的臉說：「別說了，史鐵哥，那太監可不是人幹的活，什麼廢了不廢了的，咱們找個地方平平安安地過一輩子，比什麼都強。」

史鐵替她抹了一把臉，聲音嘶啞地說：「翠環，他們害了俺，俺也不能讓他們好過。你哪兒也不用去，就在北平待著。俺進宮幹他個三年兩載，等燕王殺進京師，把這些狗東西全宰了，俺就回來接你，到那時咱們再好生過日子。」

翠環一時不知該怎麼說，只是抽泣個不停，金忠見狀便說：「看得出你是個血性漢子，咱們既然有緣，我也是真心幫你。進宮的事我反覆合計過了，你進去之後，該幹什麼幹什麼，只要比別人多留點心就成，有什麼消息記在心裡，瞅個空傳出來。至於傳給誰，自然有人安排。只要你小心點，不會有人發現的。至多三年兩載，燕王就會佔了天下，你也就大功告成了。」

史鐵雙眼閃光，撫著抽泣不已的翠環的脊背，聽得入神。金忠呷口酒轉換一下口氣說：「話又說回來，即便燕王敗了，你在宮中還能接著享福。宰相家奴七品官嘛，何況在皇宮裡頭?!幹好了，把翠環接到南京，好好活他一輩子。」

史鐵話語生硬地問：「那俺怎麼去？」

金忠知道事情成了，輕鬆下來，晃動身子說：「南京下旨要燕王進京入覲，正好帶你一起去，至於如何進宮，也會有人替你安排。眼下你只要去一下勢就行了。」

「去勢？」史鐵有些疑惑，「什麼去勢，俺不是已經廢了麼？」

「廢了和太監還不一樣，要進宮非得去勢不行。要得勢，先去勢嘛！」

欲枕黃粱總不成

葛誠回到北平已經有些時日，卻還沒有見到朱棣一面。每次去燕府求見交差，都被生生的一句「王爺身體不適，改日再稟」給擋了回來。葛誠心裡暗暗焦急，讓朱棣進京入覲的聖旨應該早已到達府中，這是他和皇上及齊泰，黃子澄商計的一條妙計，目的就是要將主動權抓在朝廷手中。

可是時至今日，燕王府中沒有絲毫動靜。既不見招兵買馬劍拔弩張的緊張場面，也不見人心惶惶府中上下不可終日的情形。奇怪的平靜讓葛誠忐忑不安，他琢磨不透朱棣下一步要幹什麼。站在家門口的滴水簷下，他不止一次地想，要是朱棣能當著他的面氣急敗壞地痛罵朝廷一頓或者斥責自己不該勾結朝廷甚至治自己的罪，那他心裡也會踏實些。可是沒有，朱棣好像把自己進京這回事給忘了，這和當初暗中派人監視自己興師動眾的局面有多大的差異！

葛誠久久呆立於瑟瑟寒風中，不祥的疑雲令他憂心忡忡。忽然一陣吵鬧聲傳來，「讓開，我要見葛大人！快讓我見！」有兩個門人喋喋不休地阻撓著，其中一個碎步向這邊跑過來。

院子本來就不大，前後院只隔一段矮牆，葛誠遠遠問道：「怎麼回事？」門人手指大門口說：「葛大人，有個毛頭小子連個招呼也不打，硬著頭皮往院裡闖，讓我們給擋住了。」

「毛頭小子，」葛誠心中一沉，幾步來到大門口。不用問，肯定是孫老頭說的他那個兒子孫青，除了身材略高些外，眉眼幾乎和孫老頭沒什麼差別，正在和門人推推搡搡，著急得滿頭大汗。

「你是不是孫青？跑到這裡有什麼事？」葛誠揮手制止住他們，衝孫青問道。

聽語氣孫青猜出他便是葛誠，顧不得施禮急急說道：「葛大人，我爹讓我來找你，要我躲在葛大人家裡哪兒也別去。他說葛大人會答應的。」

葛誠預感不妙，忙問：「那你爹呢？」

「今兒早晨有兩個人到家裡來找爹。爹從窗戶裡看見他們進院門就驚慌起來，讓我趕緊從後牆跳出來找葛大人，還囑咐我千萬別回去。」

孫老頭的家葛誠雖然沒去過，但大概位置是知道的。回北平的時候馬車就從他家門口路過，孫老頭特意指著一個小院的柴門說：「葛大人，這就是我的家，我出門個把月，孩子一個人也不知是怎麼過的。」說著還抹了把淚。當時葛誠讓他回去看看，孫老頭卻強笑著說：「哪有這等規矩？反正已經到了，得先把葛大人送回去。」

來不及多想，葛誠一邊吩咐丫頭：「領孫青到西廂房和林兒安頓在一處住下。」一邊跑到廄下解開馬飛奔出門。

孫老頭的家在阜成門旁，雖然快馬加鞭，仍然費了半個時辰。遠遠地就看見柴門口圍了一大堆人，個個伸長脖子駐足觀望。葛誠下馬擠到門旁，小院中除了三間瓦房別無雜物，顯得空空蕩蕩。孫老頭當院站立，緩緩抬起手中短刀，沉悶地喝道：「咱們共事一場，這酒也喝了，話也說了，那就來吧，痛快點！」

對面站的兩個人身材相仿，緊身短衣，抱拳說句：「孫教頭，上命所差，既然要我們以比武為名懲戒一下教頭，那就對不住了！」隨即長劍舞動，搶步上前，以二對一，三人戰在一處。

雖然圍觀的人們不明就裡，葛誠心裡卻很清楚，燕王終於對孫老頭下手了。只是在眾目睽睽之下，以這種方式卻出乎葛誠意料。

「好！」喝采聲響成一片，三人糾纏著籠罩在一團劍光之下。叮叮噹噹的刀劍撞擊聲猶如敲打在葛誠心上，他無心再看下去，他知道，既然燕王派他們來以比試為名懲誡孫老頭，那就一定有必勝的把握，孫老頭須臾就會有性命之憂。

怎麼辦？挺身而出攔住他們？可是能攔得住嗎？他們一個個都是朱棣的貼身走狗，自然不會聽命於自己。甚至會連自己……想到此葛誠咯噔一下，對呀，會不會是朱棣用這種公開比試的方式吸引人們來看熱鬧，自然也會引來自己。等自己挺身而出的時候，他們劍鋒一轉便可以輕而易舉地「誤傷」自己。朱棣真是聰明絕頂啊，殺人連個莫須有的罪名也不用找了。那自己現在挺身阻攔，不正是中了他們的奸計了嗎？

葛誠混在人群中，抹把腦門上的冷汗，急切地思考該怎麼辦。忽然人們的驚叫聲驚醒了他，抬頭一看，原來孫老頭躲閃不及，肩頭和腿上各中了一劍。他踉蹌後退幾步，以刀拄地慘澹地說：「當初在王府當教頭時，你們二人受我指點最多，今日就是這樣報答的麼？」

二人對視一眼面無表情地說：「孫教頭，府中規矩你也知道，受人差遣身不由己，我們盡量俐落些，也可使你少受些苦楚。」說話當中二人同時躍起，兩道寒光直奔孫老頭。孫老頭揮刀阻住，身子就地一滾，躲開鋒芒，踉蹌著騰空躍起，翻身竄上房簷。就在此時他看見了人群中站立的葛誠，忙揮手大叫道：「先生勿忘那夜城門外之託！」話音未落二人隨後而至，雙劍直刺入孫老頭腹中。孫老頭高舉的手勢僵硬在空中，直視著葛誠咧嘴苦笑一聲訇然墜落地下。一條暗紅的血線順著屋頂潑灑到院中。孫老頭雙手撐地，哆哆嗦嗦想要站起來，然而劇痛讓他抽搐不已，終於無可奈何地倒在地下，一隻手卻固執地高高舉起，指著院門外看熱鬧的人堆。

「殺人啦！」驚恐的叫聲炸開了鍋，人們四散奔走。葛誠像海浪中的礁石般被人們左沖又撞，卻仍立在原地，他神色木然，心中有個東西如火苗般閃爍跳竄。「這北平至少此刻還是朝廷的地盤。對，找他朱棣理論理論去！」葛誠幾乎一躍跳上馬背，箭一般躥出去。

穿過熙攘的人潮，沿著金水河往東而行，二月末時節，金水河畔依依楊柳已開始輕絮飛舞，細細的枝條順風柔擺，不時打在行人身上和臉上，如纖纖玉手撫摸般格外有趣，然而葛誠對此視而不見，他只有一個想法，孫老頭死得太慘，得找他朱棣理論理論！至於怎麼個理論法，他卻沒想過也顧不得細想。

金水河分叉處就是朱紅堅厚的宮牆了，葛誠略鬆一口氣，策馬直到府門口，剛下馬不待說話，有個門人迎上來笑呵呵地說：「喲，葛大人，又來求見燕王？不巧得很，他早上已經啟程去京師了，所有文書，統交到世子那裡即可。」

「啊，朱棣不聲不響地進京了，我怎麼沒聽到一點風聲？」想到皇上要自己打探燕府動靜的託付，葛誠目瞪口呆。

陽春三月，江南雜花如海的季節。朱棣一行，漸往南走，春意漸濃，過淮安涉洪澤後，忽覺眼前一亮，煦煦暖風撲面而來，整個人像泡在了暖水浴池中，說不出的通泰。沿途之上河道水潭交錯分布，鶯歌燕舞，波光蕩漾，牧童短笛之音不絕如縷，風吹雜花落地似瑟瑟有聲。

「十九年啦，江南水鄉幾成夢境！」朱棣按轡徐行，左顧右盼，嘖嘖感歎道：「自洪武十三年歸藩到北平，無時無刻不掂念這南國風情，爾今終於回來啦，垂釣於洪澤湖，吹風於金陵台，真叫人樂而忘憂，縱死骨也香啊！」

道衍揮揮馬鞭，追至朱棣旁側含笑道：「山水如人，稟性各異，豈能分出個孰優孰差來？依道衍看，這江南水鄉其骨性至柔，陰有餘而陽不足，正如嬌媚女子，把玩尚可，欲其興家則難勝其任。我北平固然洪荒，然而春秋之際，萬馬齊奔於曠野，天遠地闊，殺伐之音傳至天際，足以使壯士投袂，懦夫奮起，陽剛之力遠勝此地呀！」

朱棣饒有興味，收回目光投向遠處，蜿蜒小路盡頭鬱鬱蒼翠如群峰疊起，點頭沉吟道：「道理確是如此，難怪以江南富饒，卻被蒙在韃子席捲而過，南宋朝廷數月間灰飛煙滅。女子與壯士相搏，敗勢其實早已注定，你以前所說的始事者盛於東南，收功者多於西北，確有道理。」

馬蹄聲密集響起，三十餘衛士和史鐵漸次跟上來。史鐵剛去勢不久，騎馬不便，單獨坐在一個小篷車內，正伴著花香鳥語沉沉睡去。

道衍看了一眼後邊的衛士，向朱棣低聲說道：「王爺此行關係到江山社稷，千萬不可大意，此行如能洞察出朝廷虛實且全身而退，那這花團錦簇的江山不久定歸王爺。」

朱棣哼出一聲，隨即有些感慨地自語道：「只可惜一旦紛爭開始，這如畫美景勢必會塗上斑斑血跡。可是眾生若不流血，本王就會喋血京師，兩者難以求全喲！」

道衍悄悄斜視朱棣一眼，假裝沒聽見仍然不遠不近地隨在他身後。

默然無語走出半里多地，朱棣忽然扭頭說：「哎，道衍，你不是個文僧麼，平時還常吟詩作賦，如今碰上這般美景，怎麼反倒不出聲了？」

道衍將馬更靠近些笑道：「王爺雖自稱武夫，詩文功夫不是也不弱嗎，當初先帝出上對『風吹馬尾千條線，』當今皇上對了句『雨打羊毛一片膻，』而王爺挺身上前高吟『日照龍鱗萬點金，』兩句相較，文字都工整，然而意境之差，猶如村夫之於聖主，天淵之別呀！無怪乎人稱王爺絕類先帝，有氣吞山河之胸襟，也就非是虛妄之言了。」

朱棣冷冷一笑：「那又怎麼樣？而今本王才是村夫！不提它了，你就以眼前之景吟出一詩來，本王品品是不是這個滋味。」

道衍放眼四下看看，沉吟片刻緩緩吟道：「天際江南翠無涯，意念塞北空傷嗟……」正思索著，朱棣高聲接道：「歸春不駐邊荒地，我自舉杯奠飛花。」

吟罷四目相對哈哈大笑，道衍拍手說：「知我者燕王也，我詩尚在心中，燕王已吐露出口，實在敬佩。」

朱棣擺手搖頭說：「你的意思本王明白，無非詩中藏頭『天意歸我』四字來激勵本王，用心良苦哇，本王焉能不盡力為之?!只是前途莫測，也只能盡力為之罷了。」

道衍摸摸冒出細汗的光頭，有些小心地說：「王爺，恕我直言，道衍覺得王爺此行內心似乎不夠踏實，剛才王爺提到江南美時，說縱死骨也香。死字已屬不吉，現在吟詩中又有『我自舉杯聖人之相，自當放寬心胸，堅信天意歸我，方能成大事。依道衍看，這詩的最末一句不如改為『我自舉杯邀飛花』，如何？」

「好，好！」朱棣朗聲大笑，狠狠甩出一鞭，棗紅大馬長嘶一聲，驟然揚蹄加速，滾入一片煙塵之中。

數幾個東隅桑榆交替之後，京師南京蒼青色城牆終於出現在眼前。沿江畔鬆軟的沙石路繞過滿覆蔥翠的石灰山，穿過外金川門，高聳雲際的青磚堅城赫然突兀在眼前。朱棣忽然激動不已，翻身下馬來到牆邊，伸手撫摸著一塊塊一尺多寬近半尺厚的牆磚，黯然沉思良久，又抬臉望著牆頭整齊布列的堞蹬，緩緩說：「道衍，此牆方圓近七十里，高有四丈，這城磚質料細密，堅比頑石，當初壘砌時以糯米漿拌石灰為泥，砌成後又以桐油澆灌。世上若果有攻不可克之城，那非此莫屬了。唉，固若金湯啊！」

道衍明白朱棣的心思，想了想說：「王爺，路上咱們說什麼來著。望堅城而心懼，其實恐懼不在城而在心哪！當初秦王嬴政一統天下，以華山為城牆，以黃河為城池，若說堅守難攻，強似此城牆十倍，可是楚漢交替而進，秦朝片刻瓦解。以此觀之，城牆雖堅，而成就大事之心當更堅。人心堅過城牆，大事自然成功，王爺何必多慮！」

朱棣沿城牆來回踱出數步說：「本王雖志在攬月，可每每畏艱懼難，幸有道衍時時鼓勵我，真是天意相助啊！好，世上無難事，但有上不去的天，斷無過不去的關，我心已決！道衍，你可選兩護衛從神策門入城，悄悄將那個史鐵送到左都督徐增壽府上，讓他設法將史鐵送至宮中，並一定要薦到後廷中侍侯建文帝和后妃們。至於打點所需銀子，本王自當五倍補償他。」

道衍拱手答應，剛要轉身，朱棣面對城牆又說：「記住切莫讓中軍都督徐輝祖察見動靜。輝祖與增壽兄弟二人，雖都是本王妻兄，卻性情各異，輝祖一向以義臣自詡，本王多次暗諭不成。一定要小心避開他的耳目。明日覲見以後，你可去驛館會合。」

道衍說聲：「王爺放心，千萬小心行事。」便招呼兩個人帶著馬車沿城牆向東奔神策門而去。

朱棣望著遠方的飛塵，悵然若失地向護衛們說：「上馬，咱們就近從金川門進城！」

一行人馬蹄得得，踏過吊橋，來到金川門下。早有一隊兵士仗劍挺槍立於門洞兩側，見朱棣馬到跟前，一個副將裝束的人搶上兩步叉手施禮道：「來者可是燕王？」

朱棣滿以朝廷會派官員迎接，他明白，自己作為一個王爺，按規矩進朝入覲，又不是立了戰功凱旋返京，本不奢望皇上會出城郊迎，但派個禮部尚書之類的大臣總在情禮之中吧，不想卻是一隊全副武裝的士兵，心中立刻不大痛快，也不還禮，端坐馬上沉著臉答道：「正是本王，你等閃到兩邊，本王要進城面君。」

那校尉似乎並不在意朱棣的反應，依舊叉手說道：「皇上有旨，著燕王所帶護衛隨我等到鍾阜門軍營中暫駐，另有朝廷護衛照顧燕王於小教場安歇，明日一早入覲。」

話未說完朱棣心頭騰地竄起一股無名怒火。無人出迎倒也罷了，還跟本王來這一套！帶上三十名衛士又能怎樣，難道這三十個人就能佔了南京城把你建文趕下臺麼？這分明是在揶揄本王，欺本王虎落平川嘛，我朱棣偏不入你這個套！

想至此朱棣臉色濃雲更沉，聲音尖厲了許多：「本王乃先帝爺的親皇子，本朝皇帝的四叔，休說南京城，就是整個天下也是我朱家的天下！本王進京愛帶誰就帶誰，你一個小小的校尉，也敢來管皇家之事？快閃開，別汙了我的馬蹄子！」說著驅馬就往前闖。

站在門洞當中的校尉先是一愣，隨即面掛寒霜，「噹」地抽出三尺軍刀，大喝一聲：「慢！」他身後百餘兵丁見狀，立刻刀槍並舉，齊刷刷圍攏過來。氣氛驟然緊張，朱棣身後的護衛在馬上手按腰刀，手心攥出汗來，單等朱棣的馬再往前衝出一步，便揮刀廝殺。

朱棣在北平從來沒聽過有人這般對他說話，一時氣不過，不過想耍耍皇家威風將這幫人嚇散算了。不料卻出現這種火拼局面，手握韁繩一下子不知該如何應付。

那校尉挺刀指住朱棣馬頭，直視著朱棣高聲說：「在下都督瞿能，職雖卑微，但也知道朝命難違，君詔莫抗。在下與燕王並無過從，但既然皇上有旨，燕王焉能不從？若別有曲情，可當面奏於聖上，在下奉令行事，只知君命，不顧其他。王爺若再前行一步，翟能只有以死捍君威而已！」

瞿能，瞿能，朱棣想起來了。瞿能是當朝的都督僉事，好像是安徽一帶人，耿直善戰，武藝也不錯，先帝在位時曾隨大將藍玉在大渡河與西番打過一場惡戰。當時兩軍對峙，誰也不敢主動出擊。瞿能見狀一人揮刀衝過河橋，西番亂箭射來，瞿能舞刀邊撥邊衝，等到達橋頭時，已是身中六箭，但他仍然殺聲震天，突入敵陣中來回衝殺，砍下人頭無數，刀為之缺口累累，也正因為瞿能，藍玉大軍乘勢掩殺過去，大獲全功。自此瞿能以勇武名揚一時，朱棣正是那個時候聽說此人的。只是當時互不隸屬，沒有見過面。誰知今日在這裡以這種方式碰見了，朱棣不能不滿懷躊躇。

「哼，」朱棣終於冷笑一聲跳下馬來，「人都說寧見猛虎下山，不惹瞿能發怒，本王在北平燕山圍獵時，倒見過猛虎下山，不想今日在京師城下又要惹瞿能發怒了。」朱棣說著緩步走到瞿能身邊，看看瞿能身後怒目而視的兵勇，倒背雙手接著說：「也罷，本王再怎麼說也是朝廷臣子嘛，你，按命辦差就是。」

輕描淡寫幾句話，凝重氣氛悄然冰釋，雙方都長長吁了口氣，在刀入鞘槍點地的碰撞聲中，朱棣復又躍上馬背，揮手向背後的護衛們說：「你等跟隨瞿將軍到西邊軍營暫駐，凡事要聽將令，不得造次！」又對瞿能微微一笑說：「瞿將軍，請！」

說罷一馬穿過城洞，那百餘兵勇緊隨其後，向東南方的小教場奔去。

夕陽斜照下，整個紫禁城浸沐在金色餘暉中。五龍河的水環繞宮牆無聲流動，偶而泛起個漣漪一波波蕩向遠方，朱紅宮牆的倒影忽短忽長飄搖不定，琉璃脊瓦反射的太陽光在淡綠水中如星點閃爍。宮牆裡面依次而列的奉先殿、乾清宮、坤寧宮、柔儀殿和春和殿，各座宮殿此時更顯得金碧輝煌，飛簷上的琉璃小鳥振翅欲翔，斗拱畫柱上描繪的龍鳳怪獸也憑空鍍上一抹金色，張牙舞爪的虎虎生氣逼人而來。寬闊甬道旁綠草如茵，時有小鳥跳躍飛騰，太監宮女們行色匆匆，目不旁騖，偌大宮院寂靜空曠，千宮萬闕沉默無語，一切悠然而清閒。

然而坤寧宮西側偏殿中氣氛卻有些沉悶，建文帝斜倚在寬大的軟榻上，下首兩側齊泰、黃子澄還有李景隆、耿炳文、茹常，卓敬等大臣端坐龍墩。相顧默然了一陣子，建文帝輕歎口氣說：「真是世事莫測，人心難料啊！朝廷內外都說燕王要反，連燕府的葛誠也如此言之鑿鑿。朕料想燕王既有反心，必不敢隻身來京，齊愛卿和黃愛卿也如是說。豈料燕王真的如期來到，難道他真是心底無私，旁人的議論倒是三人成虎了?!」

燕王到京的消息也確實出乎朝廷大臣們的預料，特別是齊泰和黃子澄，如果此舉證明燕王沒有絲毫反心，那他們以前的所言所行豈不是自打耳光?見無人答話，齊泰欠身站起來稟奏道：「皇上，依臣所看，這正是燕王機深過人之處。他雖有造反之心，可日下又未準備充分，一旦反心暴露，必敗無疑，故此才硬著頭皮進京面君，以此來麻痹人心，鬆懈朝廷鬥志，使他有時間從容積聚實力。」

黃子澄不等齊泰坐下便站起來接著說：「皇上，臣以為燕王此次進京，心懷叵測。他不過是想借此機會洞察朝中情勢，勘測沿途地形，以便將來起兵反叛朝廷時更有把握些。」

話音未落，座中有人冷冷地「哼」了一聲說：「此言荒謬至極。若要察看沿途情形，燕王從北平至京師來去已不止一次，何必多此一舉?即便想再看一看，也只須派個將佐就足夠。若言他要洞悉朝中情勢，朝中能有何情勢可洞悉，況他進宮面君，不過半個時辰足矣，能洞出甚麼?!」

循聲望去，說話的是個瘦高個，面色泛青，羊角鬚吊梢眼，給人感覺是冰冷難近。幾個人心裡都清楚，這個吏部侍郎茹常和黃子澄雖然都受皇上器重，但他二人卻不甚相能，常唱反調，是出於公心還是出於私情，那就可難說了。

建成文帝聽他們說完手拍榻側似在自言自語：「對呀，要是為了探探路他也未必肯冒險。看來燕王久居北平，樹敵太多，以致謠言無根，竟從塞北瀰散至京師，人言可畏，人言可畏呀！」

「陛下，依微臣所見，凡是預則立，不預則廢，燕王到底有無反心，目下雖尚難定論。但防總比不防好些，既然燕王來京師，去留自然全憑朝廷安排，不如借此機會將他徙封至南昌或其他地微兵寡難守易攻之地，一則不傷皇家和氣，二則斷絕朝廷隱患。」戶部侍郎卓敬肩寬體長，略呈方型的臉上短鬚顫抖，顯得有些激動。

「哎呀，」建文帝雙眼一亮，發現寶貝似地直起身子，驚喜地說：「這倒是個兩全的好主意。南昌氣候宜人，物產華美，朕也算不負先皇，對得起皇叔了。如此一來流言自滅，其他藩王也必心服，然後再將他們一一徙至易制之地，朝廷難題不就解決了麼?!好，明日朕即與燕王說及此事。」

李景隆、耿炳文等人見狀也紛紛點頭稱善。茹常卻又站起來提出疑議：「陛下，燕王雖已至京師，但北平尚有其三子把守，加之江湖異人相佐，手下精兵良將不少，倘若將燕王徙封，北平方面必定認為這是變相削藩，至少也是逐步削奪其權。若果真如此，恐怕不但無補於事，反而會激其速變呀，望陛下三思！」

「這個……」建文帝滿臉喜色一掃而光，低頭沉思不語。

「陛下，」黃子澄瘦長的臉更長了，用試探地語氣稟奏道：「據臣所知，常在燕王身邊出謀劃策的那個和尚也隨同進京了。不如將他扣留或乾脆殺掉，這樣去掉了燕王的左膀右臂，也算給燕王提個醒，不要讓他再生異心。」

建文帝說了聲：「一個和尚，能關什麼大局？」便又緊皺起了眉頭。

左軍都督李景隆，身材細高，眉疏目秀，長臉白淨，乍一看根本不會相信是員武將。他見久議不決，一拍膝蓋站起來說：「陛下，要末將說，乾脆一不作二不休，將燕王和周王那樣，一併扣留京師。如果北平方面因此起兵造反，咱們速調北平周邊順義、通州、昌平乃至天津、保定、大寧等地方軍隊，何愁不能一舉掃平?!」

此言一出，齊泰和黃子澄精神大長，齊聲附和道：「對，先發制人，趁燕王被扣京師，北平方面群蛇無首不行之際，集各地兵力將其討平，既然他有反心，咱們索性將其激反，就其準備未足時一網打盡！」

建文帝聞言心頭亦是一動，猶豫著還未開口，老將軍長興侯耿炳文徐徐站起身，花白的長鬚飄灑在胸前，嗓音略帶嘶啞，然而底氣尚足，聲音洪亮：「老臣雖駑，一生隨先帝南征北殺，在江南與張士誠接連大小十餘仗，江北與蒙古軍在山東、河南、陝西，一路打到漠北捕魚兒海，征戰大半生，深知戰爭乃大凶事，輕則亡己，重則傷民破國，不可不慎哪！剛才李將軍提議趁北平未準備充分之機出其不意，但試問，朝廷方面可曾預備充分？老臣雖不參予兵部之事，但也深知洪武年間連年征戰，北征漠北南討雲南，百姓未得休養，軍士不曾整練，就如北平周圍昌平、懷柔、通州乃至更遠些的遵化、保定等衛所，除大寧三衛久駐邊地，尚有一戰之力外，其餘不過徒有虛名，將帥吃空，疏於練兵，屯田之兵漸次逃籍由民，等等弊端不一而足，且與日漸重。似此等兵力，一旦與北平虎狼之師開戰，勝負實難預料，且恐波及半壁江山，再造生靈塗炭哪！」

一席話語重心長，句句是實，眾人重又陷於默然。半晌建文帝喟然長歎說：「不管如何，燕王能遵旨來京覲朕，足見其忠心尚在。去年逮收周王，已讓朕陷於不仁不義，朕頗悔操之過急。如今朕當聞其言觀其行，再不可草率，以致骨肉相殘。」

齊泰和黃子澄心中異常壓抑，他們一向極力主張以削藩來穩固新朝，並且也深得建文帝的嘉許，誰料如今朱棣一進京，建文帝卻從根本上有些動搖了。而且更讓他們不能釋懷的是，讓燕王進京入覲還是他們策劃的當初還自鳴不已的一條絕妙之計！

可是他們一時又找不出適當的話來說服眾人與朱棣徹底決裂。二人心中不約而同地想：「可惜方孝孺如今遠在四川，如果他在的話，定能與我等一起說服皇上當機立斷。」

建文帝見幾個心腹大臣爭議半天也沒個結果，天色不覺漸暗。便有些不耐煩地說：「清官難斷家務事，至於最終如何處置，等明日入覲時看情形再說，爾等散去吧。」

卓敬聞言心裡覺得不大對勁，削藩征戰，怎麼能是家務事呢，太有些兒戲了吧？不過眾人跪拜告退之際，他也就沒說什麼。出得坤寧宮，天已麻麻擦黑，有些殿門口掛上了通體黃暈的大宮燈。由於宮院內光禿禿的沒有樹，一眼可以看出老遠，走路並不妨礙。他們緩緩地一直走到洪武話可說，便互相點點頭四散而去。

門口，都默不作聲，各自想著心事。出了洪武門，幾個人對視一下，心裡亂糟糟的，感到還是無

建文元年二月二十八日，東曦未駕，晨光朦朧時分，朱棣盛裝站立於午門之外，等候奉旨入覲。他今天特別收拾一番，頭戴冕冠，冠頂七寸寬的延板高高上翹，長長的玉笄橫穿冠中插在髮髻間，齊耳長的絲帶迎風拂擺。上著寬大袖袍，黑中略紫，下穿喇叭狀長裙，絳紅鮮亮。袖袍長裙上或刺繡或描繪著山、龍、華蟲、火、宗彝、藻、粉米、黼、黻等九種圖案，腰間圍一件黃朱色蔽膝，上面火與山的圖案雜相交錯，前胸後背處各有一塊一尺半長短的補服麒麟繡。腳登長筒朝靴，長髯油黑發亮，雙眸炯炯有神，令在一旁侍立的宦官不敢逼視。

忽然，西北方鐘樓傳來悠揚的鐘聲，聲音聽起來不是很大，卻清脆而極有穿透力。侍立一側的大小官員和太監們陡然打起精神，緊張地注視著正前方，屏住呼吸等待那莊嚴的一刻。

吱吱呀呀一陣輕微響動，朱紅的兩扇大門緩緩拉開。幾乎同時，丹墀之上樂聲大作，一個黃衣太監閃到午門前，扯著嗓子拉長音調喝道：「時辰已到，皇上御駕奉天殿。有旨宣燕王朱棣行三跪九叩大禮入殿面君，其餘文武百官分立兩側候駕！」

宣旨已畢，百官紛紛走動，進得午門內甬道邊，文官立於太廟一側，武官則立於對著社稷壇的一側，長長的人牆一字排開，個個垂手而立，鴉雀無聲。

只有朱棣一人仍站立在午門外，他弄不清楚，行三跪九叩禮入覲，什麼意思？新皇登極後皇

叔第一次進京，不郊迎於城外也就罷了，怎麼也得下殿相迎，拉著手說上幾句親熱話吧？如今可倒好，讓本王連滾帶爬地進去，還要百官站在兩側看熱鬧！

朱棣喘息有些不暢，心頭湧起一股壓抑不住的衝動，堂堂燕王，在北平也算一手擎天，要風得風要雨得雨，如今卻要受如此擺布！哼，本王倒要看看，你們這班自命不凡的朝臣能玩出什麼新花樣！想至此朱棣撩起衣襬，鐵青著臉登登登踩著皇道上方條大磚直向奉天殿走去。

文武百官見狀個個暗吃一驚，朱棣難道不知道臣子上殿只能走兩側便道？這正中央的皇道可是皇上專行之路啊，你縱然是王爺，但未經皇上恩准，怎可如此造次？再者說，聖上有旨，要行三跪九叩大禮，可朱棣昂首挺胸的樣子，根本就沒跪拜的意思，這明擺著抗旨不遵啊！眾人捏把冷汗，知道今天又有好戲可看了。

過了內五龍橋，再往前走，兩側便有百官站立了。朱棣目不斜視，依舊邁大步而行。忽聽有人高聲喝道：「大膽燕王，皇道豈是你為臣子的所行之路?!如此明目張膽犯上無禮，還不快快謝罪轉入偏道！」

尋聲望去，卓敬面色如土，嘴唇氣得直打哆嗦，話說到最後聲音都有些變調。

朱棣放緩腳步，直視著他冷冷一笑：「戶部卓敬，戶部的事情尚且一塌糊塗，怎麼又管到禮部來了?!山東去年黃河菜花汛，河南去年受蝗災，本王自北平來時，沿途所見，山東一帶餓殍遍野，十戶三空，安徽江蘇兩省大街小巷到處是逃難流民，乞聲哀哀，衣不蔽體，戶部所賑布帛糧食都到哪裡去了？卓侍郎尚能站立朝堂心安理得，實在佩服！」

卓敬不料他竟說出這番話來，心知確是實情，但其中原委又不好當眾辯駁，臉上一紅，張嘴結舌說不出話來。

「燕王出言太過囂張！」齊泰覺得目下自己倍受皇上寵信，又極力削藩，再不站出來未免說不過去，便邁前一步，厲聲叫道：「君君臣臣父父子子，此乃五倫之首，人人皆可捍衛，豈獨禮部？國中皆言你在北平意存不善，多有不軌，皇上念你是同脈至親，未嘗輕信，你今日如此無禮，當著百官之面行走在皇道上，莫非想取而代之不成？」

言語確實尖刻，有的官員偷偷吐了吐舌頭。朱棣本是逞一時氣憤，沒想到遭遇到這種局面，索性橫下心來，借機摸摸朝中動向。他繼續放緩腳步，不緊不慢地說：「這位齊大人，真虧了你還考過應天鄉試第一名，你只知道書上寫著皇道非君莫行，可你還應該知道洪武十三年本王歸藩之時，先帝當殿降旨准許本王將來歸京面君時從皇道進殿，登陛不必跪拜，先帝隆恩，安能不遵？你只知讀書卻不知應變，似你這等書生，尚且任兵部侍郎之職，不怕追隨了紙上談兵的趙括麼?!」

反唇相譏得也夠犀利，齊泰渾身亂顫，抬手指著朱棣「你你你」了幾聲卻說不成一句話。黃子澄見狀不妙，抬步出班，欲替老搭檔挽回面子，忽聽殿前太監公雞般的嗓子吆喝道：「宣燕王朱棣上殿！」

朱棣甩甩袍袖，抬手整整衣冠，斜視兩側眾人一眼，快步走向奉天殿。

就在登殿的那一瞬間，朱棣突然打了個冷戰，這裡不是北平，而是京師南京！他們正是因為懷疑自己有反叛之心才召自己進京來作試探，而自己剛才的言行，豈非授人以柄徒自惹火上身？唉，甭管是誰，該成孫子的時候就得成孫子！朱棣不及多想，卻也再不敢意氣用事，緊走幾步撲倒在殿內金磚上三跪九叩，以頭撞地通通作響：「罪臣拜見聖上，吾皇萬歲萬歲萬萬歲！」

建文帝今日也是衣冠整齊，端坐於龍案之後，面若沉水目光威嚴。安排這種場面也是昨夜齊泰黃子澄他們又返回宮中所商定，一則顯示一番帝王神威凜然，挫殺燕王銳氣，再則看看燕王可有不恭之心，也好借機生事。

剛才殿外之事建文帝當然不甚了然，只是覺得他進殿有些太慢，心中隱隱不悅。等見朱棣推金山倒玉柱，跪拜大禮一絲不苟，滿臉敬畏誠心誠意之相，想到這就是眾人所指的叛賊，惻隱之心油然而生，忙起身說道：「皇叔遠來辛苦，快快平身。來，近前看座！」

朱棣並不急於謝恩，仍匍匐於地說：「臣遠在邊地，日夜思念陛下。多少回魂夢歸京，醒後不勝悽惶。但天各一方，路途遙遠，況北平為蒙古殘軍南下必由之道，臣整日忙於軍務，思想著恐怕今生難見陛下一面了。幸天闕開恩，罪臣得以重歸朝廷，見陛下和臣夢中無甚差別，龍體安泰，臣死亦可瞑目了……」

說到動情處，聲音嗚咽，大滴淚珠順臉頰流到鼻尖，落在金磚上。

建文帝聞言更是惻然，繞過龍案走到朱棣跟前，伸手將他扶起，端詳著朱棣淚痕縱橫的臉一字一頓地說：「幾年不見，皇叔蒼老不少。朕自承大統以來，亦無時無刻不思念各地藩王，只是各有重任，不能來朝歡聚一堂，深引為憾。今見皇叔體格頗健，朕心甚慰，邊鎮如無緊急之務，不妨多留幾日，一來暢敘別離之情，也可重睹京華風物。」

朱棣淚眼婆娑，盯著額頭稍偏，短眉細目，圓臉微胖的建文帝，被建文帝拉住的手顫抖不已，萬分動情地說：「陛下，北平偏遠苦寒，風大沙多，近年來臣漸感體力不支，上馬常不能登鞍，挽弓常無力拉弦，自去年開始身上忽冷忽熱，頭腦時昏時清，唉，只恨為陛下效力之日怕是無多了呀！」

建文帝本已心旌動搖，聽罷他這番話倍感情真意切，湧上陣陣異樣的感動，眼中也閃出淚光來。二人牽手走至御案臺階前，建文帝忽然說：「皇叔，你剛才自稱罪臣，朕卻不知你罪在何處？」

朱棣深歎一口氣低頭說：「陛下，臣久在邊鎮，為抵禦蒙軍南擾計，常引兵出城布陣操練，不想卻引出種種猜測，朝廷內外紛紛議論臣有反叛之心，臣自恃忠心一片，未加理論，不料傳言愈兇，臣之清白不足掛齒，唯恐有驚聖心，臣之罪就莫大難恕了。」

建文帝內心一動，笑笑說：「皇叔多心了，百姓有言，若說是非者，便是是非人，那些繞舌生事妄圖以此抬高自家身價之輩，朕是萬萬不相信的。來，皇叔與朕同登階上，共受百官朝賀。」

朱棣聞言像被火燒一般抽回手去，翻身拜倒說：「臣何德何能，也敢與陛下同坐階上？臣寧一死，也萬萬不敢行此違禮僭越之事！」說罷長跪不起。

建文帝感歎地說：「難得皇叔如此嚴守君臣禮制，可敬可佩！也罷，那皇叔就坐在階下龍椅上便了。」

朱棣這才連連叩謝，看建文帝在龍案後坐下了，方側身坐定。站在建文帝身旁的太監會意，喊道：「宣文武百官進殿朝賀！」殿口處太監立刻重覆吆喝一遍，漸次傳出重重宮闕之外。不大功夫，文武眾臣列成兩隊次第入殿，拜倒山呼，聲震瓦屋。

建文帝淡淡說聲：「平身吧，」眾人忙謝恩分班站定。大家見朱棣端坐階旁，一臉不屑地望著下邊大臣，不禁暗自稱奇，心想一個被迫入朝為眾人所指的叛臣，怎麼突然成了座上賓？

齊泰黃子澄等人尤為不解，偷眼望去，見建文帝和朱棣歡笑宴宴，一副親熱的樣子，暗叫不妙，一番苦心經營恐怕又要泡湯了。

第二章 夏風揚塵

夏風揚塵

樹靜無奈風欲動

金忠當年曾在北平設攤賣卜多年，也正是在這裡結識的道衍和尚並以師兄弟相稱的。對於北平的大街小巷他並不陌生，許多地方都留過他的足跡。不過讓他慶幸的是，近些年人事滄桑，幾乎沒有人認出他來了。如今他身著六品禮服。坐在四乘轎中顫顫悠悠進到燕王府中，透過轎簾隱隱約約望著街上熙熙人潮，金忠不勝慨歎，當初機關算盡，也未曾算到有朝一日能成為北平王爺的座上賓，唉，世事難料啊，豈是一套陰陽八卦所能容得了的？

轎子進入府門，穿過金水橋，直走到西側隆福宮近旁才落下。金忠沿曲折走廊拐進宮內西偏殿，一個面容蒼老的太監躬身說：「金大人，世子他們已等候多時了。」

金忠「唔」了一聲側身進到朱格門內，東暖閣內有人高聲說：「是金先生嗎？快進來說話。」

金忠聞言搶上幾步，挑開棉簾進了屋，屋內炕火燒得正旺，一股熱氣撲面而來，金忠憋不住打了個噴嚏，抬眼見朱棣三個世子都在，沿東向西依次坐著老大朱高熾，老二朱高煦，老三朱高燧。金忠忙彎腰拜了兩拜，口稱：「見過各位少王爺。」

三人一起擺手笑道：「罷了，罷了，坐過來說話。」金忠又道聲謝挨過去坐到末首。老大朱高熾頭大體胖，瞇著眼略帶笑意地說：「金先生，你瞧，如今已快陽春三月了，北平還這麼冷，真正有些反常了。」

金忠欠欠身笑道：「天行有常，或陽勝陰或陰勝陽，寒暖之數忽早忽晚，亦不為怪。臣昨日登城向西北遠眺，見夕陽薄山之際，香山通體金黃，宛如佛祖端坐一般，想來天氣不日就將轉暖，且王府必有大幸相慶。」

老三朱高燧拉長削瘦的臉，聳著雙眉說：「金先生，父王這一去十天有餘，目下音信全無，能有什麼大喜相慶？我昨晚夢到一怪物，似狗非狗，似鹿非鹿，沿著太液池不停奔走，我命衛士們驅趕，不料它卻咬倒數人，直奔身旁的二哥而來，二哥大叫一聲揮劍便砍，那怪物忽然化作一股青煙飛入池中不見了。剛才我將此夢講與大哥二哥，他們皆拿不準是何兆頭，金先生不妨替我們解解。」

「這個……」金忠低頭沉吟一會兒，邊思量邊緩緩說：「少王爺之夢著實奇特，就普通百姓而言，夢無非乃日之所思，所謂南人不夢駝，北人不夢象，正是這個道理，至於少王爺乃貴胄之身，夢乃上天所示也未可知。依臣看，此物非狗非鹿又似狗似鹿，狗乃戰將之身，豈不聞惡犬護三村之說麼？鹿乃相爭之獵物，兩國征戰常喻為中原逐鹿。此物出於王府，足見戰禍將起北平。至於衛士被咬，意為戰事頗凶，二少王爺揮劍斬之，豈非二少爺將有大功於此役？」

朱高燧憂容頓減，拍手叫道：「果然解得妙！二哥一向勇猛善戰，如北平戰事開端，二哥自然當仁不讓了！」

老二朱高煦常年在外練兵圍獵，臉色黑紅發亮，滿臉頗似朱棣的髭鬚扎扎歪歪，睜大眼睛聽朱高燧說完，咧嘴一笑，沒有作聲。

朱高熾聽罷金忠的解夢臉色卻忽然轉陰，不無憂慮地說：「哎呀，若如先生所言，北平一旦有戰事發生，那不就是說父王在京城有大不吉麼?!先生你看，父王是否會被皇上扣留京師呢？」

「他敢!誰要是動父王一根毫毛，我立刻提兵殺進南京，將那幫奸臣賊子們殺得一個不留!」朱高煦突然滿面怒色，厲聲喝道。

朱高熾不滿地白了一眼：「二弟何必如此急躁，父王奉旨入覲，咱們又沒甚麼把柄落到別人手中，況且有道衍師父相隨，他們見機而作，料想無虞罷。」

金忠點一點頭，掃視他們三人一眼說：「臣也是這樣想的。臣來北平之前，也曾遊歷南京，據聞當今皇上待人以寬柔為本，非不得已，斷不會做出非常之事來。不過……」他頓了一下，若有所思地將話頭打住。

「不過怎樣?」三人盯住金忠，異口同聲地問道。

「不過凡事往往難以預料。皇上雖仁，可朝中頗有些大臣力主削藩，視各路藩王為朝廷一大隱患，必欲除之而後快，這些人中有幾個如齊泰、黃子澄、方孝孺等甚受皇上寵信，如果朝堂之上，他們佔了上風，燕王孤身在京，其勢堪憂啊!」金忠猶豫著說完這番話，見三位少王爺面面相覷的神情，忽而有種成為國之棟樑的感覺，挺直身子長舒一口氣。

一席話正說到幾個人心病上，隱隱中不祥之感瀰漫在屋裡，氣氛頓時沉悶許多，忽然外間有腳步響動，就聽門口低聲傳了句：「王妃娘娘到，」簾子挑起，徐王妃挪步進來。

三個王子和金忠慌忙離座拜倒，口呼「母親」、「娘娘。」徐王妃一身便裝，衣著淡雅，素色衣裙外罩件狐皮短大氅，彎眉笑道：「都在這兒議事呢，快起來接著說吧。我在興聖宮那邊閒著沒事，聽說金先生來了，便過來瞧瞧。」說著先讓太監侍候著在火燒沿邊坐下了。

金忠自進王府以來，見過徐王妃兩回，早就聽說她是大明開國功臣中山王徐達之女。名將之後，頗有乃父家風，文武兼備，性情剛毅，聽人傳得神乎其神，好似花木蘭再世一般，等見過後才知道，原來姿容秀麗，話語溫順，全無殺氣騰騰的影子。

眾人重新坐定後，徐王妃看看金忠問道：「金先生，你是道衍的師弟，常聽道衍說你不僅善卜，而且博覽群書，見識非一般讀書之人可比。如今燕王和道衍遠在京師，他們三個又都年輕，少不更事，這北平城內王府之中，就有勞先生多費心了。」

金忠聞言忙起身拱手說：「娘娘盛譽，金忠愧不敢當。不過既然蒙燕王錯愛，金忠自當竭力維持。如今王府之中兵將皆忠心無二，北平城內所駐朝廷兵馬也未離有異動，娘娘但請放心。」

徐王妃聞言讚許地點點頭，示意他坐下說：「燕王當年隨先帝征伐蒙古軍，為保中原百姓平安，便駐守在這北平城。誰承想就因這裡為北邊重鎮，駐守軍隊多了些，又遠離京師，倒給了別人以口實，連當今皇上也開始疑心上了。唉，這才叫閉門家中坐，禍從天上來呀！早知如此，倒不如當初留在京師，為皇上辦些雜務更省心些！」

朱高煦見母親歎氣，有些不高興地說：「母親何必煩憂，朝廷那幫人沒甚本事，只會一味以小人之心度君子之腹，他要父親進京，父親奉命照辦了，他們還要怎樣?!若無端加罪，看我不踏平他南京城！」

「你，你放肆！」徐王妃忽然柳眉倒豎，臉漲得通紅，手指朱高煦厲聲喝道：「你這是作臣子說的話嗎?!虧你每日還誦讀聖賢書，就憑剛才這話就該割了你的舌頭！」

朱高煦不料隨便一句話竟惹出禍來，瞠目結舌不知道如何是好。朱高熾忙欠身說：「母親息怒，二弟的性子你也知道，舌頭下邊颳陣風，有口無心的。二弟，以後萬不可如此造次，別忘了你是皇家子弟，自家人尚且口無遮攔地亂說，小民百姓還指不定怎樣呢！」

朱高煦自知理虧，低下頭不再言語，徐王妃這才慢慢平靜下來說：「這是當著金先生的面，一家人隨你胡說了去。若是被別有用心的人聽見，明日便會傳到皇上耳中，到時候恐怕你人頭落地還不明白誰砍的呢！」

金忠臉上一熱，慌忙說：「娘娘教誨的是。此等國家大事，不可輕言兒戲。依臣看來，燕王久經沙場，瞬間萬變之事遇過無數，此次進京，坦坦蕩蕩，定可全身而退，即便有意料不到之事，燕王自能妥當處置，再加上道衍相佐，娘娘一萬個放心就是了。」

徐王妃這才微微露出些笑意，輕聲說：「這樣就好，難得你們師兄弟如此盡心，本妃這下放心多了。」想一想又說：「不過多小心些總不為過。燕王那邊的事咱們幫不上手，如今只能盡力把持住王府和北平城。你兄弟三人要多與金先生商議，晝夜巡好各門。朝廷既然每日議論北平之事，豈可不放些耳目在此？這個亦不可輕視，提防著總有益處。聽說那個長史叫葛誠的，從京師回來後，每日裡行蹤異常，可曾有人留意過？總之警醒些就是了。」

眾人忙點頭稱是。金忠暗想，果然有些將女之風，外界傳聞看來並非全是妄談，倒是自己看走眼了。

葛誠的家在東直門安定里巷，小巷深處一座不大的宅院。此刻門戶已閉，燭影幢幢，西廂房內炭火正紅，暖意融融。葛誠正與兩個人隔案對坐，案上杯盤狼藉，顯然已對飲多時了。對案而坐的兩人四十偏上，身材俱不甚高，體態也都適中，只不過一個臉上白淨，一個掛副不短不長的黑鬍鬚罷了。

閒話似已說盡，白淨面皮的漢子翻著眼珠問道：「葛誠兄，你黑天半夜地將我哥倆邀至府上，恐怕不單是扯閒敘舊吧，咱們交情雖不敢說多深，但同在北平共事多年，抬頭不見低頭見的，有話儘管說，何必轉彎抹角的。」

葛誠滿腹心事重重歎口氣道：「湯宗弟，你是按察司僉事，朝廷派你來北平所管何事？」

湯宗有些不解地說：「葛誠兄，你喝多了吧？按察司按察司，專察不法之官司，這還用說?!」

葛誠苦笑一下：「那民有不法之事按察司管得，若官有不法之事，按察司可管得？」

湯宗「嗤」地一笑：「莫說官有不法之事，即便地方王公大臣，但凡有不法言行，統統都管得。」

葛誠輕拍桌子說：「好，那為兄再問一句，五刑之設，其罪之大莫過於什麼？」

「《大明律》不是明文寫著嘛，罪至大者莫過於殺人叛逆。唉，葛兄，你今天怎麼了，嘮叨這個有什麼意思？」湯宗低頭挑口菜塞進嘴裡。

葛誠沒理會他，轉過臉又衝湯宗旁邊那人說：「倪諒老弟，雖說你這燕山護衛百戶平日裡總駐在城外，但你我卻更熟識些。洪武二十八年同受朝廷派遣來北平，你我一路作伴，可還記得？」

倪諒已經酒足飯飽，抹抹鬍鬚上沾的酒滴朗聲說：「豈止一路作伴，即便在北平不是也常來常往嘛！你兒子葛林騎馬射箭的本事是誰教的？你這回就權當謝師酒算了。」

葛誠精神一振，下意識地看了緊閉的門窗一眼，壓低嗓音卻很清楚地說：「既然二位都不是外人，那葛誠也就直說了，不管是福是禍，大丈夫以身許國也就顧不得計較了。實不相瞞，葛誠在燕府中當差，近來發覺燕王私募兵勇，日夜操練，並在府中打造兵器，反叛朝廷之意圖日漸明朗，前些日子葛誠奉旨進京，見皇上對此頗傷腦筋，為社稷江山計，葛誠將燕府情形如實上奏，皇上特囑葛誠回北平後留意燕府動靜，及時將下情密報上奏。可惜葛某身單力薄，深感力不從心。前幾日燕王進京入覲之時，他人已離北平，葛某卻還蒙在鼓中！似此如何能對得起聖上託付？唉，葛某無奈之際，忽然想到離京時兵部尚書齊泰大人對葛某提及二位老弟，說二位皆乃忠義之士，久有報國之心，危急之時堪託重任。這才將二位請至寒舍以圖大計，若二位畏懼燕王，可即刻離去，或者乾脆將葛某綁去邀功也無妨。」

聽罷葛誠一席話，二人酒醒大半，低頭沉思一會兒，倪諒先說道：「葛兄，難得你如此相信我們兄弟，其實燕王與當今皇上的事情，不但我等，黎民百姓人人都聽說過一二。我與湯宗私下裡也曾議論過此事，將來天下一旦有變，北平自然首當其衝，我倆也想為朝廷盡些微薄之力，只是現在變亂尚未明顯，我們兄弟不知該如何替朝廷分憂。」

湯宗也皺起眉頭說：「是啊，人人都知道燕王有不臣之心，可惜他府中兵卒眾多，皇上因為拿不到真憑實據，又不能下令征討，為之奈何？」

葛誠頗有感觸地長歎一聲說：「是啊，二位所言的確如此。足見二位老弟正如齊尚書所說的那樣，你們不愧為國士。葛誠日下便有一個良機，如施行得當，一舉便可消除朝廷大患，我等也可立下不朽之功。不知二位肯不肯助葛某一臂之力。」

兩人眼光一亮：「噢？葛兄不妨細細講來。」

葛誠又下意識地顧望一下四周，夜闌人靜，只有風吹窗紙的輕微呼撻聲。葛誠前傾身子一臉莊重地說：「朝廷疑心燕王有不臣之心，便降旨召其進京入覲，以觀其是否心虛。不料燕王狡詐過人，竟出人意料地遵旨而去。葛某料想他這一進京，恐怕會打消皇上對他的疑慮，將他放回北平，到那時縱虎歸山，等他從容部署完畢後，再想制住他就晚了。如能趁他此次進京之機，將其扣留在京師，再以迅雷不及掩耳之勢，發兵將留守的三個世子收捕，天下從此安定，萬民就再無征戰之憂啦！」

湯宗聽完似乎有些洩氣地說：「扣留與不扣留全在於朝廷，我等遠在北平，能起得了什麼作用？」

葛誠擺手止住他接著說：「湯老弟先別性急，且聽葛某將話說完。葛某感到當今聖上仁義有餘，果斷不足，唯恐燕王逢場作戲，輕易矇騙過去。因此必須將燕王謀反的有力證據送到京師，使他有口莫辯，再加上齊泰黃子澄等得力大臣極力奏柬，讓他一定再也回不得北平！」

倪諒眨眨眼睛不解地說：「葛兄，釜底抽薪，這倒是個好主意，可惜哪有什麼罪證可送哪！」

「眼下就有！」葛誠語氣肯定地說：「葛某暗中觀察多時了，燕府大將張玉、朱能等四處招募兵勇，在府中日夜操練。其中兩個將官于諒、周鐸曾在燕山護衛任過百戶，想必倪兄定然熟識了。此二人異常好色，不守府規，常暗中溜出燕府到羊角市一帶煙花巷中狎妓尋歡，葛某已經跟蹤多次，摸清了他們的行蹤。如能借二位賢弟之力將二人活捉押解至京師，在詔獄中審訊一番，不愁他們不道出實情。那時人證俱在，燕王縱然計謀再深，怕也回不了這北平老巢了。」

湯宗和倪諒聽罷微微點頭：「這倒是個辦法。只是北平城中到處皆燕王走卒，要捉他們，怕不大容易罷？」

葛誠撫鬚莞爾一笑，胸有成竹地說：「只要二位賢弟願意與國分憂，葛某已有想好的主意在此。只是要快，慢了則燕王已啟程回北平，我們可就白忙活了。」說罷傾下身子沾酒在桌上圈圈點點，道出自己的打算，二人連連稱善，摩拳擦掌，興奮不已。

末了葛誠又說：「一定要快，等燕王府中發現二人失蹤派人追查時，估計你們已到了濟南，山東參政是我老友，可讓他派兵丁護衛，此舉成功，天下百姓之福啊，二位賢弟實乃國之功臣也！」

湯宗和倪諒也滿臉喜色地說：「那咱們也可青史留名，不枉活這一世了！」

羊角市緊挨王府北邊積水潭東側，毗鄰鐘鼓樓大街。比起鼓樓街，這裡的街道略微狹窄些，店鋪卻擠挨得更實在，人潮也更擁擠。羊角市街上又分出很多枝枝杈杈，分門別類地聚集著各色市場，其中緊挨皮帽市和珠寶市的一條巷子卻別有一番風情。

這條巷子不寬卻很長，兩側一溜兒滿是飛簷畫棟的三層小樓。一進巷中便有絲竹管弦入耳，脂粉椒香撲鼻，儂聲浪語此起彼伏，令人不覺魂魄飛揚難以自持。難怪熟悉北平的人都將此巷稱為「骨酥巷」。

骨酥巷中歌妓青樓林林總總，樓上住滿各類殊色女子，有北平當地的，也有江南一帶流落此間的，甚或還有些蒙古及西域尤物，情調各異，滋味不同。老鴇們各自站在樓下不停招攬來往尋歡客官：「咱們樓上小姐最水靈，客官何不上樓瞧瞧」，「咱家才來一位西域番妞，還沒梳攏過呢，客官一瞧就是大家貴公子，上去嘗個鮮！」

倪諒躲躲閃閃，避開老鴇們的糾纏，慢悠悠徘徊到一家高懸「偎翠樓」匾額的小樓前。看看天色不早，便左顧右盼，彳亍不前，忽然他眼光一閃，見兩個人溜溜達達走過來，都是穿灰土布便衣，頭上髮髻被壓得有些扁平，內行人一看便和這是長年戴戰盔所致，倪諒知道，高出一頭壯如笨熊的那個正是于諒，而瘦小如猴的則是周鐸。便迎上去故作驚訝地叫道：「哎呀，這不是于諒周鐸兄嗎，莫非我認錯人了?!」

于諒和周鐸聞言吃了一驚，待看清是倪諒時才鎮靜下來。

于諒拱手笑道：「喲，真是稀客，當初的正人君子倪百戶也跑到這種地方來了，莫非終於憋不住了？」言罷二人哈哈大笑。

倪諒附和著笑笑說：「瞧二位說的，你們成了燕王府的大紅人，每日裡金銀流水般嘩嘩地進，你老弟還是個窮百戶，哪有銀子往這裡丟？有賊心沒賊銀喲！」

「咦，」周鐸眨著眼睛問：「那倪百戶大老遠打城外跑來幹什麼，不會單為了聞聞香味聽幾聲貓叫吧？」

倪諒故作神祕地看看四周，將二人拽至樓臺階一側的小角落說：「實不相瞞，兄弟這次大老遠跑來，不是為了花銀子，倒是為了弄回幾兩銀子花花。」

于諒和周鐸更加不解，滿臉迷惑地說：「倪百戶，什麼時候學會繞舌頭了，別一驚一乍的，有話直說嘛！我們可等不及了。」

倪諒不慌不忙，接著說：「你二位有所不知，兄弟這手下一百一十二個兵，前陣子奉命單獨調至朝陽門外駐守一個軍營。今兒早上手下兄弟抓住兩個蒙古女子，都是十七八歲的樣子，俊俏得很，比這樓裡邊的哪一個都強！審問過才知道她倆是前朝皇家的遠支後代，難怪出落得如此絕色。她們說蒙古那邊兩個部落前幾天為爭奪草料幹了一仗，她們家人讓殺光了，她倆慌裡慌張地竟撞到了北平。我一想，這麼俊的女子留在軍營中也不是事，反正她們也沒人管，不如賣到這裡，也好弄幾個錢花花。正不知怎麼跟老鴇要價呢，可巧你倆就來了。」

于諒和周鐸聽得眼睛發直。人高馬大的于諒咧嘴嘻嘻一笑說：「蒙古貨，倪百戶，讓你嘗了個鮮吧，怎麼樣，滋味比咱們這中原的如何？」

倪諒苦笑一聲說：「唉，嘗什麼鮮！哪裡比得上你們二位，燕王府裡當差，妻兒老小全不讓帶，天馬行空想幹什麼幹什麼。我那老婆子成天盯得死緊，聽說抓了兩個蒙古姑娘，立刻影子般的跟著我寸步不離，哪有空子嘗什麼鮮不鮮的！今兒上這裡還是偷偷溜出來的，天黑前得趕緊回去。要不你倆人熟，找個老鴇替我說說？好處自然是少不了的。」

周鐸猴頭猴腦地眼珠一轉說：「咱弟兄們還講什麼好處不好處的。只是……沒見過貨色怎麼樣，不好要價呀！」

倪諒爽快地說：「這還不容易，人就在我營中，要不二位跟我去瞧瞧，別的好處沒有，二位就先嘗嘗蒙古野味，如何？」

「真的?!」二人眼睛瞪得銅鈴般大，話語中透出十二分驚喜。

「那算什麼，反正是要賣到這裡的，誰先誰後還不一樣，只要不為這個掉了價就行。」倪諒一臉無奈的樣子，「唉，真羨慕你們自由自在，我是碗裡放著肥肉不敢咬，倒讓你們逮了個便宜。天不早了，咱們趕緊走吧，再晚可就要關城門了！」

于諒說聲「好」，邁腳就走，周鐸卻突然猶豫起來，拉住于諒吞吞吐吐地說：「王府規矩，不讓隨便出府，咱們要是私自出城，萬一讓人發覺了……」

「哎，瞧你婆婆媽媽的，不讓出府你不是已經出來了?!橫豎再出一回城，割一刀是疼，割兩刀還是個疼，不都是一回事兒?!明天趕早進府就是了。再說咱們這也不是一回兩回了，誰發覺了？即便有人看見了他也不敢告發，誰告發就證明誰也私自出府了，連這也不明白，還虧人叫你猴精呢，喊！」于諒心中火苗呼呼上竄，恨不得一步跨到蒙古美人面前，對周鐸的磨蹭萬分不滿，連珠炮似地呵斥一頓。

周鐸被他搶白得無話可說，想想也是這個理，況且自己心裡也是有種衝動一竄老高，便鬆開手，三人急步穿過羊角市，往南一拐，上了等候在街口的馬車，倪諒衝車夫說聲：「回營！」馬車便沿通惠河飛馳一段再向正東，不大會兒出了朝陽門來到倪諒所駐紮的軍營中。

軍營依斜坡而建，營盤不大，也就是幾座帳篷圍成一圈，轅門處用圓木立的柵欄，旁邊有杆紅旗迎風舒展。守門士兵見是百戶馬車，也不盤問，逕直馳進去，在正中大帳前停下。

三人跳下馬車，倪諒望望已掛起燈籠的大帳說：「蒙古姑娘就在帳內，二位今晚住在大帳中便了。」說著領二人走進去。帳中陳設簡單，顯得有些空曠，四角各有一樹燭臺，燈火通明，十幾個衛士肅然分立兩側。

倪諒走在前面，回頭看于諒和周鐸相繼進入帳內，突然臉色凜然一變，厲聲喝道：「還不快與我拿下！」

于諒和周鐸眼光四掃，想看看蒙古美人在什麼地方，陡然聽見倪諒吼出一嗓子，懵懂間已被十幾個人撲上來將他們按倒在地捆了個結實。

二人情知不妙，但一時還猜不透是怎麼回事，便氣沖沖地叫道：「倪百戶，你這是演的哪一齣？我們兄弟雖說違了府規，可也輪不到你管！」

倪諒未及說話，帳角走出一人笑道：「于諒周鐸，違不違府規那是燕王之事，可違了國法，北平按察司總該管管吧？」

燈影中二人好容易辨認出那人面目，于諒叫道：「湯宗，咱們並無過節，我們違反了哪條國法值得如此大驚小怪！」

說話間葛誠也走出來，二人一起在大案後坐定，湯宗笑意全無，怒目圓睜說：「你們二人為虎作倀，每日裡在燕王府中操練兵勇，妄圖反叛朝廷，還說沒犯國法，這罪名難道還小嗎?!」

于諒周鐸似乎有些明白過來，周鐸反翦雙臂翻身從地上坐起，賠著笑臉說：「原來是這檔子事，湯檢事誤會了。我們奉令調入燕王府中當差，不過每天例行巡視，有時也教那些護衛們幾手槍棒，哪能和反叛朝廷挨上邊呢？快別取笑我們了。」

于諒倒背雙手趴在地上也說：「就是就是。再說燕王府中可以養軍隊，這也是皇上准許的，我們有時幫著操練操練也算不了什麼。湯僉事，倪百戶，你們真的誤會了。」

湯宗冰冷著臉不依不饒：「你二人休得再打馬虎眼！先皇舊制，藩王節制軍隊不得超過一萬八千人，爾今燕府所招兵勇源源不斷，你等每日為其分發刀槍，操練拼殺演習陣法，這個如何解釋?!皇上對此早已耿耿於懷，你二人速將燕府所募兵丁人數，操演情狀如實招出，也算將功補過，否則自當按叛逆論處！」

于諒周鐸此時才感覺事情不那麼簡單，心中頓時湧上陣陣恐慌，想與蒙古美人歡會的心思早已飛到九霄雲外。周鐸尋思一會兒，突然冷笑道：「湯僉事，倪百戶，你們可別忘了，北平城可是誰的地盤，我等奉命行事，其他一概不知，你們若要問個明白，直接找燕王去問好了。」

湯宗坐在正中間，看了葛誠和倪諒一眼，不動聲色地說：「也罷，我一個北平按察司，也懶得問這許多。不過皇上有旨，要將你等火速押解至南京，你們在這裡不畫押招供，到了京師投進錦衣衛詔獄中，只怕你倆想招也來不及了。錦衣衛的詔獄，二位一定聽說過吧，那可是活脫脫的人間地獄，但凡進去之人，剝皮抽筋剁豬蹄，挖眼割鼻掏心肝，戲法多著呢！三五日之內你們便可見識到了。」

一提到詔獄，二人頓時面如土色，聲音顫抖不已：「願招，願招！只求各位千萬網開一面，切莫將我等解往南京！」

倪諒在一旁忍不住說：「那就看你們伏法情狀。快，筆墨侍候！」

匆匆收拾完畢後，夜已過午。二月末的北平城外寒風陣陣，遠處空曠山谷中似獸吼般嘯聲不斷。兩駕馬車停在轅外，車廂四周遮攔得嚴嚴實實。夜空高遠，寒星點點，借著轅門兩旁昏黃的大燈籠，勉強能夠辨認出每個人模糊不清的臉。

「葛兄大概沒在北平城外過過夜，」倪諒強打精神笑笑，「這裡就是這樣，夜愈深風愈大，非得待到天濛濛亮才算過勁，我們都稱其為夜老虎。」

葛誠報以慘澹一笑，對著面前的倪諒和湯宗說：「是為兄連累你們啦，不過這也是沒辦法的事。此趟押解他們進京，北平就再也來不得啦，故此才讓你們將家眷帶上。進京之後，先將他二人與所供之狀交於齊泰和黃子澄大人，聽他們計議行事。」

說著伸手拉過身旁的一個半大孩子，向倪諒交代道：「這個孩子叫孫青，他爹就是因為保護我而讓燕王派人給刺殺了，我如今在北平岌岌可危，怕保護不了他了，你可將他帶至濟南，託付給鐵鉉。」

孫青抬頭臉，一雙淚眼在暗夜中閃閃發亮，抽噎著說：「叔叔，讓葛林弟弟也跟上走吧，我倆也好作個伴。」

湯宗攏攏被風吹亂的頭髮說：「葛兄，要不咱們一起去吧，燕府發現此事，追查下來，大禍怕難躲過了。」

葛誠目視遠方搖搖頭：「我不能走，如今燕王雖然已經懷疑我，但未必知道我是朝廷內應。將來北平再有什麼動靜，我也好及時報告朝廷。你等盡可放心而去，我一時還無性命之虞。」

倪諒大聲說：「那就帶上葛林吧，萬一有個好歹……」

葛誠眼光一跳，隨即平靜下來說：「林兒是獨子，他一走豈不是明白地告訴燕府我有決裂之心?!不，大丈夫既忠於國事，就不能考慮太多，此處的事情我會妥當安排的，你等盡可放心。記住，一定要日夜兼程，盡快趕到南京。路上千萬小心，到濟南後，要鐵鉉加兵護衛，以確保平安。」

倪諒想起一件事說：「葛兄，北平城內外尚駐有都指揮使謝貴的軍隊，何不讓他派些軍隊加以護送?」

葛誠上前一步拍拍倪諒肩膀：「此事宜速，等報告給謝貴，必然會走漏風聲，事情反而難以成功。你等放心，只要過了涿郡，燕王勢力就漸弱了，涿郡守衛將軍宋忠，與葛某熟識，可請他阻擋一二。燕府在那裡鞭長莫及，奈何不了你們的。好啦，時候不早，別乾凍著了，趕快起程吧！」

幾人默然對視片刻，相互長長一揖，只有孫青帶著哭腔喊道：「葛叔叔……」葛誠不容他再說下去，擺擺衣袖催他們快走。倪諒，湯宗和孫青登上前邊一輛捆綁著于諒和周鐸的馬車，所有女眷們都擠在後一輛廂車中。清脆的鞭哨劃過濃重的黑夜，馬蹄聲急促響起，頃刻消失在茫茫星空下。

夜風更強勁了，倔強地撕扯著葛誠的衣袖，而葛誠更倔強地站在原地，專注地眺望著什麼也看不見的遠方，一動不動，如一尊石像般堅硬突兀。

于諒和周鐸從王府中失蹤的第二天便在全府上下引出軒然大波。好端端的兩員武將竟神不知鬼不覺地從森嚴的王府中消失了，這還了得？況且這兩個人每日操練兵士，王府中何處有多少兵力，何處放多少刀槍他們都知道得一清二楚，這要是傳出去了，不是造反是幹什麼？這要是真的開了戰端，豈不是把家底亮給人家看?!為此不僅金忠和三個世子焦慮疑惑，就連徐王妃也驚動了，將府中上下但凡管些事物的人，統統叫到興聖宮後院萬儀殿內。

徐王妃端坐高處，三個世子，金忠及府中幾員心腹大將分立兩側，餘下的各級太監，丫頭，前殿後院跑腿辦差的，護衛巡視的各隊大小隊長，黑鴉鴉在階下跪倒一大片，個個屏息膽戰，生怕有什麼事情招惹到自己頭上。

死一般地沉默片刻，徐王妃終於徐徐開口了：「各位老少爺們，各房丫頭嬤嬤，咱們王府眼下的情形你們也都清楚。外邊紛紛傳說王爺要反，其實王爺本來已是皇上的四叔，這天下就是朱家的天下，還反個什麼勁?!不過呢，人言可畏，咱們也不能不防著點。不是有句老話叫百夫所指，無病也死麼?不讓你們隨意出入王府，也有這層意思，把外邊的風言風語傳到府裡來，鬧得人心惶惶的，成什麼體統？」

頓了頓話語一轉接著說：「可就是有人偏不明白王爺苦心，于諒和周鐸兩個，昨天還在府裡好好的，今兒竟然找不到人了!你們說，他倆還能插翅膀飛出去?!不過我想，即便他們飛出去，也總得有個影子叫人瞧見的。他們倆出不出去倒不打緊，只是朝廷在北平的軍隊聽信了謠傳，對咱府中的人盯得死緊，要是讓那些兵痞子認出來了，抓去打個臭死，咱不好向他們家的人交代不是?叫我說呢，你們有誰昨天快黑時看見他們了，趕緊說出來，你們不知道他倆的心思，即便放他們出去了，也不算什麼大錯，可要是事到如今還捂著蓋著，府裡的規矩，你們不是不知道。」

柔柔的話音並不很高，階下的人卻像當頭潑了一瓢涼水，不由自主地渾身打顫。

望了一會兒沉寂的人群，徐王妃輕輕又說：「也罷，這事說大不大，說小也不小，反正不水落石出是罷不了休的。你們下去好好想想，誰知道內情自個兒報上來罷。」說著擺擺手，眾人大赦似地悄然散去。

大殿中頓時空曠起來。朱高熾轉過胖乎乎的身子說：「母親，依孩兒想，這倆傢伙八成是自個兒跑出去的。王府如此森嚴，他倆又有些功夫，讓人劫持了去怕不大可能。」

話音剛落朱高煦接著叫嚷道：「大哥說的不差，這兩個狗東西吃裡扒外，偷跑出去串通朝廷去了！我這就帶人往去南京的路上追趕，三刀兩刀宰了他們！」

徐王妃白了他一眼衝著大夥說：「我看他倆未必是朝廷內應。當初調他倆進王府時，王爺是千挑萬選了的，大概不會出錯罷？金先生，你說呢？」

金忠對這兩人好端端的突然失蹤也好生奇怪，只是自己初進王府，又充當著謀士的角色，生怕說出差錯來，一直未敢開口，見問到自己頭上，只好斟酌著說：「確如娘娘所言，于諒周鐸二人膽小怕事，遇事但求自保，未必肯冒著風險為朝廷效勞。依臣所見，此二人恐怕是被人騙出府去的。或許有人趁燕王在京之際，落井下石，將二人哄騙出王府去，逼其變節，合力陷害栽贓於燕王也未可知。」

金忠一席話分析得入情入理，且又連帶上燕王的安危，眾人著急起來。朱高熾急忙問道：「那依先生看，這事該如何處置？」

金忠未及說話，門口太監邁進檻內稟道：「娘娘，府門護衛小隊長求見娘娘！」

眾人精神一振，徐王妃忽地坐直身子連說：「快進來，快進來！」

登登幾步跑進來一個五大三粗的漢子，撲通跪倒在階下，從懷中掏出一把碎銀子雙手捧過頭頂，帶著哭腔說道：「娘娘恕罪，少王爺恕罪，臣奉命把守府門，一向盡職盡責，飛鳥也不曾輕易放出放進一個。只是近來于諒和周鐸二人找到在下，一個稱老母有病，一個稱老婆要生小孩，說是要隔三差五回家探視一番。開始在下堅決不從，他二人說晚上出府，第二天天亮之前必然趕回來，不會有人知曉。禁不住他們軟磨硬泡，又送給臣這些……臣一時糊塗，就准了他們，前後他倆共私自出王府十餘次，每回都是晚出早歸，無一差錯，故不曾驚動府中。昨晚他二人又要出去，臣沒在意，還像往常一樣將他們放了出去，誰知……」說著叩頭連連，連呼恕罪。

越往下聽眾人臉色越陰沉，預感事情不妙。徐王妃看看低頭不語的朱能張玉等大將，又看看沉思中的金忠，長歎口氣說：「看來越怕鬼偏逢鬼上門，這兩個人怕要成壞一鍋湯的老鼠屎了！」

金忠知道此時再不說話未免有失謀士身分，便挪動一下身子說：「娘娘，金忠估計這二人若非受人利誘而變節便是遭人劫持，不管怎樣，定是北平城中朝廷的內應恐燕王在京平安北返，便將此二人作為罪狀送往南京，必欲置燕王於死地而後已啊！」

徐王妃本來也有這種預感，聞言還是大吃一驚，臉色頓時慘白，三個少王爺和大將們個個摩拳擦掌：「趁他們還未走遠，我們這就去追！」

金忠搖手止住說：「且慢，這也只是猜測，況北平去南京之路非只一條，當有萬全之策才是。娘娘，依臣所見，一面派人在北平城中搜查，看可有形跡可疑之人、形跡可疑之事，一面再多分幾路人輕騎南追，通州、霸州、涿郡之路他們都有可能走……」

話未說完徐王妃已從座中站起身來，提高嗓門說：「都別愣著了，快去呀！」眾人慌忙答應一聲，奔出殿安排去了。朱高燧走到階邊看看下邊跪的府門護衛，冷笑一聲抬腳將他手中的銀子踢飛，又接上一腳將他踢得翻滾在地，順勢拉出劍來狠狠刺過去。

艱難的一天慢慢挨過，金忠和三個少王爺都在興聖宮中與徐王妃一起等待消息。

時至黃昏，出去打探的人陸續回來：「朝陽門外駐守軍燕山護衛百戶倪諒全家離營，不知所往！」「北平按察司僉事湯宗一夜之間家小全無，左鄰右舍皆不明去處！」

一道接一道的消息逐漸印證了金忠他們的預想。很顯然，于諒周鐸和倪諒湯宗他們去南京告密去了。「看樣子他們經過了精心謀劃，非是一日之功了，」徐王妃默想著忽然問：「于諒和周鐸的家眷了都不見了？」

「回稟娘娘，他們二人的家眷都在，問起于諒周鐸下落時，家眷們慌作一團，皆言已有數月不曾回來過，看樣子不像裝的。」巡查回來的衛士一五一十叉手答道。

「那麼他二人被劫持是無疑了，」金忠肯定地說，「這兩個傢伙雖是一介武夫卻膽小如鼠，到詔獄中不用動什麼刑他們就會全招，唉，要能順利追回來就一了百了了。」

正說間張玉回來了，滿頭大汗，棉袍上一層黃沙還未曾抖去，喘著粗氣說：「娘娘，他們一行確實到南京去了，我馬不停蹄追到涿郡，被涿郡都督宋忠攔住，說于諒周鐸是朝廷要犯，聖上下旨叫捉拿的，說什麼不讓我過去，我身邊只有兩三個護衛，不敢和他來硬的，只好折回來請示娘娘。」

「哎呀，這一來一去他們早跑遠了，越往南走我等就越難以控制，再派人繞道去追，只怕來不及了！」金忠急得踱來踱去，直搓雙手。

「那，那照你說，燕王他，他凶多吉少，定然回不來了?!」徐王妃兩眼發黑，硬撐著沒躺在椅子上。

「如此說來，我等大勢已去呀！」朱高燧猛然喊出一嗓子，驚得眾人心驚肉跳，差點背過氣去。

綠絲縧帶意縱橫

入覲已畢，建文帝隨口頒旨要朱棣留京多住幾日，也不枉千里迢迢跑這一趟，並當著文武百官問道：「京師古蹟頗多，你可隨意擇驛館而駐，朕不知皇叔想擇何處啊？」

朱棣正盤算如何措辭奏請早歸，聽建文帝問得情真意切，不知如何推託，只好起身拜謝道：「承蒙聖上美意，臣隨遇可安。如聖上恩准，臣想去鳳凰台那邊瞧瞧。」

建文帝笑道：「皇叔果然好雅興，鳳凰臺上鳳凰遊，鳳去台空江自流，確是絕好去處，朕就安排皇叔在那裡多住幾日，以盡山水之娛。」

朱棣復又翻身倒地拜謝，心裡卻撲通撲通亂跳個不停。辭歸的話再也說不出口，一咬牙橫下心來，暗想吉凶禍福只好隨天意了！

鳳凰台旁的鳳凰驛，夾在上浮橋與下浮橋之間，臨河而建，頗為氣派，房屋高大，轉圈上下三層，琉璃瓦蓋紫光熒熒，四角飛簷振翅欲翔，疊疊斗拱彩繪鮮亮，每根椽頭都刻著形態各異的小獅子。房間布置得也頗典雅，雕窗朱戶，潔淨的地板四角擺著如意屏風。暖風和煦，陽光灑滿大半個屋子。香爐中的輕煙混和著陽光的味道，清香而別致。

朱棣望著剛剛趕來的道衍，眼神中頗有些心不在焉。「徐增壽那邊已安排好了。史鐵恨透了那班朝廷爪牙，進宮後定會全力效勞的，」道衍望望門口站定的兩名衛士，知道從北平帶來的三十餘名衛士中，只有隨他一起護送史鐵的兩人跟了來，其餘的都還留在鍾阜門軍營中。

「嗯，」朱棣好像沒聽見似的半天哼出一聲，振振精神從椅子上直起腰說：「道衍，本王入覲時在朝中的情形你一定聽徐增壽說過了吧？看來朝中大臣反感本王者多，附和本王者少啊！」

道衍點點頭說：「這也難怪，朝廷方面似乎有一種成見，有王爺在，他們的烏紗帽就似乎戴得不夠穩當，由此老僧擔憂，王爺挫挫他等銳氣固然也應該，可如此以來更印證了他們所固有的關於燕王桀驁不馴的說法，會激起他們在皇上跟前宵小群吠啊。」

朱棣不屑地冷冷一笑：「哼，就他們？本王視為一堆草芥！本王三言兩語，當堂將皇上眼淚賺了出來，只要他不發話，本王還不照樣揚長而去?!」

道衍聞言卻有些不以為然：「我看沒那麼簡單，皇上本來對王爺並不相信，片刻之間又為親情所涕下，豈不正說明當今聖上易為別人所左右，發令頒旨飄忽不定的性格？王爺在堂，他為王爺親情所動，王爺下殿，群臣紛諫王爺種種不是之處，皇上自然會輕易改弦易張。依道衍看，這江寧城中並不寧啊！」

朱棣若有所思，閉目靜養一會兒，有些疲憊地說：「那就只好看天意造化了。道衍，既來之，則安之，明日咱們同登鳳凰台，吹吹金陵春風去。好啦，我先歇會兒，你也道乏回房吧。」

齊泰黃子澄等人心裡憋了一肚子氣，但是見建文帝對朱棣如此親熱關切，又不便當堂發作，只得悶悶地捱到朝散。

「不行，似這樣下去，燕王還不把朝堂看作兒戲一般？他今日回北平，明日叛軍就會鼓噪南下。皇上受他蒙蔽，我等卻不能讓他輕易得逞。」走出端門來到外五龍橋上時，黃子澄忽然站住，拍漢白玉橋欄忿忿不平地說道。

這話正說到其他人的心坎上，幾個人立刻圍過去七嘴八舌地說：「那朱棣欺我朝中無人太甚！」「黃大人，依你所見，該如何處置？」黃子澄看看眾人，想一想說：「憑空議論於事無補，來，我等到六部議事房中細細計議。」

一行人走出承天門，順甬道往東走，不大會兒來到六部衙門。眾人進去按序坐定，齊泰逐個望望開口說道：「諸位王公大臣，燕王聚兵想要叛亂絕非空穴來風，駐紮北平的各路督軍都有密報奏摺，前些日子燕府長史來京奏事時，曾將燕王府中招募兵勇私造兵刃的情形詳細講過，這些想必諸公都已聽說了。為防國家有倒懸之危，我等特意奏請皇上，要燕王進京入覲，欲趁機將其扣留京師，為國除去一大隱患。不想燕王詭詐多變，皇上竟被他迷惑。剛才諸公親眼所見，皇上似乎並無將其扣押的意思，只恐一旦放虎歸山，悔之晚矣。不知諸公有何高見？」

眾大臣所進之屋正是六部衙門正中央的兵部衙門，屋內相當寬敞，但也坐得滿滿當當。空氣顯得有些悶熱。「燕王城府之深，我是領教過的。當年先帝在世，他還未去北平時，有年春日我倆一同去靈谷寺閒遊踏青，出得朝陽門，來到平橋西端，剛要過橋，燕王忽然大叫下馬，我問他走得好好的下馬幹什麼？你猜他怎麼說，他說你不聞古人言有路不乘船，過橋須下馬嘛，還不是圖個平安？這平橋年久失修，萬一讓馬踏壞了掉進水裡怎麼辦？我一聽有理，便下來牽著馬走，不料燕王卻快馬加鞭直衝過橋去。我納著悶走到橋西頭一看，他手裡捏幾枝桃花笑嘻嘻地說，我見這幾枝桃花粉得特別，唯恐被你先摘了去，故此誑你一下。你們瞧，他有多鬼！其實一個大男人，誰稀罕什麼花草，當時我沒吭聲，快到靈谷寺時便趁他沒注意奪過來扔到山溝裡……」

一聽那翁聲翁氣的鼻音便知道說話的是朱棣的妻兄黑臉大漢徐輝祖。眾人聽罷齊聲哄笑起來，氣氛這才不那麼沉悶。黃子澄趁眾人興致高時大聲說：「各位大人，要我說，不管他燕王城府有多深，既然他來到京師，那是魚兒游進網裡，千載難逢的良機，我等務必要讓他回不得北平！」

御史大夫練子寧首先回應：「且不說燕王在北平如何，單是他進殿入覲前登皇道而入，便是大不敬之罪，可惜皇上不曾得見，被他輕易蒙敝。我等將此事備述下來，聯名奏皇上將其扣留，諸公以為如何？」

有人點頭稱善，也有人面露疑色。翰林侍詔解縉清眉秀目，語音清朗地說：「但憑此一事恐難達到目的，況先帝確有許其從皇道入殿之言，還應再尋些事由才好。」

眾人擰眉沉思，屋中又沉寂下來。良久黃子澄說道：「也罷，反正燕王要在京城住些時日，我等且慢慢計議，總之不可放虎歸山！這幾日，在城中多派些兵士巡視把守，勿令燕王潛城出逃，只要他在南京中，我等自可放下心來從容擺布。」

位於南京城西南端的鳳凰台，遠遠望去，芳草萋萋直漫天際，稀稀疏疏零亂地長著各種樹木，順著坍塌的土台往前走，偶見幾處殘垣斷壁，高低土丘。朱棣和道衍踏在花草叢中四處張望著慢慢前行。

走出一段路，朱棣雙手插腰感歎地說：「吳宮花草埋幽徑，晉代衣冠成古丘，唉，過去啦，都過去啦！人事有代謝，往來成古今喲！」

道衍笑道：「王爺又在發思古之幽情了。不過縱然鳳去不再，吳宮成丘，可這長江之水依舊悠悠啊。王爺你往西看，這三山半落青天外，二水中分白鷺洲的景致，卻是千年不變。人生不古，人生亙古，這其中禪理，頗費人猜思啊！」

朱棣順著道衍手指的方向朝西望去，但見天遠地闊，寰宇澄清，一碧如洗，湛湛江水繞著綠茵茵的三山蜿蜒東流，不覺間呼息清爽，精神振奮，連聲說：「江山如畫裡，人在圖畫中，看來確有其事，咱倆面對如此勝景，風舉衣袂，簡直要羽化登仙呢！」

道衍沉浸在畫境中，含笑未答。朱棣眼光下移，望見近處的巍巍城牆，高出城牆一截的城樓正是三山門，忽然長歎一口氣指著三山門對道衍說：「道衍哪，你瞧那就是京師西邊門戶，城防之堅世所罕見，城門下各有四重門洞，裡面可藏千軍，故名藏兵洞，」說著又向正南一指，「這邊聚寶門，京師南大門，亦堅不可摧，城門分上下兩層，每層各有七個藏兵洞，近萬軍士隱身其中，縱有公輸班之才，欲奪此門恐怕亦枉費心機，唉！」

道衍知道朱棣又觸動了舊心思，便不再理會，轉個話題說：「王爺真是無時不憂慮國事，咱們千里迢迢跑到此地踏青覽勝，再想這些豈不有煞風景?!道衍與王爺就眼前之景對上一聯如何？」

見朱棣首肯，道衍便說：「那就請王爺先出上聯。」朱棣倒背起雙手踱出幾步，緩緩吟道：「長江繞經白鷺洲，看白鷺洲中多白鷺。」吟罷盯著道衍笑道：「怎麼樣，不大好對吧？」

道衍也笑著踱了半圈，忽然說：「有了！我就對，『燕王踏尋鳳凰台，歎鳳凰臺上少鳳凰，』如何？」

朱棣哈哈大笑：「先別得意，本王這上聯還沒完呢，『長江繞經白鷺洲，看白鷺洲中多白鷺，白鷺如何飛過長江去？』怎麼樣，還能對嗎？」

道衍不慌不忙，思慮片刻說：「道衍也可接下聯，『燕王踏尋鳳凰台，歎鳳凰臺上少鳳凰，鳳凰怎敢落在燕王前！』還算工整吧？」二人對視片刻忽然大笑。朱棣手按道衍肩膀說：「意思倒不錯，相得益彰，只是字面有些欠工整。」

道衍興致所至，頗有些不以為然：「王爺，我以為無論詩詞楹聯，其中最注重的應該是主旨，字面倒還在其次。如有些學究冬烘先生，僵於字而不顧義，則失卻詩詞本來之旨矣。說到此老僧倒想起一個解頤之事，王爺有興趣聽否？」

朱棣被他深深感染了，應聲說：「講來講來，看本王能否聽出可笑之處。」

道衍清清嗓子說：「老僧鄉里有個私塾學究，姓石，人稱石先生，每日裡教些孩童學字作對，這位學究作對最講字面工整，譬如他說『風』，學生必對『雨』，他說『大風』，學生必得對

『小雨』，凡出錯者，定罰不饒。有日正教課間，不知從何處跑來一隻雞，咕咕不停，石先生惱恨牠攪亂課堂，便拾塊磚頭扔去，不料正中雞頭，那雞撲騰兩下死了。石先生見狀靈感大發，遂出一上聯要孩童們作對。他這上聯是『細羽家禽磚後死』，孩童們平日裡習慣了，按上句字面挨個一一對上，細對粗，羽對毛，家對野，禽對獸，磚對石，後對先，死對生，合在一處便成一下聯為『粗毛野獸石先生』，石先生明知挨了罵，卻挑不出毛病，只好自認晦氣……」

道衍還未說完，朱棣已哈哈大笑：「好，罵得好，這算是給酸儒們一個絕好的教訓！」

二人談笑間，不覺日影西斜，輕風漸漸變大，樹木花草颯颯有聲。朱棣迎著夕陽眺望遠處長江城樓，笑意稍稍淡去，長吁口氣說：「昔時阮籍登廣武城，有感於劉邦以一亭長卻佔有天下，長歎曰『世無英雄，遂使豎子成名！』今日本王登金陵，亦有同感哪！」

道衍知道朱棣此刻憂心忡忡，時刻不能忘懷自家的心事，但又不便說什麼，四下看看，見周圍沒人，才放下心來說：「王爺，天色不早了，咱們回去罷。」

一行兩輛馬車跌跌撞撞，從姚坊門進入南京外城，頗費周折地繞過孝陵和蔣廟，終於趕在天黑城門關閉前由太平門來到南京城中。

望著人影幢幢已經有些模糊不清的街道行人，倪諒坐在車轅上看得入神說：「我自小在河北長大，世代都入兵籍，隨著隊伍跑來跑去，總離不了黃河北岸一帶，自洪武二十八年頭一遭下江南進京師，四年間景致真是大不相同了！」

湯宗坐在另一側也頗多感慨：「天子腳下百珍聚集，自然與別處不同啦。咱們趕快些，六部值差的人要是散了，京師這麼大，去哪裡找齊大人？」

兩人便收回眼光，馬蹄音碎急起來，沿皇城牆根走過青龍橋，挨著鑾駕庫再往前行幾步，便到六部衙門了。剛才半路經過朝陽門時，見城門已經緊閉，二人暗叫好險，再慢些恐怕今晚就得住在城外了。要是那樣的話，千辛萬苦弄到這裡來的車上這兩個傢伙，實在叫人放心不下。萬一燕王府中的人繞路追蹤到南京來了呢?!

兵部衙門已是人去樓空，冷冷清清。進得門去見兩樹燭臺半死不活地發出昏黃的光，三個差役正斜倚在長桌後邊的椅子上有一搭沒一搭地聊天。兩輛馬車緩步走進院中時，裡邊根本沒有聽見動靜。等湯宗和倪諒突然闖進屋裡，差役們以為值班大臣回來了，驚慌地站起來準備施禮罷躲到一邊，仔細一瞧卻發現是兩個布衣裝束並不認識的人，立刻平靜下來，有些惱怒地喝道：「什麼人，誰讓他們進來的？大門口值班房難道沒有讓你等先通報一聲麼?!」

湯宗冷冷一笑：「哪有什麼值班房？值班房中鬼影也不見一個！你們的值班大臣呢?!」

三個差役聽他語氣似乎頗有來頭，不敢貿然造次，老老實實回答：「值班的陳大人說有事暫去一刻，稍等便回。」倪諒知道所說的陳大人一定是兵部左侍郎陳植了，便問道：「燕王進京入覲的事你等肯定知道，他是否還在京城？」

越聽這二人越不像普通百姓，其實普通百姓誰吃飽撐著敢闖六部衙門?!於是三個差役愈加恭敬，其中一個搶先回答道：「沒，沒有，燕王入覲面君已經四五天了，聽說皇上明日要在柔儀殿御花園中賜宴送行呢！」

知道燕王還在京城，二人暫時放下一顆高懸的心，同時暗叫好險，再遲到一日可就功虧一簣心血白費了。湯宗急急地問：「齊泰呢，是否已經回家了？」

差役們暗吐舌頭，心說這位什麼來頭，不會是皇上微服私訪吧？當今朝中的大紅人兵部尚書齊泰他也敢直呼其名！便躬腰答：「是。」倪諒知道下一步如何行動一定要在今晚議定，否則明天就可能來不及，眼睜睜地看著燕王走出京城，於是心焦火燎地喝道：「你們快將他叫到這裡來，有什麼事都別耽誤！快去，誤了大事小心你們吃飯的活計！」

三個差役愈發弄不清這兩人是幹什麼的，互相一使眼色，連聲答應著走出去。湯宗忽然想到剛才光顧著急了，這樣做是否魯莽些，畢竟人家是朝中一品大員，雖說為了國事，可也總該分個等級吧？再說三個差役要是把他請不來怎麼辦？於是又叫住他們，掏出葛誠寫的書信交給他們：「將此書帶好，齊大人見信後一定會來的！」

差役們答應一聲出大門跨馬而去。湯宗和倪諒這才坐在椅子上喘口氣，覺得渾身汗涔涔的有些頭暈目眩。「這才三月天就熱成這樣，七月裡如何過得！」湯宗嘟囔著順手在桌上撿本書連扇幾下。

經湯宗一提醒倪諒想起來家眷們都還悶在車上，便衝外邊站立的車夫喊道：「叫他們都下來，憋了一天啦，站在院中透口氣！」車夫「唉」地答應著又問：「前邊車中捆著手腳的人怎麼辦？」

湯宗不耐煩地大聲說：「別管他們，悶不死的！一路上給他們餵吃餵喝的，太便宜這倆小子了！」倪諒笑笑沒說話，看見旁邊櫃子上有個大錫壺，便過去斟兩杯涼茶，遞給湯宗一杯，自己仰脖咕咕咚咚灌下去。」

不大一會兒，雜亂的馬蹄音由遠而近敲打著地面傳過來，門口有幾個聲音同時問：「在哪裡？」「喲，還有馬車，」說著話已進屋，湯宗和倪諒抬頭一看，不止齊泰，還有黃子澄、陳植以及幾個不太認識的人同時擠進來，屋中立刻有些擁擠，人聲高高低低，七七八八議論著圍過來。

不等湯宗和倪諒說話，齊泰已急步拉住他倆呵呵大笑道：「好，好，你等幹得好！我們六部大臣方才正在家中發愁呢，燕王這塊肥肉主動送到皇上嘴邊，可誰想還不好吃下去！你們這一來，分明是送來了刀叉嘛！」眾人聽得哈哈大笑，這才依次落座。

湯宗和倪諒見此情形，知道也不必寒暄，便一五一十把在北平城中如何拿住于諒和周鐸的經過略述一遍，湯宗隨即掏出一紙遞給齊泰說：「齊大人和眾位大人請看，這便是他二人的供詞，上有其親筆畫押。」

齊泰笑瞇瞇地接過來看了，邊看邊點頭，看罷遞給身邊的黃子澄，一言不發地等他們個個都瀏覽一遍，然後才亮開嗓門說：「都看過了吧？真可謂字字如金哪！那燕王狂傲自大，以為滿朝中無人能奈何了他，可惜他這個黑煞神偏偏撞著了霹靂鬼，葛誠差這兩位大仙索他命來了！」說罷眾人哈哈大笑。

湯宗和倪諒不知齊泰所說葛誠差的兩位大仙是指他倆呢，還是指捆在外邊車中的于諒周鐸，不過想想這麼認真追究也無趣，便和眾人一起笑了起來。

黃子澄將茶几拍得通通作響：「諸位大人，真是天不負我等一片苦心啊！先帝分封諸王，諸皇子在外擁兵自重，皇孫乍登大位孤立無援，尾大不掉之勢日漸明朗，漢代七國之亂就是明鑒！我等深沐皇恩，怎能視而不見?!念諸王之中唯燕最強，若削藩重在削燕，為此費盡心機將他賺到京師，不料皇上受其蒙蔽，險些讓他逍遙而返，哈哈，燕王，你罪證如山，看你如何抵賴，看你如何再回老巢北平！」

陳植坐在眾人當中略顯年輕，他黃白面皮，眉短而濃，眼睛卻不大，看人時總瞇成一條縫，據他自己說，都是因為夜裡讀書太久熬夜太深的緣故，見眾人只顧高興了，便輕咳兩聲說：「諸位大人，事情緊迫，明日皇上就要賜宴放燕王回北平了，我等應盡快想出良策，將燕王謀反罪證告之於皇上，使皇上回心轉意扣住他才算成功！」

聽罷陳植的話，眾人才意識到此時高興得的確有些過早了，熱烈的氣氛漸漸沉靜下來。齊泰緊繃著臉，捏著那張供狀說：「人證俱在，我等如今佔盡天時地利人和，可惜現在天色已晚，聖上怕早已安歇，進不得宮去將此事向皇上當面奏明。」

卓敬聞言呼地挺身站起說：「事關重大，我等不妨到承天門前擊鼓撞鐘，使聖上連夜召見，以迅雷不及掩耳之勢，連夜將燕王拿下，從此天下太平，我等亦可安心而眠矣。」

有幾個人拍手稱讚：「好主意！兵貴神速，我等收拾收拾，這就準備進宮去！」

「以徐某之見，恐怕有些不妥罷，」聲音尖細，略帶女人味道，不用看便知是徐輝祖之弟，燕王的二妻兄徐增壽在說話，「現在夜已亥時過半，為了此事擊鼓撞鐘，鬧得宮中上下為之不安，京城之中人心惶惶，聖上一旦怪罪下來，我等豈不是好心辦成了壞事？」

燈影中有人笑道：「徐大人，該不會因燕王是你妹夫之故，有意阻擾諸公吧？」

徐增壽臉色登時一紅，幸而燭光中看不分明，他厲聲向那人喝道：「什麼話?!我與大哥都是中山王的後代，乃朝廷顧命大臣，孰輕孰重還分不清嗎?這種玩笑休要再講！」

黃子澄擺擺手不讓徐增壽再往下說，轉臉對眾人道：「增壽之言也不無道理，我等雖說已是勝券在握，亦應尋一妥當做法，」想一想接著又說，「依黃某之見，明日我等還有半天時間，今夜不妨先寫個聯名奏章，明日時辰一到便將奏章並證詞證人交付皇上，趁皇上賜宴之際將燕王捉拿，亦不失為良策，諸公以為如何？」

「既然撞鐘擊鼓之法不妥，也就只好如此了。」三三兩兩地有人回應。

「那好，再搬過兩支燭臺來，就勞黃學士親自動筆，我等隨後署上名字便了。」齊泰見沒有別的法子，這樣做也不失為兩全之策，最重要的是燕王還在京城中，人人心裡都很踏實，便招呼差役挪動燭臺，鋪紙備筆。

奏摺不長，很快揮就。眾人依序署過名，齊泰吩咐將于諒周鐸押至旁邊一間小屋內，留幾個兵士把守了，又將湯宗倪諒家小暫時安頓下來，看看時辰不早，眾人便分散回家，約好明日寅末時分於承天門外會合。

想到明日賜宴一畢便可起程回北平了，朱棣心緒頗為複雜，既有鳥出樊籠馬脫韁繩的痛快感覺，又隱隱中夾雜著些不祥的疑慮，當初自以為冒刀山火海之險的進京入覲就這麼簡單地結束了?那些叫囂不已的大臣就此善罷甘休了?!不可能吧，朱棣暗暗告誡自己，可他又說不準明日會有怎樣的情況在等待自己，不過憑直覺，他感到關鍵時刻往往在最後行將結束的那一剎。

喧囂的夜漸漸沉寂下來，僅剩的兩名衛士已經往燈裡添了好幾次油。他們都一身戎裝，長劍斜挎在腰間，兩耳時刻注意著屋外的風吹草動。朱棣特意吩咐他們這樣做的，不僅如此，還將道衍從別室中叫來，兩人向燈而坐，一副枕戈待旦的模樣。

「王爺，明日此時，我等就已在荒嶺野店中了，京師繁華，猶如一場春夢啊!其實想來，人生何嘗不是如此，只是人人都在夢中，也只好以夢當真了。」道衍見朱棣有些緊張，故意引出個話題緩解一下沉悶。

「哼，如果真是那樣就好了。本王現在不是留戀京師繁華，而是擔心明日能否見到荒嶺野店!」朱棣心中這樣想著，嘴裡便說出來。

「以道衍看，王爺大可不必風聲鶴唳，」道衍心裡其實也不輕鬆，顧不得措辭，瞇眼看著跳忽不定的燈頭火苗說：「聖上對王爺疑心盡釋，這是肯定的，否則也不會讓王爺在京城中逍遙這幾天。怕只怕以齊泰黃子澄為首的那班大臣，他們當中許多人想趁此機會將王爺留在京師，可惜目的並未達到，他等未肯就此罷休。我想，明日送行宴上恐怕還有好戲要唱。不過王爺能記住老僧一個字，定保無虞。」

一番話正說在朱棣心坎上，，他最擔心的也正是明日宴會上會有什麼突然變故。忙伸長脖子問：「什麼字，快說！」

「本！」道衍語氣十分肯定，「木之本在根，水之本在源，國之本在君。家有千口，主事一人，王爺只要牢牢把握住本，把握住聖上，任他枝節末梢隨意舞動，又如何能絲毫撼動於我！」

朱棣點頭若有所思，雖說在他眼中建文帝柔弱仁義，頗重情義，可如何牢牢抓住這個「本」，他仍然心中沒底。看來明日不大好過呀！

道衍見他有所領會但仍定不下心來，便想再進一步細述自己的想法。正要開口，忽然門外傳來輕微的腳步聲。儘管聲音輕微，但屋裡的四個人都聽得出來，那不是風聲，真真切切有人在向這邊走近！

氣氛頓時緊張起來，兩名衛士訓練有素，刷地拉出寶劍閃在門的兩側。朱棣暗說果然來了，立刻將案上的短刀拽過來握在手中，目光灼灼地盯門口處。道衍雖是文僧，但久處軍中，整日裡見的是刀光劍影，此刻倒並不特別驚慌，屏息端坐靜待破門廝殺那駭人的一刻。

輕飄飄的腳步聲像踩在四個人的心上，時間也讓人窒息般的漫長。聲音越來越清晰，四顆心快要卡在嗓子眼上。突然，腳步停在門前，衛士的兩柄劍在燈下抖動著暈黃的寒光，準備著電光石火的一剎那刺出去。

朱棣下意識地摸摸胸部，棉布袍子裡邊穿著甲，如果暗箭飛來，或許可以抵擋一下。

門沒有如預想的那樣被踢開，而是門環輕輕扣響三下，稍頓一頓又扣了三下。這是徐增壽派人傳遞消息時定好的信號，道衍早就向朱棣說起過。朱棣長舒口氣，額頭上的汗刷地流出來，止也止不住。他示意衛士輕輕開啟門縫，一個細高個靈巧地側身閃進來，揮起藍布袍袖擦擦滿臉汗水，喘息不定地說：「稟王爺，我家主人要我將這封書信呈上，並說務必立刻拆看。」

朱棣一陣好笑，都什麼時候了，這信你不讓拆我偷著也得拆，還用得著多一句廢話？隨手從桌上拿起一錠銀子，在手中掂量掂量扔過去說：「知道了，你回去時要小心，三更半夜的風聲可緊。」

那人慌忙接住了，賠笑道：「老爺放心，小人跟我家主人十多年了，這京城就跟在小人自個家裡一樣，我自有辦法回去。」說著躬身施一禮迅速退出去。兩衛士隨即將門掩住。

朱棣就著燈迫不及待地展開書信，愈往下看眉頭皺得愈緊，越往下看就越覺得剛才說要自己務必立刻拆看的話並不多餘。信寫得不長，終於看完了，朱棣神色慌亂地遞給道衍，盯著道衍看信的臉一動不動。等道衍從紙上抬起臉來，朱棣毫無表情地問：「如何？」

「厲害！此一著必致王爺於死地而後快！」道衍投袂站起，不安地來回走動。

「這兩個笨蛋，竟能讓人活捉到南京來，回去之後本王定將他們的家眷統統抄斬！」朱棣憤然作色，可是提到「回去」二字猛然一愣，喃喃地說：「只怕是難以回去了啊！」

「怎麼辦，縋城逃走？不現實，城高溝深，難以逾越。」道衍站住腳步，手撫念珠，自語著搖搖頭。

「唉，可惜朝中無人奈何了我，差錯竟會出在北平！大意，真是大意！」朱棣也開始來回踱步，「要不明日一早待城門開時咱們逃走？」

道衍聞言心頭一動又搖頭說道：「既然齊泰他們手中有了這麼個寶貝罪證，必然提防王爺聞風而逃，恐怕未出城門便要被捉住了。」

「那，那就坐以待斃不成！」朱棣忽然焦躁起來，走到桌邊抓起那紙書信看了兩眼，舉到燈前點著了，望著嫋嫋青煙直出神。

「不過王爺的話倒提醒了老僧，」道衍飛快地撥弄著念珠，臉上似乎有了些笑意，「既然他們要在明日送行宴會上制住王爺，王爺如果能按時進宮赴宴的話，城門把守就會鬆懈，王爺也就可以從容出城了。」

朱棣一時沒有聽明白，奇怪地看著道衍說：「道衍，你一向以沉穩多智自許，莫非如今也急糊塗了?!本王既然如期進宮赴宴，那就只能乖乖引頸受戮，能從容出城的怕只有魂魄了！」

「王爺誤會了，」道衍這次真的笑起來，「待我細細說來，王爺看可行否？」

朱棣一臉將信將疑，側身坐在道衍身旁，邊聽邊點頭，聽到最後也笑起來：「這一計倒叫人出乎意料，只是我等須小心行事，再來詳細議一議，」說著忽又歎口氣：「計再妙，也有幾分險，成事還得靠天呀！」

事情果然順利，齊泰黃子澄等人肅立於承天門外等候朝見時，有探子來報，燕王所駐鳳凰驛並無異動，寅中時分燕王已命人將前幾日皇上御賜的鑾輿在驛館門前備好，準備入朝面君。聽到消息眾人暗聲叫好，個個摩拳提氣，等著看齣好戲。

然而卯時已過好大會兒了，還不見有人宣旨升殿上朝，眾人有些奇怪，開始竊竊私語起來。恰巧主事太監許公公由外五龍橋過來，齊泰招手叫到跟前悄聲問：「公公，為何時辰早過，還不見皇上升殿哪？」

許公公看看齊泰身後的眾大臣，神神祕祕地一笑說：「齊大人，聖上昨夜召幸了宮嬪翠紅，想是興致未盡吧。已催過多次了，少候片刻，別著急嘛！」嬉皮笑臉的模樣逗得齊泰也是一笑，心裡卻直嘀咕：「節骨眼上可千萬別出什麼差錯。」

天光大亮，淺紅色的太陽光斑斑點點撒遍宮院，卯時將盡了，宮中還無動靜。急得齊泰黃子澄等人抓耳撓腮，真想直闖進去。又有探子來報：「有人親眼看到燕王進了鑾輿，向皇宮這邊走來，已到宮院附近了。」眾人聞言心裡立刻踏實下來，只要燕王能來，這邊上朝遲些早些倒不打緊，反正他已是煮熟的鴨子了。

「齊大人，那還要不要多加人手嚴守城門？」充作探子的心腹家將想起今早一起來主人的吩咐，悄聲問道。

「既然他人已到皇城，就不必在城門上做什麼文章了，省得傳出去百姓們議論紛紛，」齊泰臉上掛著微笑，滿副胸有成竹的樣子，話還未說完就聽遠處一聲斷喝：「皇上升文華殿，宣群臣入宮見駕！」

群臣精神抖擻，以齊泰、耿炳文為首的文武官員漸次穿過午門，進入文華殿山呼見駕。建文個人是誰？」

帝昨晚一夜春風，心中正有說不出的爽快，滿意地衝眾人頷首打了招呼。剛要開口說話，見殿中央臥倒著兩個人，因捆綁得時間過長，身軀有些扭曲抽搐，便一臉奇怪的問：「此是何意？這兩

齊泰早已等得有些不耐煩，襝衽出班將于諒、周鐸如何招出燕王密謀不軌，湯宗倪諒如何受葛誠之託將其押解京城之事原原本本奏述一遍，並將招供狀呈上，看著太監接過來交於建文帝。

階下眾人斂氣屏息，靜觀建文帝有何反應。果然，看著供狀建文帝笑意漸漸凝結，陰雲隱升，臉色越來越沉，拍地將紙摔在龍案上，忿忿不已地說：「好哇，朕險些給這位皇叔輕易蒙蔽過去！想他前日在柔儀殿中如何信誓旦旦，滿面涕淚漣漣私下裡卻作這等勾當！唉，朕不曾負他，他卻十二分地負了朕！」

黃子澄忙出班拱手奏道：「聖上，燕王一貫機深狡詐，前日入覲時大殿之外剛剛羞辱了群臣，大殿之中卻暢述甚麼叔侄親情，妄圖將我君臣戲弄於股掌之間，其心可惡，其罪不赦！望聖上明鑒當今形勢，速收逮燕王，以靖國患。」

寥寥幾句無異於火上澆油，建文帝厲聲問道：「那燕王何在?!」

齊泰知道大功將成，心下竊喜，隨聲應道：「他如今尚不知就裡，還以為我君臣仍在其蒙蔽之中，正乘皇上所賜鑾輿在午門外候駕等待賜宴。」

「賜宴?朕今日倒要先賜他一枷！」建文帝冷冷一笑：「速宣燕王進殿！」

階下大臣知道好戲要開場個個挺直腰板，拭目靜待燕王一會兒如何狼狽不堪。

「宣燕王上殿」的呼聲漸次傳出文華殿，忽然有人踉踉蹌蹌奔進殿中，伏地拜倒高呼：「聖上，那，那燕王不見了。」

「啊?!」恰似滾燙的油中濺入一滴水，眾人驟然目瞪口呆，隨即哄然議論紛紛。不待建文帝說話，齊泰氣急敗壞地叫道：「不是你等親手接到皇城中的麼？怎麼會不見了?!」

馭鑾衛士伏地再拜，驚慌得說不出一句完整的話：「臣奉命接他，親眼看、看、看他進了車中，行至貢院一帶，有兩個衛士模樣的人自稱燕王護衛，說要與燕王講幾句話，臣沒在意，見他倆掀開車廂簾子進去嘀咕片刻，復又轉身出來放下簾子。臣……臣……臣沒見有何異樣，就一路來到禁城內，見燕王久久不出，便掀簾催促他，誰知，誰知車中空無一人。」

「壞了！定是讓他金蟬脫殼，半路給逃掉了。」幾個人同時反應過來，齊聲驚叫。建文帝怒不可遏，將龍案拍得啪啪作響：「反了，真的是反了！速傳朕旨，即刻關閉十三城門，大街小巷細細搜查，務必抓到朱棣！」

南京城郭夾岡門外，朱棣騎在一匹灰白馬上，朝服早已脫去，穿一件白羅繡襏，戴頂素白將巾，好似誰家員外府中出來的一員家將，他輕勒馬轡，擰眉注視著四方，有些焦躁不安。過了一會兒，沿鳳台門那邊揚起一股煙塵，頃刻滾到跟前，兩個衛士也都換了裝束，統是一般公子打扮，道衍沒穿僧衣，身著一件藍布大衫，頭戴元巾，像個久走江湖的商客。

朱棣見三人到來，心才放回肚裡，又見道衍穿得怪模怪樣，呵呵大笑：「道衍哪，你這等裝束，咱這等狼狽，倒讓本王想起伍子胥過韶關的事來，事雖相差千年，卻何等相似乃爾呀。」

道衍淺笑一下說：「朝中想必已經知曉，咱們快馬加鞭，直奔北平。」其中一個衛士問道：「恐怕朝中追趕，要不要繞道而行？」

朱棣沉吟一下說：「本王看不必，追咱們的人也不過是騎馬，即便他傳檄各州府堵截，也是要騎馬傳令，又不是騰雲駕霧，怕他作甚，我等晝夜不停，沿途逢著馬市便擇幾匹良馬換騎，不信跑不過他們！」

道衍想了想也點頭稱是：「繞路必然慢些，等各關卡接到朝廷堵截令後，我等怕是再繞也繞不過去了，就依燕王所言，直奔北平罷！」

說罷煙塵驟起，四人打馬狂奔，繞城直向北邊而去。回首南京城樓漸遠，終於消失在視線中，朱棣鬆了口氣，在顛簸的馬背上向三人笑道：「多虧道衍想出妙計，你二人掀車簾時本王在你們身影裡側身翻倒在車下，不小心弄出些響聲，正怕那幫護衛們聽到呢，誰想給你們嘀嘀咕咕的說話聲遮掩過去了，好險哪！虧你們裝得如此像。」

一個衛士忙賠笑說：「那都是王爺洪福齊天，經此一險，將來富貴可增百倍呢！」另一個衛士也笑道：「這也多虧了道衍師父想得周全，讓我等穿如此寬大的袍子，將王爺趁勢罩住，不然似王爺如此高大的身軀，蹲在地上他們豈能瞧不見？」

朱棣連連點頭，頗含感激地衝道衍一笑。道衍卻在想，朝中大臣們會不會懷疑到徐增壽頭上，如果徐增壽露了馬腳，那他可就身處危地了，史鐵自然也就難以進宮，唉，這可要看他們的造化如何了？不過塵土撲面中，他沒有把心中的憂慮說出來。

柔弱莫過楊柳葉

然而徐增壽並沒有成為眾人所指對象。徐增壽本人也知道，這不僅僅得益於自己做事機密，更重要的朝中因朱棣逃走而氣氛大變，似乎無暇顧及他是如何想到逃走的了。

都城的十三座城門整整關閉了一天，帶甲士卒沿大街小巷吵吵嚷嚷直折騰個雞飛狗跳，百姓不知發生了何事，紛紛躲避家中。內橋、北門橋、大中橋和三山街等往日熙熙攘攘摩肩接踵的集市為之突然蕭條。

要各地州府關卡堵截捉拿燕王朱棣的旨意也已飛馬傳出。可等到天色將晚時分，城內城外均無任的消息。齊泰等人在六部衙門中如坐針氈，因為開始時希望之火燒得過旺，如今驟然間被撲滅後，每個人心裡不舒服的滋味也就格外強烈。

「煮熟的鴨子竟然讓飛了，真他娘的奇事！」徐輝祖翁聲翁氣的話語激起了所有人的不平。

「要不咱們即刻稟奏皇上，調兵遣將攻下北平的燕王府，來個先下手為強？」有人高聲提議。

「目下發兵，時機怕不成熟，難有全勝把握呀，」齊泰想起耿炳文的話，觸動心中對國事深深的憂慮，況且天色已晚，皇上說不定……，他又想起早朝時太監許公公說的皇上新寵上嬪妃翠紅，說不定他們此刻又在一起，早把這事忘在了腦後。不過猶豫了猶豫，沒有對別人說出口。

正如齊泰所料，建文帝此時正在柔儀殿後宮與翠紅待在一起。建文帝穿件繡龍薄紗黃絲袍，隨意地倚在榻側望著翠紅笑意盈盈：「翠紅哪，沒想到你進宮快一年了，朕如今才遇到，雖說遲了些，畢竟沒錯過緣分。」說著眼光上下掃視，聲音有些發顫。

翠紅側身侍立一旁，大紅宮袍的映襯和羞怯更顯得雙腮如花瓣浸染，略略修飾過的黛眉淡淡似煙，雙目流盼著不知把眼光往何處遊。

建文帝傾心注目，依然含著笑意說：「自上回朕在御花園中邂逅了你，幾日來忽忽不安悵然若失，昨天翻牌子時問起你，那幫太監們竟然不知道有你這麼個人，這不是黃沙埋珠麼？朕為此將後宮管事的全召來問詢，才曉得他們只將你當了個使女來用，朕當場將他等斥責一番，傳旨立封你為美人，按朝中規矩是正三品呢，還不致埋沒愛妃過深吧？」

翠紅低頭不知該怎樣回答，想起進宮快一年來被人使來喚去，見誰都要低聲下氣再三施禮，昨晚卻莫名其妙地一大幫太監宮女湧進屋裡，嘁嘁喳喳賀喜之聲不絕，不等明白過來怎麼回事，便被梳妝一新塞進轎中抬到這裡。面對眼前這個和自己年齡不相上下白白胖胖眉清目秀的年輕人，她有些懷疑，這就是讓老百姓個個景仰不已奉為神明的皇上？當時還沒來得及說句話便聽一個老太監嘶啞著說：「時辰不早，奴等侍奉皇上美人早早安寢罷。」幾個人七手八腳上來，糊里糊塗地自己竟被扒個精光，正慌亂著那個年輕人已上來擁住自己……

昨夜的一幕，翠紅總懷疑自己是做了一場夢。可即便是一夢，也未免對不住潤生哥。當初自己被選秀官們強拉上車時，潤生在後面邊哭邊喊：「翠紅，俺等你回來。俺和史鐵把大叔大媽當親爹娘照顧，你跟翠環放心，等換了新宮女，你們就趕緊回來！」可憐的潤生哥，選秀官們說進宮當宮女三年一換，連自己也相信了，等來到這深不見底的宮中才知道，哪有什麼出頭之日啊！那些頭髮花白的宮女太監，有的都進來三十年了，連洪武門都沒出去過！

想起還蒙在鼓裡苦等著自己早日出宮的潤生哥，翠紅哭過了各種尋死覓活的法子想過了，可日子總還得慢慢熬下去。在以後的日子裡，她碰到許多和自己境況相同的姐妹，有空兒互相聊聊家鄉的事，聊聊各自心上的那個他，心緒漸漸平穩許多，可是怎麼也沒想到昨天自己竟……畢竟那不是夢，身體的感覺告訴自己，那個被稱之為皇上的年輕人在自己糊里糊塗中已經奪走了本該留給潤生哥的東西。

然而她沒有再流淚，一年來她的淚差不多流乾了。如果像許多宮女那樣清清白白地到老，那也算對得住潤生哥的一片苦心了，卻偏偏沒有，自己也鬧不清楚什麼時候碰見了那個皇上，從而改變了自己的生活。哭嗎，哭什麼呢？一切都是命啊。當時如果不和姐姐翠環爭論誰留在家中入贅，自己和潤生哥，姐姐和史鐵怕已經是完婚了，也不致於姐妹二人一起被選秀官看中拉上宮車，中途又和姐姐分開，至今不知她是死是活。真應了老輩人說的那句話，為人莫作婦人身，百年苦樂由他人啊！

潤生哥，俺已經對不住你了，俺該怎麼辦呢？可你知不知道俺在這裡有多難，俺也是身不由已呀。翠紅在心底裡一遍一遍地喊，可潤生聽不見，沒人回答她，只有那些皮笑肉不笑的太監們圍著她團團轉，鴨子般呷呷地道喜個沒完，一邊還精心地替她梳洗打扮。

還沒等翠紅從紛亂的思緒中掙扎出來，夜幕又飛快地降臨了，她又被送到這裡，送到這個人人對他恭敬有加稱為聖上的年輕人面前。

建文帝顯然對昨晚的倉猝行事不甚滿意，他叱退所有太監宮女，要和這位自己慧眼從下人群中識出來的新寵從容消遣，可是突然，建文帝驚奇地發現對面這位叫翠紅的美人眼中慢慢滲出兩顆淚珠來，淚珠在眼角越變越大，終於晶瑩剔透地一閃滑過粉紅的臉頰滾落地下。

「愛妃，你這是為何？」建文帝坐直了身子，語氣中沒有不滿，只有不解，為何？因為自己想回家，想潤生哥，可這些能告訴他嗎？翠紅不了解皇上是什麼脾性，可她多少了解一些男人。有次同村的一個小夥子拿自己開了個輕薄的玩笑，潤生哥不是掂著打鐵的大錘追了他兩里多地嗎？可見自己的心思是不能對他說的。你既然把人家硬生生的搶了來，還問人家為何難過，這皇帝不但霸道，還挺會貓哭耗子假慈悲呢！

見翠紅垂著頭不說話，緊接著又有兩顆銀珠撒落，建文帝輕歎一聲，惜香憐玉地起身來到翠紅跟前，抬衣袖替她拭淚。翠紅打一激靈，從心底阻擋著不讓他靠近，可宮中的威嚴氣氛又使她不敢亂動，違心地接受了他的一番愛意。

站在翠紅耳邊，吸到的是淡淡蘭香，也更清楚地看到了那張雨打梨花般哀楚動人的姿麗面容。有什麼地方猛地動了一下，建文帝忽然將翠紅摟在懷中，囁起嘴唇在她臉上咂摸幾下，一手撩起她那寬鬆的大紅宮袍，伸進去輕輕揉捏溫潤豐腴的雙乳，不覺間渾身壓抑不住充盈的感覺，順勢輕輕將她放在軟榻上。有種異樣的感覺傳遍全身，這是昨夜驚慌中所沒體會到的，翠紅不覺間嬌聲輕吟一下，懵懂中心緒如麻，暗地裡叫聲「潤生哥……」

史鐵剛走到街上時，被偌大的京城弄得暈頭轉向，感覺自己不過是汪洋大海中漂浮的一根小木棍，簡直辨不清南北，生怕一挪腳便再也回不到剛才出來的地方。幸而身邊有個徐府的小家廝作伴，史鐵便沒了找不回來的顧慮，左顧右盼地沿街信步直往前走。

進宮當太監的事徐增壽已託人說合好了，專門在春和殿柔儀殿等後廷當差，那地方皇上常來，有些大事情皇上和心腹們喜歡鑽到後廷議論。徐增壽說，在那裡侍奉皇上，不但能探聽到朝廷消息，將來多得燕王獎賞，還能巴結好皇上，有機會受到提拔，這麼兩邊討好的美差，打著燈籠也難尋呢！

徐增壽對史鐵說這話的時候，其實心裡也打著同樣的算盤，對於他這個妹夫燕王朱棣，徐增壽多少了解一些，深知他多年帶兵作戰，自以為勞苦功高，早就熱辣辣地盯著皇位，再加上又有股不達目的不罷休的倔脾氣，將來萬一北平和南京打起來，誰勝誰負很難預料，自己眼下是朝廷的官，又是朱棣的親戚，索性兩邊照應著，這邊當著朝官，那過不顯山不露水地施予朱棣一些或大或小的恩惠，將來豈不就能和五代時的馮道一樣，當他個「不倒翁」麼？

「再過兩日就要進宮了，侯門尚且深如海，何況是紫禁城中，一旦進去，出來的機會可就少嘍，趁這兩日無事，你到京城各處去逛逛吧，說起來也不枉到過京師一回。」徐增壽打定主意後心情舒暢，說話也格外和氣，順手丟給史鐵幾兩碎銀子，叫個小廝陪著打發他們出門了。

南京果然不同於臨沂城，穿大街走小巷，一會兒樓閣雕欄，闊氣異常，一會兒小商小販緊挨密排，隨和方便。人聲鼎沸，忽高忽低，卻總不間斷。「這位大哥，」小廝不知道史鐵是徐府上的什麼人，但徐大人既然叫陪著逛街，當然不是一般的下人了，說話便也格外客氣起來，「南京城中好玩好看的地方多去啦，烏衣巷、雨花臺，還有秦淮河南北兩邊的大小市集，總數不下二十處，咱老百姓用的米麵、布紗、鹽巴、花草啦全有，有錢人愛買的珍珠、瑪瑙、珊瑚樹，還有象牙、犀牛角、琉璃杯，也都能買得到呢！再往遠點走，江東門外邊有賣糧食牲畜的，儀鳳門外有賣竹子木材的，清涼門外有賣日用小雜物的，你要嫌遠，咱到內橋、北門橋、三山門那邊轉轉，保管饞得你亂流口水。」小廝說得高興，不覺間亂了措辭，等明白過來忙閉住嘴。

史鐵卻沒聽出來，他正興致勃勃地流連各色人物店鋪，直忙得兩眼都覺得有些不夠用。順著挨挨擠擠的人潮走了大約一個時辰，方才出得大中橋，來到四牌樓附近。史鐵揮袖抹把額上的汗對小廝說：「南京城真大得不得了，才走這麼一小截就乏了，走，咱們找家小飯鋪吃點飯，順便歇歇腳。」

聽到要吃飯，小廝來了勁，歡快地答應說：「這四牌樓離皇上住的皇城可就不遠了，好吃的東西也不少呢，我給你找家實惠點的。」說著二人沿路邊朝前慢慢走，看兩邊有什麼飯鋪。

忽然史鐵聽到一陣叮叮噹噹的敲擊聲，很顯然是家打鐵鋪，那聲音他再熟悉不過，好像見了家鄉人般，一股親切又有些隔膜的熱流從心頭湧過。他加快腳步，順聲音走去，果然那是家鐵匠鋪，鋪面很小，只有一間，擠在兩側房屋中間顯得有些歪歪扭扭。

站在路上可以望見裡面一高一矮兩個人正忙得不亦樂乎。高個背對門口，左手夾塊通紅的鐵放在砧子上，右手用小錘忽重忽輕地打打鐵塊再敲敲砧子，極有節奏，矮個就應著節奏掄大錘一下一下地砸來砸去，不大功夫，鐵塊彎成了成品，高個順手用鐵鉗夾住放進旁邊的水盆中，哧地一聲白氣瀰漫了整個屋子。

多長時間沒有掄過錘了？看那高個敲擊指揮的動作老練又熟悉，像誰呢？像自己，也像……史鐵想著不由自主地邁步拐進舖中。恰巧高個漢子夾起水中的鐵器轉過臉要將它放門邊，四目相對，兩人瞬間驚呆了。

「潤生！」史鐵先反應過來，跳上前去一把扯住那人滑膩膩的胳膊。

「史鐵哥！」史潤生驚叫一聲，兩眼放光，手中的鐵鉗叭地掉在地上。爐中的火苗藍焰搖曳，掄大錘的矮個聞聽說話聲也湊過來，仔細一瞧高叫道：「原來是史鐵哥！」

「唉呀，澤生，你們兄弟兩個都在這裡？」三雙手汗涔涔地緊緊握在一起。

顧不得悶熱，三人就勢坐在火爐邊。「潤生，澤生，你倆咋會跑到南京呢？多會來的？」史鐵抹了抹汗急急問道。

「唉，反正匠戶這一兩年也沒啥活計，在家待著實在沒意思，和澤生一合計，就奔南京來了。」潤生歇下來汗流得更多了，擦都擦不及。

「那，翠環、翠紅她爹娘呢？」史鐵知道潤生、澤生弟兄和自己一樣，父母早就不在了，倒是翠環翠紅爹娘成了他們的牽掛。

「沒了，自打你和翠環在臨沂城出事後，跑得不見蹤影，也不知是死是活，兩個老人心急一上火，都病倒了，沒過半個月就……」史潤生說著低下頭去。

「我哥見翠環姐從王府中跑出來和你成了親，眼熱得不行，尋思著翠紅姐要是也能從皇宮中出來，不就也能成親了嗎？反正家裡也沒牽掛了，俺哥就領著俺來南京城開鐵匠舖。俺哥說四牌樓這地方離皇宮近，將來期滿往外放宮女時，好早點到皇城門口去接……」史澤生說起來滿臉興奮，汗水和著煤灰黑一道白一道蜿蜒往下流。

史潤生有些不好意思，瞪了弟弟一眼不讓他說下去，輕輕問道：「史鐵哥，你咋也跑到京城來了，翠環姐呢？」

史鐵臉色瞬間灰黑下來，兩個多月來的辛酸忿懣一齊湧到胸間，他哆嗦著嘴唇不知從何說起，半晌才狠狠地「嗨」出一聲，抱住頭沉悶不語。小廝在門外看得莫名其妙，又不便來催，只好找個蔭涼地方耐心等著。

看他這副模樣，史潤生知道事情不大妙，向弟弟使個眼色，史澤生忙從牆角大磁壺中倒出一碗水來遞到史鐵跟前說：「史鐵哥，這是南京城，不是咱家裡，有天大的事也得說出來呀，悶在肚裡尋不出法子不說，俺和俺哥也著急呀。」說著真的滴下幾滴淚來。

聽著史澤生略帶稚氣卻字字在理的話，想想也是，史鐵一咬牙，抬起頭來強忍著滿眶眼淚，斷斷續續將事情的大概說了一遍，當說到自己如今已被閹掉就要進宮當太監時，終於忍不住泣不成聲。

潤生、澤生兄弟倆聽罷也覺惻然，見他難過成這般模樣，只得強作歡顏來安慰他。潤生苦笑著說：「史鐵哥，事到如今也別太難受，聽說翠環姐已有了身孕，好歹總算沒有絕後。俗話說黃河尚有澄清日，豈可人無得運時，你先安心進宮，好生侍候著皇上，留點意將燕王交給的差事辦好了，日後不管他哪個得天下，你都能混出個人樣來，到那時把翠環姐接到跟前，還是熱騰騰的一家人。」

史鐵雖然覺得這樣的希望未免太渺茫，可兩個多月裡思來想去也只能這樣，便強壓住煩亂的思緒說：「既然走到這一步，也只能這樣打算了。你倆住在這裡，俺有機會出宮時也能常來敘敘，咱們心裡總算好受些。只是人離鄉賤，千萬莫要負氣與人爭鬥，能混口飯吃也就算了，下一步咋走等看看情況再作計較。」

史澤生急忙插言說：「史鐵哥，你進宮後保不準能見上翠紅姐呢，別忘了給她說聲俺哥就在宮外頭等著她呢。」史潤生臉上一熱，嗔怒地瞪弟弟一眼，又滿懷熱望地看著史鐵。

北方的春天，年年都要來得遲些，可也來得急，忽然不覺間，似乎只是一夜功夫，人們驚奇地發現，熱氣從天而降，屋裡不僅生不得火了，而且連棉簾子也得立刻撤去。翻開黃曆一瞧才恍然大悟，原來都三月了，春天不知什麼時候竟悄悄地快要溜走了。

燕王一行四人就是伴著這和煦的暖風旋進北平城的。來到王府北大門時，日已銜山，模模糊糊辨不清對面行人。王府衛士們持槍荷刀，個個戎裝在身，見怪模怪樣的四個人風馳電掣闖到跟前，忙上前喝問。有個衛士眼尖，仔細看了看跑在最前頭的那人，失聲驚呼：「燕……」

話未出口那人抬手甩過一馬鞭，衛士慘叫著抱頭滾到一邊，四匹馬瞬間衝進大門直奔府中。

朱棣從天而降，無疑給燕王府吃下一顆定心丸，驚惶不安的人們立刻覺得鎮靜，府中上下又似往常一般沉著穩定起來。徐王妃和三個王子以及金忠等文武心腹更是喜不自勝，望著略顯黑瘦的朱棣齊聲拜賀。徐王妃一改往日隨和衣著，特意換上一套禮裝，頭戴鳳冠身著霞帔，莽袍玉帶妝束整齊，整個氣氛更顯莊重喜慶。

洗塵宴是第二日巳時設在王妃平日所居的興聖宮中。大小心腹依次落座，待酒饌擺滿長條案桌後，道衍帶領眾人舉杯敬賀朱棣和徐王妃，嗓門粗細不齊地說道：「王爺進京平安而返，足見天道無親，常與善人，這都是王爺和娘娘平日積德所致，全府上下無不歡呼鵲躍，美酒先敬王爺和娘娘一杯。」

朱棣雖然滿面風塵尚未洗盡，精神卻很矍鑠，雙目炯炯放光，含笑招呼眾人坐下說：「本王此番進京，感慨良深。爾等不是外人，便是說些不當之辭料也無妨。本王觀朝中大臣，皆碌碌之輩，他們四處散布流言，說本王如何如何欲謀反，極力攛掇皇上扣留本王，其實並非為國，實是想憑空生事而顯其能！都說文臣安社稷，武將定戈矛，如今社稷不亂，戈矛不起，那班文武大臣無處立功，心焦得很哪，定要本王給他們個機會，小人之心，小人之心哪！」

坐在下首一側的朱高熾挪挪胖胖的身軀說：「父王久在京師，消息全無，後來又聽說北平有小人與朝廷大臣勾結起來要陷害父王，我等焦急莫名卻計無所出。現在好了，如今父王平安返家，我等再無他慮，諸軍便可齊心應付事態發展了。」

朱棣哈哈大笑：「本王在京師之中遭群小攻訐，確遇到了些麻煩，幸虧道衍在側，每每能逢凶化吉，實乃本王大幸啊。」

道衍慌忙起身謝道：「這都是王爺自有天福，道衍不過因人成事罷了……」

朱棣不待他說完，抬手按住肩膀要他坐下，遞過滿滿一大杯酒說：「莫謙遜了，有功就是有功，飲下再說。」

道衍不便推讓，雙手接過仰脖一飲而盡。

徐王妃見狀淺淺一笑細聲說：「王爺遠在京師凶吉未卜之時，家中諸人個個也都盡了心的。就說才來的金先生罷，臨亂不驚，運籌幃幄，真不亞於漢朝那個張良呢。道衍師父喝過一杯，金先生自然也少不了的。」說罷伸手便去端眼前的酒杯，朱高燧在旁邊忙搶過來遞給金忠。

金忠突然受此殊榮，見王妃要親自給自己端杯，腦袋轟然脹大許多，慌忙離席恭恭敬敬地接過了，抖著嘴唇說：「金忠身卑智微，承蒙王爺信任，敢不盡犬馬之勞？份內之事，何足掛齒。王爺和娘娘之恩，金忠當銘記在心，誓……」說到此突然想起此刻提到「死」字未免不合時宜，怕掃了眾人之興，便改口接著說：「時時圖報！」說罷眼圈泛紅，一杯酒落肚，哽咽著不能出聲。

朱棣呵呵笑著舉杯招呼眾人連飲三巡，放下杯子說：「本王受此一番驚嚇磨難想想也值，無盤根錯節，難以識別利器嘛！如今看來，諸公都是本王之利器，本王興衰，就依靠諸位了！」

眾人聞言忙起身答應：「王爺吩咐，敢不盡命。」

朱棣壓抑不住滿心歡喜，連連呼好，招呼眾人接著再飲。徐王妃見自家一個女流之輩在座，眾家將未免忸怩作態，難以盡興，便應付兩句招呼丫頭扶自己進去。

朱能張玉等一班武將見娘娘退去，果然放鬆許多，說話語氣也粗起來，換杯更盞間人人醉意微醺。朱棣見眾人飲到興頭上，擊掌止住叫嚷說：「宴前無樂，不成歡樂，府中自然不像宮中那般歌舞喧天，卻也特意找了個戲班來助興，好了，上來罷。」

說話間三個女伶自圍屏後婀娜轉出，齊齊施禮萬福。圍屏後吹打樂聲響起，三女伶揮擺長袖亮開歌喉婉轉唱道：「清風三月間，名士伴花眠。古來千載愁，消盡一杯間，生年不滿百，何苦長傷懷。不如邀明月，對影舞彩帶。世事淡如霧，人生如在途。坎坷多曲折，歸途知何處？」

四字一轉韻，發聲高吭，音調低沉，如一縷輕風吹進每個人的心中，好似繁縟浮躁間跳進一汪清水中，渾身塵土抖落乾淨，愁悶欣喜之情霎時間消了大半，個個暗自點頭。

三人唱著輕舞著漸漸閃到一邊，又有個黑面大漢緩步走出圍屏，手執銅板邊敲邊唱道：「鐵甲將軍夜渡關，朝臣待漏五更寒。山寺日高僧未起，算來名利不如閒。」歌聲嘶啞高吭，直透人心胸，唱到最末一句時，「名利」和「閒」拉開長調，數刻方止，眾人嘖嘖稱奇，暗道真是好肺囊，怕滿肚子都裝著氣。

燕王率先擊節稱妙，大叫「既然名利不如閒，諸公且將名利拋在一邊，喝他個痛快！」眾人隨聲應和，陡然又熱鬧起來，大笑聲與杯盤撞擊之聲亂哄哄響作一片。

接風洗塵的宴會直鬧到未時方有人提議道：「燕王遠來辛苦，不宜長飲久坐，我等且散去各自當差罷。」一句話提醒眾人，於是紛紛告辭，各自回房。

燕府將領幕僚大多就居於府中，金忠也是如此，他的住處安排在王府南門旁金水河附近。出得興聖宮，白花花的陽光直晃人眼。金忠本想找道衍好好敘敘，不管怎麼說，他是自己的師兄，自己能有今日也是人家極力引薦的結果，況且多日不見又經過這番波折，傾心長談一番總是應該的。可四處看看，四散而走的人中沒有道衍的影子，心想定是讓燕王叫進去商議事情了，便昏頭昏腦地獨自往回走。

今天宴會上能得到王妃娘娘的交口稱讚又親自賜酒，金忠心氣格外高漲。想想燕府上下武將不說，文臣中除了道衍恐怕就屬自己了，以後的日子能差得了嗎？要是有朝一日燕王真的打到南京，登極坐了皇帝，那自己也不枉了平生抱負，總算雁過留影了。自家給人看了好幾年相，怎麼就沒有對著鏡子給自己好好相一相呢？

金忠沿太液池晃晃悠悠地走著，想入非非覺得飄飄欲仙起來。忽然他又想起一件功勞，將史鐵閹成太監放入宮中充當燕王耳目便是自己一手操辦，要是那小子真弄回來些什麼消息幫燕王登極成功，那自己分些功勞也是理所當然的。

想到史鐵，金忠猛地打個激靈，那個叫翠環的美貌娘子還在外宅養著呢。想起翠環，金忠心裡有些泛酸，自己天文地理知曉不少，十幾年來奔波江湖卻連個女人身子都沒沾過，竟還不如那個打鐵的小子！

想到這一層，金忠思緒奔放收不住，雲鬢粉面的翠環和剛才席間三個眼眸多姿的女伶的身影在眼前交替出現，令他不能自持，有什麼東西漸漸下墜膨脹不已。正巧自己房中的兩個奴僕迎面走過來，金忠幾乎沒想便脫口叫道：「快去備輛馬車，我要出府去趟外宅。」

所謂外宅，便是道衍買下的那處三進的宅院。當初道衍買它時是圖個清靜隨意，後來迫於燕王之命搬進王府中，便只能偶爾來小住一天半晌。金忠來到北平最先便是與史鐵翠環住在這裡，以後史鐵被送到北平，金忠和道衍一樣住進王府以便隨時顧問，偌大的宅院只剩下兩個老家院和三四個丫頭服侍著翠環。

馬車馳出王府，沿通惠河東拐西轉，不一會兒便來到這座外宅前。挨著小巷的一面是磨磚雕花門牆，一對紅白相間條紋石鼓，兩扇朱紅油漆大門，進得門去，有瓦房左右各三開間，兩處門房，當中一方青石板砌就的院落。再往前走，迎面又是一座磨磚花門牆，沿花門進去，便見一順五開間的楠木大廳，簷口一道巷棚。廳後樹著六曲屏風，轉過屏風眼前豁然開朗，又是一方青石徹就的院落，院落盡頭便是二廳，亦有一順五開間的正房，屋內極其寬敞，翠環和幾個丫頭便住在這裡。

金忠沿青石路剛好走到院子當中，有個丫頭在門口瞧見了，尖嗓子叫聲：「哎呀，金老爺回來了！」屋內一陣響動，幾個丫頭和翠環急步走出來恭立門口齊聲叫道：「金老爺回來了。」

金忠還未來從醉意中完全清醒過來，兩眼有些昏花，看看院落房舍竟有些陌生。不過也是，這座宅子本來自己就不熟悉，加之上次鼓動史鐵進京當太監後一直再沒回來過，能眼熟到哪裡去？但金忠心裡明白，只要道衍不在，自己就是主人，要打要罵要哭要笑全能隨自己的意。

四五個人當中，金忠一眼便認出了翠環。近一個月不見，翠環愈加白皙豐腴了許多。身穿件大紅湖縐平金疊翠罩袍，內襯楊妃色湖縐繡花小短襖，襖領自胸口處半露，束著一條淡黃結線排緣下垂，說話間櫻桃口中雪白牙齒微微一閃，嬌媚風情卓然異於眾人。

金忠看得有些發癡，胡亂答應著踱進屋中，在正面桌旁坐下。

早有丫頭端過熱茶，翠環雙手捧上放在桌角輕聲說：「恩公今日如何有閒過來，且先飲杯淡茶消消乏。」鶯聲燕語中有股淡雅香氣撲鼻沁入心脾。金忠神情搖曳不能自持，衝動著想去捏捏她柔荑般的纖纖細手，又礙於幾個丫頭在跟前，怕傳出去不大好聽，便揮揮衣袖說：「你等先出去忙罷，我與翠環夫人有要緊話說。」

丫頭們應聲退出去。翠環以為史鐵進京有了消息，便湊近些問道：「恩公，有什麼要緊事，莫非史鐵……」

金忠盯著她嘿嘿一笑搶過話頭說：「史鐵真是交好運啦，進宮當上了太監，每日裡圍著皇上轉，皇上一高興，賞賜個珍珠、金塊什麼的是常有的事。幹上他三年五載，弄個司禮大太監，嘿嘿，連當朝一品尚書二品侍郎都巴結不及呢！」

翠環暗想自己當年在周王府中，也見過一些太監，遠沒有這麼風光呀，難道皇宮中的太監就是好些？儘管疑慮，心裡仍踏實許多，忙深施一禮說：「這都是恩公積善行德，不光救了我倆一命，還為我們前程操心，奴替史鐵謝恩公了。」

酒是色媒人，雖然翠環沒喝，可金忠喝了，還喝得不少，又正逢心中得意，膽子也就格外大起來。

「謝，怎麼謝，拿什麼謝？」金忠起身緩步走至門前，朝院中望望，隨手將門掩住，堆起笑容說：「翠環哪，史鐵不管怎麼說，畢竟是個廢人了，你一個人在這裡，不嫌寂寞難挨麼？既然我有恩於你，何不讓我一親芳澤，彼此聊解心煩神悶？」說著再也把持不住，一把扯住翠環衣袖，拉進自己懷裡。

翠環猝不及防，大驚失色道：「恩公，使不得，萬萬使不得！」

金忠已是神迷色亂，淫笑一聲：「如何使不得，你已見識過周王和史鐵兩個人的了，再多一個有什麼？別裝了，快來吧。」說著雙手不停，捧過翠環的臉亂親一氣，又摸索著去扯她腰間的絲帶，一邊擁著她向西側軟榻移去。

翠環萬沒料到金忠會突然這樣對待自己，急切間忘了呼喊，只是死命地往外掙脫。生扯硬拽中外袍已散落在地下，金忠盯著那短襖下高聳的胸脯雙眼放光，下身頓時百倍鼓脹起來，趁勢將她按倒在榻上，喃喃說著：「美人，乖乖……」急切間卻解不開她緊勒的裙帶。翠環在身下像條魚一樣狠命扭曲，三蹭兩蹭間，金忠渾身一顫，感覺大江決堤般有股熱浪洶湧而出，暗叫聲：「不好！」整個人頓時如放了氣的球一樣癟下來。

翠環乘機翻身爬起，抓住罩袍裹在身上開門跑出去，屋中滑過一聲哭泣的尾音。

金忠喘著粗氣半躺在榻上，摸摸濕乎乎的下襠直叫晦氣：「半輩子沒近過女人，好容易鼓起勁來這麼一回，還他娘的半途而廢了。唉，都怪這狗娘們鬧騰得太厲害，改日一定要想個法子從從容容地擺布她！」金忠一會兒痛恨翠環，一會兒埋怨自己底氣不足，太過急躁。半晌方回過神來，翠環不知躲到哪裡去了，丫頭們也不見一個，只好強忍著濕漉漉黏乎乎的褲襠，一步一挨地走出門去，全沒了剛才來時的趾高氣揚。

一連幾天，翠環都在戰戰兢兢中度過。院外關門閉門的輕微響動都叫她心驚肉跳。她沒有向丫頭們說過這事，這種事如何出口呢？況且說了也無濟於事。

她一再摸摸微微突起的小腹，暗暗禱告可千萬別嚇壞肚裡的孩子。掐指算來，腹中胎兒已有三個月了，新生命的蠕動給她驚喜，也略略彌補了史鐵被人打殘的缺憾，她本來打算就此安頓下來，在恩公的庇護下精心呵護著小生命，等他來到世間再考慮是否到京城去找孩子的爹，去和史鐵團聚。

可是金忠的這次到來徹底打碎了她的安排。對於男人她是有過戒心的，但她覺得金忠應該和別人不同，他雖然不是正兒八經的出家人，可他有個和尚師兄，說明他心裡是信佛行善的，這讓她放心許多。然而……她不願再想那令人羞辱發怵的一幕，但她知道，金忠既然露出了真面孔，他一定不會善罷甘休，還會找來的。上一回他沒有得逞，自己能逃過下一回嗎？

不用多想，翠環知道這裡是待不下去了。去哪兒呢？回老家臨沂，那當然再好不過了，可想想那些衣著華麗長相兇惡，滿口怪腔怪調的錦衣衛，她就慌亂地喘不過氣來。去南京找史鐵？南京城到底有多遠，她拿不準。況且即便到了南京，去哪裡找自己的那個史鐵呢？再者說，南京城的錦衣衛不是更多嗎！

翠環真的犯了難。可她又不敢放聲哭，一則怕傷了肚裡的孩子，再則也怕給人聽了去傳給金忠。不過千思萬想中，她始終沒想到過死。倒不是怕，在臨沂和錦衣衛相遇時已經差點死過一次了。她是想著肚裡的孩子，孩子還沒見過世面就不明不白地死了，未免太冤，況且這孩子還是史鐵的，是史鐵殘留下的一點骨血，自己再難也得保全下來。

千尋思萬掂量中，翠環由讓人想而生畏的錦衣衛突然想起一個人來，滿臉鬍子茬，四方面盤剛強而又充滿正氣，看上去便讓人覺得踏實可靠，全不似金忠那般詭祕圓滑，讓人捉摸不透。一道閃光劃過腦際，對，就去濟南投奔鐵鉉！既然他在那裡當著個不小的官，把自己藏起來應該不是大問題，史鐵不就是在他那裡療好的傷麼？

拿定主意後，翠環開始想如何走出這座宅院。以她所料，金忠一定會安排門人對她嚴加看管，不准自己隨意出入的。可當自己假裝到門外遊街串巷的貨郎攤上挑個頭花雜物什麼的時，發覺並沒人阻攔自己。翠環恍然大悟，金忠以為自己一個女人家，在北平人生地不熟的，斷斷不敢亂跑，因此也就未加防範。

既然能跑出去，翠環放下心來，從容收拾些細軟，手中現銀不多，她便將各色金銀首飾全帶在身上。一切準備好後，翠環特意起個大早，將衣物用小籃裝好，挎在胳膊上慢慢走出外院，有兩個丫頭遇見問道：「夫人一大早幹什麼去？要不要我們陪著？」翠環壓抑住慌亂勉強笑笑：「俺去門口看看雜貨郎可曾在門口，好把這些針頭線腦的顏色配齊備了。你們收拾屋子去吧，俺一刻便回來。」

門房老僕問起時，她也這樣敷衍著走出那扇朱色大門，四下看看沒人在意自己，便盡量邁開步子，很快拐過兩道小巷來到大街上。

初晨的陽光將人和房屋撒染得通體金黃，微風和煦，溫暖而少有的潮潤。來到北平城這麼長時間，翠環頭一次走在街道上，高高的各式樓屋，密密麻麻四處遊走的人潮，南腔北調吵吵嚷嚷的市聲，所有這些都更讓翠環感覺渺小和無助。

按原先想好的計劃，她得先雇輛馬車，央人家一直送到濟南府找到鐵鉉鐵大人。至於那得花多少銀子，翠環不甚清楚，不過她覺得手邊那些碎銀子加上搜羅起來的金銀首飾，加在一起應該差不多了。萬一還不夠的話，到濟南府鐵大人一定會替自己墊上的。

大街上來來往往的馬車倒是不少，可一輛輛都大呼小叫風風火火地奔來奔去，不像是等人雇的。翠環沿街漫無目的地走著，一邊眼巴巴地看街上有無馬車等著讓人雇。忽然重重地撞在迎面而來的一個人身上，忙回過神來一看，站在跟前的是個三十多歲的中年漢子，土布衣服，裹塊頭巾，也就普通百姓裝束，不像是官宦人家的公子哥兒，略略放下心來施禮陪個不是。

幸而中年漢子無故被撞了一下，並無恨意，反而皺著黃白面皮的臉笑笑說：「這位大姐，瞧你慌裡慌張，又是獨身，這是要去哪裡呀？」

翠環正愁雇不到車子，怕時間長了讓金忠知道來找自己。見有人主動詢問，又看他一臉憨相，不像是個壞人，便說：「奴要到濟南有點急事，大哥可知哪裡能雇到馬車？」

中年漢子聽她說要去濟南，怔了一怔說：「大姐，濟南離北平可遠得很哩，雇車倒容易，說實話我家就有一輛篷車，正好近幾日閒著沒事，送你一趟也無妨，可費用麼……」

翠環不想如此湊巧，急於離開北平的心思更強了幾分，忙從腰間小褡褳中掏出一大把碎銀子說：「這位大哥，銀子奴家倒有一些，你瞧，和這樣的還有兩把，倘若不夠，籃中衣物下邊裹著不少金銀首飾，只要能平安到濟南府，這些大哥都拿去。」

中年漢子看看翠環手中的銀子，眼珠轉了兩轉沉吟片刻說：「按說大老遠跑一趟，來回得十天半月的，這些銀子並不算多。也罷，看你一個孤身婦人怪可憐的，就當行行好，送你一趟罷。你且在這裡稍候，我家就在左近，回去套上車咱們就走。」

翠環長舒一口氣，連聲道謝。看著他折回頭拐進附近一個小巷不見了，便退到街邊牆根處，臉背著大街，以免讓金忠和宅中來找她的人認出來。

想著一旦上了馬車走出北平城，金忠即便發覺自己逃走也不打緊。等過三五天到濟南找到了鐵鉉大人，和夫人小姐們住在一起，平平安安地把孩子生下來，自己是生是死也就無所謂，也算對得起史鐵了。這樣想想，心裡安慰不少，渾身也輕鬆多了。

忽聽耳邊有人輕叫「大姐」，忙回頭看時，中年漢子正笑瞇瞇地望著自己，手中多了根馬鞭晃來晃去。「大姐，馬車準備好了，你瞧，還算合意吧？」

翠環順他手指的方向看去，路邊果然停了輛篷車，轅間套著匹青騍馬，拱頂車篷，車廂上描著的彩漆畫已脫落不少，半新不舊的，一副粗笨樣子，但事到如今，也顧不得挑揀，忙連聲說好，隨他過去，登上車廂中，在一側橫座上坐穩了。中年漢子放下帳幔，一甩馬鞭，長長吆喝聲：「大姐坐穩，走嘍！」車軸吱吱扭扭響起來，漸漸越走越快。翠環摟緊小籃子，盯著昏暗的頂篷，在得得馬蹄聲中，感覺生活的希望離自己越來越近。

不知過了多久，車外人聲漸漸遠去，路面似乎也不平得厲害，顛顛簸簸差點讓翠環嘔吐出來。當初從濟南來的時候沒這樣的路呀，雖然兩邊人家不多，路倒是又寬闊又平坦，莫非不是從原路走的？翠環心裡正奇怪著，車子忽然停住不動了，中年漢子在車前叫道：「大姐，你且下來一下，車子出了些毛病。」

這樣粗糙的路，車子能不出毛病嗎？翠環想著強忍住噁心，頭昏眼花地從車上慢騰騰爬下來。站穩身子放眼一看不禁暗吃一驚，這是什麼地方，四周全是半人高的蒿草，遠處蒼蒼茫茫群山不斷，別說大道，連個小路也不見！

見翠環目瞪口呆的樣子，中年漢子呵呵大笑：「大姐，我頭一眼看到你就知道你來路不地道，一個女人家揣著銀兩首飾，又不是本地口音，慌裡慌張去濟南幹什麼？叫我說，你不是羊角市那邊煙花巷裡偷跑出來的妓女，便是誰家的使女捲了主人東西。怎麼樣，沒說錯吧？哼，今兒撞到老子懷裡，算你晦氣，相識點的乖乖把銀子首飾拿出來，解開衣帶陪咱在這草窩裡戲弄一回，完了我還送你回城裡，不然的話，老子將你撇在這裡，天一黑成群的狼非得撕吃了你！」

翠環做夢也沒想到才離虎口又進狼窩，這裡有更大的災難在等著自己。慌忙跪倒在地哀求道：「這位大哥，奴家既非青樓女子，也非偷主人東西的丫頭，奴家確實是個命苦的良家婦女，大哥千萬開恩，饒過奴家。」

中年漢子冷冷一笑：「命苦？老子更命苦呢！快四十了還是光棍一條，趕一年車還撈不上個溫飽，誰給老子開恩了？這位大姐，俗話說的好，殺不得窮漢做不了富漢，誰也甭可憐誰了，先圖他娘個快活再說吧！」說著扔掉手中馬鞭，趁勢將跪著的翠環按倒在草叢中，雙手撕扯起她的衣服來。

翠環在車中顛簸了半天，手腳綿軟無力，被那漢子緊壓著半點掙扎不得，絕望中翠環只能狠命地以頭撞地。中年漢子淫笑道：「大姐，那樣是撞不死的，你就乖乖地從了我，省得受些閒罪！」說著口喘粗氣已將她上下衣服一件件解開。

翠環絕望痛苦地閉上眼睛，半清醒半昏迷中想，天爺，我一個弱女子到底招惹了誰，連死都不能清清白白地死！

無人憐惜黃塵中

關於燕王是否有不軌之圖的爭論，朝中上下早已停止，如今連建文帝也已對此不再懷疑，爭論當然就沒什麼必要了。朝中如今議論不休的話題是，應該拿燕王如何處置。

「應先傳令下去，將駐紮在鍾阜門軍營中的那三十名燕王護衛全部斬殺！」黃子澄站在奉天殿階下文臣班中，望著龍案後邊一臉深思的建文帝，輕聲對旁側的齊泰說。

「那都是些不急之務，當下最要緊的是如何鉗制住燕王，讓即便他起兵造反，也不致於波及整個中原，」齊泰回答得有些心不在焉，憂心忡忡地端望著建文帝。

「朕已有確鑿消息，燕王日前逃回北平王府中。朕本指望皇家能上下和睦，同心生金，誰承想燕王竟蒙蔽朕於廟堂之上，朕幾為其所誤！唉，平常百姓尚知家不和鄰里欺，更何況天家？朕心甚痛！」建文帝木著臉說出話來毫無表情，殿下群臣卻周身發冷，預感大事不久就要發生。

按常理，對付叛逆，當然是出兵討伐了。可具體到如何打，誰來打，先怎麼打後怎麼打，似乎還從未有人認真想過，大殿中一時陷入沉寂。

眼見當初朝堂激烈爭辯的情形隨著燕王的出逃也一併不見了蹤影，建文帝更加深了焦慮。張嘴正要說話，忽聽殿外有人高呼：「侍講學士方孝孺自蜀返京，於午門外侯見對上！」

眾人心中皆是一振。齊泰和黃子澄尤其欣喜。當初力主削藩除去燕王這一隱患的，除他二人之外，就數方孝孺最堅決了。況且方孝孺文武之書無所不博，堪稱朝中全才，又深得建文倚重，有他在，朝中沉悶氣氛或可有所轉機。建文帝顯然興奮許多，抬高聲音說：「快宣進來！」

隨著高一聲低一聲一連串的宣進叫喊過後，不大會兒，方孝孺跨進奉天殿高高的門檻。這是個身材削瘦，雖高大而不甚魁偉的中年人。頭戴烏紗，身穿淺紫補服，腰束紳帶，腳登朝靴，雖然風塵僕僕，卻也不失氣宇軒昂。拜山呼謝過平身後，方孝孺振衣奏道：「聖上，臣奉旨在蜀巡視，忽聞燕王不軌之謀敗露，想著朝廷應立刻採取應對之策，故匆匆趕回，未進家門而赴朝堂，蓬頭垢面，望聖上恕罪。」

建文帝爽快地笑笑說：「卿忠君愛國，急國之所急，何罪之有啊？昔時杜工部不也曾麻衣見天子麼？希直呀，燕王進京之事你也知道了，以卿之見，當如何處置呀？」

方孝孺早有準備，想也不想隨口奏道：「陛下，臣以前久處朝中，未曾留心四野下民之事，此趟蜀地之行，不僅大開眼界，亦看到國家實情。臣深入鄉間地頭，與鄉民促膝長談，到其家品嘗其一日三餐，方知百姓之苦，不容樂觀。自洪武末年至今，南澇北旱之災幾乎從未停息，良田萬頃往往顆粒無收。雖然去年北方降雨頗多，卻因冬寒之故，河南山東慘遭菜花汛，難民流離千里，僅蜀地一帶就以十數萬計。街市繁華之下，卻隱著百姓困頓；地方奏報之中，多瞞著財貨虧空。由此觀之，國家之力遠不如戶部所報之表，一旦動起干戈，只怕國蔽頓露，難以為繼呀！」

很多人把促使建文帝下旨一舉討平燕王的希望放在方孝孺身上，不料他卻一改往日的強硬，婆婆媽媽前思後慮起來，不過都知道這也確是實情，便一起把目光轉向建文帝，看他有何反應。

方孝孺這番話也出乎建文帝意料之外，他焦慮驚奇而又有些不相信地說：「難道我大明清平盛世，果如方卿所說的凋蔽到這種程度嗎？」

方孝孺倔勁上來，滿臉嚴肅地緊盯著建文帝大聲說：「陛下，此乃臣親眼所見，並無半點虛誇！據百姓們講，他們此時境況，雖比元末強出一些，但較洪武二十年左右，卻倒退了許多！臣想之所以致此，天災固是一面，人禍卻亦不可小覷。先帝末年，諸王紛紛就藩，他們名為朝臣，實際上就是一個個的獨立王國。中央政令入不得藩國，各藩國苛捐雜稅既不入國庫，朝廷也難干涉。各地有災，朝廷賑災糧食雖然分撥下達，卻是直接送入藩國國庫中，饑民未得半粒，如此上情下蔽下情上蔽之局面，分封之制難辭其咎！臣一路所見，各藩王府中歌舞喧天，酒池肉林，黎民百姓卻餓斃道邊，真可謂倉鼠有餘糧，耕牛無宿料，藩國一日不撤，國怨一日難平呀！」

到底又說到分封藩國的弊端上來了，齊泰、黃子澄和眾大臣鬆下一口氣，靜聽他有何高策。建文帝卻忍不住插嘴說道：「若是如方愛卿所言，藩國之制非但不能按先帝所願拱衛朝廷，反倒成為國家一大害了?!」

方孝孺清瘦的臉本來就是青白面皮，此刻因過於嚴肅而更蒼白了，濃濃的短眉攢在一處，長長的細目瞇成一條縫，目光卻無比犀利，微躬著身子從容不迫地答道：「以臣所觀，正是如此。」

「那以卿所見，是否應當將各地藩國統統撤去呢？」建文帝坐直身子問道。其實他也明白，各地藩國都是自己的叔字輩，沒有誰真正願意臣服他這個小侄子。能撤掉各地藩國，按方孝孺說的對國有利，私下裡講，自己心裡何覺不更平穩些呢?!

「豺狼當道，安問狐狸！」方孝孺滿臉不平之氣，「各地藩王之中，燕王實力最強，不臣之心最顯；北平地勢最險，為國之重鎮，如能將燕王制住，其他藩王自可不攻而下，一道詔旨便可將他們召回京中。」

眾人長吁口氣，繞來繞去，還是回到北平燕王身上了。「那，希直你看，國力如此，倉猝間又來不及準備，而燕王反逆之心已顯，又不可不討，該當如何處置呢？」齊泰終於忍不住了，站在班中問道。

這也是文武大臣們最關心的問題，眼光刷地集中在大殿正中的方孝孺。

方孝孺不慌不忙，頓一頓說：「這個，希直也想過。燕王儘管兇悍，不過其轄地不出燕王府，其勢力僅限北平城。朝廷如能以防邊為藉口，重兵逐漸集於北平城內外，似箍桶一般將其緊緊箍住，既不言明其反，又不主動挑戰，待兵力層層圍困住北平，其若不反，幾衛士即可將其提來京師，其藩自削，其若反，兵未出北平而遭層層狙擊，數日之內便可靖平，中原百姓可保無恙，國力亦可免遭大損。」

「著啊！既然燕王不先起兵，我朝廷就以護邊為名，從容調遣，將其如蠶繭一般層層裹住，其縱有野戰之能，卻出不了北平城！嗯，卻是高見！」建文帝忽然興奮起來，連連拍擊龍案，震得案上一角的御筆跳動不已，「眾愛卿以為如何呀？」

關於方孝孺的這番見解，不論文臣還是武將，都覺得合情合理，不顯山不露水的能將北平這個隱患除去，當然再好不過了。見眾人紛紛點頭，建文帝高聲說：「好，那眾卿就議論一下如何向北平調兵吧。」

在這荒山野嶺中，翠環徹底絕望了，她只有一個念頭，史鐵那點可憐的希望，自己卻實在無法保住了。中年漢子扯下翠環貼身小襖，白白嫩嫩直晃人眼的肌膚更激起他火辣辣的熱望，喘息聲更粗，手抖著卻撕扯得更快了。

忽然一陣馬蹄音急促傳來，在空曠的山野中，格外清晰。中年漢子一愣，自己特意出東門拐到這個前不著村後不著店的荒山上，怎麼會有人?!他停下手直起身子四處瞭望。

翠環頭腦突然清醒過來，她知道這是自己唯一的一線生機了，便使盡力氣猛地翻身爬起來，踉蹌著向前奔去，一邊聲嘶力竭地高叫道：「救人呀，快救命呀！」

中年漢子急了，一步抄過去，又將翠環按倒在地，惡狠狠地低聲喝道：「再亂叫爺們立刻掐死你！」翠環橫豎下了求死的心，索性更淒厲地連叫兩嗓子。中年漢子果真掐住翠環脖子一使勁，翠環當時氣短憋悶，手腳亂蹬。

馬蹄音剛才似乎還很遠，可是頃刻間已來到跟前，有人勒住馬大喝一聲：「幹什麼?!快給爺爺放開！」

中年漢子渾身猛一激靈，心說好快的馬。抬眼望去，是匹純種的塞北棗紅大馬，朱纓金轡，馬上端坐一個二十出頭的少年，頭戴茜色將巾抹額，身穿大紅箭袖攢雲罩袍，腰束淡黃色絲縧，粉底皂靴，面色深紅而多髯，左手挽著轡勒，右手掂一張硬弓，正對著自己怒目而視。

中年漢子暗想這準是哪個有錢人家的公子來這裡遊山玩水，不巧給撞上了。又見他孤身一人，膽子便大起來，厲聲喝道：「誰家娃娃，敢管大爺好事，相識點的趕快滾，不然爺爺連你一塊掐死了餵狼！」

馬上少年聽他這般惡聲惡氣，早就忍耐不住，順手將弓掛在鞍上，抬腿跳下叫道：「你這不知死活的東西，大白天不幹人事，見了本爺還不趕緊叩頭謝罪，真是害瘋病了！」說著大踏步過來照中年漢子就是一腳。

中年漢子就地一滾躲過，翻身爬起來怒吼一聲揮拳照少年迎面就是一拳。那少年冷冷一笑，矮身形讓過，趁機抬腿照他襠部又是一腳。中年漢子倒也機靈，身子略微偏過，順便使了個旋風腿，想將少年掃倒。少年彎腰伸手水中撈月，一把將那漢子右腳踝捍住，手上狠命用力，朝前一推，中年漢子慘叫一聲咕咚滾到地上。少年緊步跟上，照他身上就是一頓亂踹，中年漢子捂住胸口滿地打滾，慘叫不迭。

翠環草草束住散亂的衣服，想乘他倆無暇顧及自己盡快逃走。可是舉目四望，到處密草茂林，野風吹過呼呼有聲，簡直分不清南北。往哪裡跑呢？翠環一陣茫然。

舉措不定間見中年漢子被打倒在地，不由暗暗欣喜，可轉眼一想，若是那小夥子來個黑吃黑，那自己豈不更慘？長期的驚嚇讓翠環不敢再相信任何人，她來不及多想，漫無目的地狂奔起來。

沒跑出多遠，四周馬蹄聲驟然而近，翠環驚恐地發現，自己被一群人圍在中間。他們個個緊身衣褲，裝束整齊，背後斜挎腰刀，手提絲韁翻身下馬，衝著走到跟隨前的少年說：「少王爺，怎麼回事？」

少年鼻孔裡哼出一聲說：「不知死活的傢伙，還真跟爺們交上手了！你過去一刀結果了那東西，省得污了本爺的刀！」一個衛士答應著走過去，手起刀落，但見紅光一閃，中年漢子沉悶地哀號半聲身子扭曲兩下不動了。

翠環望著衛士手中滴血的刀，雙腿發軟，張嘴巴卻喊不出來。

「少王爺，這個女人怎麼辦？」那衛士提刀過來，虎視眈眈地望著翠環。翠環魂飛魄散，踉蹌倒退兩步，狂亂地舞著雙手嘶叫道：「俺和他不是一路的，求求你們別殺弱女子啊！」叫聲還在耳邊迴盪時，眼前卻模糊不清起來，軟綿綿地癱倒在草叢中。

偌大的院落人影綽綽，日光漸漸隱沒在高聳的飛簷雕甍中，王府大廳燃起兩支巨燭，紅紅的燭光跳躍不住。朱棣躺在寬大的軟椅中，漫不經心地把玩著幾件玉簪飾物。

「父王，孩兒本不想管那婦人，只是見她身旁翻落的籃中許多金玉首飾似乎是王府之物，便留意查看一番，果然正是府中常用之物，件件都打有印記的，看看她的模樣似乎又不像府中丫頭嬤嬤，這就多少有些蹊蹺，」朱高煦躬腰站在一側，正講著今天打獵的奇遇，「還有一件玉佩尤讓人生疑，上邊雕著個篆文的周字，莫非是周王府中之物？孩兒見這婦人來路奇怪，便私自帶進府中來了。」

朱棣接過那塊玉佩，反覆細看兩遍，掩不住驚訝地說：「哎呀，這種紋路花邊，不是周王府中之物還能是哪裡？這個婦人到底是什麼人物，既有咱府中的東西，又有周王府中之物，著實奇特。人在哪裡？快帶過來。」

朱高煦拱手答應著說：「她當時嚇暈了，剛才還昏睡著，孩兒這就差人將她帶來。」

翠環站在朱棣眼前時，已讓人服侍著梳洗了一番，神情也鎮定許多，只是不知對面是何等人物，侷促得手腳無措，連施禮也忘了。朱棣斜視她一眼，慢吞吞地問道：「你姓什麼，是哪裡人啊？」

「奴……奴……，」翠環弄不清這裡到底是什麼地方，不知道該不該說實話。不過她料想還未出北平，萬一說出真相來讓人給送回金忠宅中，豈不更糟？急切中信口說道：「奴家本是濟南人氏，有天出門被人販子劫持到此地，奴家乘機逃了出來，雇輛馬車想回家鄉，不料那車夫起了歹意，要……，多虧這位公子相救，奴家感激不盡了，求大人救人救到底，將奴家送回濟南，奴家所帶金銀首飾全當車費。」

朱棣仍摩挲著那塊玉佩，冷笑道：「照你這麼說，燕王府中倒出人販子了？還大老遠跑到濟南去販人，真是夠辛苦的！看你一個文弱女子，倒挺會編瞎話。罷了，本王也不與你繞舌，你如實說出身分來歷，如有什麼冤屈，本王自然會為你作主。」

翠環聞言徒然一驚，不明白面前這個神祕莫測的大漢怎麼一下子就知道自己在編瞎話，又知道自己還和燕王府有關係，不是嗎，金忠不就是在燕王府中辦差麼？頓時支支唔唔，說不出話來，半躬的身子軟軟的又想往地下倒。

朱棣見狀又是一聲冷笑：「你這女子本事倒不小哇，不但與燕王府有關係，還與周王府中有瓜葛。說說看，你倒底是何等人物？不必怕，本王說過會與你作主的。」

翠環聽他提到周王府，更覺心驚膽戰，又見他口口聲聲自稱本王，料想勢力定然不小，不如直說出來，只要他願意護住自己，金忠恐怕也奈何不得。想到此橫下心來將自己如何從周王府中逃出等事簡略敘述一遍，一口氣說到金忠如何調戲自己，自己又如何逃走遇上歹人。

朱棣靜靜地聽她說罷忽然哈哈大笑：「金忠啊金忠，好你個金忠。整日和道衍稱兄道弟，跟個和尚似的，原來卻是個好色的和尚。」朱高煦在一旁也附和著笑了幾聲問：「父王，這婦人你看……」

「那還用問嗎？她既乃周王嬪妃，就是燕府的親戚，說起來怕還是當今皇上的嬸娘呢。」朱棣從椅中站起來，繞翠環踱幾步說：「本王倒要讓天下人看看，當今號稱仁義的皇上是如何仁義，將自家叔叔囚禁京師，自家嬸娘顛沛流離，幾為歹人所汙！可憐哪可悲，他口口聲聲不負諸王，難道這就是他不負的結果麼?!」

說著朱棣突然激動起來，聲音在廳中翁翁作響。翠環雖然不明白他說的是什麼意思，卻知道自己不致於再被送回金忠那裡了，心下略略寬鬆些，強打精神施禮拜謝他們的相救之恩，並趁機提出求他們送自己回濟南。

「這個倒不忙，」朱棣意味深長地看了翠環一眼，「本王要你先靜養幾日，待身子骨恢復了再說。你在此處不必害怕，金忠不會再找你麻煩。」然後衝朱高煦說道：「你將她安排到興聖宮後殿房中，將來揭開朝廷偽善面孔，讓天下人明白本王苦衷時，她自有用處。」

其實皇宮中也無非這樣，只不過房子多些更氣派點兒。進宮十來天後，史鐵便有這樣一種感覺，不再像初來時東看西瞧什麼都稀奇。換上寬鬆的絲巾大袍，跟在幾個老太監身後到柔儀殿春和殿等處遊走閒轉，倒沒覺得有什麼大異樣處，只是他們鴨子般的嗓音和油頭粉面的光臉叫人看不慣。史鐵想，自己也是太監了，是不是也和他們一個德性呢？偷偷照了照鏡子，果然差不多，原先讓打鐵爐烤得略顯黑紅的臉色，在濟南府和北平養了兩個月傷，捂得有些白淨，如今又撲了層厚厚的粉，看上去白得有些噁心，史鐵的心通通亂跳，不敢再多看，快快地打不起精神。

「新來的那個史鐵呢？死到哪兒去啦?!」惡狠狠的聲音由屋外傳來。

雖然他們的嗓子都差不多，不過史鐵仍聽得出是自己的師傅許公公找來了。許公公是自己前兩天才認的師傅，按別的太監的話說，這就是宮裡的規矩，初來乍到的找個老成點的有些根底的權當倚靠，也可學點規矩，日後好盡快得勢。

許公公眼下到底得了多大勢，史鐵還不十分清楚，不過看他髮髻高挽整日有小太監們前呼後擁，替他整衣彈土，連宮女們見了也恭恭敬敬的樣子，得勢不是很小，甚至還有太監不無眼熱地說：「若不是你來頭大造化深，許公公哪能輕易收人當徒弟呢？」

不過史鐵並沒想那麼多。除去剛來時拜見一番，行過拜師禮外，兩三天裡史鐵差不多把這檔子事給忘了。見師傅怒氣沖沖找上門來，史鐵不敢怠慢，慌忙跑出來彎彎腰笑道：「許公公，俺在這兒呢。」

許公公身後還跟了三四個小太監，都不過十五六歲的樣子，他們一起在史鐵面前站定。許公公腦袋碩大，肉肉墩墩的臉上泛著慘白。他眯起小眼睛盯著史鐵似笑非笑，盯得史鐵心裡直發毛，不知哪裡出了錯，只好把腰彎得更狠些，頭直戳到許公公胸前。

許公公突然收回目光，眼睛陡然睜圓，甩手照史鐵臉上啪啪啪就是五六個耳光。聲音清脆響亮傳出去老遠，史鐵立刻懵住，臉上熱辣辣的不是滋味，一股惡氣騰地從胸口開起，真想將這個老太婆模樣的東西一拳打死，不過他還能記住這是什麼地方，強忍著沒有發作。

「蠢笨如牛的東西，若不看在徐大人的面上，誰肯收你這等老大不小的玩藝兒？話不會說倒還罷了，連個頭也不會磕，你的腿是個棍兒不成?!」許公公仍然惡氣未出，呼呼地直喘粗氣。

噢，史鐵有些明白了，原來是嫌自己沒有給他下跪。在家鄉拜師學打鐵時，倒是行過跪拜大禮的，不過那是實實在在的學藝。這算什麼呢？跟一個太監能學什麼，還值得向他磕頭？史鐵倔勁上來，僵持在那裡一氣不吭。

「喲，小子骨頭還挺硬！耳朵呢，你的耳朵呢?!還不快跪下。」許公公滿嘴陰陽怪氣，不過兇狠相似乎消了些。

史鐵猶豫地動了動，心中仍然彆彆扭扭彎不下腿去。許公公忽然長長歎出一口氣，朝身後擺擺手說：「你們先回去吧，這小子不似你們早早進了宮，半大駒子了才來，自然不服馴化，我倒要好好開導開導他。」

幾個小太監稚聲稚氣地答應著沿繞廊退出院子。許公公見他們走遠了，才慢吞吞推著史鐵進到房內。史鐵不明白他要如何開導自己，也不知道眼下該做什麼該說什麼，只好半躬著腰站在原地。

過了許久，就聽許公公在屋裡扯嗓子叫道：「怎麼，不會磕頭，連路也不會走啦？還不快進來，還非得用我叫嗎?!」

史鐵這回不敢怠慢，撩起寬大的袍襬跨進屋去。許公公半倚在躺椅上，眼睛似睜似閉，見史鐵站在旁側，悠悠然開口道：「小史子呀，你的事徐大人可都告訴我啦，難為你歲數這麼大了，又改道做了這種差事，你想，要是換個人在本公公跟前這樣不知深淺，能輕易這麼擤下麼？」

乍一聽有人叫他「小史子，」史鐵覺得挺新鮮，又聽許公公說了句體己話，想想自己近來的遭遇，史鐵心頭一軟，兩行淚掛不住撲簌撲簌掉下來。許公公欠起身子，「喲，還真委屈了呢，」說著伸出白胖的手在史鐵臉上輕輕抹了一把。

史鐵感覺他那手就像在水裡泡了多少天的死豬肉一般，渾圓白胖，碰在臉上油膩冰涼，不由得渾身哆嗦一下，起了層雞皮疙瘩，不過沒敢躲閃，嘴上還違心地說了聲：「多謝許公公照顧。」

「嗳，這就對了嘛！小史子呀，既然徐大人親手將你託付給我，我也就不拿你當外人。說句交心話，成人不自在，自在不成人，況且如今幹咱這行當的，充其量只能算半個人，別把自己看得太金貴嘍，只有輕賤自己，你這差事才能辦好。」許公公有些高興起來，語言也柔了許多。

不過這種腔調史鐵總聽不慣，頭皮有些發麻。但按徐大人交代的，進了宮什麼事都得忍著，縱使你有天大本事，也只能先將自己看成一條狗。史鐵當初還嫌他話太難聽，如今又聽許公公也這樣說，再想想自己見到的太監們那副模樣，暗歎口氣，心想只好認命了。

許公公瞥見史鐵僵硬的臉色緩和下來，復又躺下身去長吁口氣說：「小史子，看你也不像個笨人，這裡的事情應該能想明白。既然由原來站著尿變成了如今蹲下尿，心裡也得轉過這個彎來。來，跪一個我瞧瞧，這可是每日宮裡最常見的禮，學不好可不行。」

史鐵縱然心裡萬分彆扭，可知道今兒不跪是不行了。便漲紅了臉，咬牙閉上眼睛狠狠地跪了下去，心口處卻憋脹得厲害，淚水涮地流了一臉。

許公公卻頗得意：「這就對了嘛，你在鄉下沒聽人說過，忍得一時羞，三天吃飽飯。跪一跪也不是什麼大不了的事，頭一回難，第二回就好些，你且起來罷。」

史鐵一氣不吭從地上爬起來，還沒站穩便聽許公公又說：「小史子呀，剛才跪得可生硬些，好像跟誰生氣似的，這偌大皇城中，你能跟誰生得起氣呢？不行，再來一次，自然些就好了。」史鐵揮袖擦把臉，這回小心翼翼地跪下去，心裡雖然還彆扭，卻輕鬆一些。

許公公好似看出他心思似的，笑一笑說：「小史子，宮裡的規矩多著呢，怎麼下跪，怎麼問安，怎麼傳話，怎麼聽主子訓示，怎麼服侍主子吃飯穿衣，都有學問，只要你心裡轉過彎來，以後咱慢慢教你，別急，心性順了什麼都好學。」

史鐵趴在地上低啞著嗓音說：「多謝許公公指點，將來史鐵發達了，一定不會忘記公公的恩典的。」

許公公手拍椅子扶手歎口氣說：「罷了罷了，咱也是受人之託，再則看你也是個老實孩子，至於發達不發達的話，全靠你自己的造化了。如今在宮裡辦太監差事也不容易，自打先帝爺時候起對咱們就管束得十二分嚴，宮門口那塊鐵碑見過沒有，那就是專給咱這幫人立的，讓咱們不得干預朝政，不得刺探朝情，不得讀書識字，違反了一條小命可就說沒就沒了。唉，難混哪，你年齡大了，比不得那些小孩子伶俐，雖說有徐大人在宮外照應著，也得加倍努力才成啊！」

史鐵心緒平靜許多，一一點頭聽著記下，當聽到不得刺探朝情時，想起金忠和燕王特意派自己進宮來的目的，心裡突地一動，不過臉上沒顯出來，重重地叩了兩下頭說：「多謝許公公訓導，史鐵記下了。」

許公公滿意地點點頭，站起身來說：「起來吧，以後多留意別人怎麼做就是了。近些日子皇上新寵了個美人，住在後廷柔儀殿宮中，要想多見皇帝，侍候著她機會再多不過了。咱家這就領你過去見見，你就暫且在她宮裡走動吧，等有了好差事再來換你。」

史鐵連忙謝過，爬起身來整整衣服隨許公公走出門去。沿繞廊走出園子，順牆根旁石子小徑一路走去，不時穿過座座半月形拱門。繞過幾座頗具氣勢的殿閣，再往前走，路忽然寬闊起來，史鐵抬頭一看，正前方有座大殿，八角飛簷，五顏六色的彩繪斗拱，正中央八扇鏤花方格朱門，兩側窗前各有一方小池，池中突兀著大小不等各色石塊堆就的一座假山，山上纏滿春藤，鬱鬱蔥蔥，平空在威嚴中增添了不少生氣。大殿前有五級寬闊的臺階，正門上方懸著一塊金泥匾額，上邊龍飛鳳舞地草書著「柔儀殿」三個大字。史鐵暗想，這就是那位美人所居的柔儀殿了。

許公公並沒有進殿，而沿著西側池塘繞過去，穿過大殿西側的磨磚花牆下小門，裡邊有個大園子，迎面看見園中央堆砌著一座更大的假山，山體高大，山石上長滿墨綠色青苔，看上去頗感涼意。假山正中央有個門洞，洞上方條石上篆書寫著「天怡神養」四個字。

沿石砌小徑穿過山下門洞，史鐵覺得眼前霍然一亮，一座飛甍麗瓦的殿房出現在面前，格局和前邊大殿差不多，只是略小一些，心中暗暗感歎，都說皇上賽似活神仙，果然不假，前兩日光鑽在房中心裡鬧彆扭了，竟沒發覺還有這麼多好的去處。

幾個宮女正在臺階下站著，見許公公迎面過來，忙插腰施禮，齊呼「許公公」。許公公略點點頭問：「翠美人可在宮內？」

一個宮女細聲地答道：「皇上今兒早上辰時快盡了才離開，翠娘娘正在宮中淨面梳妝呢。」徐公公回頭看史鐵一眼，也不吭聲，拾步上了臺階，直走進殿內，史鐵屏息靜氣，緊步跟上。

殿內椒香頗濃，撲鼻而來，史鐵忍不住想咳嗽，急忙噏口吐沫壓下去。許公公轉過殿內屏風，拐進東側一個小門，裡邊緊挨地站著五六個宮女，有的捧著鏡匣，有的端著個首飾小箱挑來揀去的遞給前邊正在梳頭的宮女。

許公公輕手輕腳挨進去，白胖的臉上堆滿笑意，夾在幾個宮女中間彎腰媚聲媚氣地說：「娘娘，老奴侍候娘娘來了。」

史鐵跟在後邊不知如何是好，忙跟著彎下腰去。跑了這麼長的路，屋內顯得有幾分悶熱，宮女們身上的香氣逼得史鐵喘不過氣來，但也無可奈何，只得強忍著。

被簇擁在中間的翠美人聞言擺擺衣袖說：「許公公辛苦了。今兒這麼多人，就不用你忙了，回去歇著罷。」

許公公賠笑說道：「娘娘這麼寵著下人，難怪皇上直誇娘娘和他一般仁義慈善呢。想著娘娘剛進後宮滿臉鬱鬱的樣子，老奴別提有多愀心，這兩天好了，娘娘臉色舒展多啦，老奴打心眼裡高興呢！」

翠美人沉默片刻，長長歎口氣說：「唉，許公公不是常掛在嘴上，說是到什麼山上唱什麼歌嘛，想想也是這個理兒，坐在這兒想爹想娘有什麼用，還不是回不去？既然進了宮，侍奉好皇上方是正事。」

許公公連連彎腰笑道：「娘娘通明，娘娘通明。」隨即扯扯史鐵，讓他往前靠兩步說：「娘娘，老奴身子骨不大活泛了，怕跑腿的事怠慢了焦娘娘的心，這不，換了個新進宮的幫手，不大懂規矩，娘娘該吩咐的吩咐，該打罵的打罵，別氣傷了娘娘身子就成。」說著暗中推一把，要史鐵過去磕頭。

在這種陣勢下，史鐵來不及多想，緊走兩步從宮女縫中紮過去，到翠美人身旁撲通跪下，口稱：「新奴才叩見娘娘。」

梳妝已經整齊，翠美人對著鏡匣左左右右來回端詳著說：「罷了，你叫什麼名字？」一邊不經意地斜覷他一眼。四目相對，如石破天驚般，二人頓時目瞪口呆。有一瞬間史鐵萬箭攢心地難受，這就是史潤生在宮外苦苦期盼的翠紅？看她披紅掛綠，滿頭首飾插得滿滿當當，像孔雀開了屏一樣，臉色不知是不是因為塗了胭脂的緣故，紅潤多了，多了些城裡女人嬌滴滴的嫵媚，原先那種活潑伶俐勁兒卻一絲都不見了。只怕潤生現在來到跟前，也未必敢上前和她隨便說句話。史鐵跪也不是，起也不是，臉上滾下幾道汗來。

翠紅更是做夢也沒料到會在這裡碰見史鐵。眼皮底下跪著的這個穿灰袍紗頭戴罩帽，臉皮光光的人難道會是史鐵哥?!翠紅無論如何不敢相信，可是那記憶分明的模樣又讓她不能不相信。天爺，這是咋回事啊！翠紅那顆剛剛平息下的心立刻又被這突如其來的風暴攪得翻江倒海起來。

接連許多夜晚，建文帝幾乎天天駕臨這裡，開始時還有些彆扭，但時間稍長也就漸漸自然起來。翠紅心中的負罪感逐漸變淡，在這個位居萬人之上的小夥子面前，翠紅聽著他反覆傾訴著如何愛慕自己，如何從第一眼瞧見便再也不能忘懷等等溫軟的話語，冰冷僵硬的心漸漸一點一滴地融化。她甚至想，偌大皇宮中姿色比自己強的人多了，可他偏偏看中了自己，不僅特旨將自己安置在這幽靜的後宮，派來這麼多宮女供自己使喚，還一下子將自己封成了美人，可見他是真心喜歡自己的，自己既然已經辜負了潤生哥，就不能再辜負他了，權當潤生哥的那個翠紅已經死掉了吧。這樣想著，心裡鬆快了許多，臉上也漸漸笑意盈盈，惹得建文帝興奮不已，兩人每次都要折騰個盡興，直到筋疲力盡方才罷休。

可是如今，史鐵突然從天而降，生硬地跪在自己面前。突兀地現實提醒著翠紅，自己仍然是翠紅，翠紅其實並沒有死去。他怎麼會來到宮裡成了宦官？家裡到底發生了什麼事？潤生哥呢，莫非也在宮裡成了太監？姐姐呢，她如今是死是活？萬般心緒一起湧上心頭，翠紅明知在這麼多人面前萬萬不便相認，嘴裡卻仍然萬般驚訝地叫道：「史……」

史鐵儘管進宮沒有幾天，可這幾天裡也心知肚明了許多東西，鐵匠胸中那顆鐵硬的心像在火上燒過又被敲打了一樣柔軟了不少。剛才難堪的對視中，史鐵知道此時縱有千萬句話也不能說出口，更不能讓人看出破綻，否則傳揚出去，翠紅和自己在宮裡會得到個什麼結果？見翠紅張口驚呼，史鐵靈機一動，忙開口應道：「是，娘娘，奴才小史子一定聽從娘娘吩咐，竭力辦好差事。」

翠紅的話被堵到嘴裡，心下卻省悟過來，強忍住嗓音不打顫說：「那好，以後你跟許公公好好學著點，有什麼不明白的多請教許公公，別什麼事都由著性子來……」

話還未說完，有個宮女慌慌張張跑進來喘著粗氣說：「娘娘，皇上又來了！」眾人聞言一起愣住，不是剛走嗎，怎麼又回來了？翠紅臉色一紅，眼光躲過史鐵問那個宮女：「你可瞧準了？」

宮女仍喘息未定：「瞧準了，奴剛才進來時，皇上怕已過了大殿前面的小拱門了。」

建文帝的確是奔後廷而來，不過不是一個人，身後還跟隨著七八個文武大臣，也沒有進後宮，而是直接進了柔儀殿大堂中。

不知從什麼時候建文帝有了一個習慣，朝堂上議好的事他還要在後廷中和幾個心腹大臣再議議，這樣決定了心裡才覺得踏實。特別是這次，已經議定向北平燕王下手了，他有些激動，也有幾許興奮，更多地卻是埋在心底隱隱約約地忐忑不安。這樣做行嗎？會有一個什麼樣的結果？腦海中翻騰著，他在大殿正中鋪著繡龍黃緞的大軟椅上坐下。

看看跟隨來的文武們分別兩側坐定了，建文帝先長長地舒兩口氣，故意放慢語調說：「諸位愛卿，剛才朝堂所議之事你們看來也是十分贊同的，不過朕仍想放開心思再往深裡說說，大概萬無一失了，朕再發旨不遲。」

兩側大臣互相對視一下，耿炳文蒼老著聲音說：「陛下，依老臣看，朝廷這樣調兵遣將，雖以防備蒙古韃子為名，不過明眼人一看便知其矛頭指的是北平燕王，臣擔心如此一來會激其速變，朝廷應提前有所準備才是。」

建文帝點點頭，沉吟不語，齊泰坐直身子拱手衝建文帝也衝對面耿炳文等武將說：「耿將軍身經百戰，見多識廣，提醒的極是。兵部目下正擬將國家兵力逐漸北移，江南各地衛所除幾處必防之地及長江沿線外，其餘軍隊將分批分次集結於河北、河南、山東等地。另外，大寧三衛也急募兵勇，對北平形成南北夾擊之勢，其不動則已，若動則難出北平城。即便出了北平城，也可確保將其壓制在河北南部和山東北部一帶，想來對國家並無大震動。」

黃子澄接過話頭說：「陛下，燕王逃回北平後，知道其心跡已敗露，朝廷定然不會善罷甘休，恐怕為自保計，也會加緊謀反準備，朝廷亦應速作調遣，重兵集於北平郊外，使其膽寒，逼其速反，速反則易制，待其準備已定，恐怕就要多費些周折。」

李景隆抖抖衣袖含笑說道：「區區一北平，即便滿城是兵，又能何為？諸公似不必如臨大敵。燕王不反尚可，即便反了也不過是逆風點頭，徒燒自身。你等想想看，北平距南京數千里之遙，燕王起兵攻打京師，就算他連連得勝，可是中間要穿過河北、山東、安徽等數省，官兵層層堵截，大小定不下百餘戰，恐怕等他到不了長江邊，兵卒就會折損殆盡，此所謂強弩之末，其勢不可穿魯縞嘛！」

建文帝聽他這番議論，心情似乎立刻輕鬆一些，臉上泛起淡淡笑意，看看方孝孺說：「方愛卿為何不言不語，莫非有什麼別的想法？」

方孝孺見問，起身拱手說：「剛才諸公所言確是這個道理。不過此乃國家大事，關乎國運民生，不可不慎。孝孺看來，燕王如今與朝廷勢不兩立，起兵反亂是遲早之事，正如子澄所言，早反則其準備不足，倉猝舉事，易於制服，故此朝廷方面當速下決斷，即刻調遣兵力，密布四周。」

建文帝聞言霍然起身下定決心說：「那就如此辦。兵部即刻擬旨，著都督宋忠率兵三萬，屯於開平；都督耿獻將兵五萬，屯於山海關；千戶徐凱督兵屯於臨清；都督張並與謝貴，將兵兩萬屯北平城內，監視王府，一旦有變，可先發制人。其餘不足之處，卿等下去斟酌安排，擬好旨後報上來待朕欽定。」

眾人依次退出柔儀殿時，都滿腹揣著一個同樣的預感，朝廷與北平燕王之間經過這麼長時間的陰天後，看樣子真的要下雨了。他們只是把握不定，是綿綿細雨呢還是暴風驟雨，是即刻雨過天晴還是陰雨綿綿乃至引發不可收拾的洪水？

第三章

秋雨悱惻

秋雨悱惻

驕陽何期金輝去

六月的天氣，即便是北平乃至更北的塞外，熱浪也海水般無遮攔地四處蔓延。

北平城四周的莊稼已收拾完畢。澄黃的麥茬地一望無垠，時而交錯著碧綠的高粱田，像鋪了一層方格花紋的地毯。天空沒有一絲雲彩，瓦藍瓦藍的特別高遠，驕陽卻似乎垂得更低，孤零零地懸掛在半天中，無數道刺白的光利箭般逼得人四處躲閃。

北平城內各大店鋪前都撐起巨大的遮陽傘，每個傘下都站滿了過往的行人，一邊甩著汗一邊瞇起眼睛憂心重重地望著待會兒還得非走不可的前面。各大街市上依然人聲鼎沸，客商往來不絕。驕陽縱然如火，而銅錢的誘惑力簡直比火更強烈許多倍。站在城中最高的鐘鼓樓頂層向下望去，整個北平城宛如一鍋煮沸的稠粥。

朱棣站在鐘鼓樓頂的最外邊，微微倚靠著半人高的朱紅欄杆望著街市更遠的前方發怔。道衍與金忠恰好站在斗拱的陰影處，二人對視一眼，一起走上前分立在朱棣兩側。

「看見了吧，城外煙塵起處，那是他們在調動兵馬，」朱棣仍然端注著遠方，面無表情，似乎在喃喃自語。

「王爺不必過慮，自古就有六臘月不交兵的說法，朝廷如此興師動眾，在北平城外頻繁換防，絲毫奈何不了北平城，只不過徒增民怨罷了。」道衍的光頭在太陽下油油地發亮，他說著話不由得抹把頭上的汗。

朱棣見狀一笑：「一鋤頭是動土，兩鋤頭也是動土，總之將朝廷得罪了，他們大兵壓境也是自然，咱們何苦找罪受，且到廳中涼快一會兒。」三人轉身進到樓內小廳中，身後的帶刀衛士齊刷刷閃開一條路。

鐘鼓樓頂層的廳堂有些狹小，收拾得倒很精致潔淨。一圈格窗湧進淡淡清風，實木几案光潔錚亮，地板也剛剛用水沖過，散發著陣陣桐油的香氣。朱棣緩步走到正中央楠木雕花的圈椅前坐下，兩個侍女慌忙上前輕擺拂扇，扇得風大了些，一綹頭髮從高挽的髮髻上散落下來貼在臉上，朱棣有意無意地看她們一眼，二人身形一矮，忙將擺扇擺得慢了些。

道衍和金忠在斜對面坐定，金忠因為翠環的事，說話仍不夠大膽。雖然朱棣並沒有當他的面提及此事，但他聽朱高煦說過事情始末後，心裡一直忐忑不安。他知道朱棣並不會因此降罪於他，可見到朱棣時未免有些不大自然。此刻覺得該自己說話了，便吞吞吐吐地說：「王爺，南京方面的消息看來還算確切，宋忠，耿獻，徐凱等各率部眾屯兵於山海關、開平、臨清一帶，兵數不算太多，不過大都是和蒙古軍作過戰的，頗為強悍。另外還有朝廷將領率大批江南軍隊緩緩北移，大有黑雲壓城之勢！」

朱棣並沒有十分吃驚，面色平靜地說：「這個本王已知道。北平目下就是孤城一座，只好靜坐等待朝廷衙役來捉拿便了！」

道衍斜視金忠一眼，含笑說道：「王爺又說笑話了，兩陣交兵，兵貴精而不在多，一虎十羊，勢無全羊。北平城乃昔時元之大都，城堅池深，任他兵士再多，也是無可奈何。況且我已經盤算過了，朝廷發兵，必然就糧於山東、河北，能控制此兩省，便是斷了其糧道，無糧之兵，定敗無疑。所以天下雖大，我等其實只需十有其一便穩操勝券，王爺何必過慮？」

朱棣點點頭，忽然站起身復又來到廳外欄杆旁，道衍金忠不知什麼意思，只好跟在身後。朱棣手指西直門一側的軍營說：「你們瞧，朝廷兵力不光只在城外，城內北平都督張並謝貴昨夜暗開城門接進來萬餘士卒，眼下正磨刀霍霍，不日便想拿本王開刀呢！」說完了又冷冷一笑：「本王倒要親眼看看，這幫人物能幹出什麼好事來？」

說完便轉身下樓，眾人見狀忙緊緊跟上，腳步雜沓，樓梯通通亂響。樓下護衛聽到響動，知道朱棣下來了，也挺身站好，準備出發。朱棣走至樓梯中間時忽然想起什麼似地問：「葛誠呢？身為後燕府長史，燕府中第一等的辦差人，幾天竟不打一個照面！」

葛誠其實就在燕王府內，他正端坐在府門旁側的門房內焦急不安地等著朱棣回府。

上次成功地將于諒周鐸押解進京，葛誠暗自得意同時長舒一口氣，以為朱棣必會被扣在京師，北平王府將不戰自亂，一場迫在眉捷的戰事竟讓自己化解於無形。可是萬萬沒料到朱棣提早聽到風聲，金蟬脫殼地逃回北平。葛誠滿腹希望化作泡影，失望之餘料想府中必然有一場大搜捕，朱棣肯定會懷疑到自己頭上。對此他倒不十分懼怕，大不了父子一同殉國，他早就作好了隨時被逮捕的準備。不過又出他意料的是，朱棣竟然悄無聲息，似乎容忍了北平城中有人對他的不忠。

也許是朝廷大兵壓境，他沒心思顧及這些了吧，葛誠心存僥倖地想。不過更讓他牽掛的是，自己一計不成之後如何再施下一計，如何能少費干戈地讓朱棣就範，以完成建文皇帝及齊泰黃子澄的重託。

當得知北平都督謝貴張並昨夜暗中招兵進城充實營內的消息後，他精神一振，索性就拚了命再施個險計試試。

日頭略略偏西，讓人感覺反而更躁熱的時候，一陣雜亂的馬蹄聲和刀劍撞擊聲傳來，燕王回府了。

葛誠心頭湧過一股熱血，大步走出門房，衝著緩緩過來的朱棣長長一揖：「王爺辛苦，葛誠有下情稟奏。」

高高坐在馬背上的朱棣和身後的道衍、金忠顯然一愣，朱棣眼光轉動幾下說：「好罷，到後廳去坐！」說罷雙腿一夾，眾人追隨著衝過府門。

後廳座落在太液池東側，剛建成不久，還能聞到很濃的油漆味。一條幽徑穿過元大都修築的宮城城牆，四周綠樹參天，廳院中撒滿銅錢大形狀的日影，比起只有綠草不見樹木的宮城牆內來，驟然神清氣爽，全無了夏日午後的悶熱。

彼此分主次坐定，朱棣換上副笑呵呵的模樣，先開口說：「葛誠啊，本王前次進京，旅途多舛，險些因為和皇上鬧誤會把命丟了。王府之中全賴你等維持，還沒有來得及言謝呢！上回本王逃回北平後諸卿設宴接風，派人請你，你說身體不適，怎麼樣，如今好些了吧？」

葛誠沒想到朱棣會說出如此客套體己的話來，不知他是什麼意思，只好一臉感激地說道：「多謝王爺記掛。葛誠身受朝廷派遣，來王爺麾下任長史，理當恪盡職守，照料好王府，以報效朝廷。況王爺待葛誠親如一家，於公於私都是應該的。」

燕王滿意地笑笑，直視著葛誠說：「葛誠忠直是人人盡知的。不過眼下本王因小人攛掇，與朝廷有了些誤會，以致流言四起，朝中上下人人都說本王將起兵反叛，本王雖然痛恨那幫在皇上面前別有用心的小人，卻如何敢對皇上稍有不滿？只是本王之心無法讓皇上明白，甚是苦悶不堪。近來朝中小人對本王誹謗更甚，皇上受其蒙蔽，在北平城外增兵不已，大有攻城之意。本王倒不懼被逮，只怕落入小人之手有口莫辯。葛卿，你看這如何處置啊？」

葛誠聞言心下忽然寬鬆許多，原來朝廷這番舉動，倒真的震懾住了他。要真是這樣的話，自己這回冒險看來就有希望了。腦中飛快地轉過這個念頭，臉上卻頗嚴肅地說：「既然是場誤會，王爺大可不必憂慮。王爺坦坦蕩蕩，任他小人上竄下跳，皇上聖心明鑒，終有澄清的一日。依葛誠所見，王爺只要對此充耳不聞，張目不見，唯盡心王事，奉奏章說清原委而無異常舉動。如此一來，時間稍長流言自消，聖心自察，王爺可保無虞矣！」

朱棣聽得很認真，若有所思地連連點頭：「葛誠言之有理，這樣本王就放心多了。不過怕只怕任你官清如水，難逃吏滑如油，小人之言洶洶，難保聖上不為其所迷，所謂眾口鑠金，積毀銷骨，亦不可不防哪！」

葛誠滿臉認同，深有感觸地說：「王爺深慮，非常人可及，事情倒確實如此。不過葛誠有一事稟奏王爺，或許能挽回些朝廷的猜疑，不知當講不當講。」

朱棣哈哈大笑：「葛卿什麼時候客氣起來了，本王你還不知道嗎，大老粗一個，喜歡直來直去，有話你就儘管說，總之本王知道你是在為朝廷為王府好。」

話已說到這個份上，葛誠不便再猶豫，橫一橫心臉上卻不動聲色地說：「王爺，據臣所想，北平督都謝貴張並二位將軍，在北平城中駐軍近萬，一則為朝廷拱衛王府，共守北平，二來也未嘗不是朝廷耳目，燕王有何動靜，必先經他二人傳至朝中。他二人的奏章皇上必相信無疑。臣觀謝張二將雍容大度，一向據實上奏，不似那班奸佞小人。王爺每年六臘月間不是都要親赴府中各處軍營慰勞將士麼？臣想王爺如能像慰問府中將士一般，親備酒肉至彼營中，一則以皇叔的身分安撫邊兵，替皇上分憂，二則可與謝張二人面吐心聲，二人見王爺坦蕩無欺，焉能不速奏聖上。如此一來，罅隙冰釋，皇家無猜，聖上再下一旨，把各處兵馬調歸原處，王府復歸昔日祥和，豈不甚好？葛誠私下裡這樣想的，還望王爺思量定奪。」

朱棣看著葛誠終於說完，思慮片刻恍然大悟地直拍腦門：「可不是麼，本王怎麼就沒有想到呢！謝貴張並二督都駐守北平已兩年有餘，本王倒還一次沒去過他們軍營呢，難怪聖上不滿，小人乘機大造流言了。好，本王明日便準備酒食等物，後天一大早趁涼快親赴營中慰勞諸軍。難得你替本王思慮得如此周全，那你不妨親到他營中一趟，說明本王之意，約他們後天日出時分，在大營轅門外相見。」

葛誠望望一臉真誠的朱棣，起身拜道：「王爺如此胸懷，縱便有幾個小人又能奈何！葛誠這就去告知二位都督，臣想他們定會喜出望外，士兵們怕要歡呼鵲躍了呢！」

朱棣笑笑也站起身說：「此雖小事，可關乎本王一片誠心，關乎能否正朝廷視聽，實在功德無量呀。聖上要是知道本王的舉措，再閱畢本王謝罪奏章，定然欣慰不已，本王之心也可放回肚中了。王府危難，沒想到賴葛卿一人而解哪！哈哈哈！」說完伸手扶住葛誠肩膀，送至廳前階下。

北平都督府其實就是一座軍營，緊貼西直門南側城牆而建，南臨金水河，規模不是很大，加之驟然增多了近兩倍的士卒，顯得十分擁擠。

謝貴張並二人都是大高個，臉色黑中透紅，各穿一件馬甲，露出滿是肌肉疙瘩的膀臂。他們早就認識葛誠，加之朝廷方面早有密旨言明葛誠身分，此刻相見倒也心知肚明，讓至大帳中略加寒暄，很快言歸正題。

「看樣子他是真信了我的話，」葛誠詳細敘述一番他與朱棣會面的情形，滿有把握地說，「他未必會想到這是在赴鴻門宴，朝廷方面氣勢洶洶，各路軍馬漸向北平靠攏，他可能自感底氣不足，有求和之意。如能乘其不備，將其拿下，然後發兵圍住王府，將脫不了干係的人一併押送京師，如此一來，不費一刀一槍大功告成，各路軍馬免於血戰，北平百姓省遭牽連，二位將軍可就立下奇功一件了！」

謝貴滿臉興奮，望著張並說：「張都督，你看怎麼樣？」

張並也被葛誠說動，不假思索地說：「好倒是個好機會，只怕有人背後罵咱們呢！」

謝貴一怔：「誰罵？罵咱們什麼？」

張並得意地一笑說：「那還用問，各路將軍見咱們不聲不響將燕王制住了，他們少了立功升職的機會，能不罵嗎？」

「你呀你，嚇了我一跳！」謝貴蹦起來搗了張並一拳，哈哈大笑。

葛誠見狀也笑個不住，身心釋然。

「上回讓你僥倖逃過，這番看你如何躲避，只要進到營中，任你有天大本事也飛不出去。燕王啊燕王，誰讓你不安於臣位，暗中要與朝廷作對呢？縱然你不得已有悔過之意，我葛誠為朝廷計，也要將你押至京中，留在北平終是朝廷隱患呀！」葛誠陷於沉思，張並連叫幾遍才回過神來。「葛長史，你來一次也不易，咱們到帳後痛痛快快地喝兩盅去，算是提前慶賀一番！」

葛誠忙擺擺手鄭重地說：「此事非同小可，二位將軍不可小視，務必準備周密，萬無一失才行。如果讓燕王逃脫，勢必會激怒對方，朝廷未準備充分之機戰事已起，你我可擔待不起啊！今日的慶賀我看就免了，二位加緊準備才是。」

謝貴張並二人見他說得有理，連連稱是。再三叮囑葛誠回去後務必小心，實在不放心，搬到營中來住亦可。

葛誠擺手笑道：「燕王如今視我為智囊，焉有無端加害的道理？你等放心好了。待後天一早我隨燕王來營，大事成功後我便不走了，定要親自押他等至南京！」

夏日的夜色來得緩慢，也不是很濃，已交巳牌了天色仍然隱隱作亮，眼前景物朦朦朧朧，似遠似近，忽隱忽現，倒別有一番情致。

燕王府各處門旁通明的燈籠已經懸掛起來，淡黃的光將燈籠上朱紅的「燕」字襯得格外醒目。內廳後邊花園中沿池水有一道曲曲折折的涼亭，每隔兩根亭柱便懸起一盞小些的燈籠，倒映在水中個個如圓月一般交相輝映，引得蛙蟲扯著嗓子狠勁唱鳴。

「天籟，天籟之音哪！」朱棣背靠欄杆斜坐在竹椅上，樣子很舒服，翻眼望著亭外星空似在自語。

道衍、金忠、朱高熾、朱高煦、朱高燧三兄弟及張玉、朱能等幾員大將呈平圓形坐在兩側，模模糊糊中也看不清對方面目，不過不用看彼此也能感覺出來，每個人心裡都不輕鬆。

「父王，葛誠不是什麼好東西，他的話是萬萬信不得的。上回于諒周鐸被騙出王府押至京城，我懷疑就是葛誠暗中指使。他一計不成又生一計，像這樣的小人，依著孩兒早該一刀殺了！」朱高熾話語中透出憤懣，也有幾許憂慮。

「大哥說的對，葛誠是什麼東西，敢明目張膽地勸父王赴什麼鴻門宴！父王別理這種小人，孩兒這就一刀宰了他！」朱高煦早就按捺不住，厲聲附和著殺氣騰騰地說。

朱棣沒理會他二人，輕聲問道：「道衍，你說如何處置呢？」

道衍坐在一根亭柱下方，頭頂對著燈籠晃來晃去閃動著光，臉上卻更濃暗看不出表情，他清咳一聲說：「王爺，諸位將軍，葛誠身為朝廷所遣官吏，其心傾向於朝廷，這個自上次入京奏事已看得再明白不過了。他突然為王爺著想，替王爺想出個解脫罪責的良策，似乎有些說不過去。不過這也給王爺出了道難題，去吧，分明是兇險更甚於上次進京城；不去吧，豈不顯得底虛?!」

「那就不去！寧可底虛也不能冒險。況且朝廷已經視咱為敵了，還用得著如此惺惺作態麼？」朱高燧突然高聲插了一句，張玉等人覺得正是這個道理，也都連聲說：「對，不能上他們這個當！」

朱棣默不作聲，候他們七嘴八舌地議論完了，才緩緩說道：「諸位心思本王自然明白，葛誠心計本王焉能看不出來?!不過本王答應他，有這樣一層意思，不妨說出來大家議議。如今朝廷大兵壓境，一場戰事在所難免。府中雖然有所準備，可實力到底如何，本王卻委實心中沒底。前兩天本王翻《易經》時讀到一句話，頗覺心動，書上說『聖心即天心』，本王思來想去，何謂聖心，何謂天心呢，良久方恍然大悟，原來其意思說天心即民心，民意即天意啊！故此本王當即答應葛誠，要大備酒肉，大張旗鼓地慰勞朝廷官兵，要讓北平百姓都知道，本王無心與朝廷作對，乃是忠於朝廷之臣。即便將來戰端挑起，百姓也知本王是受人誣陷，實乃迫不得已。」

眾人聽罷這番話，覺得也有道理，可心中仍不免犯嘀咕。沉默了一會兒，張玉說：「王爺所言固然極是，可自身安危不可不防哪。謝貴張並二人素稱驍勇，營中新近又暗增兵力不少，倘一進虎口，他們不顧什麼民心民意，反目以刀兵相見，又該如何？」

朱棣冷冷一笑：「本王自然不能如葛誠之意，隻身進他虎狼之窩。本王答應他還有一層意思，便是試試府中將是否可用。今日眾位都在，可從速商議一下，如何佈置兵丁，二將若有歹意，務必小試鋒芒。權當來他一回圍獵練兵。昔時關雲長單刀赴會，本王連北平城尚未出，有何可怕！」

北平城中平靜如常，為衣食奔波忙碌的人們似乎無暇顧及其他，只是在茶餘飯後閒談時對近來城外兵營漸多表示出憂慮，不過這種憂慮也是一閃而過。三十年了，北平城未見刀槍廝殺，年輕一些的甚至想像不出打起仗來是什麼景象。每個人心裡都想，三十年都過去了，這仗哪能說打就打呢？還是把心思用在營生更實在些。

然而六月初六一大早，街市上的人們發現，正常的生活突然被打亂了。清晨時分還有些涼意，很多人趁機忙看進貨搬運，以免晚了曬出一身臭汗，街市上人湧如潮，個個忙得不可開交。剛交卯牌時分，燕王府南門兩扇巨大的朱紅大門咣咣作響，霍然大開。南門原是元時皇城大門，厚重威嚴，在街市人眼中它似乎從來都是牢牢緊閉的，裡面的世界神祕而遙遠，以至於人們連好奇心都淡漠了。然而從來未開過的大門今天緩緩地敞開了，人們頓時激起了久違的好奇，遠遠地駐足觀看，等待著發生什麼更稀奇的事情，甚至有些人小跑著去叫家人四鄰。

大門開處，鼓樂奏鳴，一隊人緩步從裡面出來。打頭的是八個彪形大漢，赤著上身，黝黑的肌肉閃閃發亮，下穿綠色短褲，一條寬大的紅腰帶紮在胯部，紅纓穗頭迎風擺舞。他們抬著一面大鼓，鼓後兩名更雄壯的大漢，一樣裝束，各執兩根鼓棰狠勁地敲，咚咚之聲震天價響，有人忍不住捂上耳朵。

緊隨其後是八人一排的吹鼓手，手執細長的六孔嗩吶朝天吹奏。前後共有八排，六十四根嗩吶嘀嘀噠噠之聲響徹天際，又從雲際婉轉而下，遊漫了整個北平城。嗩吶之後，又有八人齊吹羌笛，八人齊吹胡笳，各種聲音纏繞在一起，上下翻飛，宛如漫天飄散的雪花般厚厚的蓋住了圍觀的人。

樂隊兩側，各有一行單排五人手執銅鑼，斷斷續續地敲打著轟開眾人，閃開一條道路。樂隊過後，兩名壯士身著密扣馬甲，淡綠色綁腿褲，一樣的紅帶紮腰，各自手舉一塊寬大的白色木牌，右側的寫著：「代朝廷安恤一方邊兵，」左側的寫著：「替聖上慰勞兩位將軍，」兩側均為大黑楷書，字體雄壯奪人耳目。木牌後邊又有兩人齊舉一白色橫幅，上書朱紅大字：「燕王慰勞駐北平邊軍。」

圍觀的人們看到此時方才明白怎麼回事，個個嘖嘖稱奇：「不是說燕王要謀反嗎，怎麼又慰勞起朝廷的兵來了？」「那都是胡說，燕王是皇上四叔，能反嗎？親不親一家人，你看上邊不是寫著，代朝廷安恤一方邊兵，人家和朝廷就是一回事，有什麼反不反的？」「就是，也不知誰造的謠言，弄得人心惶惶，現在看來根本沒那事。哎，兩將軍是誰？」「那還用問，西直門的都督謝貴和張並唄。」「哎，禁聲，又有隊伍過來了。」

果然，橫幅後邊緊緊跟上一大幫軍漢，個個衣著簇新，上穿五彩團花密扣緊身薄紗衣，下穿大紅紮腳褲，頭上還包著湖色裹巾。他們兩人一夥，抬著一個半人高的黑瓷大罈，罈肚子中央貼塊紅紙，上面斗大的一個「酒」字，一隊佇列次走過。細心人數了數，吐吐舌頭說：「乖乖，三十罈呢！看那罈子至少能裝一百五十斤，這三十罈酒就是四千多斤呢，得多少銀子喲！」「看你那樣大驚小怪的，真沒見過世面，人家是皇家嘛，天底下銀子還不都是人家的！不過燕王也真夠大方的，忠心不忠心，這時候就看出來了。」「哎，你們快看，後邊還有！」

人牆越堵越厚，抬罈子的軍漢過去，緊隨其後又是一隊同樣裝束的軍漢，也是兩人一夥，各抬一個三層大食籮，朱紅食籮描金的飛禽走獸煞是好看，裡面不知裝的什麼，看樣子分量不輕。有人細細一數，不多不少，也是三十個。食籮後邊，幾名護衛衣甲鮮明，神情肅穆。他們身後緩緩走來一頂曲柄大傘，傘下正中央桃紅馬上端坐一個身材魁偉的大漢，四十上下年紀，面色黑紅，長鬚飄飄，頭戴黃金束髮金盔，頂門高聳著的朱纓顫動不止。穿著大紅繡花戰袍，凜凜之中威嚴不可侵犯。人群中有猜出來的，互相傳話說：「看見沒，那就是咱北平城的燕王！」「呵，真夠威風的，說他要造反，我看不像！」

朱棣面色平靜如水，略帶一絲笑意，不時揮手向兩側致意。不知誰帶頭喊了一嗓子：「燕王爺爺千歲！」圍觀的人們不由自主地也跟著齊聲高喊：「燕王爺爺千歲！千千歲！」緊接著外側一行人率先拜倒在地，人群一陣騷動，七倒八斜地全跟著拜倒，「千歲」之聲呼叫不絕。朱棣笑意漸濃一些，看看兩側的道衍和金忠，六目相對，彼此心照不宣，暗暗點頭致意。

葛誠緊隨朱棣身後，傘影忽前忽後在他頭頂晃來蕩去。他覺得自己的心思此刻也正如傘影一般飄忽不定。雖然一切都按照自己的計劃進行了，可今天這種氣勢卻是他無論如何也沒料到的。朱棣大張旗鼓，出府門往東走，遊行般地穿過大半個北平城，他想幹什麼？是為了爭取民心還是真的想借此機會與朝廷和解？看他那副胸有成竹的表情，似乎根本沒覺察到自己的意圖，可葛誠不相信朱棣會如此疏忽大意，當時連自己也覺得這一計險之又險，十有八九會被識破，自己也是無計可施的情況下冒死提出的，朱棣就這樣輕而易舉地上當了？葛誠總覺得很不踏實，但事已至此，也只能硬著頭皮往前走，福禍吉凶只有聽天由命了。

聽天由命？四個字劃過葛誠腦海時，他突然想起了歐陽修說過的一句話：「雖曰天命，豈非人事哉?!」對呀，何必如此忐忑，自己是為朝廷效力，是在行使道義，縱然事敗身死，也算死得其所了。想至此葛誠心中略略有些安慰，臉色也緩和多了。再抬頭左右觀望時，他們一行已經穿過北平王府東面各條大街，向西拐彎，走過積水潭大橋，西直門軍營遙遙在望了。

軍營轅門前看樣子刻意收拾過一番。寨角各處垛樓上彩旗飄舞，轅門兩側全副武裝的兵士列隊站立。兵士身後左右各一杆獵獵大旗，北側大旗上一個斗大的「謝」字，南側一個「張」字。

聞聽鼓樂聲漸漸走近，兵士們忙挺身肅立，扶定刀槍。謝貴張並亦是全身戎裝，大熱天的頭戴戰盔，身穿千葉魚鱗寶甲，護心鏡閃光奪目。二人站在轅門中央，神情頗有些緊張，望著湧過來的人潮，聽著震耳的鼓樂，喘氣也似乎吃力了許多。

八人抬的大鼓行至轅門正前方停下，後邊各吹奏手依次跟上前來，圍成半圈，叮叮咚咚嘀嘀噠噠之聲響徹整個軍營。謝貴張並及轅門外的軍士簡直像掉進了無邊的汪洋，無處躲閃。雖然被這震耳聲吵得心煩，卻又不能制止，只好耐著性子忍著。

少頃，後邊抬酒抬食籮的隊伍陸續趕到，擠過鼓樂隊，齊整整將罈子和食籮擺在並不太寬闊的轅門口。收拾已畢，鼓樂手終於停下來退至兩旁，天地間剎時突然靜得出奇。曲柄傘蓋緩緩行至轅門前，在一箭遠的地方停下。黑鴉鴉的人潮湧上來，多少年難見的熱鬧場面，誰也不願意錯過。

謝貴張並見朱棣停下不走了，便率大小將佐數十餘人前行幾步，叉手躬身施禮：「北平都督謝貴張並見過王爺！」

朱棣手撫長鬚含笑點頭，翻身跳下馬來，挽絲韁走至馬首說：「二位將軍不必多禮，咱們本是一家嘛！本王每日裡忙些不急之務，常想過來慰勞二位將軍及諸多將士，卻遲至今日方得成行。唉，甚負朝廷啊！」

謝貴邁前一步答話說：「王爺言重了。我等雖奉令駐守北平，其實全仗王爺神威才使城中萬民安居樂業。本當親赴王府拜見才是，如今王爺倒先慰勞我等，實在愧不敢當！外邊天熱，王爺且請進營內帳中一敘。我等略備薄饌，聊表敬意！」

朱棣仍然淡淡地笑著擺手說：「二位將軍客氣了。區區些許物資，不足以遍賞眾軍，望二位將軍代為散發，並言明朝廷撫恤之意。至於入營之邀，本王卻著實不敢。昔日先帝分封藩王時，聖旨中特意言明，各藩王與當地駐軍互不隸屬，亦不得相互串聯。如有事可由王府長史到軍營中商議，而藩王本人卻不能輕易進入軍營。言猶在耳，本王豈敢越雷池一步？故而只能就此留步，所有慰勞物品，將軍差人抬進營中便了。還望將軍能以義氣為重，勿失天下萬民之望！」

謝貴張並二人聞言頓時愣住，朱棣不肯進入營中！這是他們事前萬萬沒有想到的，如此一來，營中那些磨刀霍霍的軍士不就白忙活了麼？他們下意識地向朱棣身後張望一下，想看看葛誠是什麼意思。葛誠雖然仍騎在馬上，卻恰好被道衍金忠等人遮住了大半個臉，縱偶爾對視一下，也彼此不得要領。

葛誠早已大汗淋漓。本以為只要朱棣一進軍營，近三萬軍士一湧而上，縱然他有天大的本事也只能束手就擒。剛才在半路上看朱棣耀武揚威的得意勁兒還覺得他簡直是豬羊要去屠戶之家，一步步地往死路上走。孰料已到屠戶門口，他竟然止步不前了！是他早有謀劃還是臨時變了主意？況且他還引經據典，一副不敢絲毫違背先人祖制的樣子，又不能強拉硬拽。

葛誠急得直想拍自己的腦袋，一向覺得處事周全，怎麼沒料到這一點呢？唉，真笨！現在葛誠才感到事情的發展已由不得自己，真的只能聽天由命了。如果謝貴他們就此改變主意，客客氣氣地將朱棣送回，那這次計劃就算白費心思，徒讓朱棣賺得北平百姓的口碑；如果他們索性來硬的，就在轅門前廝殺起來，後果會怎樣呢？葛誠不敢預料。

既然看不清葛誠是何意思，那就只能隨機應變，自己拿主意了。謝貴張並互相遞個眼神，彼此會意，不管怎麼說，到嘴邊的肥肉不能丟，立奇功的機會不能錯過。你不是不敢進軍營嗎，我營中三萬帶甲軍士照樣一湧而出將你在轅門外捉住！

拿定主意謝貴笑意突然凝住，沉下臉喝道：「王爺，你口口聲聲不敢絲毫違背朝廷，可知道早有人把你欲謀反的企圖稟奏了聖上。我等已接到密旨，聖上命我把你押解至京師，聽候發落！如果你真的不負朝廷，就應束手就擒，到京城聖上那裡當面辯清才是！」

朱棣不知什麼時候已經坐在了馬背上，冷笑連連地說：「二位將軍果然圖窮匕首見哪！本王自思不負朝廷，忠心於聖上。無奈朝中有奸佞之輩欲憑空滋事而圖謀升官發財，故而叫囂不已。本王若聽二位之言，豈非飛蛾撲火，恐怕不等見到聖上已是屍骨遺棄荒野了！二位放心，本王回去後自然會上奏皇上辯解清楚！」

張並手握腰中刀柄，翻著白眼惡狠狠地吼叫一聲：「回去？既然來到此地，恐怕由不得你了！左右，給我拿下！」

一陣鐵器撞擊聲響起，謝貴張並身後數十人刀槍並舉，喊叫著衝上來。朱棣見狀也不答話，撥馬回身便走。早有張玉、朱能、朱高燧等人橫刀上前，便是剛才抬酒食的軍漢和鼓樂手們手中也多了兵刃，齊刷刷上前抵擋住對方的攻擊。

喊殺之聲驟然大作，刀槍碰撞聲和負痛的慘叫聲不絕於耳，吵鬧成一團。圍觀的人還沉浸在熱鬧的場面中，一時沒反應過來。直到刀光劍影在眼前飛舞，有熱血四濺血腥氣陣陣撲鼻方才回過神，猶如滾熱的油鍋中撒進無數滴冰涼的水，頓時暴響著炸開，一發不可收拾。驚恐地尖叫，撕扯著嗓子哭叫，呼爹叫娘地慘叫，夾雜著一陣狂風，伴著騷亂的巨大人潮四散滾動。

朱高煦挺槍戳倒了幾個馬前士卒，大吼一聲縱馬躍到轅門前直奔謝貴而來。謝貴就在地上舉刀相迎，衝來突去，戰在一處。張並見狀也提雙刀趕來，照準朱高煦馬頭狠狠砍下去。旁邊張玉已縱馬竄到近前，伸長槍撥開，四人團團混戰。旁側許多看熱鬧的百姓裝束的人此刻手中突然多了短刀兵刃，喝叫著衝過來圍住那數十官兵死命砍殺。謝貴遠遠看見，暗叫不好，朱棣果然有準備。忙虛晃一刀，跳出圈外，朝身後喝道：「營中的人都死到哪裡去了？還不快出來！」

其實營中軍士早已聽到外邊的廝殺聲，向外一湧而出。不料本來就狹窄的營門前擺滿酒罈食籮，衝在前邊的人撲通撲通絆倒了一大片，後邊的不明就裡，只管推擠著往前趕，全堵在營門當中出也出不去，退又退不回，當場踩死數十人。謝貴怒不可遏，連聲罵「笨蛋！」帶幾個人過去舉刀將酒罈砸爛，把食籮推倒在一邊。眾人才踩在被酒和成泥的地上，一步一滑地衝出營來。

就在謝貴忙於疏導營中士兵時，張玉朱高煦二人合戰張並，張並雙刀上下舞動，左遮右攔，頗感力不從心，身旁將佐又都被朱能朱高燧等人纏住，無暇顧及自己，一不小心，朱高煦大喝一聲，抖槍撥開張並右手刀刃，翻轉槍頭正刺在右手腕，張並叫聲不好，手腕已被戳個窟窿，血淋淋的手臂頓時沒了知覺，連刀也抓不住。張玉大叫聲「好！」挺槍便刺，張並慌忙躲過，疾步向後退走。朱高煦大喊道：「好你個張並，看你能不能躲過爺爺這條槍！」和張玉一起催馬往前追。

這時一股強大的人潮洶湧澎湃而來。軍營中士卒好容易出了營門，像逃出籠子的野獸一樣吶喊著揮刀衝上。朱高煦殺得性起，舞動大槍上挑下刺，嘴裡還嘟囔著：「來吧，奶奶的，好幾年了，爺爺還沒這麼痛快過呢！」其餘將領和扮作圍觀百姓的士卒也抖擻精神挺身接住，捉對兒廝殺。看熱鬧的人早已無影無蹤，地面開闊了許多，眾人正好放開手腳，搏鬥自然也慘烈了許多。

然而軍營中士卒源源不斷地湧出，漸漸幾乎要將燕府兵將圍住。張玉眼尖，揮大槍摔了個圈，將馬前士卒抵在圈外，一邊高聲喊道：「諸將聽著，休得戀戰，速速撤回王府！」

眾人也漸覺吃力，聞言忙聚攏在一處，邊打邊往東走，以便從金水河橋上就近回王府。

朱高煦卻不管不顧，揮槍催馬在人叢中來回衝殺，張玉知道他的蠻勁上來，暗暗著急，不得已返回頭再次衝入陣中叫道：「少王爺，快走！」朱高煦雙手搖槍，渾身衣衫濕透，卻興奮地喊道：「再殺他幾個再說，哈哈，能有個放開手腳殺人的機會還真不多呢！」

張玉無奈，只得一邊格開眾人刀刃，一邊勒馬更靠近些說：「少王爺不可意氣用事，這營中有三萬兵將，你能殺得過來麼？待會兒被圍個結實就麻煩啦！」話音未落朱高煦戰馬前蹄被砍一刀，戰馬嘶鳴一聲撲通臥倒。朱高煦猝不及防，被閃下馬來。士卒們一見，齊聲喊叫著圍上來亂刀砍下。張玉嚇了一身冷汗，狠夾戰馬衝上去三槍兩槍刺翻三四個，朱高煦情急之下倒也機靈，一手拌住馬鞍，翻身躍上張玉的馬背。張玉長舒口氣，甩大槍衝出一條血路，追隨在王府士卒後邊漸漸過了金水河大橋，可惜府城西側為金水河環繞，出入不甚方便，只好多走一段路，從南門進入府城。

當營中官兵追至金水河邊時，許多人便駐足不前，等到了府城附近，其實已無人追趕。眾人滿頭滿臉全是血，也分不清是別人的還是自己的。打過仗的人都知道，即便此刻身上有傷，也未必能覺出疼痛來，須回去慢慢定下神來才能檢查得出。

斷斷續續地，出去的人馬陸續回到府中。朱棣等人站在府門內側，對回來的將卒一一慰勞，囑咐他們速去洗沐歇息，有傷的或扶或抬到東側臨時騰出來的殿中療傷。張玉和朱高煦斷後，並騎一馬進得府門。

朱棣一面命人關上府城大門，要城上府兵加緊瞭望巡視，一面攔住跳下馬來的張玉說：「張將軍多有辛苦，你曾隨本王連年征戰於漠北，打過不少硬仗，依你看，這朝廷兵力如何？」

張玉歲數和朱棣相仿，個頭也差不多，不過面色略微白淨些，髭鬚也不那麼顯眼。見朱棣親熱地拉住自己的手，他感激地看一眼朱棣說：「王爺，上過戰場的都知道，兵無多少，將有巧拙。戰場勝負不在於兵多兵少，在於將佐調度。以張玉看，朝廷士卒也就是如此，比起蒙古韃子來還遜色不少，不足為慮。倒是謝貴與張並二人頗有些勇力，且指揮有方，朝廷派他們來北平，恐怕看中的也是他們這點。」

朱棣點點頭，見有人跑過來，便問：「查清楚了沒有，傷亡多少？」士卒喘著粗氣躬身回話：「稟王爺，我方士卒共陣亡一十七人，傷三十餘人，據他們說，敵方死傷怕要過百人不止呢！」

金忠在一旁賠笑道：「看來府中練兵功不可沒，有此勁旅，朝廷即便發兵征討又何足懼哉！」

朱能在一旁說：「可惜混戰中讓葛誠給跑了，此人本該留在王府，待回來後殺一儆百，看誰再敢吃裡爬外！」

朱高煦叫嚷道：「我早就說他該殺，結果還是讓他給跑了。對啦，他不是有個兒子嗎，我這就派人到他家裡抓來出氣！」

道衍面色陰冷，皺著眉頭對朱棣說：「王爺，既然事已至此，看來開戰是不可避免了。開戰前無論如何得先把北平都督營中的兵馬肅平，不然僅憑王府區區之地，能有什麼作為？可是要肅平北平城，還非得智取不可！」

徒喚奈何迫桑榆

「良辰美景奈何天，賞心樂事誰家院……」

悠悠樂聲伴著一曲清揚的曲調和涼涼的清風一起徐徐吹過金陵台，清涼山突兀處半銜殘月，血紅血紅，如將入山的夕陽一般。正天裡星斗不是很多，模模糊糊中能辨出黑藍色的蒼穹。

建文帝舒適地斜躺在水青竹椅上，一手輕挽著身旁的翠紅，半睜眼睛漫不經意地望著前方正翩翩起舞的戲臺。

戲臺很小，只有一臺階高，四周高高低低懸掛著十幾個大小不一的宮燈，橙黃明亮的燈光隨風搖曳不定。吹鼓奏樂的人聚坐在台後角落中，大半個戲臺上有五六個宮女正連歌帶舞。由於燈光的緣故，她們的臉上似乎罩著一層面紗，看得不是很清楚。而翠綠鮮紅的宮袍卻顯得更鮮豔了，袖擺揮動時似乎嫋嫋欲飛，整個戲臺也彷彿成了一座仙山樓閣。

翠紅今天也穿得特別單薄，藕色宮紗絲袍外罩件玄色鐵紗半背，坐在清涼山至高處的金陵台，感覺清爽無比。建文帝輕輕揉捏著她的手，柔聲說：「愛妃果然清水出芙蓉，連手也如柔荑一般，真是天生玉人哪。愛妃，你可知朕今日為何要在這等時分趕來清涼山與你同賞歌舞嗎？」

翠紅還真有些奇怪，天已黑了為何還大老遠地由宮中趕到這裡呢？可她又不敢問。現在建文帝忽然問起，只好猜思著說：「奴婢想來，清涼山清涼山，在這裡清清涼涼，聖上自然是為了避避宮中的暑氣。」

「還有其他緣故麼?」建文帝緊盯著翠紅問道，雙眼在陰影處閃閃發亮。

「還有……還有什麼，奴婢猜不出來了。」翠紅被她盯得頗不自然，慌裡慌張地低下頭去。

「哈哈哈，」建文帝忽然大笑起來，略微用力握握翠紅的手說：「難道愛妃真的竟然連自家的生辰都忘了?今日六月十二，愛妃之生日啊!」

翠紅一驚，頓時想起來了，今天確實是自己的生日。入宮一年多來，心緒和人事紛亂如麻，讓人差不多連自己是誰都快忘記了，哪裡還記得什麼生日?可是，可是建文帝是如何知道自己生日呢的?

建文帝見狀更加得意，「怎麼樣，想起來了吧?朕親自翻過進宮秀女名冊的，焉能有錯?朕還知道愛妃乃洪武十三年六月十二日亥時所生，此刻剛交亥牌，十九年前愛妃就於此時呱呱墜地，十九年後朕與愛妃共敘百年之歡，實在是天緣呢!故而朕特意擺駕清涼山，在這絕塵之處與愛妃共尋今世前緣。怎麼樣，愛妃還算滿意吧?」

聽著建文帝柔聲細語，翠紅百感交集，胸中有股酸酸的東西直湧到眼眶處，到底掛不住，滴下兩滴清淚來。快兩年了，在這整日裡人來人往的偌大宮裡，誰拿自己當個人看待過呢。和自己同時進來的宮女還有幾句體己話說說，可她們自己尚且難保，說了也只能空口白牙地彼此安慰一番，誰也幫不了誰。老一些的宮女太監見了自己這幫姐妹們，總是虎著臉，好像永遠在生她們的氣。其實翠紅心裡也明白，他們日子也不好過，心裡憋著一股子氣。可這和翠紅她們有什麼關係呢，為什麼老是把自己的不痛快加到她們身上?品階稍高一些的宮女嬪妃和太監就更不用提了，和翠紅她們說話除了吩咐差使便是罵罵咧咧地拿別人撒自己的氣。很多時候翠紅絕望地以為自己在這皇宮中只能苦一輩子了。

可是誰又能想到，山不轉水轉，自己有朝一日也能成為整個皇宮都為之側目的人，皇上連自己的生日時辰都記得清清楚楚！宮裡姐妹們連做夢也不敢想的事情，此刻就活生生地發生在自己身上。翠紅不知道該想些什麼，潤生哥當初也在村後小橋邊給自己過過生日的，那時他懷裡揣著從家裡偷偷煮熟的幾個雞蛋，他想和自己每年都如雞蛋般團團圓圓。可此刻，雞已飛，蛋也打，潤生的形象如此模糊而遙遠，彷彿他已生活在頭頂某個寒光閃爍的星星之上，可望而永不可及。

建文帝不知翠紅想些什麼，見她悲喜交集的嬌態，恰如雨後梨花一樣清新亮麗，愈加愛不釋手。索性隔著低低的躺椅扶手將她擁在懷中。薄紗下的肌膚溫熱柔香，令建文帝不能自持，便雙手伸進袍中輕輕撫弄著豐腴的雙乳，漸漸覺得自己某個部位也像豐乳般充盈膨脹起來。

翠紅看看兩旁侍立的宮女，羞得滿臉通紅。建文帝見狀，騰出一隻手來揮揮衣袖，宮女們會意，立刻悄無聲息地退下。

建文帝就勢用那隻手攏過翠紅，在她臉上親吻不已。吻到腮下脖頸時，翠紅奇癢不已，忍不住咯咯笑出了聲。建文帝彷彿受了鼓舞，輕輕扯下翠紅腰間杏黃絲絛，寬大的宮袍散落開來，裸露的身軀在墨綠的夜色中彷彿玉石雕鑄般光潔白膩，晶瑩似冰似水。建文帝再也把持不住，抖聲叫道：「愛妃！」翻身將翠紅擁到身下。兩人一陣戰慄，翠紅輕輕呻吟幾聲，清涼山頓時變作了仙境，二人在雲霧中翻滾著冉冉上升。

前方小戲臺上依然鼓樂喧鬧，一個清揚的女聲正唱著長調：「清風夜，百花香烈，仙樂陣陣，何人能解。四季流轉，六出不遠，但恐霜至，花謝千年。人世間，紅塵淺，倏忽時，花也衰，人亦老，那時誰得意，今人怎揣度。縱是風流擁傾國，天地一過客。」

齊泰、黃子澄、方孝孺、耿炳文、李景隆等人在朝房等了約兩個時辰，仍然聽不見靜鞭響起太監報朝。無聊中議論之聲越吵越響，眾人各自議論些地方上的傳聞。

朝房座西朝東，此刻已是陽光撒滿，漸漸感覺熱起來。齊泰手握前方邸報，焦躁不安地看看日影，心說皇上這是怎麼了，隔三差五總要遲遲不見動靜，這次莫非又是那個翠紅給鬧的？

正坐臥不安著，忽從窗格瞧見許公公慢騰騰地打朝房前走過，便走出去叫住問道：「許公公，皇上呢？你看日頭快升到天頂了，怎麼還沒見動靜?!」許公公白胖的臉上掠過一絲笑意：「齊大人，怎麼，值日太監沒傳過話來？看看，皇上一不在，他們就膽子大了，連自己是幹什麼的都忘了，回頭老奴非得稟奏給皇上不可。」

齊泰聽得似懂非懂，連忙問：「皇上不在?!去哪裡了，昨天快黑時不是還在宮裡麼？」

許公公眨眨眼睛神祕地笑了：「齊大人有所不知啊，昨夜宮門都關了，皇上不知怎麼回事，忽然想起要去清涼山，大隊禁衛護著悄悄出西安門，過玄淮橋走的。臨走時就說今日不上朝了，誰想竟沒人操心，讓諸位大人空等了半日。不像話，太不像話！」

齊泰下意識地看看手中邸報，焦慮更增加了幾分，連忙問：「許公公，那皇上什麼時候能回來，我還有急事要稟奏呢！」

許公公仍神祕兮兮地說：「唉，那哪能有個準呢，還不由著皇上性子來。再說還帶了翠美人，怕要耽誤些時辰呢！大人們還是別等了，各自散去吧，有事明日再奏也不妨。」

齊泰長歎口氣，火熱的心一下子滾落到冰川裡，快快地轉身回到朝房。眾人從窗戶裡見他和許公公嘀咕了半天，一個個好奇地問：「齊大人，皇上怎麼還不宣朝？」「齊大人，宮裡近來又有什麼新鮮事，快給我們說說！」

齊泰無可奈何地看了大家一眼，沒好氣地叫道：「皇上今天不上朝了，各自回家，有什麼話明天再說！」

眾人聞言一愣，立刻七嘴八舌地嚷嚷起來：「怎麼，白等了半天？不上朝了早說啊！」「就是，值日太監哪裡去了，也太兒戲了不是？」還有人好奇地問：「皇上什麼事啊，連早朝也不上了？」「哎，齊大人，咱們要不要遞牌子進去，向皇上問個安？」

齊泰被吵得心煩意亂，大吼一聲：「別吵了，各人趕緊回家涼快去！」眾人見他發火，頓時矮了半截，止住嘴沒人再吭聲。就在這時，洪武門內一陣喧鬧，有靜鞭甩響，接著傳來太監扯著嗓子的喊聲：「兩旁肅靜跪安，皇上聖駕回宮了！」

齊泰和眾人呆了片刻，趕忙來到朝房外，一字兒跪開，迎候聖駕。齊泰想著手中已被汗水浸濕的邸報，心裡騰起一股希望，看來大事今日也許就能決定下來了。

然而建文帝絲毫沒有升朝的意思，也沒有在前廷停留，而是乘鑾輿直接來到柔儀殿翠紅住處。二人雙雙下輦，走至前廳。建文帝柔聲調笑道：「一夜風流，愛妃可曾稱意？」翠紅臉上一熱，低頭不語。建文帝呵呵大笑：「愛妃如水，朕乃真龍，實實在在的天緣之合，朕知足了。好啦，你可好好歇息，朕見眾大臣在前廷那邊候著，恐怕有事商議，就不陪愛妃了。」

翠紅彎腰施禮相送：「萬歲也要善保龍體才是。」建文帝本來轉身欲走，聞言忽然回頭擁住翠紅「叭」地親了一口，聲音脆響，醉聲說：「朕就是化在愛妃懷中心裡也如意。」說罷戀戀不捨地轉身出了廳門，乘輿而去。

望著遠去的人影，翠紅站在門口發了半晌愣。這到底算什麼呢？自己真的變成了個壞女人？不知怎麼，一想到建文帝，她的腦海中便同時浮現出久違的潤生。莫非以前那個翠紅真的已經死了麼？

翠紅半喜半憂，心緒萬千。忽然屋內有陣響動驚醒了她。急忙回頭看，史鐵從屏風後邊垂著頭慢吞吞走出來。翠紅心裡一驚，不知道剛才和建文帝的話是否讓他聽了去。不過此刻也顧不得想這許多，壓低聲音說：「史鐵哥，你什麼時候來了？」

史鐵感到活過的歲月中從來沒有現在如此尷尬。對面站的是妻妹，一起玩大的夥伴，可如今人家成了娘娘，而自己竟然是個宦官！怎麼稱呼？怎麼看她的眼神？人多的時候混在人堆中還好些，而單獨面對時，這種感覺就無比的強烈。史鐵寧可汗流浹背地打上一輩子的鐵也不願撞上這種情形。

可是鐵的事實卻不容他迴避。當然也無可迴避。剛才在屏風後面聽著外邊的甜言蜜語，史鐵簡直無法相信這就是翠紅，就是那個潤生千里迢迢跑到宮外苦苦等待的翠紅。然而他很快又醒悟過來，人家是皇帝，什麼樣的女人見了皇帝能不動心呢？他忽然想起翠環，翠環當初在周王府中是不是也和周王這般親熱？為什麼不是呢，當然也是！啊，自己滿心裝著的翠環也有過這樣的經歷！他暫時忘記了翠紅，而為翠環為自己感到揪心地難受。

不過事情又想回來，既然翠紅已不再是過去的翠紅，那自己又何必把自己當成以前的史鐵？人常言入鄉問俗，進衙問諱，進了這皇宮就不能再分老少，不能再講從前怎樣。燕王本來是皇帝的四叔，見了皇帝不也照樣要下跪麼？皇帝呀皇帝，你到底是個什麼奇怪的東西?!

史鐵思來想去，好不容易讓自己平靜下來，覺得老鑽在屏風後邊也不是辦法，便準備硬著頭皮出來稱翠紅為娘娘。哼，只要她能消受得起，自己也就豁上了！

不料翠紅一聲「史鐵哥」立刻又將他們拉回了從前。史鐵半彎著腰準備下拜的身子僵在那裡，幾個月來養得白胖一些的臉更加慘白，好半天才抖動嘴唇吐了句：「翠紅，真是你嗎？」

翠紅不明白史鐵的心思，見他問的奇怪，又不便追問，接著說：「史鐵哥，上回人多，沒法問你，現在趁他們都不在，你快說說，你咋跑到這裡來了，俺爹俺娘呢？潤……生呢？」

熟悉的鄉音，熟悉的口氣，進宮來的辛酸苦悶像決了堤的河水一樣和著淚水滾滾流淌，史鐵不能自持，捂住臉大聲抽噎起來。

翠紅沒有料到他心目中硬錚錚的史鐵哥有一天會成這樣。她一陣驚慌，忙跑到廳外對一個宮女說：「好妹妹，你就站在這兒哪裡也別去，倘有宮女太監過來，千萬擋住，就說娘娘正在……正在洗沐，有事待會兒再說。」

那宮女頭一次聽見還有皇上的寵妃會這樣叫自己，既驚訝又感激，忙問：「娘娘，要不要奴婢伺候著？」

翠紅急急地說：「不用不用，你在這裡守著門別讓人進來就成！」說罷返身進到廳內，拉拉史鐵衣袖：「史鐵哥，這裡不同於別處，千萬別讓人看出來。咱們到後邊小閣子裡說去。」

建文帝一夜沒有睡好，精神卻很足。在奉天殿朝堂正中央坐定，看百官階下拜見山呼已畢，滿面春風地問道：「眾愛卿久侯在這裡，有什麼事情要奏議麼？」

齊泰早已迫不及待，大步邁出班外奏道：「陛下，臣今晨一早接到北平八百里密報，稱燕王以慰勞北平駐軍為名，突襲謝貴張並大營。傷亡二百餘人，北平城內人心惶惶，大有戰火將起之勢，城中各路商賈紛紛外流，城內一片狼藉。張謝二都督請示陛下，燕王反心已彰，是否即刻發兵圍攻燕府。」

「哦?!」建文帝顯然出乎意料之外，「燕王倒先動手了麼?謝貴沒說燕王府中兵力怎樣?」

「稟奏陛下，邸報上稱燕王詭祕多詐，將府兵與百姓混為一體，以至官軍分不清哪裡是兵哪裡是民，加之又是小規模接陣，對方底細摸不大清楚。不過據他們估計，燕王兵精將廣，不可小覷。」齊泰邊說邊偷偷抹了把汗。

「哎呀，形勢發展得如此之快！可是朝廷調令雖已發出，各路軍馬尚未集中，有的雖集中起來也是正在行軍之中，尚未到位。這可如何是好？」建文帝臉上的春風一掃而光，雙眉攢起，眼光中滿是焦慮不安。

「陛下，兵部接到謝貴密奏稍後又有燕王奏章專程送到，並呈陛下御覽。」齊泰不待眾人答話，從袖中又抽出一封奏摺，交於侍臣呈上御案。

建文帝眼中流光一閃，顧不得看奏摺，連聲問：「上面怎麼說？」

「燕王在奏摺中備述事情始末，言稱其本意替朝廷慰勞邊兵，送去許多酒肉物資，不料謝貴於轅門之外怒斥其為反賊，不待其分辨便下令捉拿。燕王隨從這才上手阻撓，以至激起兵變。燕王在奏摺中深深自責治府不嚴，謝罪求恕。」齊泰一五一十地敘述一遍，末了忽然激動地說：「聖上，以臣所見，燕王欲反已不必再疑，上回出逃京城便是鐵證，眼下要緊之務是從速商討如何將其制住而不影響大局。」

建文帝沉吟良久才徐徐說道：「那依你所言，燕王所言皆欺君之言了？唉，朕初登大位，本欲一團和氣，燕王卻步步陷朕於不義，如之奈何？」

話音剛落，刑部尚書暴昭出班，手舉一奏章說：「陛下，刑部於昨夜也接到北平布政司飛報，言燕王確實抬酒肉等物一路吹吹打打送到西直門都督府軍營，全城百姓幾乎人人共見。後來也確實在轅門外言語不和，突然火拼。事後燕王府城各門緊閉，此亦百姓所共睹。奏摺在此，望陛下一併御覽，隨後明斷。」說著遞給侍臣傳上。

建文帝聞言臉色又是一轉，掃視著眾大臣說：「看看，看看，一個言之有據，一個其言鑿鑿。朕倒奇怪，既然燕王要反，在府中厲兵秣馬還說得過去，拿著酒肉去軍營何為？唉，朕尋思著，是否流言太盛，諸大臣偏聽偏信，燕王亦有難言之苦衷？」

齊泰、黃子澄、方孝孺暗自一驚，怎麼皇上說著說著變味了？本來是商討如何對北平用兵的，如何卻又回到老話題上，懷疑起燕王是否有反心來了？方孝孺略略一想出班奏道：「聖上，古來有備無患。關乎國運民生之事，當寧可信其有，不可信其無。況燕王不臣之心早已顯露端倪，即便其慰勞邊軍之事屬實，亦不知是其又欲作何伎倆，聖上千萬三思，不可為假象所迷！」

建文帝微皺眉頭，看一眼默不作聲的黃子澄說：「黃卿，朕初登大位時，記得卿說過，四方諸王皆朕之皇叔，他們對朕輩份小卻繼承國祚定懷不滿，朕故而深憂之。後來諸卿皆眾口一詞，言燕王將反，朕觀其言行似乎也像。可如今朕將三紙奏摺對照起來看，忽覺燕王之心撲朔迷離，似在反與不反之間，卿以為如何呢？」

黃子澄也覺得此刻自己該站出來說句話，畢竟自己是朝野盡知的力主削藩的三大臣之一嘛。見皇上正巧問到自己，忙出列拱手說：「聖心明鑒，臣以為上次燕王來京入覲時，葛誠捉拿燕府于諒周鐸作為燕王罪證，燕王如心中無鬼，焉能脫身出逃？其反跡已顯，自不待言。此次他借慰勞駐軍挑起事端，分明使得是快刀切豆腐兩面光的伎倆，既麻痹朝廷鬥志，又探得軍營虛實，其用機之深，足見陰險之處，萬萬不可掉以輕心哪！聖上所言削藩一事，臣以為一國不可二日，枝大易動根底，自然不可不防。削藩勢在必行，聖上不必疑慮。至於削藩當先削誰，臣始終認定燕王勢眾地險，其人城府又深，且素來對陛下有不臣之意，你不削他，他則反你，此乃必然之勢。如能拿掉燕府，其餘諸王則不足慮。所謂捉了菩薩，不怕金剛不服，正是這個道理。聖上雖有仁厚之心，無奈國有兵危之凶，不可不早斷啊！」

見建文帝點頭稱是，齊泰趁機上前一步說：「聖上，是否即刻頒旨天下，言明燕王反叛朝廷，令北平都督軍馬及其附近王師從速準備，盡快圍攻王府，天下之師亦徐徐北進集結，以作後應。」

「這個麼……」建文帝猶豫不決起來，將階下大臣逐個看看，低聲說：「燕王雖有反意，不過惡跡未彰，如空言其反，朕恐難以服眾。再說朕雖皇帝，他卻是皇叔，雖有君臣名分，人倫大義卻難以就此斷絕。依朕看，倒不如姑且忍之，待其反叛動向已明，再征討不遲。眼下各軍按部就班，緊緊圍住北平，使其無所作為，一旦兵刃相見，也不致為害過甚便了。唉，家家門前千丈坑，得填平處且填平啊！」

齊泰等人心中突地一沉，眼看在下邊運籌了半天的謀劃又成泡影。不過見建文帝滿臉淡淡的憂傷，也不好再說什麼，唯唯退至班列。

史鐵用了半晌的時間，將心中積鬱倒得一乾二淨後，暢快了許多，長長舒一口氣終於停下話語。翠紅聞說兩年裡父母雙亡，家中已是物是人非，拿袍袖捂住臉嗚嗚哭個不住。

二人相對唏噓良久，漸漸平靜下來，史鐵抹乾眼淚說：「翠紅，先別哭了，反正事情已到了這種地步，俺也看開了，千死萬死，都是一死，咱就這命，哭破天也沒用。你也想開些，要是讓人瞧見了傳出去，那咱不是就更苦了?!」

翠紅揉著紅紅的雙眼使勁點點頭，喘氣也平穩下來。史鐵見狀跑到閣子外端來淨面水，兩人都草草洗把臉，對坐下來繼續合計。

「翠紅，看樣子你在宮裡過得倒也不差。是不是就打算這樣下去了?」史鐵盯著小閣門口處的珠簾，有些漫不經心地問道。

翠紅知道他是說自己和建文帝的事，臉上一紅，垂頭吞吞吐吐地說：「進到這裡邊，好好壞壞都由不得自己。以後咋辦，俺也說不大準，只怕還是由不得人。」

史鐵有些激動，話音也略略提高了幾分：「翠紅，你知道嗎，潤生為了等你，千里迢迢來到這人生地不熟的南京城，苦苦地煎熬著日子，不就是想早點看見你，接你一起回去?翠紅，你真的把潤生給忘了麼?」

翠紅剛才聽史鐵提到潤生哥倆的事，現在再次提起時仍然渾身一震，說不出話來。

見翠紅不吭聲，史鐵便繼續說：「俺進宮時間雖然不長，可也知道這裡邊的森嚴，不像外頭人想的那樣隨便。不過俺覺得你就不同了，皇上寵信你，還時不時地帶你出宮。翠紅，依俺說，你要是不想辜負了潤生，乾脆跑掉算了，和潤生找個沒人的地方躲起來，安安生生地過一輩子。」

翠紅吃驚地張大嘴「啊」了一聲。從這深院高牆中逃走，這是翠紅從未想過的。

「史鐵哥，你知道，皇宮不同於別處，想溜出去怕是萬萬辦不到的。偶爾隨皇上聖駕出宮，也是被護衛團團圍住，哪有半點脫身的機會哪！再說，皇上也……」她忽然閉住嘴沒往下說。

然而史鐵已經會意，騰地上來一股火氣，卻又不便發作，壓抑著沒好氣地說：「好，好，俺明白了，皇上有錢有勢，你在這裡不愁吃不愁喝，宮女太監們整日裡侍侯著，過舒服了是不是？翠紅，人都想讓日子舒坦點兒，這也不能怪你。可是你想過沒有，俺成了今天這個樣子，你姐姐流落到北平孤零零一個人，還有你爹娘接連過世，都是皇上一個人搞的呀！要不是他下詔書四處選秀，咱們在家鄉平平靜靜過日子，能落得家破人亡四散流浪嗎?!俺恨透了這個人模人樣的東西，這次進宮來俺就是要……」

他忽然覺得有些失言便改口道：「翠紅，俺聽許公公說過，皇上寵愛的妃子沒有一個善終的。別看他現在對你好，用不了多久，再有個更年輕漂亮的進來，他也就把你扔到一邊給忘了，讓你在冷宮裡頭人不成人鬼不成鬼。再說皇后那邊也饒不過你，皇上整天來這屋裡，皇后早就眼裡冒火了。昨天還在許公公跟前發牢騷呢！翠紅，俺算看透了，這裡的皇上大臣們一個個滿口什麼道啦義啦，其實沒幾個好東西……」

翠紅沒料到史鐵突然來這麼大火氣，驚慌地站起來朝外看看，壓低聲音說：「史鐵哥，俺真的沒那負心的意思，有話咱們慢慢說，你可別由著性子來，讓人聽去了可了不得，那是大逆不道，不得好死的！」

史鐵冷笑一聲：「你活得正舒服，自然怕死。俺已經什麼都沒有了，又是死過一回的人，怕什麼?!實話告訴你，俺這次進宮就是為了算個總帳……」

史鐵胸中像有團火被點燃，越燒越旺，口中也少了遮攔。不料話剛開頭，門外宮女慌裡慌張闖進來說：「娘娘，皇上已經散朝了，讓身邊那個叫青嬌的小太監過來傳話，請你到御膳房陪侍用膳呢！」

翠紅臉上發燒，慌亂地看了史鐵一眼，史鐵黑著臉，鼻孔裡冷冷「哼」一聲，轉過臉去。

葛誠趁著混亂進到謝貴營中，望著營門前遠遠近近橫七豎八的屍體和大小不一的灘灘血跡，混亂的衝殺聲似乎還在耳邊轟鳴。

他心緒亂糟糟地看著腳下破碎成各種形狀的酒罈，隱隱中有種迸裂般的疼痛。捫心自問，這次做的是對還是錯?雖說在為朝廷著想，可是燕王仍然沒抓到，這些將士卻白白地就此丟了性命，還讓滿城百姓親眼看到燕王如何既大方又忠心，相形之下，朝廷反而是在無緣無故地挑起事端。唉，不管怎麼說，又輸一著啊!有一刻葛誠忽然懷疑自己是否真的只是個無用的書生，所有謀劃都只不過是紙上談兵?

當被派出去的士兵回來稟報說他們遲到一步，葛誠家中已讓燕兵洗劫一空，林兒也讓抓進燕府中時，葛誠更是坐臥不寧。當初只想這回是志在必得，為什麼就沒預備萬一失策呢。林兒倘若提前送至別處，豈不更好?都怪自己希圖將兒子放在家中來穩住燕王，不使其看出破綻。可如今，竹籃打水!林兒進了燕府，必然凶多吉少，不定遭什麼罪呢。可憐他從小就沒了母親，自己近在咫尺卻無從解救。唉！

葛誠越想越覺得痛徹骨髓，站在營門前太陽下兩眼發直。

「葛大人，別在這裡乾曬，快進帳中涼快一會兒，」謝貴忙於安頓傷兵，這時才想起葛誠來。

葛誠面如死灰，有氣無力地長歎一口氣：「唉，功虧一簣啊。天不佑我，致使功敗垂成！」

謝貴剛剛換上便裝，擠出一絲笑容說：「葛大人不必自責，自古道謀事在人，成事在天，燕王仍在北平城中，不怕他飛到天上去，捉他的機會有的是。」

葛誠仍歎息連連：「謝將軍所言果然不差。可是一朝遭蛇咬，燕王必然警覺百倍，下次再圖智取就更不易了。況葛某已不能再回府中，燕府再有什麼計謀便無從得知，有負朝廷重託，慚愧呀，慚愧！」

剛剛交戰過，謝貴似乎有些疲憊，心不在焉地應道：「葛大人不必焦慮，此乃大事，須慢慢計議，圖謀個萬全之策才是。我即刻密奏聖上，看他如何裁處，倘討伐令一下，我等定應聲而起，攻克燕府！」

將佐彭二匆匆忙忙從他們身邊走過，見謝貴和葛誠在一起，便衝謝貴說：「謝將軍，你大概還不知道，葛大人的兒子讓燕兵給抓走了！」

「哦！」謝貴聞言一驚，「葛大人，確有此事？」見葛誠臉色陰沉得快要下雨，狠狠一跺腳說：「他娘的，怎麼不提前接到營中來？」

彭二攤手無奈地歎口氣：「去了，可惜朱高煦那傢伙回到府中立刻又折出來，直奔葛大人家中，等我們的人趕到已經遲了。」

謝貴站住腳看看葛誠：「那，那怎麼辦，要不咱們叫起全營兵馬，圍住王府殺進去，一來奪回公子，二來拿住燕王，索性來個痛快淋漓！」

葛誠忙搖手止住：「使不得！王府兵力不弱，加之府城易守難攻，恐怕加上北平城外的軍隊也未必能夠全勝。並且朝廷並未下旨討伐燕王，邊軍豈可輕易開戰？一旦戰端由此而開，有違聖意，擔罪不起啊！」

謝貴頓時洩氣：「皇上也不知怎麼想的，一面下密旨要我等見機羈押燕王歸京，一面又不發明令征討，只是緩緩集結軍隊。這圍而不攻，搞的是哪一套？見機見機，他鑽到府中，除非攻殺進去，哪有什麼機可見！」

葛誠站在大帳前的陰影中低低說道：「謝將軍不了解朝中實情。聖上仁心甚重，不願落個征討自家叔父的罪名，卻又對其放心不下，故而形成這種欲要捉拿又不先發制人的局面。可惜葛某智短，未能遂了皇上心願，反賠上林兒，不知他如今吉凶如何。唉！」說到痛心處，一陣長歎。

彭二插言道：「聽說各路大軍陸續開拔至北平周圍和山東河北一帶，總數不下二十萬，是否布置完畢後便有開戰令下達了？」

謝貴沒有答話，葛誠仰視著不知什麼時候陰下來的天，輕輕說道：「唉，聖上之心，密雲不雨啊！」

話音剛落，一陣沉悶的雷聲轟隆隆從頭頂滾過，斗大的雨點劈里拍啦應聲撒下。

葛誠等人忙閃進帳門口，有幾個雨滴落進葛誠的脖子裡，感覺冰涼異常。稀疏的雨滴打在浮塵上，濺起朵朵灰黃色土花。空氣中瀰漫著濃濃的土腥味，風裡沒有一絲清涼，反而讓人覺得更加鬱悶。

兵營中士兵們忙忙碌碌，跑來跑去收拾器械，打掃戰場。「這雨下不了多大會兒，不礙事的，」謝貴望著烏雲間隙處露出的塊塊青天，自言自語。「哎，對了，張將軍傷勢如何？」葛誠這才想起來，忙問道。

「手腕處挨了一槍，不礙事的，待會兒過去瞧瞧，」謝貴故作輕鬆地說，隨即將葛誠拉進大帳裡側並肩坐下說：「葛大人，經過這一回，咱們與燕王是勢不兩立了。既然如此，不如送佛送到西天，為朝廷立他個奇功。此計不成咱們再生一計。同在北平城中，又有兩三萬士眾，總該有機會拿住他！」

葛誠雙眉緊攢，有些垂頭喪氣地說：「剛才葛某已經提起過，燕王生性狡詐，經此一難，只怕心驚膽寒，龜縮在府中再也不敢出來了。並且葛某身分已明，一出營門就會被燕府探子捉去，也只能龜縮在營中。似此情形，縱諸葛在世，也無計可施啊！」

「話雖這樣說，不過剛才謝貴倒忽然想起一個人來，如果運用得當，說不定這奇功仍能拿在手中。」謝貴望望帳外，彭二已經忙活去了。

「誰？是軍營中將佐還是燕府中朝廷臥底之人，葛某倒一時想不起還有這等可用之人。」葛誠話語中有了點精神，不過心裡仍未抱多大希望，擺出一付姑且聽之的架勢。

謝貴注意到葛誠將信將疑的神態，反而更有信心地說：「葛大人怎麼忘了，帳下有一將佐名叫張信，此人先前曾在燕府中任衛士隊長，頗得燕王信任，聽說與燕王私交也不錯。後來調入北平都督府，現就在帳下。因其脾性太過耿介，與眾人不大相睦，一直未得重用。」

葛誠驀地想起來。確有這個麼人。與他雖未深交，卻也是見過幾面，彼此有些熟識的。關於他與燕王私交甚好的傳聞，葛誠也聽說過。只是他有些懷疑，既然張信已入朝廷營中，燕王還會相信他嗎，憑張信脾氣，會願意效勞嗎，即便一切都順利，憑他一已之力，又如何能在燕府中捉住燕王呢？

謝貴見他一臉疑惑，不急不躁地笑笑說：「葛大人，這件事剛才我已想過了。張信在燕王府中任過衛士隊長，燕王府中不乏其私交甚密之人。張信又因不得重用而鬱鬱不樂，如能奏明皇上，特降一旨升其官職，他定然欣喜異常，樂得賣命。以他與燕王私下交情，進入燕府自然不成問題。倘能使他以厚幣暗中聯絡舊時部下，時機成熟後，就於燕王內室中趁其不備，來他個擒賊先擒王，任他燕府精兵良將再多，也不敢上前救那刀架在脖子上的燕王。如此一來，不費一兵一卒，不驚城中一民，大功成矣！不但奇功可立，也能成為千古美談。葛大人以為如何？」

葛誠聽到半截神情已是振奮許多，坐直身子說：「這倒可以試試。你可與張信提起過此事？」

謝貴頗有些得意地說：「這是剛才和葛大人站立在營外時忽然想到的。葛大人看，此事該如何向張信提及才較穩妥呢？」

葛誠撚鬚站起來在營中踱兩步，試探著說：「若依葛某人看麼，張信此人似乎頗有些脾性，況此事非得他欣然答應才能辦成，倘若和他說僵，反促使他投靠燕王，豈不是畫虎不成反類犬了?不如先不讓他知曉，我即刻將此計的來龍去脈奏明聖上，請聖上直接發給他一封密旨，對其晉官加爵，好言相撫，言明要他所辦之差。到時他必然受寵若驚，焉有不肯盡力之理?」

謝貴一聽拍手笑道：「葛先生果然不愧足智多謀，一言便可使事情穩妥成功。奏章之事就有勞葛先生了，寫罷我用八百里急報送出去，不日便有回音。張信一旦在眾目睽睽下從王府裡將燕王押解至營中，朝裡不定會將咱們傳得有多神呢!走，咱們去看看張並罷。」

二人一同走出大帳，果然已是雲住雨收，熱辣辣的太陽逼得剛才的一點潮氣嫋嫋上升。不知怎的，一看到來來往往的兵丁，葛誠忽然想起自己尚不知死活的兒子，興奮的心陡然涼下大半，怏怏的簡直邁不動腳步。

不寒亦瑟冷浸骨

葛誠的奏報發出去了不少時日，估計也快有回音了。可是正當葛誠等人萬分熱切地期待時，有個消息忽然而至，讓葛誠及營中大小將佐兵丁乃至全北平城的百姓頓時懵住。有消息傳出，燕王自那日慰勞不成反而打了一仗後，回府中沒幾天便癔症發作，突然瘋了!

不知消息首先自何處傳出，總之一陣狂風般迅速捲遍整個北平城角角落落，男女老幼無不知曉。

「哎呦，你們不知道，那個慘呦，堂堂一個王爺，當今皇上的親叔叔，給這麼一折騰竟發了瘋。聽說還挺厲害呢，饑飽都分不清，冷熱都覺不得。大熱天屋裡還生著爐子，蓋兩床被子還嫌冷。有時候一天只吃一頓飯，有時候就吃十頓八頓，走著走著往路上一歪就睡覺。唉，可憐！」

一時間北平城中大街小巷，市民院落，到處都能聽到這種差不多的議論。市民們茶餘飯後的談資一下子增加很多，從前幾天燕王慰勞邊軍時如何威風凜凜，說到不知怎麼著突然翻臉幹起仗來，再就說到打仗如何害怕，如何好看，如何過癮，最終總要說到燕王如何發瘋，然後互相感慨一番。幸而北平城中錦衣衛們的行蹤較少，大家議論時可以放開嘴巴。

這些議論也很快傳遍整個軍營，操練之餘，營帳內、樹蔭下，兵丁與兵丁、將佐與將佐，話題總離不開這件奇事。當然，從心底感到震驚覺得不可思議的還是葛誠。在燕府幾年，從來還不知道朱棣有這麼個病根。他實在想像不出強壯如牛的朱棣竟然能發瘋。

可是傳言如此之盛，說得有板有眼，不容他不信。要是真瘋了的話，自己定的計謀又該如何處置呢？揣著滿腹心思，葛誠小跑著從兵營西北角自己的住處來到都督大帳。兵營雖然不大，但六月裡正午時分，頂著烈日跑過大半個軍營，葛誠的衣服被汗沾在了身上，手扶大帳前的纛旗旗杆幾乎透不過氣來。

「葛大人，大熱天的何必跑這麼急？」大帳門口處的衛士最先認出葛誠，幾步跑過來將他扶住。謝貴張並二人正在帳中議事，聞聲也走到門口向外張望。張並右受臂上吊著繃帶。

葛誠半倚在椅子上呼呼直喘，張著嘴像馬的鼻子一樣向外噴熱氣。「快弄盆淨面水來，葛大人洗一洗就好了。」謝貴有些憂鬱地看著葛誠，大手一揮說。

清涼的水撲打在臉上時，猶如悶熱的屋裡突然撐開幾扇窗戶，葛誠渾身頓感輕鬆許多。

「葛大人，風風火火地跑來，一定是為了燕王發瘋的事吧？我和謝將軍合計多時了，正想到後邊找你呢！」張並側身坐在葛誠身邊，紮繃帶的膀臂彆扭地搭在扶手上。

「看來燕王發瘋的傳聞整個北平城已是人人盡知了，二位將軍對此事有何感覺？」葛誠挨個盯住他倆，迫不及待地問。

「瘋了？哼，我看誰要是相信誰才是瘋了呢！」張並忽然間像在和誰生氣，「他這一套小把戲只能騙騙三歲小兒，好端端一個兇神惡煞的大活人，說瘋就瘋了，哼，誰信！」

謝貴卻不似他那麼認真，斜眼看看張並說：「看把你氣的，既然傳言如此洶洶，總會有些根據嘛！燕王要是真瘋了呢？一個大活人別說好端端的能瘋了，就是一夜之間不會喘氣的事兒也多的是嘛。況且，瘋了豈不更好，省得朝廷拿他當個熱雞子似的，吃又吃不下，扔掉還不放心。」

張並白了謝貴一眼，沒吭聲。

葛誠連日來臉色一直很蒼白，剛才經太陽暴曬過，反而紅潤許多，輕撚幾下短鬚緩緩說道：「謝將軍又說笑話了。燕王這一瘋，倒讓葛某想起一個人來，雖說已過千載，卻何等相似乃爾。」

謝貴張並齊聲問：「葛大人說的是誰？」

葛誠僵硬的臉上泛出微微笑意：「便是那篡奪了漢祚的司馬懿。司馬懿為蔽人耳目，假作癡呆，賺得曹洪粗心大意，率滿城心腹到郊外圍獵。結果給了司馬懿可乘之機，以至於自己落了個兵敗身死，徒為千古笑料。唉，沒想到千載後燕王卻又伎倆重施！」

張並見這話正說到自己心上，眉開眼笑地說：「我也是這麼說的，燕王跟朝廷玩起了三尺小兒的把戲，能騙過誰去！虧他身邊還有個叫什麼衍的高僧！」

謝貴看看二人說：「既然葛大人也如此說，那咱們還按約好的辦。等朝廷密旨一到，便聯絡張信，出其不意拿下燕王！」

然而北平城中傳聞卻越來越盛。個個講得活靈活現，連燕王內室裡生上了爐火，暈頭暈腦地在府中什麼地方連摔兩個跟頭，頭都磕破了等等細節也講得頭頭是道，不由你不信。傳聞漸漸溢出城牆，流到郊外以至更遠的地方。傳言一旦出了城，便迅速變成烈火，以燎原之勢加倍蔓延開來。朝廷密旨仍未到達時，大江南北已人人知道皇上的四叔在北平發了瘋病。

燕王府內興聖宮深處，朱棣正似笑非笑地盯著垂手而立抖動不已的翠環。目光最後落在她已明顯隆起的小腹上說：「孤念你是周王府中的舊人，故而倍加善待。你若另有隱情，切莫隱瞞。當初你曾說金忠調戲你，如今看來，莫非他得手了?!」

羞辱和憤怒頃刻間交織在一起湧上心頭，翠環漲紅臉，眼睛快要噴出火來，倒退兩步連連驚呼：「不，不，不是！」

朱棣似乎並沒注意到她的變化，欠欠身子仍緊追不放：「那你老實說，是誰的？怎麼回事？總不至於是周王的吧？你大概已有一年沒見過他了！」

怎麼辦？翠環的嘴唇咬出血來。看來金忠並沒有把自己和史鐵的事說出來，那如果供出是史鐵的，眼前這個王爺會怎麼樣？要知道自己已是周王的人了，燕王也正因為這個才如此善待自己。可是自己懷的卻是別人的孩子，這在最講臉面的王府中意味著什麼，翠環自然多少明白一些。一旦說出實情來，怕連自己和孩子都難保住。可不說實話，又能往誰身上推呢？

朱棣毫不退讓，虎視眈眈地如同注視著一隻即將癱作一堆的小羊。翠環覺得自己忽然間成了一個沒有筋骨的雪人，在這六月驕陽的烘烤下，從裡到外濕淋淋的，漸漸化作了虛無。

「怎麼回事？快些來人！」兩個婢女應聲從屏風後轉出來。朱棣望著面色蒼白癱軟在地的翠環仍然怒氣沖沖，「先將她扶回房內去，小心看管好了！」

忙中偷閒審的一樁疑案沒問出個頭緒來。朱棣雖然並沒有多看重這件事，不過原來設想好的將翠環作為一面旗幟，一面皇上如何逼迫得皇叔們家破人亡的活生生的旗幟卻打不成了，令他多少有些喪氣。

金忠悄無聲息地走進來，抖動靛藍色薄紗袍上前請安。躬身乾咳一聲說：「王爺，按您的吩咐，傳言都放出去了，如今聲勢越造越大，恐怕京城裡的皇上也已知曉了呢！」

金忠這話外邊的探子們早已稟報了多次，朱棣沒有過於理會，冷冷地讓他坐在側面說：「金忠，你該不會快要有兒子了吧？」

正等著領受誇獎的金忠頓時一頭霧水，沒聽清似地說：「王爺……王爺說笑話了不是？金忠孤身一人浪跡江湖大半生，蒙王爺恩寵，得以入住王府，不過仍是單身一人，哪來得子之說？」

朱棣「哼」了一聲，咧嘴笑笑：「金忠，你不是還有個外宅麼？那邊可曾養過什麼嬌貴寵物啊？」

金忠自然想到翠環身上。看來朱棣到底還是要斥責發難了。不過當時並未得手，哪來什麼兒子？金忠迷惑不解，期期艾艾。

朱棣卻無暇盤問，話鋒一轉說道：「金忠，此事先放下不提。既然本王發瘋之事已然傳開，朝廷方面不日定有回應。你統領府中諸事，萬勿大意。嚴守府門，將佐閒雜人等無論何事都不得邁出半步！」

金忠長舒口氣，唯唯連聲。朱棣意猶未盡，想想又吩咐道：「二世子高煦性情急躁，倘遇官兵挑釁，難免意氣用事，你可看緊著些！」

月華清涼，細風如水。仲夏初夜，一天中最愜意時分。張信腳步快快回到北平都指揮司後院自家宅院中。

院落不大，矮矮三開間北房，與門洞只隔一棚葡萄架。張信邁進屋內，裡面燈影幢幢，一雙兒女緊挨母親坐在桌邊，單等著他回來開飯。

三雙眼睛注視中，張信看到自己的影子高大而沉重。婦人似乎覺察出一絲異樣，話語便比平日更加低柔：「今兒回來晚了？快吃飯罷。麗兒和平兒等得怕快要瞌睡了。」

張信逕直走到條桌旁椅子上坐下，心不在焉地說：「那就快吃吧，我剛在衙門吃過了。」

條几上燈盞滋滋響著，火苗輕巧地跳動不已。張信迎著火苗沉思片刻，伸手將那塊疊得方方正正的黃絹拿出來，小心翼翼地展開，濃墨小楷分外醒目：

「朕念張信愛卿一向有忠於朝廷，司職諸事俱深孚眾望。欣慰之餘，特敕封卿北平都指揮僉事，居正三品。望卿再勵不已，勿失朕望！欽此。」

簡短幾句話讀過數遍，早已背熟，但張信仍然看得一字不漏。還有一塊同樣大小的黃絹，張信打開來鋪在剛才那塊上邊，同樣分明的濃墨小楷：

「燕王朱棣，自朕登極以來，深懷不忿，屢違祖制。朕本欲寬宥，奈何於國於家，其罪難容。朕為國本民生所計，免動干戈，只密令卿潛入燕王府見機而作，務必捉拿朱棣歸案。卿之忠勇，朕深信不篤。另有旨與都督張並謝貴，卿可依之。欽此。」

看罷小心疊好了，復揣入懷中。張信凝視著燭光，紫色面膛「川」字緊鎖。細細想來，北平都督營中，自家不過是個不起眼的將佐，密捕燕王這等重任怎麼會落到自己頭上？莫非只因當初在燕王手下當過差，朝廷疑我，以此相試探？張信想想搖頭自覺不然，以自己身分，懷疑也輪不著皇帝懷疑。

看來朝廷委予重任是真。想至此，張信稍覺安心。可是虎踞深山中，擒之談何易呀！況且燕王一向待己不薄，倒是自打入了北平都督營中，屢受壓制，肚裡窩著不少的氣。退一步講，密召中提到逮捕燕王不僅是國事，亦關乎家運。既是皇族家事，自己插手過甚，是否會有好結果？

張信思忖良久，燈影中影影綽綽，愈顯得屋內狹窄低矮，讓人憋悶得喘不過氣來。麗兒平兒見父親今日悶悶不樂，乖巧著不敢多吭一聲，扒淨碗裡的飯輕輕回側房睡去了。婦人猶豫半晌終於問道：「瞧你沒頭沒腦的虎著臉，哪裡遇到了煩心的事？」

張信壓住煩亂，不屑似地答道：「都是些衙門裡的官事，說出來你能管得了麼？」

婦人知道他的脾氣，倒並不惱，依舊柔柔地說：「常言道除死無大災，官人不必如此憂悶。有何難事說出來，縱然我見識短淺，說不出道理來。母親當年隨爹爹南征北戰，什麼沒見過？老人家能給你說出來個七七八八也未可知。」

「拍」地一聲微響，張信眼前隨燈光的跳躍突地一亮，失聲說：「是了，爹爹在洪武朝做寧王衛指揮僉事時，母親相隨戎馬幾十載，倒經歷過不少戰事，也算見慣了刀光劍影。我這煩心事，也只能找她商計了。」

說完才想起來問道：「母親呢，怎不見她一道兒吃飯？」

婦人見張信回過神來，便安心許多，略含笑意地說：「自家親娘，怎麼到有用時才想起來？母親用飯早，趁涼快先歇息去了。要不我去叫，大半兒還沒睡下。」

張信聞言也笑道：「爹爹去得早，哪日進門不是先請母親的安？今兒心中有事讓糊住了。也罷，你過去看看。」

張信母親年屆花甲，斑斑灰白頭髮盤了大髻綴在腦後，幹練俐落。精神也還矍鑠，雙眸映著燈檯光亮閃閃。老婦人一手扶住兒媳，走到條几一端坐下，笑吟吟地瞅著臉色凝重的兒子：「信兒，自打你承襲父職，娘隨你來北平這幾年，也沒見過什麼坑兒坎兒的。你性子直娘知道，現今耿直人吃不香，你升不上官去，娘和媳婦也不曾怪你，何苦跟自己過不去?」

張信苦笑一聲說：「娘，看你想到哪兒去了。你這話兒子不是不知道，現世道就是這樣，我幾曾為這嘔氣來著?只不過……」

話未出口張信又有些疑慮，關乎身家性命的大事，與年邁的老母商議，能得出個好主意麼?可不與她說，又能說與何人呢?

見張信欲言又止，老婦人不樂意了，拐棍輕敲地面虎著臉說：「看看，看看，什麼大事連親娘老子都生分了!你爹死得早，這家裡能替你拿主意的還有誰，不就我倆婦道人家嘛!天大的事你說出來聽聽，不動兵不動槍的，誰還能要了你的命去!」

張信被這話一激，不再猶豫，一邊示意婦人到大門口望風，一邊脫口說道：「娘啊，這事兒還真的關係到咱家的性命哪!」伸手掏出那兩塊黃絹，明知老婦人不識字，仍仔細展開了說：「娘，你看，這是皇上親筆寫下的聖旨，上邊蓋著玉璽大印。當今皇上雖說和燕王是叔侄，可倆人卻互相猜疑。一個因為沒當上心裡憋著氣，一個則害怕坐不穩江山。今天兒子接到密旨，要兒子混進燕王府中，瞅機會將燕王逮住押解至京師。兒尋思著燕王對咱無仇有恩，這樣做實在不講道義，萬一抓不住燕王反而落個身敗名裂，有辱先人。可不遵旨呢，也脫不了個死罪，真是左右為難，又不能給別人說，唉!」

老婦人聽得很仔細，細密的皺紋更顯深刻。待張信說完後尋思半晌，忽然長長歎口氣說：「自在不成人，成人不自在呀!你爹當年也沒少碰見這些進退兩難的事。為娘不明白，這麼大的事怎麼會不偏不倚正好落到你頭上呢？」

張信想想說：「大概因為兒子當年在燕王府中當過差，和燕王比較熟識。至於皇上怎麼知道的，兒子也委實奇怪。」

老婦人沉沉地點點頭：「雖說能奉皇上詔書辦差是件榮耀的事，可這分明是把你往虎口裡推呀。莫非你和上司結下了仇？」

「兒雖耿直些，看不慣那些人的做派，彼此有些疏遠，但仇卻是沒有的。」

「那詔書上就讓你一個人去辦，再沒提到別人？」

「有。詔書上說讓兒一手辦理，都督張並謝貴也另有密旨，助兒成事。」

「唔，」老婦人臉色漸漸明朗起來，聲調也輕鬆許多。「既然有比你官大的人蓋著，你何苦急著攙和人家皇帝家裡的事。俗話說家裡打架外人拉，到頭外人滿臉疤。兒啊，叫為娘說，你不用急也不用愁。沒事兒一樣該幹啥幹啥，拖一拖自有人想辦法。」

張信琢磨片刻覺得也只能這樣，滿天愁雲頓時散去大半。一臉喜色地說：「家有老是個寶，娘要是不說，兒還真不知道怎麼辦哪！如今既不能不忠，也不能不義，乾脆就一個字，拖！」

謝貴張並接到密旨已有好幾天了。按他們估計，張信早該來找他們。然而出乎意料，張信進進出出，一副若無其事的模樣，葛誠他們不由暗暗著急。

天氣愈熱。雖然有風，然而除了風中黃沙迷眼磣齒外，絲毫不解暑意。打探消息的兵士回來說，燕府四門緊閉，前幾日有百姓在街中見燕王瘋瘋癲癲，胡亂搶店鋪裡的東西，而今被衛士關在府中已沒了聲息。

「葫蘆裡到底賣的什麼藥?!」北平都督軍營大帳，謝貴在張並和葛誠面前走來走去，嘟嘟囔囔。葛誠知道，謝貴既看不透燕王，也在埋怨張信。他心裡其實更著急，自己和燕王明顯為敵，兒子又在人家手裡不知死活，事情當然盡快了解了更好。

張並按捺不住，騰地從座中站起來，衝轅門外的衛士喊道：「快去，叫張信來這裡相見！」葛誠下意識地擺擺手，覺得似乎不該如此鹵莽。畢竟，是叫人家去冒九死一生的險嘛！不過又覺得總這樣也不是辦法，猶豫之際，無力地垂下胳臂。

張信知道事情終於拖到時候，決定生死的時刻就要來了。硬著頭皮進帳見禮時，除葛誠勉強一笑外，張並謝貴緊繃著臉，好像在和自己嘔氣，冷冰冰地說聲：「張將軍來了?坐！」

張信只裝作沒看見，悶著頭在末端椅子上坐下，一無所知似地看著他們三人。半晌無語。

葛誠輕搖羽扇緩緩說道：「張將軍向來耿介，這是人所共知的。我等也不是外人，不妨開門見山，直言相告。燕王朱棣不安王位，多有不臣之舉，北平城中乃至大江南北已是人人盡知了。聖上對此頗感棘手，卻苦於計無所出。幸而想到將軍忠勇可嘉，堪當重任，又係燕府舊人，遂委心於將軍，詔書中所言，想必將軍看清楚了?」

張信聽出話中頗有責怪之意，便也略作忿忿不平地說：「葛大人，張信雖一介武夫，聖上的意思還是能讀明白的。只不過此事干係甚大，不得不謹慎籌劃。信久離王府，個中情形一時難以弄清，故頗費時日，還望葛大人與二位將軍明察協助才好。」

張並「哼」地白了他一眼：「張將軍不是甚得燕王信任麼？以昔日心腹身分再混進府中，哪用得了這許多周折呢？」

「這幫傢伙只知發號施令，全不管別人死活。難怪平日不拿正眼瞧我，說到底還是外氣咱。」張信閃過這樣一個念頭，騰地有股火氣湧上心頭，鐵青著臉說：「可惜咱是關大王賣豆腐，人硬貨不硬。空稱將軍，武藝卻平平，縱入得燕王府中，單槍匹馬，無異於羊入狼口，恐怕於事無補，白搭上一條賤命。二位都督不作接應安排，張信一人，怎能奪得這等蓋世之功?!」

張並謝貴不料朝廷封官許願之後，他依舊脾性未改，吃了他一頓搶白。尷尬得面紅耳赤，額頭上流下汗來。

謝貴怒睜雙眼，正待發作，葛誠生怕事情弄僵，忙搶過話頭笑吟吟地說：「張將軍所言極是，這正是我等失慮之處。大明朝的興衰全繫將軍一身，任重於泰山哪！也罷，將軍有何難處，所需何物，儘管道來，我等自當細細商計，以確保將軍萬無一失。」

然而葛誠一番自以為貼己的話，愈使張信反感。他一口一個「我等」，不是明明拿我當外人麼？不過衝著葛誠一臉笑意，張信不好使性子，甕聲甕氣說道：「以信所見，前幾次鬧騰得不亦樂乎，燕王已對朝廷有所戒備，急切間恐難以圖之。不若兩下相安無事，略待些時日，彼此心下鬆懈了，我再見機行事，方有幾分把握。」

「什麼？略待些時日，略待些時日燕王早起兵造反了，還用得著你嗎?!」謝貴終於忍不住，霍地站起，盯著轅門外白花花的陽光，雙目灼灼地大叫道：「張信，你分明是抗旨不遵，分明是明哲保身！朝廷升任你為三品指揮僉事，可以和我等平起平坐，難道是要你坐在家中等待時日嗎?!」

面對咄咄發問，張信臉上再掛不住，也起身抗然說道：「那以都督所言，張某只有貿然進燕府，枉搭上性命才算忠心了?!張某與都督有何冤仇，非得置張某於死地而後快呢?!」

「這……」謝貴一時哽住。張並見狀氣咻咻地起身來幫腔。

葛誠不曾料到鬧到這種地步，生怕再爭下去不好收場，忙側身橫在三人中間擺手苦笑道：「你等武將，為何都是愛在心裡卻狠在面皮。同是為國分憂，幾曾有甚麼私人恩怨?!罷了，罷了，今日暫不議事，張將軍且請回去，待消氣之後再作計議。」

張信原也不想爭執下去，他深知朝中大臣慣寫密摺彈劾他人，爭下去只會引火燒身。便借機衝葛誠一抱拳：「葛大人明察，某剛才所言句句實情，等計議妥當再行事不遲。在下先行告退！」

通通的腳步聲漸漸遠去。張並謝貴氣還未消，哼地壓在椅子上，椅子似乎斷裂似地吱呀尖叫一聲。

「這傢伙，死不改脾性，天生不叫人喜歡的種！」謝貴狠狠地衝張信剛坐過的椅子撒氣，「你以為真就成三品大員了麼?那不過是哄你這條狗的一根骨頭！待咬完了人後，本都督非得打斷你的腰不可！」

葛誠神色凝重憂慮，暗歎口氣說：「二位既知他脾性，何不寬容些也好促成此事?犯人殺頭前好歹還賞杯酒呢，何況要他入不測之地?」

張並謝貴聞言也隱生悔意，半晌無言。帳內熱氣撲面，三人連氣帶急，不住擦汗。有識眼色的親兵慌忙端來清水，依次沖洗後才覺神情爽快一些。張並看看二人說：「費這許多勁，還驚動了聖上，才把張信籠絡住，轉眼又給氣跑了，萬一聖上怪罪下來，這可如何是好？」

謝貴看看葛誠，葛誠手撚短鬚思忖片刻說：「此事既已實施，又驚動了聖上，萬不可半途而廢，燕王之命，還應該斷送在張信手上！」

謝貴撩開袍襬搶著說：「可那小子半推半就，軟硬不吃，能指望得成麼？」

張並怒氣又上來，氣哼哼地說：「咱們已將他推薦給聖上，旨也下了，官也封了，總不能再上奏摺請求換人吧？須知天子無戲言，可不是小孩子過家家！」

葛誠點頭同意：「張信此人性情剛烈，最講個義字。咱們催逼不成，不妨再上奏摺，請皇上再發密旨，到時候二位將軍好言相勸，調兵相佐，軟硬兼施，不怕他不賣力。如果此舉成功，二位將軍就立下蓋世奇功了！萬望用心。」

張信回到本帳，心緒也久久難平。雖說密旨中將自己晉封為三品指揮僉事，品級與謝貴張並無甚差異，但自己仍不過是人家帳下一員將佐，加封之事徒有虛名。即便五品的燕府長史葛誠，見到自己不仍以大人自居嗎？聖上加封，不過想要自己為他賣命而已。可這般提著腦袋的活計，僅僅換個三品虛銜呀！況且燕王以前待己不薄，比在兩個都督手下當差痛快得多，無緣無故去抓他，能算義嗎？

滿腦子亂糟糟的，張信竭力平靜著，他想起那晚母親臨走時撂下的一句話：「孩兒呀，再煩心的事到頭來總會有個結果的。」

然而結果的到來比預料似乎更快。又是皇上密旨。那晚夜色依舊，張信端坐在自家條几前的燈下小心地將那方黃絹展開了：

「愛卿張信素以剛勇稱著，焉何遲遲不遵旨而行?昔時韓信推衣解食而知恩，張愛卿獨不願略入險地而解朕之憂乎?」

濃墨小楷，在燈下顯得有些刺目。密旨上的意思同張並謝貴所說的相差無幾，分明是攛掇好的。反覆看過幾遍後，胸中火氣又突地騰起。「他們明明不相信我，卻又迫不及待地要我賣命，我的命就如此不值錢麼?」

妻子兒女已經睡去了。張信焦躁地在狹小的屋裡踱來踱去，建文帝何等模樣他沒見過，可是張並謝貴二人冷冰冰中夾雜著不屑的臉總在眼前晃來晃去。葛誠倒似乎忠厚些，可還不是把自己當作手中的一柄劍來使?

「既然這幫人不愛惜自己，共不得事，不如索性投了燕王罷?」

這個念頭忽地劃過腦際，張信被自己嚇了一跳。「投燕王，那豈不是反叛?燕王固然待我不薄，可他畢竟只是個藩王，算不得正統，投過去豈非眾叛親離，辱沒了祖宗，我卻萬萬做不得的。」張信搖搖頭，竭力說服自己。

眼下能給自己拿主意的也只有老母親了，她已在另間歇息，張信不想拿這些煩心事打擾她，想想還是等等看，據張信估計，葛誠和兩個都督實在等不及時，總會替自己想辦法的。

看看仲夏將過，熬過中午時分，天氣便不那麼熱了。然而葛誠等人卻日益焦躁。葛誠甚至有些後悔，不該弄這麼個主意，更不該驚動聖上，以至於如今上不能上下不能下。張信一連近兩個月沒動靜，自己這邊卻欲罷不能。

「葛大人，張信那小子又似沒事的一般，催又催不得，一催促準得又鬧僵，這可如何是好？」張並謝貴相攜來到西北角葛誠小帳內，未及答話張並便嚷叫起來。

葛誠一向自以為韜略不少，到此時忽覺腹中空空，計無所出了。皺眉撚鬚喃喃說道：「張信怕死，首鼠兩端，徒急無奈呀！」

謝貴拉過椅子坐下，順手抄柄竹扇狠搖幾下說：「叫我看，猴子不上竿，還是鑼敲得不緊。掐住那小子死穴，不由他不聽話，保管叫他幹啥他幹啥。」

無意中一句話提醒了二人，葛誠在旁側坐下細細想著說：「但凡要拿住某人，須得找他怕處。世人皆有四大怕，民怕兵匪搶，官怕烏紗丟，窮怕常生病，富怕賊人偷。這張信不窮也不富，說是官吧，那三品銜又是虛的，看樣子他也未必在乎。如何能拿得住他呢？」

張並忽然呵呵大笑，走到二人中間，一臉釋負地說：「我知道如何拿住那小子了，他不是這也不怕那也不怕嗎，可他怕丟了家！趁他在軍營之際，著人將他家中妻兒老母一併帶來關進牢中，不愁他不盡心盡力，讓他逮來燕王相交換！」

謝貴聞言「啪」地收攏扇子，幾分驚喜地叫道：「對呀，這是個好主意，早怎麼就沒有想到呢？俗語說的好，寧可無官，不可無妻嘛！」

葛誠眸中光亮一閃隨即又暗淡下去，顧慮重重地說：「倒也是個主意，不過是否歹毒了些。我輩忠直之人豈好為此？」

不過話未說完他又有了想法：「唔，凡事須得找個根據才是，名不正則言不順嘛。將張信家小扣押起來，只可對張信說清此舉是仿效當年周瑜打黃蓋，為的是令燕王更相信他。這樣於他辦差更有利些，我等實在是為他著想呢！」

二人連連點頭，相視笑出聲來。

「張將軍呀，」葛誠待一切布置妥當後，於午後時分鄭重來到張信帳中。彼此落座，客套幾句後葛誠終於咬牙猶猶豫豫地將意思說了：「張將軍，打個不很恰當的比方，百姓有句俗話說，賊子跳進牆，先把大門敞，偷上偷不上，脫身頭一樁。將軍想想，是不是這個理兒？」

張信滿頭霧水，疑惑不解地問：「葛大人所言何事，張某卻聽不大懂。」

「唔，這個，」葛誠乾笑兩聲，「張將軍，你乃豪爽之士，我呢，常自詡忠正之人，話兒也不必拐彎抹角了，不妨直說罷。聖上再三下召要將軍見機擒燕王。葛某想，將軍雖係燕王舊部，無奈他王府森嚴，加之燕王生性狡詐，將軍確有難處。前日張謝兩位都督言語相逼，委實有些過分了。」

張信暗鬆口氣，苦笑兩聲說道：「葛大人知道張某難處就好。隻手入深山擒虎，談何容易呀！非是張某有意抗旨，實在是沒有多少把握。選不準時機，只能白白搭上性命。故此觀望等待。」

葛誠盯著張信頷首笑笑：「張將軍所言極是。只不過此舉關乎國運，上至聖上王公大臣，下至各地駐軍，南北百姓，都盯著北平。若燕王早日得擒，則國內肅然，軍民安居樂業，燕王一日不擒，人言洶洶，民生不安哪！」

張信不知他到底要怎樣，隨口應道：「那燕王不是瘋了麼？一個瘋子，擒不擒似乎無關大局。」

「哪裡，這等小把戲張將軍會相信麼？」葛誠下意識地壓低嗓音，湊近些說：「實不相瞞，燕王體健如牛，哪會說瘋就瘋！他這是見風聲頗緊，韜光養晦，麻痹眾人呢！其人陰險詭詐由此也可見一斑！」

張信自然也早料到這一層，仍恍然大悟似地說：「哦，原來還有這等隱情，張某卻不曾料到。」

「正是呢，」葛誠見張信認真，遂將話題引出來。「剛才葛某說的賊子跳進牆，先把大門敞，就是預設脫身之計。我已安排好了，將軍只管混進王府中聯絡舊部兵丁，管保他不會對將軍起疑心。」

「我已在都督營中當差許久，突然投奔他王府，如何能使之不疑？」張信見他說得神祕兮兮，不覺添了幾分警覺。

「將軍難道忘了，三十六計中有一計曰『苦肉計』，專為麻痺對方所設。昔時周瑜巧用此計，八十三萬曹軍灰飛煙滅，足見其威呀！」

「那，那你待要我怎樣?」張信忽覺不妙，挺身而起，直視葛誠。

「嗨，將軍休要驚慌。」葛誠已感底氣不足，不知說出實情來張信會有何反應，然而事已至此，又不能不說。只得拉張信在身邊重新坐下。

「其實也不要將軍怎樣。葛某想，不如先將軍妻兒老小搬到營中來小住幾日，造成抄家跡象。將軍可到燕王跟前哭訴，說自己如何與二都督不和，二人如何抄你家，抓捕你家妻小。這樣一來，燕王定然不疑，大事可成也！再者事成之後，你家老小俱在軍營，也可免遭燕王殘部的毒手……」

說至此葛誠忽然想到自家小兒，嗚咽著滴下幾點淚來。

張信卻不看他神情，復挺身厲聲問道：「我家老小何在?!」說著便想出帳回去看個究竟。

葛誠急忙一把扯住，抖聲說：「將軍不必動怒，一家老小俱在營中安然無恙，事成之後，將軍一家團聚，加官晉爵，有何不美?!」

張信抖動袍袖，將葛誠拉了個趔趄，大步出帳，翻身上馬疾馳而去。葛誠愣了片刻，不知張信接下來要做什麼，忙踉蹌著奔出去找張並謝貴了。

張信快馬加鞭，頃刻來到家裡。屋內一如平日，似乎略微有些凌亂。然而不見昔日兒女的嬉鬧聲，空蕩蕩的窒息壓抑。年邁的老娘，懵懂的兒女，柔弱的妻子，如今不知蜷縮在哪裡，有否吃喝？是否受辱？張信擦拭一把滿臉的灰塵汗水，家破人亡之感襲上心頭，他周身陣陣發冷。

「苦肉計，苦肉計！張並、謝貴、還有葛誠，三個奸賊，想要升官發財何不自己冒險。張信何罪，家小何罪?!」張信衝牆壁大聲質問，順手拉出壁上掛的寶劍，紅著眼盯住劍刃寒光，思忖一會兒，毒毒地點點頭自語道：「是你等負我，可不是我張信不義，到底鹿死誰手，走著瞧好了！」

莫歎癡人夏語冰

正午時分，驕陽似火，北平城中各街道車馬稀少，行人寥寥。

瞅準這個不大引人注目的時刻，張信改頭換面，頂塊太平方巾，身著湖色縐紗袍，沿街衢一側低頭匆匆而過。憑這身再平常不過的百姓衣裝，他一直來到燕王府的正門端禮門時，也未發現有誰注意自己，張信長長出口氣。

朱紅大門緊緊關閉。張信逕走過去，對斜倚在遮陽傘下的幾個門官深施一禮，賠笑說道：「諸位辛苦。我有要事要見燕王，煩勞通報一聲。」

門官們斜眼將他打量一番，有人懶洋洋地答道：「你是何人哪？我家王爺可不是你們擺攤販貨的那麼好串門兒，總得報出身分才成。再說了，王爺如今疾病纏身，臥床不起，任你多大身分也不能見。」

張信依舊堆著笑意，摸出幾個銀錁子塞到一個年長些的人手中壓低嗓門說：「實不相瞞，我是北平都督指揮僉事張信，原也是燕王部下，現有生死攸關的大事急見燕王。諸位與我通報一聲，但提張信之名，燕王定然相見。將來功成之後諸位自然也算一份。」

幾個人將信將疑對視一眼，年長者苦笑道：「既是張將軍，我等怎敢怠慢？只是府中再三有令，燕王患病期間忌見生人，否則便會沖去靈氣。將軍既在燕王屬下當過差，府中軍令想來也知道。我等怎敢拿自家性命試著玩？我看……將軍還是待些時日再來吧。」說著戀戀不捨地復又將銀子遞給張信。

話說到這份上，張信也不便相逼，只得無可奈何地告擾離去。一路磨磨蹭蹭，張信心事重重。本來想出了這口惡氣，不想連燕王的影子都撞不見。這卻如何是好？若就此回營以實情稟報，葛誠他們會相信嗎？

一想到妻兒老小無緣無故被扣留住，羞辱引發的怒火重又燃起，「他娘的，絕不能便宜這幫小人！我張信豈是輕易受人擺佈的麼?!」收住腳仔細思慮一會兒，張信忽然有了主意，「對，就這麼辦！」他大踏步走回家裡。

夏季看看將盡，白日已不顯得有多漫長。涼風吹過一陣便日收桑榆，薄暮悄悄遮掩過來。掌燈時分，一乘兩抬小轎，顫悠悠出得都司衙門後院，東拐西轉，走的全是僻靜小巷，不多時燕王府已高高矗立眼前了。

張信蜷縮在狹窄的女式小轎中，緊巴巴地繃著一身翠紅小衫，白紗大披肩遮住大半個臉。透過轎簾縫隙望去，街上行人比正午多出幾許，沿街店鋪透出隱約燈光，叫賣聲時遠時近悠悠揚揚。不時有零星馬隊和步兵衣甲刀劍撞擊著打轎旁走過。張信不由得突突一陣心跳，生怕半路弄出個閃失來。

按原先的吩咐，兩個轎夫沿王府城牆轉過半遭，不多時拐到府城東側的體仁門。此處緊臨通惠河，街道狹窄，較端禮門僻靜許多。

此處也是朱門緊閉。張信暗暗示意，前邊轎夫上前兩步與守門兵校唱喏施禮，說燕山衛張總旗家人有事進府。已奏請過王爺。兵校們對百戶以下將領已不甚知曉，聽說有王爺准許，又是個女人，便不想許多，開了一側門洞放轎子進去。

張信暗舒口氣，心說事成有門了，合該張並謝貴倒楣，張信我非出這口氣不可！

鑽過門洞，沿樓閣間小徑再往裡走，兩旁多是披掛整齊的衛士，肅穆中隱隱幾分殺氣。張信偷眼望去，一切似曾相識，當初也曾整日在府中帶兵操練，如今卻男不男女不女地偷混進來，緊張中不覺幾分感慨幾分歎息。

走不多時，前邊又有一門。此門直通府中，故而盤查更嚴。轎夫雖再三稱轎子內是張總旗夫人，門衛卻不依不饒，逕直上前掀起轎簾。未看清衣著，卻注意到了鬍髭拉碴的半張男人臉。立刻情知有詐，「嗷」地一聲怪叫向後躍出數步，唗啷一聲長劍出鞘。

其他兵丁見狀立刻如臨大敵，刀槍並舉，將小轎團團圍住。兩個轎夫不過為多得幾兩銀子，何曾會想到有這樣的場面，登時面如土色，癱倒在地，張口結舌一句話也說不得。

張信見狀知道不能再遲疑，遂三下兩下扯碎外罩小衫，露出武官公服，騰地跳出轎來，揮手衝兵丁們喝道：「我乃北平都督指揮僉事張信，有血海干係要事，必須立刻面見燕王，爾等快去通報，如延誤了大事，當心爾等身家性命！」

正如張信所料，這幫兵丁個個吃軟不吃硬，見他那身裝扮，聽他說話的語氣，知道不是等閒之事，一面繼續圍定一面令人跑進去通報。

不大工夫，有一千戶裝束的將領急急走來，喝散眾人，叉手施禮說：「末將朱能，乃王爺帳下千戶。張將軍裡邊請。」

張信勉強壓住喜憂參半的心跳，跟隨朱能向存仁殿方向走去。沿途燈火搖晃，黑影幢幢。每隔不遠便掛有大書「燕」字的角燈，透過燈影仔細辨認，路兩旁遠遠草叢中布滿了帶甲衛士，劍拔弩張之氣撲面逼來。

張信不由暗想，葛誠他們硬逼我孤身潛入燕府來逮燕王，似此等情勢，豈非癡人說夢，只能白搭上自家一條性命。由此看來，這幫人何其可恨！看來我張信總算沒中他們的套，倒是他們高興不了幾天了！

說話不及已近存仁殿，丹墀上下衛士更多。東閣門旁一個內侍早等在那裡，衝張信作揖說：「張將軍且往這邊請。」

閣子不甚寬綽，未進門便聞到濃濃的草藥味。轉過閣門，東邊床榻躺著一人，長髯紛地揉在前胸，裹在身上的被子糾纏得如麻花一般。榻側支著一個火爐，爐上砂鍋中藥湯翻騰。藥味夾雜熱浪，悶熱不堪。爐旁竹椅上端坐一人，卻是個中年的和尚，不用問，定是道衍了。

張信不敢遲疑，撲倒在榻前跪拜請安。朱棣有氣無力，擺擺手氣喘吁吁說道：「張將軍乃是自家親信，不必多禮，且坐於榻側。」說完後長舒幾大口氣，似乎很吃力。

張信謝過了坐於榻側小凳上，正衝著道衍。雖然著急，卻也不敢過於唐突，只好耐著性子問道：「王爺一向安康，卻不知因何病成這樣？近來所服何藥？是否見效？」

朱棣又是氣喘不已，橘黃燈燭下滿面愁倦之容。道衍見狀便拱手答道：「王爺自上次與兩都督鬧了場誤會，連日驚懼不安，鬱鬱不得其解，沒承想竟抑鬱成疾。名醫倒也請過不少，無奈切不准病因，服過的藥渣成堆，卻始終不見回頭，好端端的身子給弄成這樣，可惜呀！」

這當兒朱棣也緩過氣來，顫巍巍地說：「張將軍回去後可向二位都督如實稟報，本王實在無有他意，待本王略好些了，能起得床時，當親往營中賠罪。」

張信忽地明白過來，朱棣目下只是將自己當作朝廷耳目來看待的。不過也難怪，自己並未說明來意。虛虛實實，不能再兜圈子了，得趕快以誠相見，趕緊出了惡氣救出家小。

想到此張信不再猶豫，忽地起身朗聲說道：「張信此來確實擔著血海似的干係。信只想討得王爺一句話，王爺果真有病否？」

猝不及防的一句話讓朱棣和道衍暗暗吃驚，一時拿不準張信是何用意。

少頃朱棣掃一眼道衍，慢悠悠答道：「唉，將軍這是何意，病又非甚麼好事，人人避之而恐不能，本王卻為何要裝呢？」

張信不想再繞圈子，撲通跪倒在地，抗聲說：「王爺不信張信，張信卻不疑王爺。目下朝廷連降密旨，令臣密捕王爺。王爺若果然有病，可整治車輛，隨張信同至京師面君辯清，王爺若另有主張，則請從速計議，不可因彼此猜忌而誤了大事！」

說著伸手掏出三塊黃絹，雙手擎至朱棣面前，「此乃密敕，王爺但請過目三思！」話語句句如炸雷，朱棣再顧不得許多，呼地翻身坐起，一把扯過來抖開細看。道衍聞言也吃驚不小，忙湊上前來逐一過目。

「哦，不錯。三道密旨俱乃建文親筆所書，朱印亦是敕命之寶。看來朝廷到底等不及，要對我下手了！」朱棣看罷喃喃自語，以手撫髯逼視著張信。

張信不知他是何意，不過既然心中無鬼倒也不必驚慌，遂也怔怔地瞅定他。對視片刻，朱棣忽然從床榻上跳下來，長歎一聲道：「本王全家即將遭殃，尚且蒙在鼓中，將軍冒死救我，恩人哪！」說著衝張信倒身便拜。

張信見狀大驚，就勢向前挪動兩步止住朱棣：「張信何等樣人，敢受此大禮，豈不折殺？王爺切莫如此！」

想起在都督營中連日受的窩囊氣，今日卻能在燕府中得此禮遇，兩相對比起來，張信禁不住潸然淚下，一時難以自抑。

「事已緊迫，當如之奈何？」朱棣無心安慰張信，只是一手拉住張信之手，眼睛卻盯住道衍問道。

「王爺，張信來府之時已想好對策，不知是否行得通，說出來供王爺與道衍師父斟酌。」

張信不知朱棣在問誰，忙抹乾眼淚答道。見二人殷切地注視自己，便穩穩神說：「張並謝貴急欲拿住王爺立功請賞，而強攻又無甚把握，況朝廷首鼠兩端，並未下令開戰。故而將此寶押在張信身上。臣思謀著，若能將計就計，北平不日將成王爺天下……」

張信有些緊張，結結巴巴將想法說出來。「對，如此甚好，擒賊先擒王嘛！」道衍最先反應過來，閃著光亮的禿頭頷首不已。

見道衍稱好，朱棣自覺有幾分把握，便一手攥住一個，一臉無奈地說道：「大功告成之日，張將軍堪稱第一人哪！唉，朝中奸佞迭出，本王有口莫辯，反倒成了罪人。本王此舉，一來為自保，二為清除君王之側，實屬無奈呀！走，且到外室細談。」

北平天氣人稱兩長兩短，夏冬長而春秋短。炎夏似乎總過不完，午前午後更是悶熱不堪。

翠環已能覺出腹部更快地鼓脹起來，且能明顯感到鼓脹的腹內正騷動不安。怎麼辦？孩子即將降生，而自己尚且朝不保夕。每每想至此，翠環便覺得心情沉重猶如泰山壓頂，躲又躲不得，扛也扛不住。手撫小腹，為自己更為尚未出世的小孩哀歎不已。

有個嬤嬤挑簾進來，見翠環斜倚在床側，近前笑笑說：「娘娘貴為周王妃，千金玉體，怎麼不好好躺著？小心作踐了身子。來，我扶娘妃上床，躺周正了對小孩有好處。」

翠環頗不耐煩地打斷她：「你如何知道俺是周王妃，誰告訴你來著？」

嬤嬤一拍大腿笑道：「哎，全府上下丫頭嬤嬤們哪個不曉？不過我與他們不同，我可是親耳聽娘娘說的呢！那日你剛進來時，娘娘與燕王用午膳時對王爺說：『這個女子一看就覺得儀表不俗，又有些物證，看來定是周王府的妃子無疑。這麼算來大家還都是至親，自然要善待些。』當時王爺也點頭稱是，後來徐娘娘又說：『周王目下雖讓羈押在京師，不過畢竟是親王，能有什麼大錯，兄弟侄子們還不是作作樣子，』王爺聽罷歎了口氣起來走了，讓娘娘愣了好一陣……」

聽她絮絮叨叨地說著，翠環忽然想起徐王妃來。剛進府時彼此倒見過一回，當時覺得她雖不是十二分容貌，卻也文雅柔善，不是那等盛氣凌人的樣子。那麼，自己眼前的苦衷，能否向她傾訴呢？她是否願意搭救自己？雖未思慮十分清楚，翠環已像抓住救命稻草一般叫道：「快，帶俺去見王妃娘娘！」

隆福宮深處，徐妃倒也熱情有加。因在便殿，看上去似乎不如上次那般雍容，略嫌消瘦的瓜子面孔上眼眉淡掃，金壓髮鑲翠珠綴，烏髻高彈，湖青色紗衫輕盈地披在身上，柔弱中有幾分剛氣，剛氣中又夾雜些親切。翠環乍一見到，不知怎地忽生一種有了依靠的感覺，雙膝發軟，叫聲「娘妃」撲通跪倒座前。

徐妃正呆愣著想心事，聞聽叫喚略微一驚，回過神來仔細辨認一番方才認出，忙離座扶住翠環說道：「哎呀，這不是周王妃嗎，都是一家人，何必見這麼大禮？來，這邊坐。」

待翠環爬起身來告謝就坐時，徐妃立時看出她身子不大對勁。一臉疑惑地問道：「怎麼，妹妹莫非見喜了？」

彼此都是女人，況且徐妃已生過三個兒子，翠環自然知道瞞她不過，紅著臉點點頭。

徐妃聞言一臉喜色，擺手叫過丫頭看茶，嘴裡說道：「難得妹妹如此賢淑，跟著周王跑到京師。看來皇上總還算開點恩，讓你們一家人團聚在一處。妹妹來這裡也幾個月了罷，按理也該過去照看幾回了，不承想府中雜七雜八的事情都堆到了一塊兒，連個喘氣的空兒都沒有。妹妹看樣子也有六七個月了，想是離京前剛結的信水吧。」

翠環聞言一愣，竟不知她京師長京師短說的是什麼意思。聽到半截方才明白，原來徐妃以為自己是從京師周王被拘處跑到北平來的，要是燕王也以為這樣該有多好。可惜金忠知道實情，他們經常在一起，斷然是瞞不下去的。翠環一時不知該如何應付，通紅著臉低了頭，不置可否。

徐妃見狀更添了話頭，斜過身子湊近些說：「妹妹如此俏麗，又難得的賢慧，周王真好福氣。如今再有了後，還有什麼可說的？妹妹只管在府中靜養身子，嬤嬤丫頭們都知道，你姐姐在府中慈善待人是出了名的，況且又是至親，自然不會讓你有半點為難處。」

翠環心頭懸著的石頭突地落地，暗道人言徐妃仁義寬厚，果然不假，自己和孩子總算能勉強保全了。她長舒口氣，心中說聲謝天謝地，上天總算善待一回苦命人，終於能對得起史鐵了。一面想著一面挪動身子拜倒相謝。

徐妃慌忙攔住，柔聲道：「你瞧，又見外了不是？咳，想來新皇登基，王爺們都是叔叔輩，本該更享榮華才成，誰料卻個個接連遭殃。聽燕王說這都是朝廷中奸臣趁皇上年輕，想攬大權，甜言蜜語離間皇親所至。看著各王紛紛被拘，燕王這幾日也心下惶惶的，已好幾天沒來過這宮裡了。」說完長歎口氣，扭臉看看翠環，忽然想起來問道：「妹妹，京師禁衛眾多，周王又被拘禁，你是如何逃脫出來的？」

翠環知道關鍵時刻來到了，她最怕被問到這一層。有心依著徐妃的話編下去吧，可紙裡包不住火，將來金忠和燕王說起，豈不顯得自己未能以誠相見？

猶猶豫豫地，翠環心下一橫，想著徐妃既然如此寬厚待人，像自己如此一個苦命女人，原原本本地說出來，她未必會像燕王那樣兇狠，指不定還會淚涔涔地為自己抹一把淚呢。如果這樣，即便將來燕王知道了真相，有她護著，母子也能聊以倖免。

思慮妥當，翠環長號一聲：「娘妃不知，俺好命苦呀！」話一出口，悲從中來，涕淚先奪眶而出，斷斷續續地，終於將如何與史鐵相戀，如何被迫進周王府，又如何趁亂逃出與史鐵成親之事和盤托出，眼淚和著話語傾訴一遍，積淤了多時的委屈倒空後，胸中舒暢了許多，忙抹乾淚珠偷眼看徐妃臉色。

徐妃不曾想到翠環身上還藏著如此曲折的經歷。聽到她被錦衣衛們四處捉拿拿，到北平又險遭惡人強暴，不禁也為之動容，驚訝得張口結舌，聽完後沉吟半晌，低低低問道：「這麼說來，肚中孩子是你和史鐵的了?!」

翠環掛著淚滴的臉又是一紅，算是垂首承認。

片刻無語，徐妃緩緩起身在屋中略走幾步，忽然神情大變，悖然作色厲聲喝道：「好個不守婦德的淫婦！你既入王府，又與鄉夫野漢苟合，虧你能說得出口？堂堂皇家，沒想卻受你這等賤人辱沒！」

翠環聞言如聽霹靂，震得渾身酥了半邊。一時摸不著頭腦，慌忙跪倒俯首，弄不清徐妃何以變臉如此之快。

徐妃卻不依不饒，走近伏拜於地的翠環，用腳尖點點她的額頭冷笑道：「周王倒了，你便嫁了史鐵，史鐵如今成了宦官，你下一個想再找哪個野漢？」

翠環雖然驚懼，卻十二分不願有人如此作踐自己，忙低聲分辯道：「娘妃不知，翠環並非淫奔，實在是與史鐵青梅竹馬，定終身在前，後來進王府實在是迫不得已。」

「青梅竹馬?!」徐妃又是是幾聲冷笑，「如今世道，哪還有什麼青梅竹馬？說的倒好聽，待王爺有暇之時，必將此事的原委與他說清，看他如何發落！」

說罷一拂長袖，衝門口處丫頭嬤嬤們喝道：「好生將她看好了，休得再生出事端來。待王爺吩咐後再作計較！」

頭重腳輕的翠環掙扎著爬不起來，幾個丫頭過來，推推搡搡將她架出屋去。

然而朱棣此時已將翠環的事拋在不知何處的腦後，他正全神貫注於自家性命攸關的時刻。

七月的深夜，蒼穹深沉無垠，繁星寒光高遠。燕王府端禮門東西兩側，肅穆而又喧鬧。鐘鼓之聲壓得低低，卻節奏分明，殿宇之尖和古樹枝頭的鴉鵲紛紛驚起，嘶鳴著驚慌失措地在暗夜中胡亂盤旋。

王府各處，伴著嘶啞的鼓點，燈籠火炬排隊成條條長龍，隊隊兵丁行色匆匆，時時傳出刀劍與衣甲的撞擊聲。炮車碾過方磚，直推到城頭各堞雉。各處大門吱吱啞啞緊緊關閉，隨即塞門刀車咣地頂住。女牆後側，兵士密密麻麻，機弩和炮機已擺放整齊。箭矢、檑木，檑石正源源不斷地搬運上來。若隱若現的燈光下，每個人神色緊張，黑雲壓城的氣息撲面而來。

朱棣在道衍、朱能、張玉眾人陪同下，四下察看已畢。頗覺滿意。朱棣撫鬚盯著模糊不清的眾人說：「多虧張信來告密，否則本王尚蒙在鼓裡。看來朝中那些奸佞之輩不將藩王一網打盡是不會罷休了。否則的話他們如何能放開膽子左右新皇？我們起事之後，當盡快散發布告，讓天下百姓都明白，本王發兵只圖自保，實在是迫不得已，我們只為清除朝廷佞臣，絕無反心。」

道衍摸著光頭顯得興奮異常，連聲咐和道：「王爺所言極是，所謂名不正言不順，我等起兵之初就應樹立起靖國難的旗號，以讓天下臣民明白王爺苦衷，以讓天下忠勇之士投奔王爺。」

朱棣笑笑點頭，又衝張玉問：「你看府中兵力如何，一旦同官兵交起手來，可有全勝把握？」

張玉全身披掛，盔甲上映著火光的紅暈，他叉手施禮道：「府中兵將數目雖不太多，不過久經演練，陣法嫻熟，個個能以一當十。況王府東臨太液池，西貼金水河，又有護城河環繞，再加上王府城牆是元時舊城，高峻不說，堅固堪比京城，休說北平城內營兵，即便城外援軍殺進，也不足為慮。」

朱棣似乎更放心些，忍不住笑出聲來：「但等明天張信依計行事，如能誘殺謝貴、張並，北平城傾刻間將盡歸我有，以此為基業，雄視天下，何懼之有哇？哈哈……」

眾人聞言紛紛附和著大笑，笑到半截，朱棣嘎然止住，手指城頭幾個手舉火把的兵士喝道：「城頭不准舉火，你等沒聽過將令麼？莫非爾等要舉火為號，告知張並謝貴不成?!」

隨手招呼身旁親兵道：「上去將其拿下，統統斬首！」

大呼「王爺饒命」的哭嚷聲中，朱棣緩緩轉過身，暗暗抓住道衍的手悄聲說：「道衍，本王雖不信鬼神，卻也不敢違天意。大事當前，心神總覺……索性找金忠卜上一卦，如何？」

道衍會意，看了張玉朱能一眼，引朱棣悄然消逝於夜色中。

存仁殿內，燈火通明。朱棣剛剛在茶几後坐穩了，金忠已邁著碎步，趨進拜見。朱棣見金忠青衣小帽，儼然又是剛進府時的打扮，不禁笑道：「金忠哪，怎地又寒酸起來了？你那三品補服怎地不穿了？」

金忠湊近兩步笑笑說：：「王爺有所不知，剛才師兄說王爺欲卜前路，金忠特意如此穿戴的。若身著宮服而占卜，豈非不倫不類？神道有明，也會不理睬的。為鄭重起見，金忠還是如此扮相的好。」

朱棣心不在焉地笑道：「卻也有些道理。」一邊起身轉入屏風後。金忠與道衍跟著繞過屏風，後面也是案几坐椅之類的擺設，便依次落議座。不待吩咐，金忠於袖中摸出三枚「洪武通寶」來遞給朱棣。

朱棣不認識似地將三枚銅錢盯了片刻，臉色頓時肅整起來。微瞇起眼睛將銅錢在竹筒裡用力搖晃，伴著叮噹脆響，嘴中念念有詞，然後咣啷倒在桌上。

金忠慌忙撲過去，屏息靜氣盯住三枚正反不一的銅錢，唬得朱棣和道衍也一動不敢動，似乎就要聽到天神判決一般。

「哎呀，王爺洪福！金忠行走江湖二十載，卜卦無以計數，沒料到最金貴的一卦竟在王爺府上！」金忠雙目放光，又驚又喜，忍不住跳將起來。

「噢，速道其詳！」朱棣掩飾不住興奮，聲音發抖，迫不及待地問道。

「王爺請看，此三枚銅錢皆正面朝上，乃純乾之卦，自然反面全朝下，又乃純坤之卦。乾天坤地，天理順達，所有善願，天必從之，此時行事，無有不成哪！」

「啊呀，如此吉利，王爺洪福齊天呀！」見金忠說得熱鬧，道衍忙趁勢插嘴。

「別忙，此卦還有一說，叫作『藍田美玉鑄璽印，泰山青石定乾坤。此去萬里成一統，異日歸來駕祥雲！』個中意思，實屬天意，臣道術淺顯，也不甚明白，王爺日後自當印證。」金忠說到興頭上，滔滔不絕，眉飛色舞。

「哈哈哈……」，朱棣撚一綹長鬚，瞇眼盯住二人，不約而同大笑起來。

紅日噴薄於燕山層巒之巔時，張信密使將一書字體潦草的簡信傳入北平都督府。期待已久的事情終於有了結果，葛誠張並和謝貴興奮而緊張。三顆腦袋湊在一起，將短短的幾行字看了又看：

「信已遵命聯絡舊部，於承運殿將燕王縛住。無奈府中部將張玉朱能等領兵攔截，不得出府。眾將聲稱若二位都督肯隻身前來府中，並將密詔出示，他等才肯降附。此刻正於承運殿外對峙不下，望都督速至，以釋眾疑，以成大功。」

「功虧一簣，如之奈何？」張並微歎口氣，雙眉緊鎖。

「葛大人，張信這小子，好不容易混進燕府，又擒住了燕王，臨了卻給咱出這麼個難題，你看該如何處置？」謝貴亦是一臉茫然，拿不定主意。

葛誠將書信反覆摩挲著臉色陰沉，躊躇一會兒說：「此事雖說令人生疑，但亦不可不信，張信妻小俱在營中羈押，他投鼠忌器，未必敢玩什麼花招。不妨將送信兵丁喚來細細盤問，看是否有破綻。」

「哎，對，對！」二人恍然大悟，忙不迭地喝令將送信兵丁召進帳來。

兵丁鬍子拉碴，面目蒼老，不像是個見過多少世面的人。剛進帳便縮頭縮腦，渾身抖作一團，終於未能走到座前便撲通跪倒在地，顫聲說道：「拜見各位將軍。」

張並與謝貴對視一眼，都覺得從這種膿包嘴裡掏出實話並不算難。於是張並瞪眼喝道：「你可知這是什麼地方？此乃北平都督中軍大帳，須得如實回話，否則殺你如宰隻雞！」

兵丁更是戰慄不已，張張嘴卻沒發出聲音，使勁磕兩個頭算是回答。

謝貴不露聲色地一笑，接著問道：「你既是王府兵丁，為何又投靠了張信？還與他一起捉拿燕王，卻不是謀反嗎?!」

兵丁擦著頭上臉上的汗說：「小人不敢謀反，只是小人曾在張將軍帳下當過幾日衛士，他待小人不薄。昨日他進到府中，將我等召集在一起，拿出一塊黃絹說是皇上密詔，要我等隨他一道擒拿燕王。我等素來相信張將軍，又見有皇上詔書，才大著膽子隨他衝進承運殿，趁燕王不備，用繩將他縛住。」

張並點點頭又問：「那既然擒住了，為何不押解到這裡呢？」

兵丁說過幾句話，膽子大一些，說話也流暢了許多：「張將軍本來是要押解到這裡的。無奈未出承運殿便被燕王手下大將朱能、張玉、丘福等發覺了，他們帶兵堵住殿門。張將軍說奉詔拿人，還出示詔書給他們看，可他們不信，說詔書是假造的，要衝進殿中廝殺，張將軍以劍逼住燕王，他們才未敢動彈，然而也不散去。僵持了半晌才算說妥，要二位都督代朝廷出面，說明確實是皇上的意思，他們才肯相信，才願意放燕王出府。」

看來情況正如書信中所說，三人會意，相互點頭。忽然葛誠尖著嗓子怒吼一聲：「好你個大膽的奴才！張信分明暗中投靠了燕王，他們設好了計謀，要誆二位都督進入王府加以陷害，卻叫你來送信報謊，白白送死！來人，將這個滿口胡言的奴才推出去殺掉！」

張並謝貴聞言暗吃一驚。兵丁更是嚇得癱軟在地，叩頭如搗蒜地哭訴道：「大人饒命，小人所見確實如此，不敢有半句謊言。張將軍正是見小人膽小謹慎才命小人急來報信的。要是去遲了，燕王擒不住，張將軍性命也保不定要……」

期期艾艾話未說完，人已支撐不住，失聲哭作一團。

葛誠見狀得意地笑笑：「看來你還算誠實。那麼快爬起來回燕府，悄悄告訴張將軍，要他再堅持片刻，我等立即想辦法。」

那兵丁如蒙大赦，連叩幾個頭爬起來一溜煙跑走了。謝貴和張並扭臉衝葛誠笑道：「還是葛大人深謀遠慮，不詐他一詐，我等還真摸不清虛實呢！」

葛誠作出不屑一顧的樣子說：「葛誠略讀兵書，也懂得兵不厭詐的道理。此人怯懦如雞，看樣子沒說瞎話。似此情形，二位將軍欲作何處置呀？」

「那還用問？我即刻調起全營兵馬，殺進府去，將那幫不願歸附的小兔崽子一刀斬作兩段！」張並激動起來，雙手亂舞，大聲叫道。

葛誠卻有些不以為然，搖頭說：「不可，張將軍沒聽出來其中意思麼，那些大將見燕王倒臺，已有動搖之心，只不過因消息未得確實，怕將來一場誤會，自己反而弄巧成拙。若此時將軍殺進府去，不僅於事無益，反而會引起激變。燕王萬一為亂軍所殺，弒皇叔之名，誰敢承擔。人心難測，將來皇上為掩天下人耳目，難保不找人當替罪羊。」

「那以葛大人所言，當如何行事才算穩妥？」二人見大功就在眼前，摩拳擦掌，不免有些著急。

「建立不世之功就在眼前，故更須慎重小心，」葛誠一副胸有成竹的樣子說，「依葛某所見，只須將燕府團團圍住，然後二位都督略帶些衛士，捧皇上詔書逕直進府，向眾人言明大意，就說皇上已查明燕王圖謀造反，此番被逮，縱然不被處死，亦永作不成藩王。如此打消眾將顧慮，自然紛紛歸附。數語之間，國家隱患頓除，我等也無後顧之憂，千載之下當傳為美談。這樣豈不更好?!」

「這……」聽說要自己隻身進燕王府，二人不免忐忑，卻又不便說出來，臉露尷尬之色。

葛誠早已看出來，忙安慰道：「二位將軍不必過慮，燕王既然作了張信的人質，試想劍鋒抵住咽喉之時，他又能有何作為?此去縱然不成，全身而退應該不成問題。」想想又說：「二位若不嫌累贅，葛誠願奉陪一同前往。」

「那……好吧，」二人猶豫著終於答應下來。張並邁出大帳：「我即刻安排，從速進府，以免久則生變。」

日頭躍出東邊天際，漸漸由赤轉白。暑氣悄悄逼近時，張並謝貴已調集北平城門七衛約四萬餘人，將燕王府暗暗圍得水洩不通。為謹慎起見，謝貴特意將重兵部署在端禮門，並備了大量木柵，一旦事變便可將燕王府門隔斷，使之成為孤城一座。

葛誠在二人陪同下騎馬巡視一遍，看看差不多了，便逕直來到端禮門下。見朱門緊閉，就令親兵上前高聲叫門。城樓上有人大聲喝問：「何人喧嘩?!」

謝貴在馬上仰頭答道：「我等是北平都督，要進府中宣皇上詔書，速開門放行！」

城上人嘀咕一陣，吱吱啞啞放下吊橋，大門一側的小門徐徐打開。三人並數十護衛打馬躍上吊橋，跨過金水河直入府中。

府內果然殺氣騰騰，由端禮大門直至府院深處，甬道兩側兵丁林立，刀槍並舉，大有劍拔弩張一觸即發之勢。

剛才進營中報信的那個兵丁迎面跑過來，汗流滿面結結巴巴地說：「快，快，將軍，眾人已對峙得不耐煩了，當下就要火拼。其餘眾位暫且在此等候，三位將軍可速進承運東殿，都在那裡呢！他們說只要都督一露面，並且確有皇上詔書，他們立即放下刀槍，並無二話。」

事已至此，三人顧不得多想，張並回頭衝眾衛士說：「既如此，你等且在此等候，俟有動靜再衝進去。」也不待他們答應，三人已奔承運殿而去。

承運殿是燕王府中最高殿堂，氣宇巍峨，正門直衝端禮門，除正殿之外尚分東西兩偏殿，皆是雙層滴水，飛樑畫棟，觀其做派絲毫不亞於京師皇宮便殿。未近承運殿，便聞吵嚷之聲，隱隱望去，果然有許多將官全身披掛，站在丹墀之下，似乎與裡邊爭論著什麼。

三人見此情景，更覺放心。張並和謝貴想到自己今日特意未著戎裝，只隨意地穿件青衣便服，和那些殺氣撲面的將士比起來，會更顯得有誠意，不免心中更多幾分把握，頗有些先見之明的得意。快馬加鞭，疾步來到門前。

未等下馬，忽然有人大吼一聲：「不錯，就是他們，快將三個奸賊走狗拿下！」

三人聞言一愣，沒等反應過來早被幾個將士衝上前拉到馬下，來不及反抗便讓繩索緊緊捆住手腳。三人大驚，此時才回過神大叫道：「諸位誤會了，我們是北平軍營都督，特奉皇上密旨來向諸位宣讀！」

話猶未已，眾人卻齊聲大笑起來。內中走出一個個頭中等偏上，面色微黑長髯掛胸的中年人，身旁幾名帶甲衛士緊緊相隨。中年人呵呵大笑著指住三人說道：「二位都督，葛誠，莫非一時得意，連本王也不認識了麼？」

三人不用細看只聞其聲便知來著正是朱棣，頓時明白此番又中了圈套，心下立刻涼了半截，驚懼和絕望一起襲來，張張嘴又無話可說。

謝貴眼尖，看見朱棣身旁站立的正是張信，冷笑道：「張信，你的家小都在營中，如此行事，不怕斷子絕孫麼？事到如今，你可將我等送回營中，換回你一家老小，否則，玉石俱焚，你又有何益處？」

葛誠和張並從謝貴的話中聽出一絲生機，忙齊聲附和：「對，張信，你須權衡輕重，否則悔之晚矣！」

不料張信並不為所動，反而哈哈大笑，笑畢指著三人怒氣沖沖地喝道：「三條老狗！你們欺張信為人耿直，不會阿諛，故而一再逼迫，我雖武夫，豈不明白你等險惡用心，你等逼我入府，事若成了是你等之功，事若不成，我白白搭上條命！爾等尚嫌逼迫不夠，還要以張信妻小作押，用心何其之毒！今日還有臉以此要挾，死了這條心吧，待會兒我當親自殺入營中，救出他們，何勞你等狗命相換！」

葛誠聽他說完，臉上堆起苦笑說：「將軍誤會了，同為朝廷出力，何來私怨？唉，都是我處事不當，不僅未能替聖上分憂，反激你反叛朝廷。葛誠之罪呀！」

烈日已經升得很高了，個個汗流不已。朱能上前兩步說：「王爺，休要再同他們囉嗦了，動手吧！」

朱棣面色如霜，微微點頭。三人見狀一陣恐懼不能自抑，齊喊一聲：「不！」然而話未說完，劍影閃處，鮮紅的血雨灑落遠遠近近。

此時有部將來報：「進入府中的幾十名衛士已全被射死！」朱棣習慣地撚撚長鬚，眼光游移不定地望望道衍。道衍光頭上汪汪地一層油汗，衝朱棣暗暗一捏拳頭。朱棣遂下決心高聲喝道：「諸卿聽仔細了，朝中今有奸佞當道，亂言惑上，以至諸藩王相繼無辜被逮。本王欲興兵剷除君側，以靖朝廷之難。今日就此舉事，望諸卿齊心協力，事成之日，皆功封侯，蔭子孫！」

張玉朱能等心腹將領早已會意，舉刀槍率先高呼道：「清君側，隨燕王！」

其餘眾人見狀，也紛紛跟隨高呼。朱棣揮手大叫道：「好！既然天時地利人和，即刻舉事！來人，速將靖君難之旗懸於城頭！」

第四章

冬雪絮起

冬雪絮起

世事如雪舞飄飄

按葛誠等人的奏章，授意張信出其不意拿下燕王的密詔已發出些時日了。建文帝近來頗不安心。四疆目下尚且無事，建文製錢已經開始發放，方孝孺與黃子澄等人商議的文治條款正在醞釀中。以方孝儒的說法，洪武朝許多官名乃至地名與《禮記》和《尚書》等古籍不大相符，須改過來方顯得文雅一些。建文帝也覺得自己素讀詩書，自然不能同於在馬上舞刀弄槍的祖輩，應處處顯露出文氣才好，便欣然同意。不過有大臣反對說官名地名都是虛名，改來改去會讓百姓搞不清楚，改不改並不重要，只是要務實些才好。建文帝雖不置可否，心中卻老大不樂意。

這些爭論倒還在其次。更讓建文帝心底發虛的仍是削藩。按齊泰黃子澄等人的說法，削藩重在削燕，燕削則諸藩自削。對此建文帝雖然也憂心忡忡，但其實心底裡並不十二分的發急。他想，再怎麼說，諸王是自己的親叔，即便爭權奪利打起來，也不過費些刀槍，戰上幾陣，最後將他們囚禁至京師便可，至於眾大臣所說的危國危己的話，在他聽來，似乎過於危言聳聽了。

「百姓人家兄弟多了也免不了吵吵鬧鬧，鬧過了不仍是一家人過日子嘛，也沒聽說誰殺了誰，何況皇家，萬人矚目，斷不會做出違禮之事。燕王絕無弒君之膽，朕亦無傷叔之心，但能夠彼此安居度日，不傷親情不違大禮也就是了。」

在眾大臣懷疑的目光中，建文帝將如何處理燕王的想法說出來，擲地有聲，好長時間沒人答話。他暗自得意，一代文雅仁厚的皇帝形象在自己心目中樹立起來。

但是北平方面遲遲沒有消息。建文帝甚至想好了，一旦朱棣被押解至朝中，他會如何安慰他，向他曉以大義，然後於莫愁湖旁設一府宅將其安置，使其得以頤養天年。

然而在葛誠謝貴等人信誓旦旦稱此計必成的奏摺的催促下，兩封密旨俱已發出，張信方面卻沒有任何消息。燕王莫非已被逮，正在押解途中？抑或因反抗過甚為張信所殺？要是那樣的話，朕絕不能擔當殺叔之名，非降罪於張信等人不可。

站立在乾清宮兩側高臺上，望著漸薄西山的如火夕陽，雲霞正冉冉鋪開半邊天際，似棗紅色的萬馬齊奔，又如遍開原野的杜鵑搖曳不定。建文帝沉浸在自己的思緒裡，恍然感覺升騰到了萬丈霞光中。

許公公在階下已站了多時，候建文帝回過神忙輕咳一聲奏道：「皇上，兵部齊大人和翰林學士黃大人在文華殿求見聖上，已候多時了。」

「噢？」建文帝一拂下襬走下階來，許公公忙上前遞把手攙扶著，一面尖聲叫道：「肩輿快過來伺候著。」

齊泰已隱約聽到北平局勢遠非想像中簡單，恰巧黃子澄也有私人耳目從北平來報，說燕府整日厲兵秣馬，防備森嚴，張信根本無機可乘。後來葛誠等人逼得急了，大家險些翻臉。

兩人將各自所得的消息並在一起，愈發感覺事態嚴峻，便急急進宮，將所聞如實稟報。

建文帝細細聽過後，方覺剛才所慮純屬多餘。朱棣如今尚安坐府中，自己卻替他是生是死擔憂起來了，不禁搖頭苦笑道：「那依愛卿所見，燕王之事已反覆多次，逮未逮住，戰又未明戰，該當如何呢？」

文華殿居大殿之左，略狹窄些，屬私下議事之所。且日已將昏而並未到秉燭之時，殿內有些昏暗，君臣坐得也就很近。

「陛下，」齊泰方才已想好，離座前趨兩步至階前拱手說道：「如今天下太平，唯燕為國家一大隱患。張信如能收擒燕王，實乃陛下洪福，國民萬幸。若萬一收擒不成，燕王必然起兵反叛。臣思謀著燕王一旦起兵，必出河北取道山東南下。將來兩軍交戰之時，山東乃我軍就糧之地，須早做安排，未雨綢繆，以免事急生亂。為此臣願出巡河北山東，以察其兵備實情。」

「照愛卿說來，戰事就在眼前了？」提到打仗，建文帝不免有些緊張，睜圓了眼看住二人。

「這個……目下也不好說，只是人無遠慮，必有近憂，凡事有備無患才好，」齊泰斟酌詞語，不致使皇帝過於受驚，「山東參政鐵鉉，久在朝中為官，乃臣門生，因其耿直勤懇，年前去山東赴任。而山東布政使自上任調走後尚未有人接替，臣想親訪後，如鐵鉉的確堪當此任，讓他補闕也好。這樣也利於加強戰備。不知聖意如何？」

「哦，都久處朝中，孤陋寡聞，下去看看也好，」建文帝沉思著終於點點頭，「卿此去一面整頓兵備，積蓄糧草，一面亦留心吏治，不得使其橫徵暴斂，藉故收受賄賂，如有作奸犯科過甚者，卿可自行處置，歸來再稟知於朕也不遲。」

「臣敢不效命！」見建文帝答應了，齊泰忙跪拜領命。

「那卿願帶哪些大臣一起去？」建文帝欠欠身子，滿臉關心。

「大臣倒不必帶，興師動眾大張旗鼓的，反而看不出實情來。臣想著只帶家中師爺及一兩個跟班的，沿途也不通知各地衙門，索性微服私訪一番最好。」齊泰顯出受寵若驚的樣子，話語裡透著謙卑。

「再有……卿可速去速歸，燕王如有動靜，尚須商議，」建文帝不知何故，輕歎口氣，擺擺衣袖讓二人退下。

看他們剛出殿門，值日太監捧牌盤進來，建文帝心不在焉地吩咐道：「不用翻牌子了，仍去柔儀後殿翠紅那裡罷。」

炎炎夏日行走在路上，一行人雖有車馬遮陽傘，依然難耐酷熱，無奈只得抓住一天裡的兩端疾行上一陣。也無心留意沿途風光，不過此時江南江北風景倒也無甚差別，反正都是一個字，熱。

終於進入山東地界。過沂水後，師爺王奇瞅個機會悄悄對齊泰說：「齊大人，現如今地方官奸猾如油，弄假似鬼。他們徇私枉法之事多如牛毛，百姓平日裡民怨沸騰。可一俟上司巡視，隨他們弄個法子，一把稀泥抹平，任你火眼金睛也看不出破綻來。我想不如我先行一步，大人隨後徐徐而至。有我在那裡瞧著，他們就不敢裝神弄鬼，大人方可瞧出其弊端之處。」

師爺王奇消瘦不堪，黃白面皮，鬚稀無幾，貌雖不揚卻計謀不少，齊泰朝奏中常有他的主意。聽他這般說，齊泰坐在車中竹椅上搖搖頭不以為然：「這個就不必了吧，鐵鉉乃我門生，我是了解的，他為人耿直，執法分明，必不會欺我。」

「大人說的是。鐵鉉自然是好人，他在朝中為官時常來府中走動，我們也見過幾面。只是在下以為，一省衙門中，各級官吏眾多，縱然鐵大人官清如水，也難保其他人吏滑如油，還是先去打探一下的好，再者皇上那邊問起來，也顯得大人公而無私啊！」王奇轉動大眼珠，不慌不忙，娓娓道來。

「唔，是了。將來鐵鉉補布政使之闕時，有此一試，也顯得齊某公正嚴明。那就依你便了。」齊泰恍然大悟似的說道，隔著車軒伸手拍拍王奇。王奇順勢深深拜下去，悄悄一笑。

王奇先期一日進入濟南城。他帶一個隨從騎馬由城西濼源門入城，徜徉街衢，見垂柳如煙，泉池連連。時近午後，涼風襲來，頓覺清爽無比。王奇環顧四周撚起幾根短鬚歎道：「人言歷下古城，賽過江南，果然有些道理。鐵鉉居此為官，真是交了好運，即便出手闊綽些，也算揀了便宜。」

布政司衙門處在鵲華街一側，緊鄰趵突泉，清水綠柳，比別處似乎更雅致一些。通報姓名後，鐵鉉立即迎出二門，彼此寒暄著讓至衙門正中大廳內。

賓主落座看茶後，鐵鉉笑笑說：「下官久處偏荒，不聞朝廷動靜，若知齊大人親赴山東，必當趕至省界迎接才是，實在是失禮了。」

王奇環顧著衙門上下，一邊答話道：「鐵大人不必自責，此次出巡是皇上特意安排，意在視察各省武備吏治，故未預先通報。在下與鐵大人乃是故交，唯恐大人有所疏漏，這才趕前一步來報個信，讓大人好歹有個準備。」

鐵鉉聞言倒不特別在意，依舊笑道：「先生說哪裡去了？鐵某為官向來表裡如一，如齊大人來後能幫忙找出瑕疵，那倒是求之不得呀。」

「哎，鐵大人，這次可非同小可呦！」王奇故作玄虛地看看四下無人，壓低嗓音說，「齊大人在聖上面前保舉鐵大人補布政使闕，若萬一有個閃失，豈不關乎大人前程？在下拼命趕來，為的就是這個。怎麼樣，夠朋友吧？鐵大人難道不想表表謝意麼？」

「難得先生如此費心，感謝自然是少不了的，」鐵鉉笑吟吟地放下茶杯，「晚間鐵某為先生設宴接風，必要好好敬先生幾杯。」

王奇聽著臉上笑意漸漸隱去，有幾分著急地說：「鐵大人久居官場，難道這也不明白麼？大人在這富饒之鄉，撈到好處豈可獨吞？眼看就要成為一方諸侯，對咱這樣寄人籬下的窮先生，總應該施捨一二，大家說話都方便。」

鐵鉉聞言一愣：「不對吧？先生居齊大人幕中，薪水不薄，倒是鐵鉉所得俸祿一面聊以養家，一些還捐些給城內粥棚，常常入不敷出呢！」

王奇暗罵「死腦殼不開竅」，臉上帶出不耐煩來，草草說道：「鐵大人，你我既是故人，在下又特意為大人前程而來，似這樣的官樣文章就不必多說了吧？大人清廉，自然人所共知，要不齊大人怎麼會如此器重您呢？可話又說回來，官久自富，在下看來這話倒是個實在理兒。鐵大人日後大有撈處，眼下出幾個子兒，王某也好在齊大人面前竭力美言，豈非皆大歡喜？」

鐵鉉終於明白過來，見王奇正斜乜自己，臉上不陰不陽地堆著奸笑，頓時怒氣填胸，粗糙面皮愈發黑紫。想想正色說：「先生方才所言乃官場通病，鐵某人實在不忍所為。縱然舉世皆濁，我仍願獨清。至於補不補布政使之闕，自有齊大人明察秋毫，何勞先生費心?!先生趕路勞頓，不如先下驛館歇息，有話改日再談。」說罷輕舉茶盞，示意送客。

王奇不曾料到會碰上這樣的釘子，想想以前隨齊泰出巡，每至一地，無不前呼後擁，不待發話金銀便塞滿囊袋，哪裡還用自己說出來？今日卻受這等窩囊氣，真恨不得立刻摔袖而去。可眼珠一轉，暗想不行，冒著火烤般的烈日匆匆趕來，豈能白費？這個鐵公雞，無毛也得拔他幾根來！

當即強壓惱怒說：「鐵大人不必過於認真，你我故人，戲言慣了，何必動氣？在下觀鐵大人為官清正，剛直不阿，確實少見。也罷，鐵大人既無錢施捨，王某自然也不敢強求。這樣，鐵大人不妨開一篇假帳，上面就寫送給了齊大人和王某人財物若干，不花大人一文，也能做個人情，如何？」

鐵鉉聞言遲疑著將茶盞放回桌上，不解地問：「開假帳？這又是為何？莫非有人替鐵某付帳不成？」

王奇搖搖頭一臉不屑：「唉，真是濟南名士多呀，鐵大人久居官場而不得其要領，真名士也！大人不知，王某陪齊大人路過濟南還要出巡河北，沿途大小府郡，不知多少，倘若地方官出迎，有鐵大人禮單照著，他們敢少掏麼?!既是空帳，大人不妨開重些，也不枉了齊大人千里迢迢的一路辛苦。」

「原來如此！」鐵鉉怒不可遏，吹鬍子瞪眼地拍案挺身而起，「王先生剛才所言皆鐵某平生所鄙，縱不花我一文，卻羞辱我一世！先生若無他事，請速歸驛館，明日齊大人來後我自當拜見！」說罷也不看對方臉色，拂袖轉入後堂。

王奇突著雙眼直勾勾地盯住鐵鉉消失的背影，木雕般良久不動，直待府衙小吏輕聲說：「大人請回罷，我們鐵大人回庭歇息去了。」這才鼻孔中「哼」一聲緩緩踱出大門。

不歡而散，鐵鉉心頭久久不能平靜，王奇似笑非笑的瘦臉和那雙白多黑少的魚眼總在眼前晃動，揮之不散，弄得一夜不曾安眠。

「齊大人真是一時糊塗，用這種人當師爺，能謀劃出什麼好主意來？待見到齊大人後一定將此事如實稟報，及早將其逐去，萬萬不能讓小人得了志。」這樣想著鐵鉉特意吩咐幾個貼身下人：「你等可去城門外遠遠觀望，一見齊大人車駕臨近，速來報知，也好提早迎接。」

可是一直到第二日薄暮時分，仍不見齊泰車馬的影子。鐵鉉暗叫不對，喝問道：「你等可瞧仔細了?!」

下人們紛紛回話：「我們眼皮都不敢眨一下，進城車輛倒有一些，那不過都是些普通人家的做派。並未見插有朝官字牌的車輛，此等大事，小的們怎敢偷懶。」

正說著忽有差役進堂來報：「鐵大人，在下剛才打聽確實，兵部尚書齊大人早已進城多時，現已住進趵突泉北邊了濼源堂。」

鐵鉉聞言一驚：「那進城時為何無人看見？」

差役慌忙回話：「據在下所查，齊大人進城時所乘車輛並無朝官字型大小，一切如普通百姓裝扮，故而不曾有人識破。」

鐵鉉點頭笑笑：「誰言朝官皆作威作福之輩，齊大人貴為尚書，尚且輕車簡裝，我朝豈有不興盛之理？來，備馬，速去了濼源堂拜見齊大人！」

濼源堂距布政使衙門並不甚遠，緊挨趵突泉而建，庭院不大而頗為雅致。門內門外古木參天，鬱鬱蔥蔥中蔭秀之氣撲面而來。堂前抱廈兩側刻有宋末名家趙孟之聯：「雲霧潤蒸華不住，波濤聲震大名湖。」遠遠望去，倒也相得益彰。

行至堂前，鐵鉉翻身下馬，抬眼一望，門口石獅處站立的正是師爺王奇，正笑嘻嘻地朝這邊看。由於昨日不歡而散，鐵鉉頗覺尷尬，但也只得硬著頭皮上前，兩眼瞧著門內照壁，並不看王奇問道：「齊大人何時到的？快引我去見他。」

王奇並不顯出難為情來，似乎昨日他們並未見過面。帶著笑音說：「呦，這不是鐵大人嗎！我們齊大人早就到了，是我怕擾了大人您的公務，故此自作主張將就安置在這裡。齊大人等候多時，您卻遲遲不來，最後等得不耐煩了，再加上一路鞍馬勞頓，此時怕已歇息下了，鐵大人改日再來相見罷。」

聽他這麼一說，鐵鉉隱隱感到不對，便沉住氣說：「鐵某剛得知齊大人進城，這才匆匆趕來。煩先生進去通報一聲，倘未歇息，今日最好一見。」

王奇作出無可奈何的樣子歎道：「也罷，鐵大人也不是外人，您先在此稍候，我進去瞧瞧。」

鐵鉉整整從三品補服，倒背雙手在門外徘徊多時。王奇終於慢騰騰挪出來，拱手朝鐵鉉說道：「鐵大人，實在對不住，齊尚書正在沐浴，他說今日天晚了，免見罷。還說鐵大人若有心，可差人送些飯食來。」

既然如此，鐵鉉也無可奈何，只得答應一聲轉回衙門，一面吩咐屬下整治酒飯送進堂內。

齊泰此刻並未沐浴，他正端坐在趵突泉垂柳旁趁涼飲茶。望著湛藍的湖水微波蕩漾，在斜陽餘暉中瑟瑟閃光。再品一口汲泉水而烹的茶，倒也心曠神怡，暫時將削藩的煩惱忘在了腦後。

王奇悄然走來，輕叫一聲「齊大人」，齊泰收回眼光扭臉問：「怎麼，鐵鉉來了？」

王奇一臉苦相地回道：「都言鐵鉉乃齊大人門生，受大人賞識提拔，可謂恩重如山。王奇本以為次此必受非常禮遇。不料昨日我去見他，他便不鹹不淡的，這倒還罷了，今日齊大人自來，他卻遲遲不露面。剛才差人到他衙門中去叫，半天傳出話來說今日天晚了，他要早些歇息，只派人送來些酒食飯菜。」

「哼！」齊泰臉上一紅，「鐵鉉任地方大員不過半年，何來這麼大架子?!在朝中時我見他心地耿直，與朝臣多有不和，又清正廉潔，故而舉薦他來此，莫非看錯人了不成？」

「哎呀，齊大人哪，有句話怎麼說來著？叫作閒官清，醜婦貞，窮吃素，老念經，非是其不想，實在沒那條件。當初鐵鉉在朝中閒官一個，能不做做樣子給人看嗎？如今來到這齊魯富饒之鄉，大權獨掌，原形畢露也未可知。」王奇逮住話柄，滔滔說個沒完。

見齊泰沉吟不語，王奇接著說：「齊大人在此稍候，我即刻叫人將飯菜送來，對名泉而酌，也別有一番景致呢！」也不等齊泰答話便一溜小跑拐進一側廂房內。

鐵鉉差的兩個衙役已將食盒搬進來，一一擺開。王奇挨個細看一遍，擺手道：「你兩個回去交差吧，就說齊大人已經知道了。」

待兩人出門，王奇將幾個盤中菜湯傾倒在門後桶中，順手抄起一壺餿茶水逐個菜盤中澆上一遍，看看妥當了，暗自一陣冷笑，叫道：「快來人，將飯菜端過去，齊大人等著呢！」

是夜齊泰就在濼源堂後殿就寢，尚未入睡就感覺腹中不適，憋不住出去嘔吐兩回，又如廁大瀉兩趟。吵得王奇並幾個隨從慌作一團。王奇一邊攙扶齊泰上床一邊絮絮叨叨：「這鐵大人也真是，不想讓吃他的飯也就罷了，何苦弄來些他剩下的餿飯來打發大人，真真小人得志，醜態畢露！」

齊泰心煩意亂，皺著眉頭吭吭哧哧爬上床去，不料吱扭一聲尖響，一條床腿生生斷掉，齊泰連同滿床被褥滾落地下。隨班們何曾見過齊泰如此狼狽，抿著嘴強壓住不笑出聲來，一起上前將他扶起。

齊泰再忍耐不住，暴跳著吼道：「好你個鐵鉉，如此欺上瞞下目無大小，實在可恨！鐵鉉負我呀！」

次日一早，鐵鉉著裝整齊，帶幾個下僚站立在了灤源堂外求見。見門口處沒有王奇的影子，鐵鉉略微安心些。不料衛士通報後少頃即出來回話道：「齊大人說了，他沒你這個門生，擔當不起你一拜，你且回去罷！」

鐵鉉聞聽硬梆梆的回話大吃一驚，想想自己還未曾與齊泰見面，何時得罪他了？若說昨日拜見來遲，那也是委實不知道，況且並不至於如此動怒呀？

正遲疑不決時，王奇帶兩個隨從，手捧一包草藥沿街過來。見鐵鉉等人站在門外階下一臉不知所措的樣子，不易覺察地笑笑，走近了正要借機說幾句便宜話，忽然一陣馬蹄聲驟響，幾個黃衣使者急弛過來，為首的一個衝進人群，滾落下馬喝道：「兵部尚書齊泰何在？聖上有旨，邊廷有變，著其即刻回京，不得延遲片刻！」

北平，燕王府承運殿正前方，大書「靖君難」三個字的高竿大旗已經懸起，獵獵飛揚。府城城牆門樓堞雉俱已遍插同樣旗子，頃刻間威嚴無比的王府成了一座殺氣騰騰的兵營。

端禮門悄悄打開一條縫，一隊騎兵忽地竄出。為首三個手持長槍，槍頭上分別挑著葛誠張並和謝貴血淋淋的人頭，大將張玉、朱能、丘福等人分居中間，每人手中高擎令旗，一起衝守衛在端禮門外的北平都司軍士高喊道：「葛誠張並謝貴等人受奸臣唆使，矯詔謀反，現已被殺。燕王殿下奉密詔告示爾等，餘者不究，可速速投誠，勿跟隨逆賊送死！」

護城河對岸眾兵將看得真切，果然是三人首級。一時間群情大嘩。群龍無首之際，七衛部隊官兵們深知一側是皇帝，一側是皇叔，惹著誰都不得好報，自家小命和人家比起來，簡直螞蟻都不如，何苦跟著淌這混水？於是亂糟糟一陣吵嚷，各自紛紛逃散，旗仗甲冑丟了遍地，像潮水退去後留下的貝殼等雜物一般。

三十年不見戰火的北平城，似乎不經意間烽煙突然再起，來得悄然而猛烈，好像久積的雲團，漲漫的潰堤，頃刻之間電閃雷鳴，泥沙俱下，轟然爆發，一切都亂套了。

炎炎烈日下王府各城門官兵聽到喊話，見到首級，都已慌亂動搖，潰不成隊。站立在端禮門城樓下護欄陰影處的道衍看一眼朱棣，輕聲說：「王爺，是時候了。」

朱棣登城樓之前刻意打扮了一番，身穿遍繡舞龍的大黃袍，頭戴翼善冠，略雜銀絲的頭髮抿得整整齊齊，齊胸長髯梳過好幾遍。此時站在城樓正門中央處，頗覺雄壯，凜然尋到曹操橫槊賦詩的味道。不過想想不對，曹操賦詩之後可是吃了敗仗的，於今日甚不吉利，便勉強壓抑住不胡思亂想。聽道衍這般說，便走到城樓一端，衝城門內騎在馬上待命的張玉朱能丘福等將佐揮揮衣袖，大喝一聲：「衝！」

話音未落人馬已竄出門洞，吶喊著風捲殘雲般地湧上去。北平都司衛隊們正忙於潰逃，見追兵上來，更如無頭蒼蠅般東西不辨，四下亂竄。更有些聰明些的為揀條活命，索性就於陣前擠進燕府軍中。相形之下，燕兵愈來愈多，官兵卻漸見寥落。

朱棣在城樓上看得真切，不由得喜上眉梢，一手握住道衍，轉臉衝站在另一側的張信說：「若非張卿報信及時，焉能有今日虎狼逐羊之勢。卿之功勞大則救國，小則救本王全家，德量之大，本王終生不敢忘懷呀！」

張信正思慮著開仗後羈押在兵營中的家小是否能夠保全，心下惴惴不安。聞聽朱棣如此抬高自己，一時百感交集，淚水奪眶而出，順勢撲通跪倒：「王爺如此褒獎，信實在不敢當。只是臣之家小俱在營中，不知安危如何，臣乞請領一哨人馬，直入營中救出家小！」

朱棣略一愣神，旋及大笑著拍拍腦門：「哎呀，卿之家小尚在危難中，本王焉能不牢記在心，剛才已吩咐朱能去救了。不過卿若心焦，親自去一趟也不妨，只是須多加小心，速去速歸！」

張信感激涕零，應聲領命，爬起來飛奔下城樓點兵而去。看張信走遠了，道衍湊近些試探著問道：「王爺，張信一介武夫，既投誠過來，應命他領兵殺敵才是，為何總留在身邊不放呢？」

朱棣意味深長地笑笑，看看四周，壓低嗓音說：「道衍有所不知，本王處朝廷包圍之中，不得不時時提防。張信既有皇帝親筆密詔，誰敢擔保他投降是真？萬一他用密詔取信本王，詐降過來，借此機會除掉葛誠等人，然後再到王府各軍聯絡舊部，就中起事，將來獨攬大功。那本往豈不滿盤皆輸？有心將他殺掉，又恐顯得本王不講道義，只好將其留在身邊，時時監視，這樣才可安心。今日大事已定，張信無足輕重，故而才放其出城。」

道衍聞言微微一愣，滿腹心緒地輕輕一笑，繼續伸頸眺望。

轉瞬間戰陣中形勢略有變化。謝貴心腹將佐都指揮彭二本來駐守大營中，聽到消息後急忙率營中留下的少數兵丁穿街過巷，衝至王府端禮門前的十字大街中央。

見兵敗如潮，紛亂中彭二怒睜環眼，躍馬揮戈放開賽張飛的粗嗓門吼道：「眾兵聽著，燕王造反，有旨擒他，快與我殺進府去，擒住他的人可以封萬戶侯！」

連吼幾聲果然有些效果，有人紛紛聚攏過去，很快集起千餘騎士步馬。彭二長戈一指，喊聲：「衝！」這幫人如大河中的逆流般直湧向端禮門。

正衝殺得手的燕府兵將們，忽然見此情形一時不知所措，眼看著彭二一馬當先，直奔到端禮門近前。

不過燕府開戰早有防備，城門外立刻堆滿鐵蒺藜，鹿角等物，衝在前邊的兵士或被刺死，或讓拌倒被身後人馬踩成肉餅。城上守兵亦紛紛照準攻城人群拋下石塊滾木及狼牙棒等物，千餘人很快倒下大半，彭二見攻府無望，急得在馬上胡亂揮舞著戈矛，一邊直高聲罵娘。

朱棣看得真切，沉著臉說聲：「倒是條漢子，可惜性烈如火必不能為我所用，只好除去罷了。」

道衍會意，招手間弓弩手萬矢齊發，彭二躲閃不及，已身中數箭，怒睜著血紅的大眼，直挺挺地栽下馬去。餘者見狀，又是一哄而散。北平都督大營兵馬，就此徹底瓦解冰消。

正熱鬧著，張玉跨匹棗紅馬輕箭一般趕進府中，三步兩步登上城樓，插手稟道：「王爺，我等分兵幾路乘混亂之機，輕易奪取了東直門、齊化門、彰義門，麗正門、順承門、德勝門、安定門，如今九門之中，唯西直門守軍頗多，領兵百戶叫謝平，乃謝貴堂弟，堅守不降。丘福領兵攻殺多次，俱被城上弓弩射退。為此特來稟明王爺，願早為計！」

朱棣初聞各門俱破，欣慰不已，忽聽西直門未下，不禁吃驚於色。道衍亦不無擔憂地說：「北平城內大勢已定，倘留此一缺口，駐開平的都督宋忠聞訊來攻，從西直門殺進城來，必是一場惡戰啊！」

幾個人沉悶片刻，朱棣忽然眼睛一亮，道聲：「有了！」向兩人如此這般細說幾句，道衍連連稱妙。張玉得了妙計，忙領命而去。

按朱棣安排，張玉急匆匆領出幾員剛投降的北平守軍將領，俱令脫去衣甲，便裝駕馬來到西直門下。內中一個叫唐雲的燕山護衛指揮使，年事已高，在軍中頗受敬重，他拍馬向前，衝城上喊道：「城上弟兄們聽著，現如今朝廷已同燕王和好如初，皇上特准燕王自治北平。我等皆皇上與王爺臣民，既然皇上叔侄人倫不廢，我等何苦白白送命！弟兄們或降或散，悉聽尊便，否則聽信謠言，搭上自家性命不算，尚要連累妻小，還落得個不忠不孝之名，何苦來著！」

連呼數遍，城上守兵聽得真真切切，都感覺確實如此。不免嘁嘁喳喳議論紛紛，「人家叔侄畢竟是親戚，說合好就合好，咱們憑什麼當替罪羊！」「就是，謝平要給他哥報仇，管咱什麼事？事關身家性命，還是各顧各的好。」

正議論著，忽然有人驚呼：「快看，謝平要拿箭射唐指揮了！」尋聲望去，果然見謝平張弓搭箭，正惡狠狠地瞄向城下的唐雲。

「不能讓他射，否則咱們可就說不清了！」不知誰領頭一聲喊，眾人不約而同地湧上去七手八腳將謝平砍作了幾段。城下士兵趁勢哄叫著湧上城頭。

不覺中熾白的烈日偏成如火的殘陽。北平城中大街小巷到處躺著橫七豎八的屍體，成滴成片的血跡濺遍了宮城民牆，最終融入了無際的血色霞光。再不見炊煙嫋嫋，只聞得血腥濃重中隱隱幾許哭聲哀哀。熙熙攘攘的鐘鼓樓大街和羊角市忽然間沉寂如死，店舖貨棧人蹤全無，恍然間似乎成了一座空城。

通往京師的黃塵古道上，八百里急報一驛一驛急速傳遞，揚起漫天熱塵。

「燕王已經起兵謀反了！」

既在意料之中，又讓人倍感天下將亂的恐懼。這個消息迴盪在乾清宮角角落落，轟響在兩班文武大臣的耳際。肅立朝堂之上，個個垂首斂氣，靜候金闕之上的建文帝作何反應。

黃子澄站立東班文臣前列，偷眼看看方孝孺，見他臉色鐵青中雜著蒼白，削瘦的面孔更顯得冰涼如鐵。想想自己眼下的心思，臉色也一定比他強不到哪兒去。可惜急詔已經發出，齊泰還未從山東趕回，心裡頓時空蕩蕩的，乾著急卻不知從何處說起。再偷眼看高高在上的建文帝，面色也不甚好，似乎盯著殿上飛樑在發呆。

沉寂，連喘息聲也聽不到的沉寂，讓平日裡百姓不敢仰視的朝廷大員們一陣陣窒息。

良久，方孝孺終於整衣出班說話了：「陛下，事已至此，亦無須過憂。諸藩皆有不臣之心，其中尤以燕王為甚。故其反叛只在遲早之間，早反更容易制服，陛下只需發詔書稱其為反賊，詔令北方各衛所軍隊一起圍攻北平，數日可克，何憂之有？」

建文帝瞇起眼睛還未答話，西班武將中徐增壽出列奏道：「陛下，竊以為燕王起兵，必有隱情，如能查清他緣何而反，就中化解他的怨憤，可謂釜底抽薪。兵法云『不戰而屈人之兵，善之善者也，』正是說的這個道理。況方博士方才稱燕為賊，萬萬不可，如此稱呼將先皇置於何地？再怎麼說他也是皇叔……」

方孝孺聞言頓時面色由白轉紅，朗聲駁道：「《周禮》有云，既然反叛，人倫則廢，應該稱之為賊！」

徐增壽張張嘴還要爭執，建文帝皺皺眉頭不耐煩地打斷道：「唉，稱賊不稱賊，此乃末節，爭執這個有什麼用?!還是說說眼下如何處置吧！」

「陛下勿憂，」因為齊泰不在，黃子澄覺得此刻他應該站出來說句話了，否則未免太不道義，「陛下，張信倒戈，全是謝貴等不能知人善任所致，故而兵敗被殺倒也死得其所。如今燕王雖反，也不過僅佔據一座北平城而已，不足為國家大患。陛下只需遣一員上將，召集全國之兵，數日之內將他攻克擒拿，不為難事。」

經黃子澄這麼一說，事情似乎並不如想像的那般嚴重，建文帝臉色很快緩和過來，輕輕歎道：「朕總以為灰比土熱，彼是皇叔，怎忍心反叛，唉，世事難料，人心莫測呀！」

「陛下，」黃子澄正欲退回班中，聞言靈機一動，忙躬身奏道：「既然燕王能反，其他藩王也難保沒有這等心思，陛下不如趁此機會將各地藩王悉數召進京來，如有不從者便以夥同燕王謀反論處，索性一網打盡便了！」

「這個……」建文帝沉吟不決時，方孝孺出列說道：「不可呀陛下，這樣一來樹敵太多，豈不是逼迫他們幫助燕王！」

建文帝忽然撲哧一笑：「當初朕千方百計維護燕王，可他最終還是反了，由此看來，世味涼如水呀。朕如召皇叔們回來，不是害他們，是要他們盡享天年，並不為不孝，實乃大孝。好，就依黃卿之言，即刻擬旨，速召各王歸京！」

見聖意已決，方孝孺搖頭退下。黃子澄自忖總算盡了人臣之道，也輕舒口氣，回到班中。

不過由誰掛帥征討，卻是件頗費躊躇的事。當年開國功臣，或者老去，或為先帝翦除，僥倖留下的，則大多已無心征戰，只圖自保，雖有幾個將佐尚可一戰，可建文帝總覺得這幾個人曾在北方抵抗過舊元，那時候燕王已經到了北平，難免他們不曾有過往來，萬一藕斷絲連，再來一次陣前倒戈，豈不更糟？

胡思亂想著眼光在西側武臣班中掃來掃去，忽然停在一員老臣身上。心下好像得了保證似的，立刻踏實許多。對，怎麼將長興侯耿炳文給忘了呢？此人乃太祖同鄉，說來還是老家人，三十年來南征北戰，在中原打敗過張士誠，在黃河沿岸大破元軍大元帥，還曾去雲南征討過蠻夷，可謂能征善戰。更重要的是，他沒有在北平一帶駐紮過，與燕王向來無甚交情。在建文帝看來，此人雖年過六旬，卻是再好也不過的人選了。當即任命耿炳文為大將軍，駙馬都尉李堅和都督寧忠為左右副將軍。三人毫無思想準備，突然間聞命，一時手足無措，只好俯首應承。

禮部官員們正爭論著出征吉日時，齊泰風塵僕僕趕回京師。當他滿目灰塵，烏紗斜戴，補服皺巴巴地以至分不清什麼顏色連滾帶爬地來到乾清宮時，建文帝如獲至寶，走下丹墀一把拽住他被汗水打濕多少遍滑膩膩的衣袖，眉開眼笑地說：「愛卿來的正是時候，黃子澄，方孝孺都在，獨獨少了卿，真似斷了條膀臂一般。現在好了，你三人圍於朕旁，朕就可以高枕無憂了！」

齊泰見自己被皇上說成不可或缺的國家棟樑，頓時感激莫名，倒頭三叩六拜。拜畢被建文帝拉到階前坐下，笑瞇瞇地問道：「卿此去山東，所見如何呀？」

「唉，地方吏治不容樂觀，」想起在濟南所受的禮遇，齊泰多少有些喪氣，「山東參政鐵鉉本是臣之門生，臣見他剛直不阿，方薦他赴山東獨任一方，誰想人之變易如此之快，轉眼竟成了目無尊上作威作福之輩！看來用人不可不細察呀！臣本想再薦他補山東布政使之闕，如今看來，不僅不能升職，而應削其職責，讓他專營轉運糧草才是。」

建文帝倒不特別關心這些，微微點頭問道：「那依卿所見，朕選用耿老將軍出征討燕，用人當否？」

提到軍國大事，齊泰立刻嚴肅起來，起身拱手說：「陛下英明，用耿老將軍再當不過了。只是臣以為，燕王既反，征討反臣必得造成聲勢才好。單耿將軍一路出征，未免單薄了些。」

「那，你看再加上哪幾路呢？」

齊泰早在路上想好了，見問起忙滔滔不絕地說：「臣以為應再命安陸侯吳傑，江陰侯吳高，都指揮盛庸、潘忠、楊松、顧成、安平等經過沙場歷練的各將軍分率偏師，齊頭並進，再令駐守北平周邊的各衛所屯兵作先鋒，直搗北平，讓他應接不暇，惶惶然束手就擒。至於所需軍糧，可檄令山東、河南、山西三省就近供給。如此一來，北平孤城，別說攻打，百萬將士腳踏也給踏平了！」

聽齊泰說得如此繪聲繪色，建文帝好像已經得了捷報一般拍手笑道：「果然不愧為兵部尚書，朕總算沒用錯人。那好，令方博士即刻起草討燕詔書，擇日遣將出征！」

此花無根下瓊瑤

時下京城中談論最多的，除了北平的皇叔造反外，還有一件發生在京師之中的怪案。

自古凡事就怕湊巧，卻又偏喜歡湊巧。潤生澤生兩兄弟千里迢迢來到京城，緊貼著宮城安下個打鐵的營生。幾個月來，生意倒也紅火，只是潤生當初盼望的有朝一日翠紅能像翠環那樣跑出來再結夫妻的夢，卻遙遙望不到實現的盡頭。不過潤生也知道，皇宮非比他處，皇帝也非他人，這個夢能否成真靠的是運氣，是緣份，急不得的。好在生意不少，每日裡叮叮噹噹忙個不停，心裡的焦慮勁也就輕了不少。

「教書先生說京城是首善之地，真是呢，人多景好，耐吃耐看的全往這兒跑，咱一個匠戶能在這裡開幾年眼，也算沒白活。」潤生兄弟經常對來取鐵器家什的客人這般說，半是恭維半是實感。

可是他們不知道，一齣關於他們的戲正不覺中拉開帷幕，等著全城的人來看，

那日天色未亮，史家兄弟照例早早起來，草草洗漱畢便整治炭火，準備開始一天的勞作。

「澤生，哥在這裡生火，你去大中橋那邊看看，賣炭的上市沒有，比比問問，計個好價錢。」

一陣青煙散過後，通紅的火苗跳躍起來，映著哥倆的臉。

「哎，」澤生答應著扔下手中的火棍走出門去。潤生想起來又衝門外交代道：「要是沒有就別等了。早些兒回來幹活，要不人家來取東西時趕不出來。反正剩的炭還夠用一兩天。」

「哎，」澤生遠遠答應一聲，很快隱沒在霧氣騰騰的晨靄中。

潤生知道，澤生比自己心眼更實，向來聽一是一。果然，不大工夫，澤生小跑著回來了。雖是七月天，大清早的太陽還得一會兒才上來，涼風習習中澤生卻跑出了汗。

「哥，」未進門便聽他喊道：「去得太早，街市上空蕩蕩的沒個人影，這會子怕連城門還沒開。俺怕耽誤活計，沒敢等。要不幹會兒活再去看看。」

「唔，」潤生答應著埋頭輕拉風箱。「哥，你看，俺在路旁拾的這把刀有些特別呢！」澤生站在他身後有幾分驚喜地說。

潤生這才抬起頭來，見澤生手中掂了一柄彎弓狀的腰刀，八九成新，刃如霜雪，便站起身接過仔細看看，果然是柄好刀，只是刀尖處折斷了一小塊，看罷自言自語地說：「這樣的刀咱們也曾打過，是公人們專用的，只是不知人家是有意扔掉的呢，還是不覺中脫掉的？」

澤生見哥哥猶猶豫豫，一把搶過來說道：「甭管怎麼掉的，反正咱是拾的，又不犯法，況且公人們那麼闊綽，丟把刀算什麼？哥，你把那個缺口補一補，怕能賣他幾錢銀子呢！」

潤生雖不以為然，但也沒特別在意。轉過身子收拾家什道：「先扔一邊，待會兒再說，來幹活！」

然而隨著日頭漸漸升高，街上人潮紛紛傳出一個驚人的消息，應天府捕快班頭被人殺死在大中橋下，身上讓砍得亂七八糟，眼下全城捕頭們都出動了，正到處拿人呢！

潤生兄弟圍著火爐汗流浹背，正忙得不亦樂乎，只能斷斷續續地聽人議論一兩句，並不十分清楚發生了什麼事，況且不管發生了什麼驚天動地的大事，關一個鐵匠什麼事呢？不過潤生隱約有些擔心，聽人說北平那邊就要開仗了，還是皇叔要和朝廷對著幹，他估計這仗小不了，弄不好匠戶們要回原籍打造兵器。要是那樣的話，怕是一輩子再難見到翠紅了。每想到翠紅，潤生心中便有種異樣的感覺，那是舊日情懷的翻騰，是希冀與絕望的交織。

辰時未到，街上行人忽然減少，倒多了些黑衣黑帽手執腰刀棍棒的各班捕快。他們個個神色慌張，三五一群盯著每個店鋪每個路者，不時嘀嘀咕咕一番。

不留意間幾個皂隸踱進潤生鋪中。四下打量片刻忽然有人失聲叫道：「快瞧，腰刀！」皂隸們尋聲望去，立刻圍住剛才澤生隨手丟在門旁的那柄刀。有個班頭模樣的人抄起來仔細端詳半晌，又從懷中摸出一塊小鐵片比劃了一下，驚奇地嚷道：「果然是，你等看，橋樁上嵌的那塊殘片正是這刀上的！」

立刻如炸了蜂窩一般，門口處有人將銅鑼咣咣地使勁亂敲，不大工夫，各處捕頭紛紛湧來，將小小鐵匠鋪圍個嚴嚴實實，路人們不明就裡，停下來遠遠地圍攏著想看個究竟。

潤生兄弟正幹得起勁，見狀頓時呆住，各執鐵錘愣著不知如何是好。

鋪內皂隸們對視一眼立刻四下散開，各握兵器在手，拉開格鬥的架勢。剛才那個看刀的捕頭怒聲喝道：「你二人既然做下了勾當，理應隨我等去官府講個明白，如此頑固，莫非想造反不成?!」

潤生到底見過些世面，忙扔下手中鐵錘賠笑道：「官爺誤會了，我兄弟二人剛來京城，兩眼一抹黑，哪敢造什麼反?官爺但有要吩咐的，儘管說出來。澤生，快把錘扔了!」見二人手中沒了傢伙，眾人才鬆了口氣，舉著刀棍靠近些，班頭說道：「看你兄弟並不像惡人，卻因何殺死官府捕快?!」

潤生被問得一頭霧水，一時張口結舌，不知從何說起。澤生看看他哥，又看看黑鴉鴉的滿是殺氣的捕快，戰戰兢兢抖作一團。見二人不說話，班頭又問：「你二人好生大膽，既殺了人，又將刀丟在門口，分明是蔑視官府，理應罪加一等!」

一提到刀，潤生多少明白些，忙搶過話頭說：「官爺又誤會了，這刀是小人弟弟今早出門時在大中橋路邊拾的，並不知道什麼殺人的事。俺兄弟二人都是本分小民，小人兄弟生性膽小怕事，又沒什麼仇家，哪會殺人?望官爺明察!」

內中一個皂隸嘿嘿冷笑兩聲：「這位兄弟八成沒和官家打過交道。如今官府的人被殺，你與我們囉嗦有什麼用，將心思用在如何應對衙門問話上才是正經!快些帶走便了!」

見眾人手拿鎖鏈上來真要往脖頸上套，潤生這才著了慌，忙拉澤生撲通跪下，叩頭連連：「官爺明察，小人確實無辜!」

然而並沒人理會，嘩啦將二人結結實實拴住，一片吆喝聲中推推搡搡向應天府衙門走去。市民們見狀個個驚奇不已，指指點點議論紛紛，遠遠跟在後邊看官府如何處置。

應天府衙大熱天裡仍感陰氣森森。潤生兄弟被帶上大堂時，看見裡面已先跪了個身著青絲衣梳著高髻的大漢。他們剛開始被這幫手執威武棍的衙役們嚇得戰戰兢兢，連上邊的問話也聽不甚清楚。後來漸漸鎮靜些了，方才斷斷續續明白了怎麼回事。

原來早晨時分，有人在大中橋下發現了一屍身，看衣著像是官府人物，便立即上報官府。仵作查看現場，證實其人乃應天府捕快班頭，為亂刀砍死。死前尚有搏鬥痕跡，橋旁木樁中嵌有一片折斷的尖刀，可是兇器和捕快所佩腰刀俱不見蹤影，只有刀鞘尚掛在腰上。

就在捕快們從潤生鋪中搜出腰刀之時，另一班人也從大中橋另一端橋下抓來這個大漢。

情形已明，府尹沉下圓滾臉砰地一拍驚堂木喝道：「你等三人從實招來，緣何會合謀殺死官家捕頭?!」

絲衣大漢似乎經歷多些，看上去倒不十分懼怕，應聲答道：「大人，小民委實冤枉。小民乃揚州人，往來京師販賣絲綢。今日一大早乘船進城。本想趕個早集，收拾畢當天好趕回去。路過大中橋時，見行人不多，便乘機到橋下小溺，不曾想卻被官差們拿下。至於殺人之事，小民實在不曾聽說過，更何況小民一個商販，何苦從揚州跑到京師來殺人？望大人明察！」

府尹高踞案後，撚鬚點點頭，隨即將臉拉長拍案喝道：「你二人卻因何殺死官差，又將他腰刀藏在鋪中？快快從實招來！」

潤生兄弟被吼聲驚得一打哆嗦，吭吭哧哧更說不出話來。還是潤生大膽些，抖聲回道：「青天大老爺在上，小人兄弟打山東逃荒來到這裡，靠打鐵為生，人生地不熟的，躲事還來不及，平素見官差老爺們總心裡惴惴的，哪敢殺人？那刀的確是小人兄弟一大早出門拾來的，望老爺明察！」

府尹仍撚鬚點點頭，圓臉上方的細眼微眯起來似乎笑了笑。堂下三人偷眼看在眼裡，心下寬鬆了許多，不由得晃身子挪動跪麻的雙腿。

不料府尹臉色突然一變，冷笑道：「哼，說得好聽！咬人的狗兒不露齒，你們三人看上去文質彬彬老老實實，還真不像壞人。本官問你等，為何別人不在橋下小溺，你卻偏去？為何看見河那岸有仵作查看便慌張欲逃？分明是你殺人後心懷鬼胎，放心不下又折回來查看動靜。豈料聰明反被聰明誤，逮個正著！虧你臉皮厚如牆，還能編出個道理來！」

絲衣漢子聞言大驚，目瞪口呆間不知該如何辯駁。府尹見狀得意不已，又衝潤生兄弟喝道：「你兄弟二人既是外地人，也應該知道入城問稅入衙問諱，衙門之中最忌諱謊言詐騙！你等既未殺人，死者腰刀卻為何落在你處？別人不曾拾得，偏你的運氣好得厲害不成？京師一日中丟於路旁的銀錢不計其數，為何你們一文也不曾拾得？還有，你兄弟天色尚未亮就去大中橋幹什麼，莫非那裡已有買賣不成？」

潤生兄弟聽他這麼一說，一時也啞口無言，好在潤生深知殺人的罪非同小可，弄不好立刻便有殺身之禍，急中生智說道：「青天大老爺在上，小人句句是實，並不敢說謊。大老爺試想，倘若我兄弟殺了人，要他一柄腰刀幹什麼？即便拿回去也須藏個嚴實地方，怎能隨便扔在門後？這些都於常理不符，望大老爺明察！」

此時絲衣男子也省過神來，叩頭接過話茬：「大人，小民一個外地商販，和捕頭無冤無仇，緣何殺他？實在是小人在橋下小溺，見對岸有許多公人，不知出了何事，故此無端驚慌，急忙上得橋來，並非心中有鬼，望大人詳察！」

府尹正為自己剛才所言得意不已，聽他們一一辯駁，頗有些惱羞成怒，撇撇嘴慢條斯理說道：「說得好聽，殊不知若要人不知，除非己莫為。京師如此之大，為何單單捉得你三人？分明係案中兇犯！至於你等和捕頭到底有何冤仇，你等心裡自然清楚。俗話說千求不如一唬，千唬不如一揍，來呀，刑具伺候！」

兩旁衙役如狼似虎地應喝一聲，咣啷啷把夾棍鐵鏈扔到三人身邊。三人似乎被蠍子蜇了一下頭皮發緊，渾身不由得縮作一團，面面相覷卻作聲不得。

府尹端起胖圓臉瞇細眼將他們挨個掃視一遍，眼光漸漸變毒，忽然暴怒道：「好呀，串通殺人，還敢抵賴！你等可知五刑之設，罪莫大乎殺人，今日本官就是將你等活活打死，也不為過！來呀，拖下去好生伺候，什麼時候張嘴招供才能算完！」

不待三人反應過來，早被七手八腳拖到一側，三把兩把褪下衣褲，兩個衙役死死按住頭腳，隨即細長的板條雨點般落在身上。三人一陣抽搐，疼痛從屁股脊背一直傳到嗓子眼，萬分難耐卻又喊不出聲來，只能悶聲胡亂哼哼。片刻工夫地上已被汗水浸濕了一大片。

啪啪聲接連不斷，每一下都似乎打在心尖上，疼痛難受，憋悶得喘不過氣來，到此時三人方真正明白為何百姓畏懼衙門如虎，那滋味真是比被老虎吃掉還難熬呀。

即便再難熬，三人也得強忍著。要知道一旦招供，那可是掉腦袋的罪。伴著含糊不清的哼叫，三人不大會兒已是滿身血跡，直挺挺地臥在地上連喘粗氣。

看看差不多了，府尹擺手吩咐停下，冷冷問道：「本府已經認定殺人者必是你們三人無疑。為何殺人，三人如何密謀，快如實說出來，免得再受皮肉之苦！」

兩側衙役跟著起鬨，將手中水火棍砸在地上咚咚亂響，齊聲喝道：「快招，快招！」唬得三人魂不附體，猶如進到閻羅寶殿般心驚肉跳，奇痛也陣陣襲上全身，竟相繼暈了過去。

澤生醒過來已是三更時分。看著四周，黑乎乎的三面是牆，一面影影綽綽立著根根木柵欄，分明是在牢中了。澤生一直在想自己肯定是作了個噩夢。可夢中的情景也太逼真了，那陰森森的大堂，閻羅般的大官，挨打時的滋味，簡直和真的一模一樣。澤生有些奇怪，我怎麼會作這樣一個夢呢，現在已經醒了，卻怎麼還像在牢中？

他暗暗奇怪著想翻身坐起來，不知從何處傳來一陣鑽心的疼痛使他啊地尖叫一聲，重重躺倒在草堆中。看來不是在夢裡，是真的了。可為什麼會惹來官司呢，他想起來了，都是因為那把刀。不過刀確實是自己拾的，為什麼當官的不好好查一查就硬往自家頭上扣呢？澤生又想起他哥，悔恨立時湧上心頭，自己受苦不算，還把哥也賠上。要是萬一被殺頭，那史家不就全完了麼？千思萬緒地撕扯著，澤生忍不住將臉埋在土腥味極重的亂草中抽泣起來。

忽然一陣微響，一個黑影慢慢挪過來。「哥！」澤生急忙一把將那黑影扯住，「俺也不知道咋回事，讓你跟著受連累。你說說這下該咋辦呢，哥！」澤生彷彿得了主心骨一般，頓時來了些精神。

然而黑影卻不是潤生，而是在大堂上的那個穿絲衣的漢子。「兄弟，你不知道咋回事，我也糊里糊塗，」漢子聲音嘶啞，說起話來有氣無力，和白天剛上大堂時理直氣壯的樣子判若兩人，看樣子也打得不輕。

澤生多少有點失望，不過能有個人商量總比一個人悶想強。他仍揪住那人衣襟問：「那，那可怎麼辦呀？」

「唉，怎麼辦？我聽人說，進了府衙，白長嘴巴。有理也說不清啊！再說這是京師，天子住的地方。出了人命案，況且還是官府的人被殺，誰敢怠慢？要是拖得久了，傳到朝廷上去，他那官還當不當啦？小兄弟，我猜府尹八成是想從速結案了事，成心要將咱們拿來當替罪羊呢！」

「啊?!那，那咱們可不能亂招啊，殺人是要抵命的！」

「哼，不招，不招由得了你麼？堂上的活兒你也見識過了，我琢磨著明天還有更毒的等著咱們。官家的把戲你還不知道，他要成心讓你認罪，再硬的漢子也挺不住的。整你個半死不活，胡編幾句供狀，抓住你的手一摁手印就算了事。唉，在劫難逃啊！」

聽說還有更毒的刑，澤生渾身一激靈，先自癱軟下來，連說話的力氣也沒有了，瞪大絕望的眼睛盯著什麼也看不見的黑暗。

良久，那人幽幽說道：「小兄弟，攤上這等事，都是命啊！萬事不由人，一生都是命，不服氣是不行了。我一個人還好點，你們卻要搭上哥兒倆，唉，慘哪！」

一句話說到澤生心頭上，眼淚唰地又流下來，哽咽著問：「俺哥呢？」

「大概在隔壁牢中吧。小兄弟，事到如今，我有個未必高明的法子。這樣辦多少能救出個人，只是不知當講不當講。」那人似乎看看柵欄門，壓低嗓音說道。

「刀是俺拾的，不能讓俺哥跟著受苦，只要能救出俺哥，俺就聽你的。」澤生沉浸在對哥哥的負疚中，急切地盯住那人，儘管黑乎乎的什麼也看不清。

「不瞞兄弟你說，我是揚州出了名的大富戶，這幾年販絲賺了不少。官府不就是要抓個兇手嗎？小兄弟你要是有膽，明日一開堂不妨直截了當認下來，一個人擔了這個罪名……」

「不，俺沒殺人！俺……」澤生聞言大吃一驚，嚷叫起來。

那人慌忙捂住他的嘴，低聲說：「你且聽我說完。要是你不一個人擔下來，那咱們三個還得飽吃各樣大刑，臨了還是個死。如果你認了，你哥就能揀下條命。將來出去後，我自當拿出一半家產來送給你哥。這樣的話，你家不僅不至於絕後，還能變成富裕人家。小兄弟，你想想，一個人是罪，三個人也是罪，你總不願意讓你家就此絕後吧！」

聽聽也是這個道理，澤生平靜下來，囁嚅道：「那我認罪後可是弄殺頭的乎，俺怕……」

「哎，怕什麼？既便你不認罪，到頭來還不是要殺頭?!你痛痛快快地招了供，就不用再挨打，到時候刀斬亂麻，嚓地一下了事。你沒見那些用刑人的刀，快著呢！你還沒覺出就已經沒事了。小兄弟，大哥都是為你家著想。人活百歲也免不了一死，你一個人救出兩個人，功德無量啊！二十年以後又是一條漢子，上天看你仗義，準讓你投胎到富貴人家！」

澤生仔細想想，確實也沒有再好的辦法。想著只要明天一招，不僅救出了哥哥，還能讓哥哥得一大筆錢，再不用受苦受累，自己也不用受疼挨打，忽然輕鬆許多，咬咬牙說：「那好，就這麼辦吧！只是你別騙俺，出去後一定給俺哥多多的錢。」

那人見他答應了，也高興起來。撲撲地拍拍胸脯說：「咱做買賣的最講信義二字，我一定把一半家產分給他！這個你放心好了。」

「那咱明天招供，俺怎麼說呢？」

「你就說殺人前一日在街上衝撞了捕快，發生口角。心中不忿，便打早起來揣了尖刀尋機會報仇。恰好在大中橋遇見他，遂將其引至橋下，趁其不備將其亂刀扎死，而後將刀扔到河中。後來見其腰刀不錯，便順手帶了回去。你一定要一口咬定此事是你一人所為，別人並不知曉。」

「好，只是刀上有個缺口，聽公人說是砍在橋敦木頭上折斷的。要是問起來，該怎麼說？」

「咳，這還不好說？你就說捕頭見你刺他，慌忙抽刀抵抗，沒看準砍在橋樁立木上，你趁機又刺了幾刀，將他刺死。你往外拔腰刀時由於用力過猛給弄折了個尖。」

澤生在黑暗中點點頭，心中暗道：「哥，弟弟這一死，能救你出去，還能過上好日子，也算值了。」

見澤生不吭聲，絲衣漢子又交代說：「招供時一定要講清楚，這事是你一人所為。再有，千萬別告訴你哥，否則他阻三阻四的，大家都活不成。」

澤生「唔」地答應一聲，忽然焦躁地問：「什麼時辰了，天咋還這麼黑？」

「唉，你沒聽人說，繫獄之囚，日勝三秋啊。也怨不得你著急，早著呢！」

次日過堂情形，實在大出潤生意料。

潤生也是一夜沒睡，渾身說不清的疼痛使他合不上眼。更主要的，他必須想想明天該怎麼辦。突然而至的災難，使他有些發蒙，不過事已臨頭，也只能向前看，找個了結的法子了。和絲衣人不同，潤生想著只要自己沒殺人，他們再打兩回，能咬牙挺住不認，官府自然會重新再查，總不能因為挨幾下打，好人就非得變成壞人吧？所以今天上堂時他已做好了咬牙受刑的準備。只是暗暗心疼弟弟澤生年輕經事少，千萬別惹惱了公人，讓人給打出個好歹來。有心囑咐幾句，可一直瞅不下個說話的機會。

不料大堂之上，府尹剛拍響驚堂木，昨日一聲未吭的澤生忽然跪著向前爬幾步說道：「老爺別動刑了，澤生願意招供！」

堂上眾人聞言紛紛一驚，府尹頗覺得意地笑道：「如何？人是苦蟲，必得用刑，想通了吧？早些招供，何必昨日受苦，快招來本官聽聽！」隨即又吩咐：「仔細筆錄著！」

澤生嚥口唾沫，穩穩神，遂將想好的話一五一十講出來，末了又特別說道：「老爺，這事都是小民一時氣憤做出來的，不干哥哥和這個人的事，望老爺將他們放了。」

潤生聽他說完頓覺頭內「嗡」的一聲，驚駭萬分地失聲叫道：「澤生，你說咱殺人啦?!挨兩下打不要緊，可千萬別亂招，那是殺頭的罪啊！」

澤生此時已淚流滿面，扭臉衝潤生嗚咽道：「哥……弟弟對不住你……你出去後……好生……」

府尹不耐煩地打斷說道：「你既殺人，罪在不赦。可有什麼話說？」

澤生慌忙扭過頭來：「沒有，不干他們二人……」

「哼，你這小子倒也講道義，」府尹翻著白眼點點頭，喝道：「叫人犯認供畫押！你二人雖然無罪，可也妨礙了官府辦差，也罷，本官以仁義為懷，暫不追究。左右，與我亂棍打出！」堂上登時紛亂起來。絲衣漢子聞言慌忙叩個頭瘸著腿抽身便走。潤生被眾人推搡著回頭叫喊道：「澤生，澤生！千萬別亂招，哥出去找人替你說理！」

澤生扭過頭去看哥哥，淚眼朦朧中，已分不清潤生的面容。

白花花的陽光刺得兩眼生疼，大街顯得空空蕩蕩。潤生踉蹌在路旁心中茫然無措。忽然見那個絲衣漢子在前邊同一個車夫討價。一下子想到昨晚他倆可能同關一牢，或許他知道澤生為何會突然招了供。便忍住疼搶上幾步喊道：「這位大哥慢走，俺有幾句話說！」

絲衣漢子見潤生踉蹌奔來，登時大驚失色，蹭地爬到車上說：「銀錢就依你，快些走！那個討飯的花子來了又纏個沒完！」

車夫見依了自己，忙答應一聲拉起車飛也似地跑起來。潤生一兩步沒趕上，「咳」地一拍腦袋跌坐在路旁塵埃中。

史鐵就這個時候騎匹白馬晃晃悠悠路過這裡的。

起先他並沒留意路邊的潤生。路旁或坐或躺的叫花子太多了，誰也不會放在心上。然而潤生此時嘎然發出一聲絕望的哭叫：「天爺呀，你咋不睜眼看看俺這苦人哪！」

儘管夾著哭腔，仍能聽出熟悉的鄉音。史鐵下意識尋聲轉過臉去。雖然蓬頭垢面血跡斑斑，史鐵還是立刻認出大致模樣來。史鐵不相信似地勒住馬頭，試探著吆喝道：「喂，潤生！」

潤生沉浸在似夢非夢中，對吆喝聲聽得並不十分真切，仍自顧自地哭叫著：「澤生呀澤生，你咋這麼糊塗，打反正也挨了，咋還拿屎尿罐子往自家頭上扣呢？」

史鐵聽得分明，雖不十分清楚發生了什麼事，但「澤生」二字讓他認定，這個叫花子模樣的人必是潤生。於是急忙跳下馬來緊跑幾步走到跟前。沒錯，正是潤生，才隔了些時日，怎麼就成了這個模樣？史鐵滿腹狐疑地扯了他一把：「潤生！」

連扯幾下，潤生好容易從亦夢亦幻中醒過來，抬臉看看史鐵，一時又跌入霧中，抖手拽住史鐵細膩溜滑的絲袍遲遲疑疑地說：「史鐵，這是咋回事，俺肯定做夢了。你不是在宮裡麼，咋跑出來了？」

這才多長時間，村裡長得最俊的小夥子就成了這番模樣，史鐵雖然摸不著頭腦，但知道一定出了變故。便使勁將他拽扯起來說：「潤生，這大天白日的，做哪門子夢。俺是在宮裡，這幾天宮中修繕御花園和幾個便殿，要招些木匠鐵匠進去。俺向管事的許公公說起你，這不，特意來叫你進宮去。俺琢磨著，只要能進宮，就能見到翠紅。你不知道，如今她……」說到半截忽覺不妥，忙將話頭打住，頓一下問道：「出啥事了，澤生呢？」

來。

提起澤生，潤生立刻勾起心事，紛亂如麻般幾句話也說不清楚，索性撲倒在史鐵懷中大哭起來。

七月初七，北平城內，朱棣一大早便衣甲簇新登上端禮城門。這日，他要正式祭旗舉兵，真正將「奉天靖難」的大旗打出王府，打出北平城。

紛亂的砍殺聲似乎仍在迴盪，然而各處狼藉的屍體器物已被收拾乾淨。只有片片血跡還隱隱可辨。端禮門外，草草搭起了祭壇，正上方一杆牙旗隨風獵獵，周圍擺滿了整隻的豬羊和整罈的老酒。

紅彤彤的初升日光給整個儀式抹上一層油光，分外鮮亮。贊禮官輕步走過來稟道：「王爺，時辰到了，您看……」

朱棣面色如鐵，話語中卻似藏著無限心事：「既已如此，開始就開始罷。」不待眾人回答，霍地撩起戰袍第一個走下城樓。道衍與金忠等文臣武將略略交換一下眼神，無聲地跟著下去。

朱棣一出端禮門，祭壇前軍樂鼓角齊聲奏響，聲震天地，直衝雲霄。引禮官伏身在前，朱棣一步步登上祭壇頂端。眾將士齊刷刷拜倒，口中高呼：「王爺千歲！」

上千萬人一起吶喊，聲音極其雄壯。高高在上望著密密麻麻的軍士，朱棣臉色漸漸生動起來，揮手向四方致意。之後贊禮官口吐號令，朱棣及眾兵將齊向大旗叩拜。並灑酒酹神，以告天地。

祭拜已畢，朱棣面對眾兵將站定，一手按住劍柄一手高高揚起，朗聲說道：「諸位將士聽著，我乃太祖皇帝孝慈皇后之親子，自受封北平以來，未嘗不守法盡責，日夜思謀如何報國。可惜新皇年輕，為佞臣所左右，不辨親疏，幾個親王先後遭戮。實在為仇者快親者痛，本王身為皇室至親，焉能坐視賊臣禍國殃民?!故冒死起兵，以清君側，以安天下。凡隨我眾將，皆乃忠義之士，天下肅清之時，就是爾等功成之日。還望我等齊心協力，奉天命以討賊，順民心而建功！」

聲音穿過縷縷晨光，迴響在角角落落，但等一氣說完，張玉朱能等立刻振臂高呼：「願隨燕王討賊，誓死保衛大明！」

眾將校紛紛應和，喊叫聲如排山倒海，滾滾而過。接著贊禮官放開喉嚨宣讀燕王檄書，既清君側，應暫停君號，仍稱是年為洪武三十二年，各官員概不受朝廷節制，擢升張玉朱能丘福張信等為都指揮僉事，道衍稱為軍師，金忠任燕王府紀善，皆隨軍參儀。同時廣為散布起兵檄文，以告天下。

諸禮節終於一一進行完畢。待到發出「眾將官暫且休整數日，擇日出征」的將令時，個個已是汗流滿面，在白亮的日光下睜不開眼。

一行人回到存心殿，朱棣長吁一口氣，低聲問道衍：「你看今日本王尚顯得有氣魄罷？」道衍笑笑暗伸一下大拇指。朱棣搖頭笑道：「唉，聲音抖了點兒，心底縱然不虛，終有些把握不住！」

說話間張玉、朱能等人已經走至近前。朱棣見最後邊走過來的金忠，笑呵呵地指著他說：

「今天這吉日是金紀善挑的，果然風和日麗，不冷不熱，天公作美吶！」

金忠聞言忙拱手說：「這都是王爺洪福齊天的緣故。不過今早隱聞東方有雷音。俗話說早雷不過午，夜雷十日雨。金某估摸著王爺祭禮畢後，還要緊跟著有場喜雨沖沖舊塵呢！」

「噢?!」朱棣更高興三分：「沒想到金紀善下通人事，上通天文，簡直比得上當年諸葛亮了！好，本王行軍打仗，看來萬萬少不了金紀善了！」

說得眾人一起發笑，各揀位子坐下。正商議半截先出兵何處，殿內不覺何時忽然暗了下來，門外忽忽作響，有悶雷滾滾碾過。

「啊，紀善的話如此靈驗，真是神了！」朱棣起身走向殿門，眾人也湧至兩側，驚奇地發現短短工夫天上已陰雲密布，極低處烏雲翻捲不已，嗖嗖涼風接天連地，院中黃土飛揚，大有「黑雲壓城城欲摧」之勢。許多人不約而同地想起這一句，心中不禁砰然而動，但個個噤口不言。

忽然低雲處電光閃過，雷聲直落到耳際邊炸開，驚得眾人脖頸不由得一縮。緊接著驟雨傾瀉，霎時間黃沙消散，攪成泥水四處蜿蜒。天地間距離更近了，豆大的雨滴連成一片雨霧橫亙於其間，劈劈拍拍砸在地上，樹葉上，房屋器具上，加之風聲轟鳴，對面說話聲竟聽不大清。

呆望著突如而至的風雨，眾人一時無言。忽然拍地一聲脆響，殿門上方一片簷瓦讓風吹得掀落到地上，四分五裂許多塊濺出老遠。

「啊？何以如此！」朱棣睜大眼睛，眼光中閃爍著惶恐不安，「祭天之日，風雨大作，沖沖舊塵也就罷了，又掀下屋瓦來，莫非上天……」他忙不迭地在幾個人中辨認金忠，嘴唇緊抿著，面色鐵青。

張玉、朱能等也本能地一驚，把眼光投向金忠。金忠見狀瞬間頭上冒出冷汗，怎麼辦？面對幾雙將信將疑的眼神，他張張嘴，卻又覺得無話可說。空氣頓時尷尬地凝住。

突然有人哈哈笑將起來。大家一看，是道衍，他盯住金忠說道：「紀善，莫非王爺剛誇了你幾句，就得意得不分東西了麼？此等天兆，何不解釋一二，好消眾人心中之惑？」

四目對視，金忠撇撇嘴唇也細細笑了：「王爺剛才吃驚之時，威嚴之氣凜然而出，金忠倒給鎮住了。回稟王爺，此風雨在下剛才已經說過，乃大吉之兆啊！」

「那屋瓦摔碎，卻又作何解釋？」

「王爺豈不知龍欲飛天之時，風雨大作，萬象更新，王府殿上之綠瓦，不日將會換上皇宮之黃瓦，上天尚且催促，可見王爺此舉實乃順天應命！」金忠故作吞吞吐吐，欲言不言的樣子。

朱棣立刻會意，哈哈大笑：「金紀善妙解！既有此吉兆在，本王也就十二分放心了。只是此語只可在府中說說，未可與外人道呀！」

眾人躬身答應著又恢復常態，甚至比剛才更興奮了些。朱棣仰望著瞑晦的天際，自言自語道：「此刻京師怕已知道這邊消息了吧？不知他們會作何反應。」

「王爺勿憂，朝中皆一幫庸才，諒不會有多大作為，前日奪門之戰就是例證。將來大軍出北平，沿路州府定然會望風而降。」道衍輕聲應對道，悄悄挪至金忠身邊，拉起他的手使勁一捏，二人相視而笑。

千踩萬踏入泥汙

金陵帝王之鄉，此刻一派繁忙。京師中大夫百姓個個人心騷動，連陰晴不定的天空也似乎有些過於凝重。

方孝孺親筆起草的「討燕」詔書已經發往各地，各路大將俱領軍待發。齊泰、黃子澄、方孝孺等人又想出一著，聯名上書請皇上將出征的儀式整治得隆重些，也好借此機會顯顯皇家威風，鼓舞士氣，也好未戰先勝出北平一籌。

建文帝欣然同意，即刻頒詔要親率百官至應天城西北江浦渡為眾將帥送行。

連日來南京城郊沿江各渡口熙熙攘攘，人頭攢動，較平日更熱鬧十倍。戰車，戰馬連踵接轂，各種貨物堆積如山，大小船隻來來往往，穿梭不定。即將出征的兵將蟻附江岸，四周擁擠著或哭或叫的送行家屬。塵土攪成了泥濘，悲情代替了市聲，灰濛濛的天幕下，亂成一團糟。

各路先鋒逐漸渡江北進，耿炳文所率中軍終於出發了。建文帝正是在這日來到渡口，親辭耿炳文，以壯其行色。

天色將明未明之際，沿江岸十餘里便扯起了帳幔，數千羽林軍盔甲鮮亮，刀光閃閃，遠遠近近分列把守。好奇觀望的百姓早被驅趕一空，昨日還吵嚷成一鍋粥的渡口忽然沉寂下來，天地似乎驟然空曠許多，縱有鼓角齊鳴，仍不免過於單調。

辰牌時分，幾個錦衣衛縱馬在前清道後，數不清的五彩旌旗颯颯招展，文武百官簇擁著皇上御輦逶迤而至，金鼓銅鉦登時大作，甬道兩側衛士齊刷刷跪倒，耿炳文衣甲整齊，五步一趨迎至轅門，親侍建文帝下輦登上轅門一側的彩棚內，而後下兩階而立。文武百官則行至彩棚下分班站定。江風呼呼而過，掀起衣袂飄搖。許多人忍不住想，建文帝登基的頭一個年頭便大興干戈，所謂的和平王朝，何曾有過呢？

耿炳文年過六旬，接過贊禮官手中節鉞，打起精神挺胸而立，然而雪白鬚髯卻掩飾不住蒼老。百官看在眼裡，幾乎每個人都悲哀地感歎：「朝廷乏人哪！」

分列站定，有贊禮官扯嗓高喊：「皇上賜大將軍御酒，」伴著樂聲執事官跪呈杯盞。建文帝在這種場合下似乎多少有些不適應，擎酒杯的手微微抖動著彎腰對耿炳文說道：「今以此酒為卿餞行，望老將軍再展廉頗之勇，早日平定北方隱患，報捷之日，朕當再舉杯為老將軍接風。」

耿炳文急忙跪地接杯，高高舉過頭頂答道：「老臣蒙兩朝厚恩，為主分憂乃分內之事。陛下不以臣駑，親授大將軍節鉞臣敢不盡力。陛下放心，臣此去定能速戰速決，不日獻俘於午門！」說罷一仰而盡，眼眶泛紅，幾欲垂淚。

建文帝聞言強作歡顏略略一笑，下階執耿炳文手雙雙登上戰船。船上江風更烈，遙望對岸霧氣沉沉，一股莫名惆悵湧上心頭。

建文帝看看百官遠遠侍立岸邊，便低聲對耿炳文說：「愛卿乃股肱老臣，朕有句話不知當不當講。此去征討，非比以往討伐蒙古舊元，反叛者乃朕之親叔，縱然國法不容，可人倫難絕。朕自幼讀書，深知作人應講道義，將來兩軍對陣之際，望老將軍適可而止，能不傷他性命方為萬全，勿使朕有殺叔之名。」

「這……」耿炳文聞言一愣，暗道皇上仁慈是不是太過了，只能抓活的，這仗打起來畏手畏腳……不過來不及細想，只得頷首領命，看建文帝緩緩下船而去，呆立半晌，剛才的雄壯之氣不覺一掃而光。

大軍緩緩北上之時，北平一帶已是天翻地覆。一月之中，燕軍接連攻克通化、薊州、遂化、密雲、懷來等大小城池十餘座。建文帝深寄厚望的都督宋忠一退再退，終於在懷來為亂軍所殺。

轉眼中秋將至。八月的北平，一年中最佳季節。秋高氣爽，金風送來陣陣穀香。燕軍連續征戰三十餘天，疲憊已極，無不盼望著能返回北平過個團圓的中秋夜晚。然而軍情接連到來，耿炳文所率大軍已於八月十三抵達真定，距北平不過三百餘里。其前鋒楊松更是佔據了雄縣，大有頃刻接兵之勢。

氣氛驟然緊張，朱棣本想進佔涿州的，聞訊只得停住，在涿州城西南三十里處紮寨駐軍。是夜恰逢中秋，立營停當，朱棣又領眾將到各分營巡視一番，不覺清輝漸上，銀盤當空。眾人深深吸口清涼之氣，個個嘖嘖不已。道衍光頭上泠泠水光映動，坐在朱棣身旁說：「為靖難大業，千萬軍士不得與家人團圓。若有些酒肉，痛飲飽餐一頓，或可暫免相思呀！」

朱棣斜乜他一眼，冷冷說道：「你這和尚，沒喝酒倒醉了。虧得是在心腹將領前這般說，若讓軍士們聽見了，豈不惹出兵怨?!軍中正苦於缺乏就糧之地，能吃上飯就不錯了，哪來什麼酒肉?!」

道衍自知失言，忙低下頭去。張玉見彼此不快，正待上前兩步勸解一二，忽有幾名軍校飛馬來報，涿州城中數十衙役押二十餘車酒食，前往雄縣楊松營中犒軍，為燕軍所截，現正押在朱能營中，聽候發落。

張玉聽後笑道：「看看，到底是王爺福氣大，這酒肉說來不就來了？」

朱棣也笑起來，拍拍道衍肩膀說：「道衍，聽見沒有，酒肉送到了，回帳中痛飲吧？」

道衍收住腳，仔細想想忽然叫道：「有了！王爺，破楊松佔雄縣只在今夜！」

朱棣站在明晃晃的月光下凝住笑意，手撫長髯若有所悟：「道衍意思是用這些酒肉去賺楊松？」

「王爺英明，道衍正是此意，」道衍掩飾不住興奮，「兵貴神速，楊松絕料不到我軍會行進如此之快。況今夜適逢中秋，南軍乍到，給養充裕，必然飲酒行樂，出其不意，必勝無疑。」

「妙！」朱棣忘掉剛才的言辭衝撞，掉頭對眾將說：「立刻傳令下去，連夜渡白溝河，直奔雄縣！」

圓月升至頭頂時分，二十幾輛載了酒食騾車，轔轔作響著沿黃土官道來到雄縣城下北門外。守門兵士借著月光看清來人，見是一幫運夫，便漫不經心地喊道：「這麼晚了什麼人還敢進城?!」

「在下涿州判官王真，特奉知州大人之命，送些酒食犒軍，以盡地主之誼。請城上軍哥速開城門！」下邊有人粗聲大氣地回答。

守城兵士聞言個個欣喜不已，叫嚷著便要去開城門。還是領頭校尉機警些，擺擺手又問道：

「既是犒軍，為何不早些送到？此刻黑燈瞎火的，將軍怕已歇息了！」

城下早有準備，隨即答道：「你等有所不知，燕軍已近涿州，常有遊騎出沒，白天根本不敢出城，夜裡來還擔著掉腦袋的風險呢！快快開門，進去再細說！」

應答合情合理，眾人當即放下吊橋，城門也隨之隆隆洞開。張玉扮作涿州同知，一馬當先，領眾人趕騾車開進城中。守門兵士等不及，先搬下幾缸酒來，其中一個道：「來，我引你等去拜見楊先鋒。」

張玉擺手說道：「且慢，這位軍哥，剛才城下沒說清楚，知州大人說楊將軍是朝廷所倚重的先鋒官，犒軍必定要厚些才好。後邊還有幾輛車中載有糧草衣物，因沉重走得慢些，煩勞再開城門放他們進來，一同去拜見楊將軍，」說著於馬上搭褳裡取出些碎銀，挨個發散了，「煩勞各位辛苦。」

守門兵校站在城樓望去，果然又有幾十輛大小騾車輾轉而來。見這幫人手無寸鐵，又得了銀兩，眾人也就不再懷疑，旋及又放下吊橋，開了城門。

剛剛收拾妥當，忽然張玉手中多了杆長槍，車夫們也紛紛從車上抽刀在手，齊喊聲「殺呀！」一直撲上來。眾兵校猝不及防，片刻工夫被砍翻了數十個。其餘的叫嚷著四散逃竄。張玉就在城頭上高舉起火把，城外燕兵在朱能率領下，吶喊著湧進門洞。

楊松此刻正與眾將在中軍帳外飲酒賞月，忽聞隱隱中人聲鼎沸，以為是軍中有人醉了酒，並不十分在意。忽然幾個小校慌慌張張奔來，也不及行禮，帶著哭腔遠遠喊道：「快！將軍，燕兵殺進城了！」

「啊？」楊松立刻酒醒大半，自語一聲：「如此之快！」隨即衝眾人大喝道：「速回各自營中召集兵士！」

眾人答應著擠出轅門，剛到街上，朱能張玉已率燕軍潮水般漫漲過來。南軍各營中群龍無首，又毫無防備，被燕軍橫衝直撞，如切菜瓜般恣意欲殺。不到一個時辰，九千人馬已是死傷大半，餘者皆降。

月落西山，天色將明未明之際，朱棣左有道衍，右有金忠，乘馬進入雄縣城中。街衢四處，屍身遍布，瀰漫著股股血腥氣。道衍看到，堆堆屍體旁，尚有未吃完的月餅，有人臨死前尚揑著酒碗，不免皺一皺眉，暗歎著轉過臉去不再看。

朱棣卻喜滋滋地賞個沒完。當有人指著一員斜臥在牆根的戰將屍體說這就是先鋒楊松時，朱棣跳下馬來，對著他仔細端詳多時，衝左右說道：「楊松固然有勇無謀，敗得其所，可是他雖敗猶戰，死時尚怒目而視，也不失為一條好漢哪！」說著伸手將他眼皮闔上，面露不忍之色。

端坐於雄縣縣衙案後，見諸將陸續到齊，朱棣慢悠悠說道：「諸位將軍，自本王起兵以來，戰無不勝。攻無不克，此皆賴諸位英勇。爾今朝廷發重兵來擊。其前鋒楊松已敗，尚有先鋒潘忠盤踞莫州，離此不過七八十里。他若聞聽雄縣戰敗，必來救援，如何應對啊？」

「王爺，」張玉因在戰中立下頭功，仍興奮不已，第一個站起來說道：「今日一戰，方知朝廷精兵不過如此。便是潘忠來到也不過送死，怕他怎的！」

「嗯，這話倒不錯，只是未免太大意些，」朱棣並不十分興奮，依舊沉著臉，「兩軍對壘，為將之道在謀不在勇，硬拚而勝乃下下之策，我無損而敵已敗，才算全勝呀！」

說到這裡見坐在近前的道衍微微頷首，立刻得了鼓勵似的拍案叫道：「眾將軍，此番我等必輕輕鬆鬆生擒潘忠！」

張玉剛才聽他一番教誨，正不知如何應對，聞言忙問道：「王爺已有何妙策？」

朱棣含笑說出「設伏」兩個字來，朱能騰地從椅子上站起，叉手說：「王爺，我以前在這一帶練過兵，知道莫州到雄縣必經月漾橋，能在橋頭沒伏，再好不過了！」

「好，」朱棣看看道衍，「那就在這裡設下伏兵，待潘忠人馬路過之後，速速佔據橋頭，斷其後退之路，前後夾擊，大勝便在眼前！」

「王爺，末將願領兵去設伏！」千戶譚淵早坐不住，迫不及待地挺身而出。朱棣知道譚淵自恃勇猛，近來幾仗中卻未立下大功，心中正著急呢。便推水推船，給了他個臉面。「譚將軍可速去布置，萬勿讓敵軍發覺，倘其識破，畏縮不前，大事可就麻煩了！」

譚淵得了將令，痛痛快快地答應一聲退下去布置了。其他人見狀也紛紛散去各自安排，等待大戰到來。

譚淵首次領命擔一方重任，心下興奮不已，帶本部兵馬一千餘人火速趕到橫跨白溝河的月漾橋。

秋水正漲，月漾橋下碧波微蕩。岸邊蘆荻瑟瑟，茫茫的一片招搖不定。看看地形，譚淵招呼眾軍士：「來，都躲進蘆葦叢中，不准說話，不准亂動！」

一陣雜亂，眾人依次縮身進入沿岸葦叢。譚淵站在橋上看看，見沒什麼破綻，頗覺滿意。正待走下橋時忽然一股強風颳過，譚淵無意中瞥了岸邊一眼，身上立刻驚出冷汗。原來草葦雖茂，卻並不甚高，風吹擺動，眾軍士半個身子便暴露無遺，在橋上看個清清楚楚。

「呀！老天保佑！倘沒這陣風，還發覺不了呢！」譚淵雖然魯莽，心裡也直念佛，「要是敵人路過時發現草中有人，幾枝火箭射過來，豈不個個都成灰燼?!」越想越感後怕，譚淵粗聲大氣地高叫道：「他奶奶的不行，都給我出來！」

可是不藏在草叢中，又能躲在何處呢？橋頭附近一馬平川，連個小丘都沒有，這千餘人馬不多也不算少，到哪兒也是黑乎乎一大片，如何能不讓發覺呢？譚淵犯了難。猶豫不定中，日影悄悄移動，潘忠人馬或許很快就要到了，似乎可以感覺到馬踏地面的震動，譚淵心急如焚，汗流滿面直搓手。

「將軍，我倒有個主意不妨試試！」一員牙將湊近囁嚅著說。

「有什麼主意，快些講來！」譚淵眼睛一亮，顯得有些氣急敗壞。

那牙將見狀越發緊張，結結巴巴地說：「我等不如藏到水裡去。」

「嗨！」譚淵聞言氣不打一處來，抬手就是一個耳光，「什麼時候了還有心取笑，你他奶奶的是魚呀，你鑽到水裡去，憋死你個龜孫！」

眾人聞言也覺得荒唐，有人甚至哄然笑出聲來。不料牙將挨了一耳光，膽子反倒大起來，紅著臉叫道：「將軍誤會了！藏到水裡自然有藏到水裡的法子。當年梁山泊打水仗時不也曾使用過麼？」說著他掐了身旁一段蘆管叼在嘴裡，也不脫衣，慢慢走下河岸，身子漸漸淹沒在水中，只露一根蘆管隱約可見。

譚淵看見豁然開朗，拍大腿直嚷：「都他奶奶的還等什麼，快掐根蘆管進到水裡去！」眾人見這法子果然管用，忙不迭地滑到水中。

剛剛隱藏完畢，馬踏大地微微震動，遠處漫天黃塵滾滾而來。譚淵見狀暗自慶幸，忙鑽入水中不敢動彈。

片刻間潘忠率騎兵已馳過月漾橋，步兵隨後也陸續過去。再等片刻，雄縣方向已隱隱傳來喊殺聲。隨即號炮連連，告知那邊已經得手，譚淵站在水中大喝一聲，千餘人濕淋淋地冒出頭來，迅即佔住橋頭，樹起燕兵旗幟，將鐵蒺藜等物堆積在路當中，而後吶喊著向敵人尾隊衝殺過去。

潘忠此刻欲進不能，欲退無路，前後喊殺聲響成一片，情知中了埋伏，卻也只好硬著頭皮迎戰。無奈處在兩軍之間，人心惶惶，有前衝的有後退的，自相踐踏，潰不成軍。潘忠左突右衝，在馬上看得真切，愈急愈不得要領，忽然想到皇上皇叔都是一家，我盡力而為也就罷了，倘若戰死了又何苦來著？想想確實是這個理，頓時氣洩大半，見朱能衝過來，就勢將手中大刀扔於馬下，高聲喊道：「將軍，我等投降便是。」

月漾橋一戰，果然應了朱棣的話生擒了潘忠。他的得意之情，自然溢於言表。眾將並道衍及金忠等人，樂得錦上添花，稱朱棣「用兵如神，此番朝廷必敗無疑了」，誇讚之辭不絕於口。

朱棣強忍住喜色連連擺手打住眾人話頭，朗聲說道：「諸位將軍，今日之勝不過小試牛刀，待大軍直逼真定，擒住耿炳文時，再將中秋之慶給補回來！」

「好！」眾將撫掌大笑。道衍看著雄心滿面的朱棣，想著每次交戰留下的具具血肉模糊的屍體，心緒複雜地理不清楚，索性悄悄踱步折回帳中歇息去了。

雖然不聲不響，金忠卻早已偷眼瞧見，隨後跟到帳中不露聲色地問道：「次此出征，攻城破敵，所向披靡，不正合了師兄的心意麼？何故忽然悶悶不樂？」

道衍已將外邊披的斗篷脫下來掛在架上，斜倚著寬大的胡床若有所思：「金忠，你和我當年自恃才高卻屢不為世用，遂憤而出家。後來碰巧進到燕府，觀燕王之心，才發覺這裡正是英雄用武之處。常恐年華易逝，所學盡廢，這才鼓動燕王起兵討伐天下。當時興致勃勃，大有自家便是諸葛武侯之感，可是幾仗下來，屍骨相積，生靈塗炭，實在於心不忍哪！莫非當初打算錯了？」

金忠側身在對面矮凳上坐了，抖抖衣袖笑道：「師兄自任天下英雄，沒想到還有副婦人心腸！即便當年諸葛亮出茅廬三分天下時，不也殺人無數？英雄有才若不施展，猶如寶玉埋於深山而不為人所見，甚為可惜呀。師兄之才正當此時顯露，功成名就之後也好名垂青史，天與其便，錯過了良機那才是打算錯了！至於戰死者，皆碌碌之輩，何足道哉！」

「可是……」道衍皺一皺眉，摸摸光頭還想分辨，轅門外一陣重重的腳步聲踏過，簾幕掀起處有人閃身進來。二人抬臉見是朱棣，慌忙站起來拱手而立。

「我軍接連獲勝，大有破竹之勢。外邊眾將士歡呼雀躍，你哥兒倆密謀什麼哪？」朱棣滿面春風，並未介意二人神色，笑呵呵地問。

「我……我正與師兄說，學成文武藝，貨與帝王家。師兄才學蓋世，王爺當世名主，正是相得益彰呢！」金忠看看道衍，應聲笑道。

朱棣笑意卻漸漸凝結，瞇眼撚鬚長歎道：「名主雖不敢當，大丈夫處世卻不能不慕鴻鵠以高翔呀！豈不聞男兒不發狠，到老受貧困。我等所為，既屬無奈，也欲借此機會以遂平生之志哪！哎，閒話少說，如今的形勢，該如何進軍，二位軍師可有高見？」

見朱棣說得誠懇，況又是自己心裡所想，道衍忙掃淨滿身頹喪，打精神說道：「王爺，依道衍所見，我軍雖連戰連捷，卻並未遇到南軍主力。南軍號稱三十萬，目下正在飛檄調集中。如待耿炳文調齊了兵馬，以真定為大本營，接連進攻北平，則我根基動搖，危在旦夕呀！」

「啊！」得意中的朱棣全沒想到這些，擰眉脫口叫道：「如此說來，我等高興得有些過早了？那該當如何處置啊？」

道衍並不著急，繼續說道：「王爺勿憂，以道衍所見，耿炳文雖係前朝宿將，久經沙場，無奈年事已高，動作未免遲緩，行軍也定然過於謹慎。趁其未準備好之際，當以攻為守，從速擊之！」

「對，對！」金忠站在一旁，忽然大悟似地說：「我軍連戰連捷，士氣正旺，一定要趁此機會端他老窩，千萬不可休整懈怠。」

朱棣連連稱好，當即召集眾將，火速傳令，令諸軍將不得休整，即刻南征。

眾軍於黃昏之時，在滿天霞光中開出城，悄無聲息地踏上南下征程。朱棣行在中軍，騎一匹西域汗血馬，前後左右數十親兵護駕。米黃色帥旗，不知不覺穿過滿天星斗，行進於第二日清晨霧中。腳步馬蹄夾踏裡，四周極靜，不時閃過掛滿紅燈籠般的柿樹和尚未來得及收拾的片片金黃黍稷。

沿由州通往真定的小道，幾萬軍士疾行一夜，伴著朝霞滿天，倦意也陣陣襲來。朱棣正忍不住謎眼打盹之際，忽聽有馬蹄音迎面疾馳而來，心中一驚，睡意消去大半。忙睜眼看時，卻是張玉、朱能幾員將領來到近前。

張玉馬上叉手稟道：「王爺，我軍夜行軍百餘里，如今已至蠡縣與博野之間，是否可埋鍋造飯，歇息一二？」

朱棣活動著手腳點點頭，有中軍於各營下令，就地歇息。親兵們則忙活著架設中軍主帥帳幕。

剛剛收拾妥當，朱棣與張玉、朱能、道衍、金忠等人各端飯碗圍成一桌急急忙忙往嘴裡撥著時，前方打探消息的兵卒回營稟報軍情，並稱捕獲敵軍一名頭目。

聞聽此信朱棣面露喜色，放下飯碗叫道：「快帶進來！」

被擒的是耿炳文部下一個百戶，名叫張保，三十餘歲，個子不高，獐頭鼠目，驚恐的大眼珠四下亂轉。剛進帳門便撲通跪倒，也不辨哪個是主師，篩糠叩頭哀哀連聲：「王爺饒命，王爺饒命。」

朱棣頗有興致地望望他：「看你如此鬼靈，怎地做了俘虜呀？」

「小的奉軍令帶兩名探馬前來察勘道路，不小心撞見王爺部下，那兩個探馬戰死，小的馬腿被砍斷……」張保依舊頭也不抬，只管抖著身子不停搗蒜。

「那你可如實告來，耿炳文軍中如今是何情形？」

「稟王爺，耿炳文部下號稱募集軍隊有三十萬，其實已到真定的不過十三萬。其中一半駐紮在滹沱河以南，一半駐紮在滹沱河以北。近幾日一直忙著架橋鋪路，各處給養也在加緊催繳……」張保見對方語氣平和，遂略放下心來，口齒靈俐地答道。

「那耿炳文六旬有五，身子骨如何？」

「回王爺，耿炳文雖說年老，身子倒還結實，昨日還到小的營中察過，小的見他精神矍鑠，每至一處都細細詢問如何備警，如何持更夜巡，如何防襲，如有回答不清者，當即便輕則訓斥，重則記過……」

「嗯，」朱棣臉色冷峻，撚鬚髯若有所思。

譚淵正坐在朱棣近前，低聲說：「王爺，話已問完，怎麼樣，殺了罷？」聲音雖小卻被張保聽得清楚，一時嚇得六神無主，伏下身子頭砰砰直撞地面，哭叫道：「王爺，王爺！小的雖在南軍，也是讓召募軍丁的抓來的，並非小人所願，小人也是無奈呀。家中父母妻兒日夜盼小人歸家，小人情願作牛作馬，千萬別讓我死呀！王爺……」

朱棣皺皺眉頭，左右看看有些猶豫不決。道衍見此情形，忽然靈機一動，附耳對朱棣悄言兩句，朱棣心有靈犀，當即會意，波瀾不驚地說道：「張保，你也不用害怕。本王向來以仁義聞名天下，此次興兵為的是剷除朝廷奸臣，當然不會亂殺無辜，你且起來，賞你二十兩白銀留作日後回家之用，你現在選匹良馬回營去吧！」

哀號絕望中的張保聞言像嘴上貼了封條一般嘎然止住，驚詫不已地問：「放小人回去，還賞銀兩馬匹？王爺，小人可千萬不敢當……」

看他驚喜交加之態，朱棣撫鬚哈哈大笑：「張保，你聽著，本王素來仁義，你回去後可廣為散布。另外，你回去後要當面告知耿炳文，我軍已經奪得雄縣莫州，日下士氣正盛，勇不可當。本王如今正要攻打真定，現正屯於蠡縣和博野之間，要他好生防備。」

「啊?!王爺，小人不敢，小人回去之後定將軍情嚴守如瓶，瞅個機會逃回家中，再不與王爺為敵。」張保自恃聰明，猜想朱棣一定在試探自己，急忙表明心跡。

「哼，你如何不肯?若不按本王吩咐行事，你就別回去了！」朱棣有些不耐煩，面色一沉。

張保一見確是真要自己這樣做，一時也猜不透是何用意，又怕節外生枝丟了小命，忙答應著退出帳外一溜煙去了。

看看張保走了，譚淵忿忿不已，衝朱棣高聲說道：「王爺，我軍昨夜趕路為的就是攻其不備。如今碰見個張保，不殺他也就罷了，還要他回去洩露軍情，莫非王爺另有打算了?」

朱棣正待解釋，坐在凳邊的蒙古人將佐火真也漲紅臉嚷道：「王爺曾下令全軍嚴守機密，怎麼自家卻解開懷給人看?!」

火真粗嗓門一叫，便有人隨聲附和，議論紛紛。朱棣看看道衍，見道衍面色平靜，便胸有成竹，抬兩手向下按止住眾人吵鬧朗聲說道：「諸位所言自然有理，可用兵之法虛虛實實，須因時而變方可保不敗。本王原不知彼之虛實，故欲攻其不備。今已知其半軍駐河南岸，半軍駐河北岸，與原來所料想的不一樣，故要隨機應變。耿炳文久經沙場，深知戰敗之後的後果有多嚴重，故而舉止謹慎。若讓他知我來進攻，他必然會將河南岸的兵力全部移至河北，以圖數量上佔據優勢，大獲全勝。若如此，我等方可一舉擊敗他全軍。倘若按原先計劃去偷襲，以我之兵力雖能勝過河北岸南軍，可是南岸之敵卻會乘我戰鬥疲憊時鼓噪過河，以彼之逸敵我之勞，則凶危萬分哪！本王之苦心，諸位還不明白麼？」

朱棣話音剛落，早有張玉、朱能等將領鼓掌喝起采來。其餘眾將見狀也不由得隨聲附和，一場爭執就此化解。

沒了偷襲的意思，行軍速度明顯慢了下來。逶迤到第二日中午時分，方行至真定城郊。前方哨兵來報，燕軍前鋒距真定只有二十餘里，忽遇一處樹林，眾軍恐怕林中有埋伏，故爾暫停待命。

朱棣此刻戴一頂平頂方巾，穿件白綾綉花直裰，腰束絲絛，斜掛佩劍，正與道衍並轡走在中軍。聞報順勢抖韁繩將馬勒住，招手讓朱能傳令，後隊大軍就地歇下待命。

剛傳下話去，又有士卒來報：「樹林裡發現有二三十個南軍正砍伐樹木，尚未發覺有埋伏。」朱棣一遍遍撫著長鬚，思慮不定是進是退。忽然有人縱馬跑過來說道：「王爺，我願帶人先衝進樹林，如有埋伏，大軍可早作防備，如無埋伏，就抓他幾個兵士來細細盤問。」

回頭一看是張信，朱棣就袖袍中伸出手來滿目關切地拉住張信：「張將軍，兵途兇險，弄不好有殺身之禍。你是本王恩人，焉能讓你去冒險。」

張信見朱棣如此推心置腹，頓時熱血上湧，紅著臉說：「王爺休如此講。上次張信多虧王爺派兵，一家老小才安然住進府中。王爺才真正有恩於張信。我雖不才，也知有恩必報是人之大義。王爺不必掛心，靜候佳音便是。」說罷揮手招呼身後百餘兵丁離隊衝向前去。

看張信去了，朱棣笑笑向道衍說道：「張信真是忠義之人，本王最喜道義二字，將來定不負他。」

道衍似乎正想著什麼事情，聞言只是匆忙笑笑算是應答。

說話間不大工夫，驟急的馬蹄由遠而近，張信旋風般地衝過來，將幾個瑟瑟發抖的南軍士兵丟在朱棣馬前：「前方並無埋伏，幾個伐木士卒俱被生擒，王爺請細細盤問。」

其實不用問，那幾個士卒已哆哆嗦嗦全交代一遍。「小的幾個全是都督指揮顧成部下，本來奉命駐紮在滹沱河南岸，不知何故，營房剛剛紮起又有命令要往河北岸遷移。過來後又得新建營寨，這才急急忙忙來砍伐木頭……」

道衍在一旁插話說：「還是王爺英明，張保的話起作用了！」

朱棣會意一笑，忽然說道：「道衍，此戰敵強我弱，非同小可。本王想要披甲上陣，衝鋒在前，為將領們做個榜樣，道衍以為如何？」

道衍驚愕地看看朱棣忙搖手說：「萬萬不可，王爺萬金之軀，怎可如此冒險！」

「哎，」朱棣不以為然，「縱觀古今，成大事者哪個不是槍林中闖出來的英雄，父皇當年不也親臨戰陣?!我意已決，否則此戰恐怕難以全勝！」

道衍雖知此理，卻不敢明言，支唔幾句，朱棣已命道：「拉開帳幔，本王要更衣換甲！」待朱棣再從帷帳後出來時，立刻像換了一個人。頭上金盔閃閃，身披鎖子黃金甲，內襯蜀錦紅袍，腰束玲瓏玉帶。左掛雕弓，右懸羽箭。腰間橫佩青龍劍，足登花腦頭戰靴，騎在汗血馬上，長髯飄飄，威風凜凜，眾將見了，嘖嘖不已。

可是當聽說他要作尖兵衝鋒陷陣時，眾人忙又七嘴八舌地阻攔。朱棣要的正是這個效果，他愈加意氣昂揚，將令箭，令旗塞到道衍懷中，帶一隊親兵，大喝一聲，呼嘯衝出。

滹沱河由西北而來，至真定城下折為東西向，繞過真定城又蜿蜒流向東南。朱棣帶數百親兵沿河灘向上游飛馳。城西有一片大大小小的軍營，有的掘壕而設，有的立柵而建。一座連一座的軍營中，因號旗不同，極易找到主將的中軍大帳。因為他們沒舉旗仗，甲冑又與南軍無甚區別，故此貼近對方營寨時，南軍營中正各自忙碌不息，有的正掘壕豎柵，有的正立木修築望樓，沒有人會想到大白天敵人還敢來劫營。許多人看了他們一眼，還以為是哪營的大將來巡視，仍舊忙活得更歡了。

見此情景，朱棣嘴角流露出一絲冷笑，端大刀狠狠一揮，眾親兵吶喊著衝過去。頓時如狼入羊群，在一片狂呼亂叫中橫衝直撞，所過之處血肉迸濺，哀號連連。混亂中有人揮刀砍倒大纛牙旗，有人將火把扔向糧草馬廄，立時火光沖天，整個軍營更亂成一鍋粥。

道衍遠遠見火光騰起，知前邊已得手，立刻傳令響起三聲號炮，大隊燕兵潮水般尾隨湧至。

朱棣領眾兵正殺得興起時，城內耿炳文隱隱聞聽動靜，不過他並沒想到是燕軍劫營，還以為哪座營中失了火，忙帶幾個護衛踏過吊橋出城來察看。

剛行至吊橋頭，朱棣已狂飆般席捲而來。朱棣衝在前頭，見吊橋放下，橋頭簇擁著一堆人正向這邊眺望。定睛四目相對，彼此認出，沒想到此時會在這裡相見，相互驚訝萬分，電光石火間，朱棣先反應過來，大吼道：「那便是主帥耿炳文，速生擒於馬下！」一邊揮刀衝過去。

耿炳文未拿兵器，倉卒間驚慌萬分，本能地拉出腰間寶劍，打馬向城內退去。「擒賊先擒王」四字在朱棣腦中一閃，天假其便，看來這仗太輕鬆了。這樣想著便不顧一切發瘋似地衝過去，躍馬上了吊橋。

耿炳文周圍護衛此刻明白過來，急忙舉刀槍暫時抵擋片刻。耿炳文趁機後退幾步，便掉轉馬頭進城，向城上喝道：「快拉吊橋！」

吱吱扭扭一陣悶響，吊橋活動了。正站在吊橋上的朱棣搖晃兩下，險些掉下馬去，眼看吊橋緩緩上升，耿炳文已衝入城牆門洞，朱棣又氣又急，瞪著血紅的眼珠子揮刀去砍吊橋一側的鐵索鏈。火星四射間刀已捲刃，吊橋已漸漸離開水面。朱棣不敢再猶豫，扔掉手中大刀，雙手催動韁繩，汗血馬長嘶一聲，自橋頭躍下，噔噔竄出一箭開外，其餘親兵則無一倖免，紛紛被掀入護城河中，有些滾落到城牆角下，也被城上拋下的檑木砸成肉漿。

煮熟的鴨子竟然飛了，功敗垂成啊！朱棣暗暗慶幸逃生之餘，又萬分不甘心。回頭一看，耿炳文已登上城樓，頓時氣急敗壞，於箭囊中摸出支鳴鶻箭，弓拉滿月，嗖地射上城去。手抖得厲害，箭略偏些，射中耿炳文身邊的一個士卒，應聲翻滾到城牆腳下。耿炳文也在為剛才險遭不測而心有餘悸，喘氣還有些不勻。忽然瞥見一個將校拉弓欲往城下射，心頭突地一動，慌忙大喝一聲：「放下！」

軍校已瞄準待發，聞言滿臉疑慮地看看耿炳文：「耿將軍，他正在射程內……」

耿炳文不耐煩地吼叫道：「叫你放下你就放下，休得多嘴！」軍校不解地訕訕垂下手後退幾步。

耿炳文長歎一聲：「雖說是兩軍陣前，可他是皇叔啊！當今皇上至孝至義，你等……」話未說完便轉身吩咐道：「緊閉城門，待來日決戰時滅他羽翼，將其生擒便了！」

混戰一場，燕軍連端城外兩座敵營，士氣分外高漲。朱棣雖然暗暗心痛自己百餘親兵全葬身於護城河中和城牆根下，卻又不能張揚出去，仍作出一副喜洋洋的神態，命圍城紮營，以待來日決戰。

次日中午時分，秋氣清爽，天淨如水，雲團似浮萍斑斑點點，正是沁人心脾的好天氣。然而真定城下東北處殺氣四溢，兩軍嚴陣以待，雙方緊張得有些喘不過氣來。

燕軍所排是四門斗底的方陣。以步兵刀槍手四面排開，間以盾牌標槍，其後是弓弩手，騎兵居於中央。耿炳文見狀則排出雁行陣，尖銳居前，重兵在後，像尖刀一樣直插燕軍心窩處。

大戰在即，兩軍異常寂靜，空氣中瀰漫著將死的血腥氣息。忽然間，大旗一揮，震天鼓聲擂響，令旗搖擺，陣形晃動，大戰開始了！

按耿炳文安排，南軍雁行陣如箭頭般直向燕軍陣中射去。不料將至近前時，燕軍忽然陣形變動，分成四隊，張玉、朱能、張信、譚淵各率一軍，直衝耿炳文軍兩翼。廝殺中雙方血肉飛濺攪作一團。

真定城外廣闊的原野之上，塵土高高飛揚，兵對兵，將對將，捉對兒砍殺。戰前的所想所感一哄而散，此時每個人不得不收回萬般思緒，將家人私情拋於腦後，專心致志地盯住身邊的刀光劍影，被殺或者殺人。「快殺，快殺，不然自己就活不成，」每個揮刀的人只有這一般心思，他們來不及想為何要殺，為誰而殺，只能且顧眼前，像被人拿在手中的一柄刀，毫無意識地四下揮舞而不能自主。每個人都在為自己能活著見到父母妻兒而不得不讓對方永遠地離開他們的家。負痛的慘叫，垂死的哀號，此起彼伏間已喚不起麻木的聽覺。「快些殺啊，殺完了他們我就能回家，」在這種想法默默地驅使下，剛才還體壯如牛的漢子們變成一具又一具屍體相繼倒下，血肉漸漸撒滿了整個戰場。

雙方正殺得難分難解之際，朱棣已率一隊騎兵迂迴至敵後，貼城牆悄悄包抄過來，怒吼著衝亂了南軍陣勢。眼看陣腳大亂，耿炳文措手不及，急火攻心間竟有些頭暈眼花，忙揪揪頜下白鬚讓自己清醒些，四下驅使著穩定陣形，應付兩頭夾攻。

然而耿炳文沒有料到的是，另有一員燕將丘福已趁他們忙於陣戰之機，率軍攻入了真定城北門。北門是做甕城，外城雖被攻下，內城卻還堅固。駙馬李堅奉命守城，聞軍情緊急，忙揮軍衝入甕城，混戰廝殺，想將這幫人趕出城門。

可是已經太晚。燕軍愈湧愈多，簡直無法招架。李堅感覺闖入了難以遊出的海洋，使盡渾身解數，仍殺不出個東西南北來。

駙馬李堅在廝殺中，不知怎地，恍惚間生出幾絲悔意。本以為燕軍很容易平定，自己以駙馬身分出征，應該說絕無危險，回去後便可風風光光地建功封侯。然而此刻在血肉的海洋中，卻強烈地感受到平安活著的好處，他一邊砍殺一邊想，自己已經貴為皇戚，還要再爭什麼富貴呢？人哪，真正是苦在了不知足上。

由於緊張，由於勞累，很多人的意識已經陷入半模糊狀態。李堅正胡思亂想著機械地揮刀亂砍，忽然發覺一員戰將飛馬過來挺槊刺向自己，急忙強打精神舉刀招架。不料那將佐看衣甲職位不高，力量卻不小，「噹」地一聲脆響，刀槍相撞，李堅感到雙臂發麻，稍一遲鈍，已被對方橫槊打在腰上，「哎喲」一聲栽於馬下。

將佐見自己三下兩下竟打敗了一員大將，顯得十分興奮，跳下馬來拔腰刀便要割對方首級。李堅被摔得一時難以動彈，眼看性命不保，絕望中大叫一聲：「別，別殺，我是當朝駙馬李堅！」

此刻耿炳文見陣中混亂異常，情知大勢已去，敗局已定，長歎口氣揮旗令鳴金撤回城內。平時還算寬大的真定城門此時顯得過於狹窄，眾士卒你推我搡，擁塞在一處，互相踐踏著地上又多了好些屍體。耿炳文情急之中不得已斬了幾個兵丁，總算順當一些，鬧騰一陣後，城門終於轟隆隆地關上了。耿炳文一時還理不出個頭緒，從前隨洪武皇帝南征北戰，還從未像今日這般窩囊過。莫非真的老了？皇上啊皇上，你不該派老臣來呀，丟了一世英名不說，一天中會有多少人家妻離子散家破人亡啊！耿炳文很快打定主意，躲在城中堅守不出，立刻上表辭去大將軍之任，讓朝廷從速派人來替換。

而朱棣已喜盈盈地在真定城下中軍大帳中檢點戰果了。先帶上來的是被稱作大都督的顧成與駙馬李堅。傳令下去後，二人反縛雙臂被推進帳來。

對於顧成，朱棣頗為了解。同耿炳文一樣，顧成也是員老將，頭髮花白鬍鬚蒼蒼。此人遍身紋滿虎豹圖案，赤膊上陣時，常令對手不戰生畏。由於功勳卓著，遂由普通士卒逐級提升為左軍都督，滿朝文武無不膺服，頗有威信。對此朱棣早年在朝中親眼所見，來北平後亦頗多耳聞，今日能有機會籠絡住此人，真是求之不得。

於是朱棣離座趨上前去，喝退兩旁士兵，親自為他解開繩索。細心地替他理理凌亂的鬚髮，柔聲說道：「唉，年華易逝，將軍真是老多了！」

顧成雖然勇猛，但多年歷練使他感到皇家殺來殺去其實分不出個對錯來，到頭丟命丟得一錢不值。經的事多了，自己也就乖巧起來。見朱棣如此語重心長，也就順坡下驢，垂頭歎道：「確實呢，老臣為太祖皇帝驅使多年，早將自家性命許身大明，今日有幸見到殿下，有如見到當年太祖一般。從今以後，老臣也可歇息一二了。」

朱棣沒想到如此順當，大喜過望，拊其脊背連連叫好：「老將軍真是義士！本王向來以道義為先。今日義士見義士，也算是惺惺相惜吧！哈哈……」當即下令賜座，又叫準備酒飯壓驚。

客套畢後朱棣斜眼看看帳門口垂首而立的李堅，登時沉下臉來。李堅比別人不同，是大名公主的駙馬，朱棣的妹夫，算來是再正經不過的親戚。見李堅垂頭喪氣，遍身血污，朱棣慢條斯理問道：「李堅，你這是幹什麼嘛！一家人打打殺殺，叫外人看了成什麼體統！我向朝廷發的邸報露布上難道沒說清麼？朝廷出了奸臣小人，離間皇室骨肉，我此番出兵，一是希圖自保，再者便是要清除君側，以使皇族和睦。可是你，卻也懵懵懂懂地摻和進來，唉！」

李堅漲紅了臉，頭垂得更低。怎麼辦？像顧成那樣痛痛快快地投降了完事，還是來幾句硬的？思之再三，李堅覺得自己與顧成不同，再怎麼說也是朱棣的妹夫，萬不會有性命之憂的。朱棣不是說自己最講道義嗎，那我也講點道義，豈不更好？反正他也不會拿自己怎麼樣，說不定還會高看一籌。

想好後李堅脖頸一硬，硬梆梆地說道：「我是奉朝廷之命討伐叛逆，又不知什麼詳情，何罪之有！」

朱棣偷眼看看四座將士俱在，頓覺尷尬，滿肚子窩火。頃刻間又找不出話來應付，紅著臉說：「多虧是自家親戚，我尚不在意這些，要換了別人，早就把你砍作幾段了！你且下去換身衣服用飯歇息，改日我送你回北平看看你嫂子與三個外甥，等仗打完了再送你回家去！」說著抬手叫人拉李堅下去。這才緩過神來與顧成等人陪話。

歡宴完後已是二更天，眾人告乏散去。看看身邊無人，朱棣叫住金忠說：「金忠啊，離家這麼久了，北平那邊著實讓人放心不下。明日你便回北平好了，所有事務須小心辦妥，萬不可讓後院起火！」

金忠略呈醉意，仔細聽著拱手答應。「還有，將李堅也順路帶上。這小子本事不大卻牛氣沖天，哼！將他帶到北平，又如何處置？論家他是親戚，論國他是俘虜，又不肯歸順。唉，不倫不類啊！」

「那……」金忠轉動雙眼，捉摸著話裡的意思。

「依本王看，最好不要讓他回到北平，省得將來左也不是右也不是，」朱棣拋下一句話，看也不看金忠，轉身出帳消失在夜色中。

當金忠離開真定大營回北平的第二天，有消息報來說駙馬李堅不知何故，趁人不注意舉刀自殺時，朱棣正在大帳中議事，當著眾人面不禁滴下兩行淚來：「唉，李堅啊李堅，真是糊塗蛋！一家人有什麼過不去的，他倒玩了真的，唉！」

回首長歎素妖嬈

史潤生從沒想到過有朝一日自己也能踏進人間天上的皇宮。

同潤生一起踏進這紅牆之中的有七八個人，有鐵匠，有木匠，不過他一個也不認識。個個像換了個人似的，屏息靜氣，走路小心翼翼，相互間連打問一聲也不敢，全沒了在街市上大呼小叫的神態。見別人如此，潤生也格外小心，甚至將生死不知的弟弟也暫時放在了腦後。

進宮時辰是在薄暮戌時初刻，三四輛宮車四下垂簾遮蓋得嚴嚴實實，將他們從一側偏門送進去。左拐右拐半天方才停住，有太監鴨子鳴叫般說道：「到了，都下來吧！」

他們幾個老老實實挨次下來，薄靄冥冥中見四處遠遠近近遍布假山亭閣，院子甚為空曠。領頭太監個子不高，白白胖胖，將他們挨個打量一遍，又慢吞吞說：「你們幾個打今兒起就吃住在這裡。老實幹活，不得偷懶，更不許亂跑。要知道這是宮中，比不得別處，一不小心違了規矩，就得端掉吃飯的傢伙。前邊房舍便是你們住處，吃飯幹活自有人安排。進去先歇會兒，立刻有人送飯來，用過後就睡覺，明日早些起來。」

說罷又面無表情掃他們一眼，登上來時的宮車隆隆地轉彎走了。看他走遠了，匠人們站在路邊面面相覷一會兒，有個膽子大些的說：「人家讓進去歇著，就進去罷。」

眾人這才醒過神來，應一聲三三兩兩登臺階進到前邊一溜五間抱廈中。屋內四枝燭臺早已點上，燈火通明。四下打量，畫樑飛棟隱約可見，雕鏤隔扇精巧無比，連幾個老木匠摸著也嘖嘖讚歎，几案潔淨，油光可鑒。轉隔扇進入裡間，一排臥榻早收拾得整整齊齊，絲緞被褥鋪開了平平展展。

眾人看著發呆，七嘴八舌地說：「皇宮就是皇宮，哎呀，名不虛傳，」「咱運氣好，能來這裡幹一回活，可算夠向鄰里街坊得意半輩子了，」「可不是呢，別說還賞銀子，就是一個銅子兒不給，能進到這地方來，就不枉活一回。」

正說著有人神祕兮兮地問：「哎，你們說說，咱們也算進皇宮了，誰知道皇上在哪屋裡住著?」

「既然都在一個院裡，那大概遠不了吧?咱們可別大聲吵，當心讓皇上聽了去。」一個後生楞頭楞腦一本正經地說。

年歲最長的一個五十開外的木匠一巴掌打在後生背上，氣笑不得地說：「放你娘的屁！看你胎毛不乾的娃娃，知道些啥?!你以為皇宮像你家，幾間房子一個破院?皇宮是三宮六院，三宮六院懂不懂，別說皇上做其他事情的地方，便是那些皇后，妃子們住的地方就不止十個八個大院。咱們這兒，一百個加起來怕也抵不住半個皇城呢！」

正胡亂扯著閒話，一群小孩模樣的太監端盤提盒送飯進來。登時熱氣騰騰擺下滿滿一桌，眾人開始還站在一旁垂手而立，待小太監們扭身出門，立刻擁上去死盯住滿桌碟盤，大托盤中的鹽水鴨、錦繡雞、清蒸武昌魚自不待說，另有叫不上名稱的烹炸煎炒及各色什錦小菜，四角各有一籠雪白的宮廷小包。五顏六色異香撲鼻。

來不及細看，早已紛紛上手，誰也顧不得說話，啃咬匝嘴聲響成一片。不到半晌，風捲殘雲般掃蕩一空，眾人仍不盡興，將那四籠小包一口一個，未辨得清什麼滋味便全都滑落肚中。

碗底朝天，眾人這才腆著肚子戀戀不捨地四散坐開。那個毛頭後生肚中發脹，坐不直身子，只得斜倚在椅上回味不盡地說：「活了二十幾年啦，這怕是最飽的一頓了。殺頭的人臨上刑場時要能來這麼一頓，保準砍頭時還偷樂呢！」

有人笑他癡心妄想，有人則摟住肚子仰在椅子上懶得開口。史潤生自打澤生出事以來，多少天沒心思好好吃頓飯，如今來到宮中，一則新奇，再則人多嘴亂，一時將滿腹心思暫時忘在腦後，也撐得夠飽，暗想皇上也真夠大方的，對待一錢不值的小百姓也這麼好，這滿桌飯菜放到酒樓裡，得多少銀子呀！這樣想著不覺說出口來。

「看看，又顯得沒見過世面不是?!」還是那個老木匠發話了，滿臉不屑的樣子，「饒你深山更深處，到頭都屬帝王家。皇上不比你家，幾畝薄地，小家小院的，吃幾兩米來還得數著粒兒。皇上那可是天底下最大的主兒，什麼東西都多得數不過來，這一桌飯菜怕還抵不住人家皇上一道不起眼的小菜值錢呢！」

「聽你說得這麼逼真，好像見過皇上用飯似的，」小夥子剛才受了奚落，這會趁機駁他一句。

「見倒沒見過，不過活了這麼大年紀，聽的也比你們多些。要不信，回頭問問伺候過皇上的太監就知道了。」老頭兒瞇起眼睛頗為自得。

「哎，別皇上長皇上短的，讓人聽去保不準惹出什麼禍來。好飯也吃了，趁早歇息，明兒起早點，看看讓咱們幹什麼活計。」燈影中有人打斷他們。

眾人聞言也覺得時候不早，於是答應著湧進裡間，脫把脫把各找被窩鑽進去。絲綢被褥滑溜溜細膩無比，睡慣了粗布被子的工匠們渾聲麻酥酥地說不上來地舒服。翻來覆去橫豎睡不著。

「真美呀，睡在這種被窩裡，真比……真比爬在老婆肚皮上還他娘的得勁呢！」黑暗中有人嘖嘖地輕輕咂嘴說道。

「這算什麼，趕明兒你見了宮裡一群群的美女，你就不會這樣想了。皇上的被子比你這不知舒服多少倍，還不照樣每夜爬在美女肚皮上睡覺。」有人興致勃勃地回應。

「難怪人常說一日為官，強似千載為民。這氣派，咱做夢也夢不到啊！」又有人不勝感慨。

「可不是麼，水大浸不過鴨子去，任你再享福，比起皇上來也不過九牛一毛，咱們這幫人和街面上的富戶比起來都算白活一回，還敢跟皇上相論麼？人啊，就是個命！」有人跟著感歎。

潤生蜷縮在被窩中默不作聲。剛才的新奇喧鬧漸漸散盡，滿腹心事又開始湧上心頭。澤生糊里糊塗讓關在獄裡，不定哪天就會讓穿著血紅法衣的劊子手拉出去殺頭。這種情景潤生已在夢中演繹過許多遍。而自己這個當哥哥的，卻只能站在一旁束手無策。雖說史鐵答應給問問，但到底管多大事，誰知道呢？苦命的澤生啊，當哥哥的千里迢迢帶你來這個人生地不熟的地方，白受了那麼多苦不算，臨了還弄個身首分家，年紀輕輕的成了異鄉的孤魂野鬼。唉，哥對不起你呀，要真有這麼一天你讓殺了頭，哥還怎麼活下去！

慢慢地又從澤生想到翠紅。自己翻山涉水來到京城，從心底裡講還不是為了翠紅。可如今翠紅連個影兒也沒見到，又白白搭上澤生！翠紅呀，你不就住在這個大院裡麼？現在我潤生也進來了，你在哪裡呢？史鐵會不會給你傳個信？你還是原來的樣子沒變吧，我為了找你付出了多少呀！

想到翠紅，潤生不由想起那天問起翠紅在宮裡情形時，史鐵支支唔唔，似乎有話想說又不想說。當時自己萬箭穿心，也沒有特別在意，這會兒想起來就覺得有些蹊蹺。他們不是說皇上夜夜都在美女肚皮上睡覺麼，莫非翠紅已經……潤生頭皮發麻，心窩一陣刺痛，不敢再想下去，可是怎麼也擺脫不掉這個念頭。

胡思亂想著不覺已至三更。兩側大小不一的鼾聲陸續響起，潤生卻輾轉不定，難閉上雙眼。直到窗紙發白，約莫卯時過半才昏昏沉沉迷糊過去。

建文帝這夜也並不舒服。晚膳用過，本來想到清寧宮見過太后便直奔後宮找翠紅的。不料到清寧宮後殿還沒和太后說上幾句話，門外忽然一陣吵嚷。沒等他張口訓斥守門太監，已有人破門而入，氣呼呼地站在他與太后之間。

定目一看，他的七姑母大名公主雙眼通紅，手中牽著五六歲的小兒子，因為受了驚嚇，也是期期艾艾哭個不住。

太后坐在案後榻側，正讓幾個小宮女揉肩捶背，見狀頓時愣住，直起腰杆問道：「妹子，這……這是出了什麼事啦？」

不問還好，一聽問話，大名公主紅腫的眼中立刻淚水撲簌不住。撲通跪倒在案前，壓著哭腔說道：「太后，皇上，你們沒聽說？李堅，他……他已經不在了！」

見大名公主神情不對，建文帝預感到有些不妙。本來似坐非坐，聞言騰地站起身來，橫眉問道：「胡說！哪裡得來的消息？前方耿老將軍與燕軍對壘，勝負尚在兩可，況且朝廷兵多將廣，勝算更多，駙馬定然安然無恙！姑母切莫聽信街頭細民的謠傳。」

大名公主跪在地上抬臉冷笑道：「不聽細民謠傳，可惜你這個當皇帝的，每日住在深宮裡，安安泰泰的不問東不問西，任憑幾個巧言的大臣糊弄你。耿炳文在真定大敗，多少敗兵都已經逃回了京城，你出去打聽打聽，大街小巷連聾子都知道了！耿炳文領的兵連死帶散，十成少了六成，顧成投降了燕軍，李堅被活捉……」說到李堅，忽然抽噎著說不出話來。

「啊！」建文帝霍然驚起，頓如跌如冰窖中，渾身冰涼。「朝廷尚未得到任何軍情密奏，也無邸報露布，街頭百姓卻從何得知？」

「從何得知，從何得知，你七姑母不是說了嘛，吃了敗仗的逃兵都已經跑回來了！誰知道你那朝廷是幹什麼的，到如今反倒連個準信也沒有。」太后已經不大耐煩，沉下臉搶白道。

建文帝耳中嗡嗡作響，彷彿大勢已去一樣。嚥口唾沫，強壓住怦怦心跳，細細一想，又覺得其實並沒什麼大不了的，北平距南京數千里之遙，即便打一回敗仗，似乎也無關大局。眼下要緊的是找齊泰等人打探消息，商議對策。

想至此建文帝衝門口太監喝道：「速傳齊泰、黃子澄、方孝孺賫夜進宮見駕！」然後語無倫次地安慰大名公主幾句，又對太后說：「駙馬乃千金之軀，自有神靈護佑，不會有事的。待齊泰來後便立刻傳令換回駙馬，母親可勸慰姑母幾句，切莫聽風就是雨，白白急壞了身子！」

太后在一旁也說：「七姑儘管放心，燕王是你的親哥，雖說如今鬧得不可開交，但一家骨肉總還得顧及吧！駙馬別說沒事，就是真讓活捉了去，也不會受委屈的，人心都是肉長的，總還得講個道義吧……」

建文帝趁她們說話的空兒，急忙出門跨上肩輿，直奔乾清宮而去。

天色已經完全暗了下來，清寧宮到乾清宮要穿牆過院，拐七拐八繞好幾道彎子。平時每隔十餘步才燃一盞宮燈，路面昏昏暗暗，燈影幢幢。由於建文帝臨時出門，值日太監便吩咐幾十個太監各挑燈籠，前前後後排列開一大隊，路面照得通明，肩輿穩穩當當，緩緩奔乾清宮而去。

齊泰、黃子澄、方孝孺也是剛到。米黃色宮燈下，三人臉色有些慘白。建文帝登上御座，三人於丹墀下拜見過，互相對視兩眼立於旁側。

在路上建文帝已將這件事反覆掂量過，他忽然猜測既然市井百姓都已聽到風聲，兵部不可能不知道消息，縱然耿炳文懼怕懲處不敢上報，北平那邊地方邸報總還應該有的。想來想去他認定齊泰等人其實已經知道了兵敗的消息，他們是有意瞞著他。為了證實這個想法，他要唬他一唬。

「齊愛卿，既然耿炳文在真定吃了敗仗，兵部為何壓住消息不上奏啊？」建文帝放輕嗓音，慢條斯理地問，故意弄得玄玄乎乎，高深莫測。

齊泰果然上當，魂飛魄散地滾倒在階下，頭撞金磚通通作響：「罪臣該死，求皇上恕罪！臣亦是今日早朝散後才得知前方戰敗的消息。本欲向陛下稟奏，又恐聖上驚憂，再者當初起兵討燕，便有人阻三阻四，此番失利，恐他等得了口實，廟堂之上風言風語，有損聖上威嚴。臣想勝敗乃兵家常事，一戰失利，原不是什麼大事，只要責成耿老將軍用心戰務，反敗為勝也就是了。故此猶豫再三，不知當奏不當奏，望陛下體諒臣之苦心！」

難道真是今天才得的消息麼？建文帝閃過一絲疑慮，不過見他說得誠懇，想想確實也有些道理，便放過這個話頭，急急地說：「深更半夜召你們進來，並非問罪。不過耿炳文乃先帝宿將，燕兵又不比元時蒙古兵強悍，而今卻一敗塗地，這是怎麼回事呢？」

見建文帝並未上火問罪，三人都舒一口氣。黃子澄趁勢跨兩步站到殿中央說：「聖上不必焦慮，區區燕兵折騰一月有餘，不過攻下三四座小城，左右是繞著北平轉悠，能成什麼大氣候？」

「唔，」建文帝也覺得確是這麼回事，便把臉色放平靜些，揮手讓齊泰平身，接過話頭問道：「話雖這麼說，不過既然開戰，還是能速速取勝為好。當今之計，黃愛卿可有何見解？」

「聖上，」黃子澄又上前邁一步，「依臣見，要想速勝，陛下可檄傳天下，火速徵調天下之兵，若得大軍五十萬，四面圍攻北平，以泰山壓頂之勢，不出數日，燕王必擒！」

五十萬！建文帝心下突地一跳，五十萬可不是小數，得多少壯丁不能耕田，多少家戶哭鬧得翻天啊！他抬眼看看方孝孺。

方孝孺正直眼看著階上，見狀會意，忙整衣拱袖說：「陛下，臣以為五十萬之兵雖非同小可，不過洪武朝勵精圖治三十年，羽翼已豐，民皆安居樂業，邊無狼煙之憂。當此國家全盛之機，士馬精強，兵甲富饒，徵調五十萬兵馬，應該不成問題。倘大兵齊路而至，區區北平，不過累石擊卵，勝敗自不待言。」

建文帝點頭覺得有理，心境慢慢開朗起來，話語裡邊透著輕鬆：「當初三位愛卿皆言燕王難制必反，徐增壽等人還不大相信。朕念他乃皇叔，遲遲不忍下手，不料翻來覆去鬧出許多笑話不說，結果到底還是反了。唉，人常言親者隔之不斷，疏者屬之不堅，看來此言也不全對呀。自家親叔不服管教，三位愛卿倒與朕同心協力，細思量也怪有意思！」

見皇上如此說，分明拿自己當作心腹了。三人忙齊刷刷跪倒謝恩。拜畢黃子澄仍帶著滿臉感激不盡的樣子進言道：「聖上，臣以為耿炳文老將軍雖久經沙場，但年已老邁，燕王多年與蒙古韃子作戰，陣戰之法精熟。由此看來，五十萬大軍調集之日，還須另擇良將換回耿老將軍。」

想起臨出征時，耿炳文皓首蒼髯，一副年邁氣衰暮氣沉沉的模樣，再加上黃子澄這樣說，建文帝暗暗後悔當初就不該派他前去。「是呀，神老不靈，人老無能，不服不行呀！」他頗感慨道。

「陛下，臣保舉曹國公李景隆為帥，引大軍前往征討，定能旗開得勝，聖上定可高枕無虞！」黃子澄見皇上言聽計從，興奮得兩眼閃光。

「李景隆？」齊泰感到意外，黃子澄私下裡沒和自己商議過舉薦元帥的事呀。看來這傢伙得意忘形，開始信口開河了。不行，得讓他慎重些。於是齊泰緊接過話頭奏道：「陛下，曹國公爵位雖然顯赫，但那是其父親李文忠戰功卓著的結果，李景隆不過得其福蔭。他本人自幼長於侯門相府，不過讀過些兵書，參加過幾回圍獵。用這樣的人為帥，恐怕會像當年紙上談兵的趙括一樣，白白葬送兵士性命哪！」

「哎，趙括是趙括，李景隆是李景隆，二者有何可比之處哇？再者說，國家承平日久，曹國公縱有本事也沒處使呀，而今令他出征，不正是顯其能耐之時嗎?!」對於老搭檔提出反對意見，黃子澄很不以為然。

建文帝聽他二人辯駁，本覺得李景隆確實不夠老成，可朝中老臣皆被自己爺爺洪武皇帝巧用各種名目殺戮一光，僥倖剩下的幾個比起耿炳文來更是老朽，不派李景隆，又能派誰呢？他無意中見方孝孺靜立一側，便問道：「方愛卿，你以為如何？」

「陛下，臣乃一儒生，素來對武將們知之不多。不過曹國公李景隆，臣倒是有些印象。臣觀其人身材修長，眉目清秀，顧盼有神，舉止優雅而雍容，確有大家風範。數日前在徐輝祖府上賀壽時，偶爾交談幾句，覺此人雖然是武將，卻博覽群書，通曉典故，甚而還讀過臣近來所著的《孝經誡俗傳》，武臣之中，實屬難能。臣以為令此人為帥，或許可以像當年周郎那樣，羽扇綸巾，談笑間大獲全勝呢！若如此，豈不是陛下留於後人的千古美談?!」

見方孝孺說得活靈活現，建文帝也開始興致勃勃：「那好，就派李景隆罷了。具體細節，諸愛卿再好好議一議，寫個奏摺上來，然後定論。」

「陛下，」齊泰見這件事已成定局，遂不再堅持，又說出另一件事來，「當初燕兵初起時，為防止其他藩王與燕王勾結，陛下曾下詔召回北方各地的親王。而今諸王已陸續回來，唯有寧王托詞有疾，拒不奉詔，如之奈何？」

「陛下，寧王所轄大寧三衛，兵數眾多不說，且皆是與元朝打過惡仗的悍騎，若寧王與燕王有謀，共同起兵，那可不得了！陛下務必連發詔旨，令其速速歸京，否則日久生變，可就麻煩了！」黃子澄也恍然大悟似地驚叫起來。

「唔，那好，方愛卿明日即擬旨，召寧王火速歸京，不得藉故拖延時日，」建文帝見原來以為天大的事經他們一說，頓時煙消雲散，心裡早懈怠下來，隨口應道，「記住，措辭嚴厲些！」

三人諾諾連聲，倒退出宮門回去了。許公公站在屏風後邊，見事情辦完了，躡手躡腳地過來笑著說：「陛下，天這晚了，還去不去翠美人那兒？只是路遠些。」

建文帝伸伸懶腰，哈哈一笑：「朕心裡高興，如何不去?!快叫朕的肩輿來！」

潤生剛迷糊過去，就讓人一把拽了起來。睜眼才發覺天光已經大亮，滿屋的人穿衣束帶忙乎著收拾妥當。

「還不快起來，剛才小太監傳過話來了，管事大太監馬上就到，當心怠慢了挨一頓鞭子！」有人悄悄在他耳邊提醒。潤生慌忙拉過衣褲胡亂穿上。髮髻還沒來得及抿一抿，就聽門外有人扯著沙啞的嗓子吆喝：「值事大總管到，還不快來廳前接著！」

眾人聞聽慌作一團，擁擠著出了前廳，依次跪在階下。過不片刻，幾個人簇擁著一個白胖老頭嘁嘁喳喳地過來。遠遠就聽其中有人說：「許公公，就是他們了，都是些知根知底能信得過的。要不也不敢讓他們進到這地方來。」

白胖老頭拿個拂塵隨意搖擺著陰陽怪氣地笑著說說：「那是，小史子，你小子聰明，才半年多辦事越發俐落了。難怪徐大人極力推薦你。趕明兒奏過皇上，也委你個差使幹幹。」

說著話一逕來到近前，見眾人規規矩矩跪著，許公公還算滿意，哼一聲扯娘娘腔道：「你們幾個打今兒起，就開始幹活了，皇上新登極，要修繕好幾處園子，你們不可應付差事，慢工出好活，要細細地幹。按月發賞銀子，夠你們發財了。幹活時有小史了領著，不能亂跑，不能亂看，也別亂問，不然出了事可得自己兜著。」

眾人雜七雜八地撅起屁股連忙答應，見都還馴服，許公公轉過臉交代史鐵幾句，走了。待許公公走了，史鐵才轉過身來說：「別趴著了，都起來吧?!」潤生夾在人堆中間，按進宮前史鐵的囑咐，裝作誰也不認識誰。史鐵更是臉朝著天，連看他一眼都不看。

或許礙著潤生在眼前，史鐵說話很慢盡量不顯出陰陽腔，交代過後便領眾人轉出花牆，沿芳草小道走不多時，便進到一院中，半月形圓門上方鏤刻「馨芳園」三個大字，有認得的指指點點，彼此低聲傳告。

進得園中，迎面一座假山，細水自山頂潺潺而下，苔蘚滿布，似一帶翠幛橫在眼前。有兩道白石子細徑分叉沿兩側繞過去。眾人跟在史鐵身後，轉過山來，頓覺眼前豁然開朗，十餘畝方圓的一汪碧湖，湖中隱隱約約幾處白地。沿湖過去，緊鄰湖畔一帶粉垣，垣內一溜小殿座北面南，鏤窗雕樑，十分精致。四下裡青草相扶，翠竹掩映，幽靜中平添幾分靈動，看得眾人嘖嘖稱讚。

史鐵引眾人輕推門扇進入正廳，裡面猩紅氈鋪地，帳幔半掩，紫檀木几案錯落有致，古董器玩一應俱全。咂舌看罷，復出來輕關門戶，史鐵就在院中吩咐道：「你們也都看到了，這是一處新園子，後宮新貴娘娘等著要搬的。目下湖中兩個小島要建上亭子，還得在兩個亭子間建座拱橋，不用坐船就能從這處走到那處。另外，你們瞧這東西偏廈還沒來得及按窗戶，你等可照正廳的樣子裝好。」

眾人弓腰齊聲答應。史鐵看他們一眼又說：「需多少材料，可寫出來讓人送到總管處。打鐵的可就在院角支起爐具，敲打時聲音不要太大。如今已是殘秋時節，眼看著日短夜長，況娘娘又等著要搬過來，幹活須賣些力氣，不要耽誤了正經事。否則不但連賞錢拿不上，腦袋也難帶回去！」

眾人唯唯連聲，四下散開測量的測量，比畫的比畫，老木匠作頭，忙著算計所費材料。此時潤生才知道，幾個人中，除他之外，還有個叫劉莊的後生打鐵，其餘全是木匠。於是潤生便招呼劉莊選個牆根和泥壘起打鐵的爐子來。

史鐵四下轉了一圈，慢慢蹭過這邊來。潤生偷眼瞧見，想打個招呼，又不知該不該相認，正猶豫間，史鐵卻主動搭話說：「你們兩個須仔細些，按說修亭按窗，只幾個木匠就夠了，一應鐵器可以到市上訂做。只因娘娘搬遷的日子緊，怕來回跑著耽誤事，故爾才薦你倆進宮。你倆好生支應著，但凡工程所需鐵器材料，立刻打製出來，不可誤了他們的工。」

潤生見史鐵還在裝著不認識自己，暗自慶幸剛才沒莽撞著說話。不料史鐵說罷後甩衣袖正打在潤生背上，然後慢慢向院門外踱去。潤生心下一激靈，弄不清楚有意還是無意。不過思來想去，總不放心。便對劉莊說聲：「去去就來，」四顧見無人注意這邊，輕手輕腳蹩出門邊。

見史鐵一個人站在路旁，潤生知道自己猜對了，忙急步跟過去。史鐵抬臉看著四周，嘴裡小聲說：「潤生，澤生的事俺已向徐大人說過，他答應幫忙，你且不必性急，有徐大人出頭，事情應該沒有不成的道理。」

潤生一直懸著的心通地放回肚裡，立時輕鬆許多，不知說什麼好，只是「哎哎」地答應著。史鐵卻話題一轉，神祕兮兮地說：「潤生，你可知道要搬進這院子裡的娘娘是誰？」

「誰?!」潤生從來沒想過，見他那模樣，倒被唬一跳。

「就是翠紅！」

「啊！翠紅不是進宮當丫頭麼！怎麼成娘娘啦?!」潤生一下子驚疑不定，懵住了。

「哼，那還不是人家命好，運氣高唄！」史鐵冷笑一聲：「潤生，你還不知道宮裡的事。這皇宮中，哪分什麼娘娘丫頭，總之全是皇上一個人的，他說誰好誰就好，他想要誰就要誰……」

「那，依你說，翠紅她已經……」潤生急不可待，頭嗡地一聲脹得斗大。

史鐵見自己說的有些直截，便忙換個口氣說：「潤生，你也別著急，世道就是這樣，翠環不是也……」說著倒勾起自己心中一陣刺痛。頓了頓又說：「你安心在這裡幹活，俺看翠紅她倒還記掛著你，過兩天皇上要出宮給打仗的將士送行，翠紅說不定來這裡瞧瞧，到時候俺讓你們見見面，把心裡的話往外掏掏。」

「哎，」潤生沮喪地點著頭，有氣無力地說：「也不知道翠環姐在北平那邊怎麼樣。」

「俺看還好，來時金忠答應照顧好她的，否則俺也不會來這裡人不人鬼不鬼的。俺估摸著，再有個把月，小孩也就生下了，倒不知是個閨女還是小子。要是老天保佑生個胖小子，史家也就斷不了香火，俺即便死了也沒什麼對不住祖宗了。」史鐵望著北方，話語中無限神往。

「老天爺會保佑咱受苦人的。」潤生只好順著話茬安慰他。

「潤生，這裡不比別處，可得學聰明點。在皇宮裡像咱們這樣沒依仗的，有什麼事都要打碎牙往肚裡嚥。金忠和徐大人都說了，量小非君子，得看長遠些。他們說燕王這人最講義氣，又會打仗，日後咱們總有出頭之日的。」史鐵聲音更小了，忽然見小徑盡頭走過幾個小太監，忙打住話頭迎上去。

潤生見狀立刻就乖巧了些，不動聲色地裝作折路邊的乾草杆子引火，胡亂拽了幾根回院中幹活去了。

時已是殘秋，秋蟬殘鳴中，建文帝在奉天殿隆重熱鬧地開始了為李景隆送行的遣將儀式。李景隆全身披掛，煥然一新。他頭戴茜色將巾，抹額中嵌一粒晶瑩欲滴的明珠，身披千葉魚鱗寶甲，護心鏡明燦燦映亮大殿，外罩大紅箭袖莽袍。加上李景隆天生面朱唇，劍眉下一雙秀目炯炯有神，人衣相映，宛若天神。

建文帝高踞丹墀之上，連連點頭暗喜，心想就憑斯人外觀，就不像是打敗仗的將軍，看來朱棣真是秋後的螞蚱了，將來生擒其至南京之日，看他怎樣腆著臉來上殿！

黃子澄也是喜上眉梢，見方孝孺站在身邊，趁鼓樂喧天的機會扯他一把衣袖，悄聲說：「方兄，人都說寧生窮命，不生窮相，你看李景隆這一裝扮起來，和戲上臺上的周瑜差不多。就憑這行頭，也不像個打敗仗的樣子。」

方孝孺笑笑，一臉得意，正欲說話，忽聽司禮太監拉長腔調喝道：「恭請聖上賜大將軍節鉞！」

李景隆聞言疾步上前，腰間佩掛叮噹作響。山呼萬歲跪拜禮畢，建文帝滿面春風，轉出御案，雙手將節鉞遞與李景隆。司禮太監在一旁見授畢，忙接著喊道：「恭請聖上賜大將軍尚方寶劍！」

李景隆將手中節鉞遞於旁邊執事官，伏拜在地，雙手高舉頭頂接下尚方寶劍，口呼：「謝主龍恩，臣敢不竭忠盡力！」說著三跪九叩，方爬起來側身站立西階下。

「等等，」見司禮太監又要接著往下喊，建文帝忽然想起什麼，擺手止住。隨後伸手將腰間通天犀帶解下來，連同用金絲絛拴在上邊的玉圭一併捧給李景隆，直盯著他動情說道：「愛卿此去，肩負一國重託。朕初登大位，叔父輩即舉兵發難，都言血濃於水，朕卻寧信義勝於親。望愛卿此去以君臣大義為重，臨陣應變，必生獲燕王於朝堂之上，勿負朕望！」說到隱痛處，眼圈竟有些泛紅。

建文帝將唯有皇帝才能用的通天犀帶和玉圭親手賜於李景隆，很多人頗感意外，就連精通禮數的方孝孺也隱隱覺得，是不是禮儀過重了？及至建文帝說出來這番肺腑話來，眾臣皆暗暗慨歎，目光紛紛投向李景隆。

李景隆更是不曾料到會受到此等恩寵，驚喜莫名，翻身拜倒，頭碰金磚高聲喊道：「臣世代沐浴皇恩，何德何能，受此殊寵？臣此去定全力效犬馬之勞，不日破敵於城下，以解聖上之憂！」話未說完已是喜極而泣，嗚咽著搶頭伏地，還是執事官將他扶著站起來。

李景隆仍然抹淚不已，感染得瞿能等幾員一道拜辭的部將和許多大臣熱淚盈眶，朝堂上下唏噓一片。最後由齊泰領頭，兩班文武齊齊跪倒，伏地高呼：「吾皇德義沖天，大明江山可保萬年無虞！」

建文帝沒想到一條玉帶會換來如此場面，深為自己靈機一動的聰明暗感得意，看來道義二字，千金難買呀！

第五章

歸彼大荒

歸彼大荒

多情還被多情惱

翠紅果然在李景隆出京師殺奔北平的那天下午，來到這座正修葺之中的御花園。

潤生正高挽著袖子，圍著火爐旁的鐵砧敲打一根扒釘。史鐵突然領著幾個小太監出現在門口，高喝道：「工匠諸人暫且避讓，後宮娘娘駕到！」

只有在打鐵時，潤生才覺得心裡舒暢些，那煙火味，叮叮噹噹的敲擊聲，都讓他感到踏實，只有這時，才能將翠紅、澤生等理不清道不明的煩心事暫時抹去，內心暫時寧靜片刻。

史鐵的一聲斷喝擾亂了這種寧靜。遠遠近近的工匠們一身泥水，手忙腳亂地收拾傢伙，在幾個小太監的指引下，躲到牆角處一間黴味很重的庫房內。

庫房不大，他們一個個縮頭縮腦蹲在地上，擠得滿滿當當。外邊幾聲太監們的吆喝，接著有女人嘁嘁喳喳的說笑，無非是看到園中哪裡別致，胡亂議論一番。少頃聲音沿甬道漸漸遠去。工匠們在黑屋子裡聽見，都暗舒口氣，蹬蹬腿舒舒腰。不過有太監的吩咐，誰也不敢亂吭一聲。

又過了許久，園中靜悄悄的沒了一絲聲息。門吱吱作響著打開，刺得眾人趕緊眯上眼睛。

史鐵站在門口，身影投到屋內拉成細細的一條，他揮著衣袖說：「好了，娘娘看了你們幹的活，很是歡喜，答應日後奏了皇上要重重地賞賜你們。快出來各自幹活吧！」

眾人答應著挨次擠出小門。潤生夾雜在中間，慢吞吞地往外挨。走過史鐵時，覺得史鐵的手在黑影中伸過來，扯住自己的袖子輕輕一拽。潤生登時雙耳轟然作響，壓抑不住地砰砰心跳，腳步也有些踉蹌起來。

見屋裡空了，史鐵關上門，若無其事地沿翠竹夾道的小徑往北門處走去。潤生強壓住心慌，衝劉莊說：「這麼大會子，爐子裡的炭火早乏了，你先過去將爐子收拾好，俺走幾步透口氣。」

劉莊悶頭答應一聲隨眾人走開。四下瞧瞧，見無人注意自己，潤生忙碎步跟在史鐵身後，不遠不近地尾追而走。

竹林盡頭，閃出一個小圓門，藍磚砌就，上覆紅瓦，瓦下半月形排開五個金字：「皓月浴嬋娟」，雖說已經來了好幾天，這地方倒沒來過，潤生屏住氣，強壓住緊張跟過去。

穿過圓門，門內側貼牆兩間小屋。上下粉白，掩映在綠草紅花中，頗覺別致。史鐵轉身四下打量幾眼，招手叫潤生進屋。

潤生緊走幾步，本以為翠紅就在裡邊了，既萬分想見，又不知見面後會是何種情形，一時也想不到許多，只是心蹦得如小鹿撞胸，險些兒要從嗓子眼裡竄出來。

及至進了屋，卻見屋內直通通並無遮攔，靠窗一張朱紅大桌，幾把高背朱椅，沿後牆一溜小炕，炕上氈子鋪得平平整整，炕正中央放著一張小几，一洗皇宮別處的金碧輝煌，彷彿進了農家院一般。看屋中情形，不像有人居住，卻又收拾得乾乾淨淨。潤生四下亂瞅，並不見什麼翠紅，只有史鐵一個人站在桌邊。

史鐵見他這番模樣，不禁笑道：「找翠紅呢？她如何能在這等地方！這不過是值日灑掃太監們歇腳換衣的屋子。」

「那，那來這裡做什麼？」潤生連驚帶喜又夾雜著失望，簡直說不出話來，兩眼不解地望望史鐵。

史鐵仍笑著說：「沒聽說過，錢是人的膽，衣是人的臉。你看你一身油脂麻花的，哪能近了人家金枝玉葉？怕進不了人家屋裡就要給人攆出來了。來，這裡有身衣服，快換上！」

潤生已顧不得想許多，當下手忙腳亂地換過衣服。史鐵瞅著他又看看窗外，忽然歎口氣說：「潤生，你史鐵哥這回擔著掉腦袋的干係讓你小兩口見面，也算盡了咱們兄弟一場的情義了。你是個伶俐人，有眼色些，千萬別露了馬腳。」

潤生百感交集，一時不知說什麼才好。

史鐵又看一眼窗外，壓低嗓音說：「潤生，當初金忠讓俺來這裡打探宮裡的消息，這幾個月來，雖聽到些三言兩語的消息趁出宮時傳給了徐大人，可是看徐大人面色，那些消息未必中多大的用。俺想老是這麼著打探不出有用的消息，人家還照看不照看翠環母子呢？唉，雖說金忠他們都是講道義的人，可時間長了難免出差。潤生，你將來出去有機會去北平，翠環和你哥那點子骨血，就全靠你了……」

說到傷情掛心處，史鐵抬袖子抹把淚。潤生忙安慰說：「放心吧，史鐵哥，將心比心，誰還能狠到哪裡去？你在這裡拼著性命替他們辦事，他們還能虧了嫂子?!」

史鐵不再多說，見潤生穿戴好整齊，活脫脫一個辦差太監打扮，不禁咧嘴似哭般笑笑，順手扶了他的頭髻說：「好了，這園子還沒用上，平時很少有人來，你跟在俺後邊，俺自有安排。」

二人一先一後出得小屋，揀條偏僻點的碎石小路拐向東邊。走不多遠，迎面一座西殿，排開約有七八間，殿外朱紅欄杆，左右柱子上描著金龍舞鳳，簷前掛滿堂紅一副彩幔，迴廊繞處正門下珠簾低垂。

史鐵回頭示意一眼，登臺階撥簾進去。潤生好容易平靜了些，見這飛樑畫棟的殿宇，又有些發怵，七上八下地懸著顆心勉強跟進。殿內悄寂無聲，史鐵放慢腳步，向北拐進裡間，掀起流蘇掛簾，探頭看看，這才回頭招呼潤生。

潤生知道這次翠紅真的在裡邊了，一股異樣的感覺流遍全身，腳下軟綿綿地走過去，側身進了內間。

裡間是個小暖閣，並不特別寬綽。各式高低櫃子、衣架、花架沿牆擺開，靠窗有一榻，支著紗帳。紗帳擋住了窗外光亮，屋裡有些陰沉沉的模糊暗淡。雖然暗淡，潤生還是一眼看見榻旁坐著個人，穿著大紅宮紗衫，外罩米色半背，頭微微低垂，金壓髮鑲滿翠珠玉環，隱隱露著雪白脖頸。

潤生站在門口打量片刻，拿不準是否就是翠紅。猶豫著見史鐵向自己使眼色，知道必是翠紅無疑了。可不知怎麼回事，未見時的急切躁動忽然無影無蹤，眼前這個花枝招展的娘娘就是翠紅麼？雖然還未看清她的臉，但光是那身打扮，潤生已覺得如此生疏，不可靠近，似乎遙遠的拒自己於千里之外，可望而不可即。熱騰騰的心驟然冷卻下來，頭腦一下子清醒許多。

史鐵並不知他想些什麼，見他呆呆地發愣，便輕腳過來，在他肩上一拍，轉身出去望風了。

潤生被拍得回過神來，抬頭見屋中就剩下兩個人，更加手足無措不知如何是好。不過既是翠紅，縱使穿了宮中的好衣裳，戴了宮裡的金首飾，可身子不仍是她的身子麼？再說自己千里迢迢從老家趕來，還把弟弟給連累得下到大獄裡，不就是為了見見這個朝思暮想的人麼？

胡思亂想著，潤生不由自主地叫出聲來：「翠紅，俺是潤生！」

那人卻似沒聽見般，仍半垂著頭。可是沒等潤生再張口，她忽然忍不住掩面嗚嗚泣出聲來。潤生的心突地一沉，知道對面正是翠紅。雖然還沒說話，可是哭聲都那麼熟悉。相處的多少日子裡，他們笑過，也哭過，特別是翠紅踏上四面罩著黃幔子的宮車離開家鄉時，衝他招手高喊著：「潤生哥，等著俺，三年後俺就回來了。」那喊聲中夾雜著哭音，那哭音至今仍迴盪在他耳邊，今天的聲音正是三年前的聲音。

雖然穿了宮袍，雖然戴了金玉首飾，可翠紅仍是翠紅，她並沒有變。潤生渾身一陣激動，衝動著上前疾走兩步，靠近床榻又叫了聲：「翠紅，俺是潤生！」

翠紅終於抬起水汪汪的臉，滿臉淚水在昏暗的屋中泛著冷光。翠紅盯住眼前的潤生看了片刻，終於抖動嘴唇說出話來：「潤生哥，真的是你麼?!」

多長時間沒有聽到如此熟悉的叫聲了，一聲「潤生哥」使潤生恍惚回到從前，回到史家莊的田間地頭，回到通紅的打鐵爐旁。他一下子忘記了緊張，忘記了身在何方，就勢蹲下望著那張熟悉又有些陌生的臉龐連聲說：「是俺，是俺！翠紅，咱們可算見面了，這不是做夢吧？」

翠紅坐著沒動，淚水滴在潤生手上。「這不是夢，潤生哥，這是命！」翠紅說得很艱難，一字一頓，每個字似乎都濕漉漉的浸飽了淚，潤生聽在耳中，滲進心裡。

「翠紅，你別難過，俺如今從老家趕來，總算沒落了空，」潤生強打笑顏，盡量裝作輕鬆些，「翠紅，一生都是命，半點不由人，話雖這般說，可老天爺畢竟有眼，總不能叫苦命人一直苦下去吧？你看，按說皇宮這麼森嚴，咱一個小百姓說啥也進不來的，可如今不是進來了麼？咱不是又見了面麼？保不準哪一天，你就能碰上個機會走出這皇宮，到那時咱還不又是團團圓圓的一家人？翠紅，別哭，沒有啥事回不了頭的。」

「潤生哥，俺啥都懂。可是有些事確實是再也回不了頭啦，」翠紅聽了他的話反而哭得更厲害了。

潤生不知道她是什麼意思，見她眼淚婆娑的，一時不知說什麼好，習慣地用衣袖替她拭淚。翠紅不提防潤生將手伸到自己臉上，唬得閃電般躲向一旁，自己抬手將眼睛擦了。

潤生大為詫異，抖聲說：「翠紅，你，你這是咋啦？咋就生分了？你不知道自打你進了這地方以後，家裡過的是啥光景！你家倆閨女一下子讓人家拉走一雙，大叔大嬸整天淚流不乾，想和翠環姐都快魔怔了。偏又逢上天旱水澇，官家不依不饒，租稅照樣交，救濟糧沒見過一粒，掙扎著幹上一年連肚皮也哄不飽，這不，沒捱多少日子，倆老人挨個走了。唉，大叔大嬸臨死都叫著紅兒，閉不上眼哪！翠紅，老人們難受，俺心裡何嘗好過過一天！日子實在沒味了，幸好家裡少了拖掛，這才咬著牙和澤生一步一挪來到這南京城……」

「別說了，潤生哥，史鐵他都說過了……」翠紅早已是泣不成聲，牙縫裡擠出一句。

「不，」潤生肚裡憋了一股怨氣，不說出來實在委屈，「本指望你在這裡做兩年差就能回去，俺沒事時就在天街那一帶閒逛，老想著哪天正好碰上宮裡放人，好接你一塊兒回家。帶你到大叔大嬸墳前磕個頭，要不他們就是化成了灰，心裡也不甘哪！誰承想等啊盼啊，沒把你等出來，又把澤生給搭上了……」

翠紅雖然哭得淚人一般，話還是聽得清楚，聞言忙抑住泣聲問：「潤生哥，澤生咋啦?!」

「澤生他，他希裡糊塗地攤上人命官司，說不定哪天就要讓砍頭啦！」潤生終於忍不住，咧大嘴淚水嘩嘩地流下來。

「啊！」翠紅悚然一驚，連聲催促潤生說清楚些。等潤生斷斷續續說完了，也著急得不知如何是好，任淚水順腮滴下，竟忘了擦拭。

潤生見她這般模樣，心裡又熱乎乎的，看來翠紅並沒變心，還是掛記自家的。便急忙找出話來安慰道：「不過也不用太著急，史鐵認識朝廷裡的好多大官，哪個都能管了這事。讓他去說說，或許會沒事。」雖然寬慰翠紅，話說出來，連自己也覺得踏實些。

屋內雖然昏暗，待的時間長了，一切漸漸清楚。潤生掃視一眼翠紅揚起的臉，目光立刻被吸引住。

三年不見，翠紅比自己印象中夢境中更顯得秀美。臉色更白了，臉形也由於略胖而更豐滿了，柳眉淡掃，鳳眼斜飄，大紅宮袍映襯下，楚楚動人，宛若驕陽下盛開的蓮花。再加上幾許淚痕掛腮，更如雨後沐浴過的梨花一般。

潤生看得發呆，一陣心旌神搖，竟暫時忘了全身的苦楚，蹭得更近些，一把握住翠紅袍袖內的雙手，柔聲道：「翠紅……」

翠紅不料他會突然這樣，抽手不是，不抽也不是，一時心慌意亂，疊聲說道：「潤生哥，別……俺已經……」

潤生卻不管不顧，兩手握得更緊了，嘴裡喃喃說：「翠紅，咱們能活著見面，真不容易啊！這回說啥也不能再散了。史鐵不是能在皇上跟前說上話麼，讓他給好好求個情，求皇上開恩，早一天把你放出去，俺就是給他當一輩子匠戶，打一輩子鐵，累死也情願！」

翠紅眼中又滾下淚來，絕望地搖搖頭說：「不，潤生哥，俺對不住你，俺要辜負你的一片苦心了……這地方，俺是一輩子也出不去了，也不能出去了……」

潤生聞言眼珠子瞪得銅鈴般大，急急說：「你說啥胡話呀，翠紅！莫非你見皇宮裡面樣樣都好，每天吃香的喝辣的，又有這花園住著，就忘了咱們以前發的誓許的願了麼?!翠紅，俺知道，你不是那種人，俺不會看走眼，俺……」

翠紅終於忍不住，抽出雙手嗚咽道：「別說了，潤生哥，啥都別說了！俺剛才不是告訴你了嗎，一切都是命，萬般不由人，俺已經和皇上……俺知道好女不能嫁二夫……總之俺對不住你就是了！」

聲音不大，潤生卻如五雷轟頂，跌坐在地上目瞪口呆。好一陣子才爬起身來定定地看著翠紅緩緩說道：「翠紅，肯定是那皇上仗勢欺負了你，對不對？俺知道這幫龜孫官家沒一個好東西……」

翠紅閉住淚眼使勁搖搖頭。潤生見狀駭然叫道：「那麼說是你自己願意了?!」隨即又獰笑一聲：「哼，天下多少意外事，天師也有鬼迷時。俺潤生沒想到你竟是這種人！你見皇上金銀成山，奴僕成群……唉，翠紅，說來也怨不得你，誰讓俺人窮志短說不起話呢？罷，罷，罷！看見你在享福，俺也就放心了。今後你好生照顧好自己，咱倆也只當不認識算了！」潤生帶哭腔苦笑兩聲，踉踉蹌蹌向外間走去。

「潤生哥！」翠紅再坐不住，起身扯住他衣袖，「潤生哥，俗話說自家有病自家知。你光知道自己受了苦，可是俺的苦水往哪兒倒呀！俺被關在這深牆大院裡，整日見不上個日頭。剛來時誰看俺都不順眼，那幫娘們看上去花枝招展的，個個欺起生來卻不手軟，天天不是挨罵就是受氣，兩條腿跑斷了也沒個人叫歇會兒。本想著苦熬兩三年回家過太平日子。可一打聽，都說多少年了，還沒聽說有往外放人的，除非死了，屍首能順宮牆扔到外邊湖中去。俺一聽……心涼透了，多少回都想著還不如趕緊死了好。後來……後來不知怎地碰見了皇上，他對俺不打也不罵，光給你說好聽的話，俺知道這輩子橫豎是出不去見不上你了，好容易碰見了個體己的人，就……潤生哥，你說俺該咋辦呀！」話音未落，淚滴撲撲灑滿衣襟。

潤生本已神情恍惚，心裡打翻了五味瓶般說不出來的彆扭。猛聽翠紅這番哭訴，如被當頭棒喝醍醐灌頂，一下子清醒許多。

他慢慢轉過身來，正要找幾句安慰的話說。史鐵急匆匆進來說：「快些吧，不早了。皇上已經回後宮啦。都收拾整齊，別讓人看出不一樣。潤生，你去那個小屋把衣服換了，只管幹活去，有機會見面時俺自然去找你。」

潤生暈頭暈腦地沿小碎石路走回去。一路上騰雲駕霧般不辨高低，頭腦中亂哄哄的似乎想了許多又似乎什麼也沒想。好在整個院中還沒人會逛悠到這裡，史鐵讓他一個人來去倒也放心。跌跌撞撞來到小屋內，潤生一屁股蹲在炕沿上，懶散散的連解衣服的精神也打不起。枯坐片刻，忽然看見窗外人影一閃，脆生生的聲音壓低了說：「好你個假太監，竟然敢勾引娘娘，腦袋不要啦！」

潤生激靈打個冷戰，半截身子凍僵了似的不能動彈，心中暗說：「壞了，大禍臨頭了！」

九月將盡，燕山周圍已是霜打紅葉，不雨蕭蕭，無風瑟瑟，殘秋漸深，寒氣逼人了。

李景隆大兵壓境，前鋒已抵河間，其本部大營駐紮在德州。消息傳來時，朱棣正在北平城中與道衍、金忠等人商議一個大膽的計劃。未商量妥當，張玉、朱能、張信及各部將領三三兩兩進到大殿中來。他們都聽說了李景隆有五十萬人馬，臉上掩飾不住地慌亂。

不過朱棣倒顯得若無其事，招呼眾人坐定後，忽然哈哈大笑道：「起兵幾個月來，攻城掠地，事事遂心，老將耿炳文稱雄一世，至此卻英名掃地，多虧諸位將軍用心呀！」

「可是，如今李景隆……」張信見朱棣如此輕鬆，生恐他輕敵，忙低聲提醒。

「李景隆？不就是小名叫九江的那小子麼？來得正好，就怕他不肯來！」朱棣仍舊笑個不住。

眾將面面相覷，莫名其妙。張玉自忖是心腹老將，卻也摸不清大兵壓境有何可笑，便試探著說：「王爺，那李景隆據說深諳兵法，有當年周瑜之遺風，市井百姓和士兵們將其傳得神乎其神，不可大意呀！」

朱棣不慌不忙，撚長髯瞇眼掃視一圈說：「據說只是據說，那李景隆小子，諸公可曾打過交道？」見無人應聲，便點點頭接著說：「實不相瞞，李景隆乃本王親舊，其父歧陽王李文忠呼我皇考為舅父，論起來李景隆應尊我為表叔。本王對這小子可謂知根知底，他好學倒不假，可惜自小生於將門相府，經事太少，結果華而不實，色厲內荏，偏又自視甚高，忌刻自負。諸公想想，這樣的人領兵前來，有何可怕啊？故而說他領重兵，對於我等實在是天助成功！」

說畢摸過案上茶碗呷了一口，又抹抹唇髭，頷首環顧。

道衍偏坐案側，一面手撚前胸念珠，一面輕輕點頭。剛才朱棣這番話，本是他與金忠議論李景隆時說的，朱棣正好用上，不過為了讓眾人更加相信，他故作不解地問：「那據王爺看，朝廷選李景隆為將，是用錯人了？」

「豈止用錯，簡直就是胡鬧，」朱棣興致勃勃，「李景隆那小子未曾歷練，連戰場是什麼樣都沒見過。不過能胡謅幾句兵法，不想我這個皇帝侄子竟敢以五十萬兵馬託付於他，唉，真是想讓糞堆上產出靈芝來，徒費心機呀！」

金忠聞言笑道：「朝廷向來不拿諸親王放在眼中，想逮便逮，想放便放，近日又聽說連降詔書令寧王火速歸京，以防備燕寧合流。不過只有王爺偏不聽擺布，朝廷中那些奸佞之臣自以為仗著皇上便可為所欲為，這回卻碰了個釘子，王爺如能再敗李景隆，朝廷恐怕就無計可施了。這豈不正應了那古話，叫嫩草怕霜霜怕日，惡人自有惡人磨。」

眾人聞言紛紛大笑，氣氛輕鬆許多。朱棣索性趁機將方才商議未決的想法抖落出來。「鑒於目前形勢，官兵不足為慮。第一個擔心的倒是大寧。大寧深居北平之後，兵馬十分悍，兼領朵顏三衛，都是久戰沙場之兵，倘若前後夾擊，北平必然勢若累卵。倒不如趁寧王去留未定之時，出兵北進，一舉拿下大寧。少了後患，官兵自然不在話下，」說著朱棣起身令道：「本王率城中精兵速奔大寧，顧成老將軍、都指揮張信及道衍，留北平輔佐王世子高熾守城！」

話音剛落，張信慌忙起身勸阻道：「殿下不可！李景隆縱然不才，但他手下五十萬兵馬畢竟不同兒戲，況北兵中也有一些能征善戰之將，不可過於輕視。若按王爺安排，留守北平兵馬不過兩三萬，還是老弱病殘居多，如何能與五十萬南軍對抗呢？萬一北平城破，拿下大寧又有何用?!望殿下三思！」

一席話提醒眾人，都感覺這樣做有些欠妥，於是紛紛起身，七嘴八舌勸阻個不住，殿上吵成一片。朱棣見狀微微皺一下眉頭，抬手壓住眾人話茬，轉臉問道：「道衍，你看該如何安排呢？」

道衍正沉思不已，見問到自己，端正身子坐好了，輕聲說：「以道衍之見，此事大可不必爭論過多。王爺領兵北征，北平所剩兵力固然不多，與李景隆對陣當然不行，但如果據城守禦，則綽綽有餘。況且我若以全師守城，外無救應，時間一長，難保全勝。若王爺領兵在外，則內外相為犄角呼應，當征則征，當回則回，怕比盡數死守更好一些。」

大多數人領會了道衍的意思，悶不作聲坐回座位。幾個沒弄明白的，也不好再多嘴，殿中一時沉靜下來。朱棣連連撚鬚，接過話頭說：「如此行事自然有些兇險，可豈不聞男兒不發狠，到老受貧困？該狠些的時候就須狠些。等熬過這一難，咱們就有好日子過了。」

頓一頓又說：「只是，諸公要多費些氣力，日後大功告成，當然是誰栽大樹誰乘涼。」

即便蜷縮在小屋中，也能感到天氣一日冷似一日，秋風漸緊了。翠環擁被而臥，渾身腫脹得一動也不想動。

幾天來腹中躁動一日甚過一日，翠環知道，小東西待得不耐煩了，蹬胳膊彈腿的想早一天出來。對此翠環每每喜愁交夾。

自上回在徐王妃跟前碰了釘子後，就再也沒出過這個小院。雖說也沒人來找什麼囉嗦，可飯菜卻也沒人正經管了。原先侍候的小丫頭不知是因為受了人的唆使，還是知道自己失了勢，整日不著個面。送飯時也是滿臉掛霜，菜堆在托盤中「啪」地往桌上一放，轉臉便到院中逗玩去了。翠環雖然肚中不便，卻不敢張口差遣人家，唉，說起來自己在這北平王府中，自己什麼也不算，還不如個小丫頭啊！

日子雖說清淡，飯菜也是一日三頓一日兩頓的，不過翠環倒定下心來，她料想燕王和王妃雖然不著意管她，卻也沒了要害她的意思。想想也好，只要能母子平安，順順當當的活下來，餓兩頓飯也不是什麼大事。

可是肚子一天大似一天，翠環又有些發愁，孩子說不定哪天就要生下來，自己一個人，能行麼？翠環知道，莊戶人家生孩子時，有接生婆伺候著，還有娘和婆婆，妯娌親戚裡裡外外一大堆人忙活，就那樣還小心得了不得。現如今自己孤零零臥在這裡，沒人管沒人問，可怎麼辦呢？萬一有個好歹，自己且不說，孩子出了事咋向史鐵交代呀？

思來想去，翠環終於下了決心，趁小丫頭送飯的時候咬咬牙拉下臉來柔聲說：「好妹妹，姐姐是個苦命人，落到這一步想活活不好，想死死不成，眼看著小孩就要生了，姐姐一個人也不知道咋辦。俺死活都不要緊，只怕委屈了孩子……煩勞妹子給王妃通報一聲，請她叫個接生婆子來，好歹闖過這一關。等將來有了出頭之日，妹子就是俺和小孩的大恩人……」說到難處，翠環先自捂臉哭了。

小丫頭雖說整日冷著個臉，見此情形忽然低眉順眼下來，嘟噥著說：「我本不知道什麼，只因為王妃娘娘說你是個敗壞門風的壞女人，叫大家都別理你。我怕娘娘怪我，才不敢和你多說話。既是這樣，我……我就通報一聲，便不成，白挨幾句罵也就是了。」說著退出門去。

翠環心中長歎一聲，也別無辦法，只得暗暗禱告。不過想到人都說徐王妃待人寬和，最講禮節，最講婦德。即便她再討厭自己，到這時候，說不定會生出憐憫之心的，畢竟講義的人應該最仁慈，關鍵時刻，她會照顧自己的。這樣想著，便覺得寬慰許多。

隆福宮正殿內，朱棣身著便裝，端坐案後，徐王妃及三個世子圍坐兩側，道衍和金忠分坐下首。熱騰騰冒著白氣的飯菜一道道端上來，不大會兒便擺了滿滿一大桌。朱棣看看齊備了，笑笑說：「道衍，金忠，你二人本是世外之人，卻不辭勞苦隨本王奔波，可敬可佩。眼看快重陽節了，出征在即，咱們須得提前過它一下。別的將領都各有家室，獨你倆孤身一人，不過王府就是你倆的家，今日也算是家宴了，來，不必拘禮，放開來吃喝好了！」

二人聞言滿臉感激，忙離席拜謝。

徐王妃也是一身家常打扮，穿件蔥綠羊皮布襖，外加藕色湖縐半背，淡搽脂粉，雖已年近四十，看上去卻既不妖嬈也不顯老，恰到好處。她看看二人笑道：「怎麼，說著不是外人又擺下外人架勢了?!既是在家裡，非君非臣的，磕起哪門子頭來，快些起來吃喝，當心窩住腸子有好菜也嚥不下去了！」

朱高熾弟兄三人聽著先笑起來，道衍和金忠面色微紅，爬起身來仍舊坐好。為掩飾尷尬，道衍端酒杯說：「娘娘，王爺遠征在即，北平又有大軍臨城，正是娘娘顯露國母威儀的時候，娘娘有何吩咐，儘管驅使。」

徐妃看著二人笑道：「正是呢！我一個婦道人家，什麼威儀不威儀的也談不上。不過既然遇到了這等事，也只好硬著頭皮往前走了。王爺常說你倆就是當世的臥龍鳳雛，到時候我們母子，就全靠你們二位了！」

彼此客套著，二世子朱高煦早按捺不住，捧起杯說：「哼，那南軍不來便罷，若來了，看我單槍匹馬衝他個三進三出，保管讓他們嚇破膽，離北平城遠遠的！」

朱棣沉下臉喝道：「胡說！虧你還學過幾天兵書。將貴智不貴勇都不知道?!我已將調兵守城之任交與他倆和顧成，到時候你只須好好聽令便是，不可妄自亂動！」想想又緩和些說：「此舉非同小可，切莫粗心大意，否則連老本折盡，萬劫不復啊！」

正說到熱鬧處，忽見偏門處人影一晃，朱棣早看著，高聲喝道：「什麼人?!」

小丫頭本來怯怯地打個眼罩，聞聽吆喝便不得不垂手縮頭地走進來。見是個小丫頭，眾人都舒口氣。

徐妃皺皺眉頭說：「你不在外頭好好待著，跑這裡來幹什麼?鬼鬼祟祟的，叫人看著生厭！」

小丫頭見這麼多人在場，個個凶巴巴盯住自己，更覺緊張，吃吃說道：「娘娘恕罪，奴不知王爺們在這裡……奴本來想稟報娘娘件事的……」

徐妃笑罵道：「什麼事把個好端端文靜的姑娘家急得猴似的?甭遮遮掩掩的，站在這裡回過就是了。」

小丫頭躊躇片刻終於開口說：「就是那個……那個後院小屋的……她快要生產了，怕出了什麼意外，她說娘娘慈悲為懷，有好生之德，讓小奴懇請奶奶幫她找個接生婆子。」

朱棣聞言滿臉不解，逼視著小丫頭說道：「後院誰快生產了，本王卻如何不知?」

徐妃笑道：「王爺的本家親戚，如何給忘了呢?還是金忠大老遠的給領來的呢！原想著金枝玉葉，誰知卻是個破落戶！」

眾人立刻明白怎麼回事。金忠一陣面紅耳赤，忙埋下頭去不敢搭腔。朱棣卻氣忿忿地哼一聲：「這等敗壞門風的賤人，立刻打發出去，省得賴在這裡污了我的王府！」

朱高熾等三個世子並不知怎麼回事，相互看看欲問又不敢問。徐妃見狀使個眼色與朱棣說：「話雖這麼說，可到底還沾點親戚。就這麼著趕了出去，豈不讓外人笑話。知道的說王爺講道遵義，眼裡揉不得沙子，不知道的還怨咱太心狠！」扭臉對小丫頭說：「知道了，你先下去吧。」

小丫頭不知她到底請不請接生婆，卻又不敢再細問，支唔著說了聲「是」轉身下去了。

金忠這時才覺得臉上熱辣辣的勁兒稍微褪去，想了想低聲說道：「王爺和娘娘最講德義，這是人所共知的。況且史鐵淨身在宮中當了耳目，也算是將功折罪了……」

朱棣不待他說完冷笑一聲打斷道：「當個什麼耳目，報給徐增壽的信兒一錢不值，還談什麼功！」

金忠忙又低下頭軟軟地說：「那總是他剛進宮，根底尚淺，難以近得皇上……」

朱棣卻不耐煩起來：「罷了，罷了，不提他了。金忠，莫非你還戀著那個什麼環不成?!」話一出口忽見三個世子都在眼前，自覺失言，忙語氣一變說：「你等議議，這一回去大寧，如何才能獲得全勝?」

金忠正愁沒臺階下，慌忙進言說：「王爺，大寧兵強馬壯，寧王又係王爺手足，叫我看，能不戰而屈人之兵，那才是善之善者呢！」

「嗯，」朱棣撫鬚首肯，又看看道衍：「你以為呢?」

「金忠所言極是，大寧兵強馬壯，硬拚自然對我不利，王爺須利用親情關係，想法子使其口從心順才好。」道衍手摸念珠，斜視著小丫頭剛才消失的門口，有些心不在焉。

朱棣得意地笑笑，將長髯一撩說：「這次去大寧是要拉人入夥的，自然不能打仗。那種請不來財神，倒貼些香表紙銀的買賣，本王才不會幹呢！至於如何行動，本王已想好了，待會兒說與你二人聽聽，看看可否妥當。」

金忠剛才因為翠環的事，心中老大不自在，便掩飾著接口說：「王爺，人都說寧王忠厚誠懇，與王爺素來融洽。如今朝廷嚴令他歸京，他想要從命，又恐進京之後遭人迫害，身不由己；想要不從命，又怕落個違旨不遵的罪名。此刻王爺若突然而至，曉以情義二字，大功告成看來十有八九。」

「對，對！金忠的話可算說到本王心坎上了。世上財勢終成空，唯有情義重千斤哪！對你二人來說，就是本王的手足，將來大功告成之日，咱們情深意重，還怕什麼福祿享不上的！」

朱棣說到高興處，哈哈大笑，金忠咧嘴跟著笑笑，道衍僵硬著臉皮勉強動動，手撫念珠咕嘟一句佛號。

「哎，別光顧上說話了，提前慶重陽的菜還沒動呢！咱們今兒說下，誰都是老鷹嘴鴨子爪，能吃不能拿，想吃的趕緊吃，等收起來再後悔可就來不及了！」徐妃笑盈盈地招呼眾人。

杯盞交錯中，日色漸漸昏暗，斜斜一綹橘紅色光線透進大殿，桌椅器皿連同人的身上都鍍了一層金色，影綽綽看不真切。

金忠和道衍自覺不早，告辭出來回房歇息。走近太液池岸邊時，遠遠看見小丫頭手提食籃低頭向後院走去。金忠心頭一動，說不清的各種滋味蔓延到昏沉沉的頭腦中，忍不住「唉」地長歎一聲。看看道衍，見他正眺望著夕陽下瑟瑟池水，一副心馳神往的樣子，並未注意到自己的失態。

無義翻為無義笑

朱棣帶著北平的八萬燕軍輾轉反側，終於接近了塞北的大寧城。

天色已晚，不知何時風聲漸緊，撕棉扯絮般的雪花紛紛揚揚落下，不大一會兒遠遠近近連成白茫茫一片。黑乎乎的山，黃沙遍鋪的路，什麼都消失了，蒼蒼莽莽中天地驟然矮了許多。就在這低矮的天幕下，漫無邊際的風嘯發出鬼哭狼嚎般的怪叫。塞北的雪，來勢真快，轉眼已有一尺有餘，人走得艱難，馬蹄踏地「噗嗤噗嗤」接連陷進雪窩。

好在早有準備，都不覺得特別冷。朱棣騎在馬上四下望望，轉身對身旁的朱能說：「人言風雪酒家天，今兒總算知道了。這會子要是能有碗熱酒喝著，真成賽神仙了！」

朱能笑笑：「大寧城就在眼前了，王爺進城後熱酒自然是少不了的。」看看朱棣又說：「王爺快抖抖身子，當心雪積厚了凍成冰碴子。」

朱棣抖身直起腰來向前眺望，大寧城正靜靜臥在雪原之上。門樓上已經燈光搖曳，刁鬥之聲順風時有時無。

「終於見到大寧城了，」朱棣不禁喜形於色，揮手對另一側趕上來的張信說：「別看它遠不及北平城高大雄偉，卻因其坐落於喜峰口外，東連遼東，西接宣府，從而成了北平乃至中原的屏障。這裡有都指揮朱鑒、房寬統軍駐守，再加上朵顏三衛的騎兵，真是不可小覷！倘若寧王順從朝廷安排，揮師南下，與李景隆合兵一處，北平那就真的危在旦夕了。如今本王親眼看到了這地方沒什麼動靜，才算踏實些。」

張信點頭應道：「王爺，是否還按先前安排行事？」

朱棣勒住馬頭說：「自然，宜早不宜遲，趁天色昏暗，速速安置妥當！」又低聲說：「張信、朱能，成敗在此一舉，道衍又不在身邊，你二人就是本王的手足，切切小心，務必保證萬無一失！」二人拱手領命，招呼身後將佐。

軍令很快分發下去，八萬軍隊於風雪瀰漫中悄悄散開，圍繞大寧城四面不遠不近地埋伏下來。挨至黎明時分，朱棣帶千五馬步軍緩緩來至南門護城河邊。五千燕軍故意盔甲不整，旗仗破爛，連叩關叫門聲都顯出疲憊不堪。

「哎，上面的大哥們聽著，我等是燕王軍隊，特意保護王爺來投寧王，速速開門，寧王提前與王爺有約！」曙色中風雪似乎小了些，淒涼的叫聲反而讓人覺得天更冷了。

寧王朱權身材瘦長，黃白面皮，不似朱棣看上去雄壯，倒更像個文弱的書生。燕軍叩關叫門時，他正徜徉在溫柔鄉中。

近來他與妻妾們混在一處的時候越來越多了，既然一腔憤懣和憂慮無可排遣，也只好衝她們發洩了。朱權在這種既害怕遵旨又不願違旨的夾縫中矛盾不已，不知如何處置才好，擔心哪天會大禍臨頭，像周王那樣連老窩都讓端了。

更讓他不安的是，他明顯感到王府中長史吳賓和都指揮朱鑒等人近來鬼鬼祟祟，顯然受了密旨什麼的，自己一舉一動，他們或許隨時都會密報朝廷，自然也會領命糾集一幫人衝進王府將自己押解至京或者乾脆就地殺掉。為此他更憂心忡忡，也不得不格外小心些。

天已大亮，朱權還與一個愛妃躺在被窩中。有內侍敲門隔著花格窗回稟道：「王爺，吳賓和朱鑒正在前廳候著呢，說有急事求見。」

「這大早，有什麼等不得的急事？」朱權說著心裡咯噔一下，手忙腳亂地穿上衣服，心慌意亂地攏攏頭髮開門出來，迎頭的冷風讓他連打幾個冷戰。然而他顧不上理會，機警地朝府中各個角落掃了幾眼，見沒什麼異常，才急步沿抄手游廊走到前廳。

「王爺，燕王今日一早突然來到城下！」朱權剛出現在門口，吳賓已迫不及待地疾趨兩步，略一施禮說道，兩眼晃動著掃視朱權。

「哦?!」朱權肚中有東西突地一沉，意料不到的消息讓他咂摸不出該喜該憂。「那，那就先放進來再說，」朱權努力讓自己面無表情。

朱鑒也已施過禮站到了近前，亮開大嗓門說：「殿下，燕王可不是一個人來的，身後帶五六千兵馬。雖說都是至親，可如今……」

朱權自然明白，可堂堂一個王爺，連見自家兄弟也須找人商量麼？一股惡狠狠的氣憤湧上心頭，他揮袖脆聲說：「那也好辦。燕王是本王四哥，他的稟性我最清楚，向來不會在自家骨肉上作文章。你等要不放心，讓他單人進來好了，所率兵丁暫駐城外。」

朱鑒本想說：「那皇上不也是他骨肉麼，怎的倒作起大文章來了?!」不過張張口想來說也無益，徒取不快，便施禮答應：「是！」

大寧城南門內淒風冷雪中，朱棣終於遠遠地望見了朱權。「十七弟！」他叫著從馬上滾落下來，趔趄著緊走幾步。

「四哥！」朱權看見他帽子上、披風上積了厚厚一片雪，長髯不再飄逸，而凍成了冰橛子，不由得心頭有東西一動，趕緊上前握住他硬梆梆冰凌般的雙手。朱棣掛滿亮晶晶冰霜的眉毛下雙眼流出兩行熱淚。

「十七弟，你瞧，你四哥落魄到了什麼地步，實在無可奈何呀！緊趕慢趕走了半個月，來投奔你，十七弟不嫌棄吧？」朱棣唏噓不已，渾身不住發抖。

朱權見他這番樣子，想到同是皇帝子孫，卻淪落到這種地步，況兩人私下裡是最要好的，心底頓時泛起股股心酸，也哽咽道：「四哥說的是那裡話？你到這裡也就到家了，來，咱們坐暖轎回去再說。」

暖轎一路抬進偏殿內室階下，二人相攙雙雙進去。有股熱氣撲面而來，屋內紅氈鋪地，正中間放著四足滾金大銅火盆。沿窗一盤火炕，上面支張雕漆炕桌，兩邊是繡了蟠螭紋的黃緞子靠背、焦金色引枕和虎皮坐褥。炕下左右兩排雕漆椅，每張椅下又有一個大銅腳爐。牆角處香爐裡早已焚起百合宮香，既溫暖而香馨。

攜手進到室中，這才分開互相施禮，謙讓著坐到火炕之上。隨之朱鑒、房寬、吳賓等進殿參見。待朱棣說聲「免禮」後遲遲疑疑地站在原地欲出不出。朱棣看出些門道，靈機一動笑道：「本王此番無有他意，只是兄弟們多年未見，怪想得慌，瞅空兒來小住幾日，並無甚麼事情商議。諸位若有事在身，就不勞相陪了。」

朱權見他這般說，也只好接過話頭道：「既是如此，我陪四哥說說家常話兒，你等且下去吧。」三人見下了逐客令，只得垂手答應著退出去。

被熱氣塞得略顯得狹小的室內突然寂靜下來。二人四目相對，朱棣臉色一變，翻身趴在炕上衝朱權連連跪拜，口中大呼：「十七弟千萬救我！」

朱權措手不及，連忙跪起身來拽住他，拉拉扯扯間險些將炕桌掀翻。朱權驚急交加，眉毛攢在一處說：「唉呀，你這是幹什麼嘛，四哥！我們是親兄弟，有何難處儘管說便是，你行如此大禮，豈不是作踐小弟麼?!」

朱棣早已成竹在胸，順勢長歎道：「唉，老十七呀，你不知道你四哥這半年來過得是啥日子喲！我大老遠跑到你這裡，實在出於無奈呀。這一路可真夠苦的，又冷又餓，要是再碰見一群熊瞎子，四哥怕是見不上你了……」說著已是涕泣連連，打濕衣襟。

朱權見狀，想到自己時下不尷不尬的處境，也頗覺心酸，雙眼落淚。不過畢竟是在自己地盤上，不能過於失態，於是強打精神拉起朱棣說：「四哥，你的委屈我多少也能想得出來，可……」

朱棣搖手打斷他：「十七弟，你有你的難處，這個四哥知道。今兒你聽四哥講講四哥的怨氣。反正咱兄弟們已經見面，就算立時去死，也沒什麼大不了的。現在我就給你抖落抖落當朝天子的功德！」

朱權自然明白他要說什麼，急得臉上變色，用手指指門外，要朱棣知道提防朱鑒等人偷聽。

朱棣卻滿不在乎地哈哈一笑：「十七弟，人家吃的是鳥飯，屙的自然是黑屎，不用管他。你四哥是遇急思親戚，落難託故人哪！如今我什麼都不怕，只圖一吐為快，做個爽爽利利的鬼也好！你知道麼，周王一家無端被新皇帝逮至京師，後來又遠徙到雲南，打發他們住在荒山野嶺中，堂堂王爺，被迫挖野菜為生！湘王呢，下場更慘，因不願受辱，全家自焚！慘無人道啊，這全是皇帝聽信齊泰、黃子澄等一班佞臣的話，無端離間骨肉，削什麼藩，結果同根相煎，天理何在！就拿你四哥說吧，我雖遠在北平，他們卻一步緊似一步地往死裡逼。逮殺我的軍官，派人監視我的行蹤，逼得我一個王爺裝瘋賣傻，臥泥睡水。唉，想起來就心寒哪！我等同是先皇的子孫，嫡親的骨肉，如何竟淪落到這種地步！十七弟，人人都說我造反叛逆，可有誰知，我不過是怕死，為了苟活性命啊！」

朱棣聲淚俱下，說到動情處，雙臂揮舞，使朱權不由得聯想到自身，兔死狐悲之感湧上心頭，一句「四哥切莫過於傷悲」未說完，已哽咽著滴下淚來。

絮叨良久，朱權忽然想起來應當給朱棣安排下住處。他抬手剛要喊人，淚眼朦朧中的朱棣陡然一驚，伸手按住他的臂膊問：「十七弟，你要幹什麼?!」

朱權不知朱棣為何驚慌，忙說：「四哥大老遠跑來，鞍馬勞頓，先安排個地方歇息，隨後飯菜便可備好。」

朱棣長吁口氣勉強笑道：「十七弟想要我到哪裡歇著？」

「那邊廂房倒有幾間收拾好的，讓人把火生起來，四哥先湊合著住罷。」

朱棣卻擺手斷然說道：「十七弟呀，四哥給你說，我哪兒也不去。你這裡就不錯，火炕熱騰騰的。你我兄弟二人就夥用一套被褥，夜晚咱們說話也方便，你可別嫌棄。」說著仰面躺倒在炕上，舒舒服服打了個哈欠。

朱權見朱棣如此看重兄弟親情，心頭突地一顫，又湧上一股感動。想想也覺得合適，便點頭稱是。吳賓掀簾進來稟道：「王爺，為燕王接風的筵席已在前廳排下，請二位王爺前邊就座。」

這晚，朱棣和朱權徹夜未眠，坐在火炕頭上促膝長談。朱權這才想起來問道：「四哥，剛才朱棣這才懶洋洋地坐起身，長長伸個懶腰。

說叫小弟幫你，但不知該如何幫救？」

朱棣低頭沉思一下說：「光顧訴苦，倒把正經事給忘了。十七弟願意讓哥說實話麼？」

朱權見他說得神祕兮兮，強打笑意道：「看哥說的，既然是親兄弟，一家人還用客氣麼？自然是實話實說了。」

朱棣盯著朱權說：「那，哥要是說了實話，你能幫這個忙嗎？」

朱權被盯得不大自然，微微側側身子說：「那……那就得看什麼事了。哥不會是叫我也起兵幫你打仗吧？」

朱棣依舊盯住不放：「怎麼樣，十七弟願不願意起兵？」

朱權漲紅了臉，有點期期艾艾地說：「哎，這，這不大可能吧，我可不想反叛朝廷。」

「哈哈哈」朱棣聞言忽然大笑，「哥其實何嘗想反叛朝廷呢！」

朱權見狀也跟隨著笑笑，略略輕鬆些說：「小弟就知道哥不是真的反叛朝廷，也不會唆使小弟起兵。」

朱棣臉色漸漸凝重起來，低頭沉思一陣，抬臉長歎道：「唉，老十七，玩笑歸玩笑，哥此番求你幫忙，只是想請你向當今皇上，向咱們的侄兒寫一封奏章，將哥的心曲明明白白地說出來，大家也好冰釋前隙，各自安生度日，再者當兵的和老百姓也免於塗炭，就算是代哥寫的謝罪表吧！不知老十七願不願意？」

朱權聞言一愣，扭過臉仔細端詳一下朱棣，見他正盯著几上的燭臺，通紅的火光在雙眼中跳動，臉龐映得紅彤彤，便痛快地說：「這個，小弟當然能寫！」

繞了半天圈子，不過就是代寫個奏章。朱權暫時安下心來。白天邀他巡視大寧城，夜裡便品茗行酒，有時也弈棋、賦詩。

朱棣要朱權代寫奏章的事，也已很快寫妥。朱權很賣力地草擬了一份長長的謝罪表，請朱棣過目，朱棣略看一看點頭稱讚不已，交長史吳賓謄抄，然後用快馬送出。

其間城外有一燕將佐進城求見燕王，當著朱權的面，稟報說城外駐軍受寧王恩撫，吃穿不缺，人人都感滿意，請他代為謝寧王厚待之恩。末了又說將軍張玉讓他轉奏燕王，來了這許多時日，是否該拔寨回去了？

朱棣聽他稟完後面露喜色，握住朱權的手說：「老十七呀，多虧部下提醒，你哥還真樂不思蜀了。掐指算來，今兒都第六天了吧？唉，明日我看就該起身回去了。」

朱權臉上喜色一閃，隨即又擰起眉毛戀戀不捨地道：「四哥不妨多住些時日，有什麼事可儘管吩咐小弟。」

朱棣將他的手捏得更緊些：「這已經夠麻煩你的了。至於以後有什麼事，你四哥自然是能自個兒扛的便自個兒扛起來。」

離別前夜，二人並首躺在燒得熱烘烘的炕上，說了會兒閒話，朱棣長長哈欠一聲說：「明兒又要受苦了，還是早些睡吧，日後見面的機會有的是。」

朱權答應一聲。不再說話，很快便發出鼾聲，過了片刻，朱棣也鼾聲微微，夜色濃重寂靜下來。可是黑暗中，兩雙眼睛卻灼灼閃亮，凝神地想著各自的心事。

漫漫長夜緩緩逝去，終於，天亮了。朱棣與朱權匆忙起來穿戴整齊。這時有內侍把早飯擺下，王宮外傳來聲聲號角，大寧城內守軍正在集合，準備過會兒隨寧王同到南郊，為燕王餞行。因為是送行的飯，雖是早餐，卻也很豐盛，各式小菜擺了滿滿一桌。然而兩人胃口並不太好，吃的也不多，末了朱棣伸手撈起近前盤中一張油酥餅來，從中間一撕兩半，將半張餅遞與朱權，擺擺髭鬚緩緩說道：「老十七呀，你是知道的，先帝爺二十多個王子當中，數咱倆合脾氣。

你四哥眼下雖不濟，落魄得無路可走，不過北平百姓常說這樣一句話，說是見貧休笑富休誇，誰是長貧久富家。保不定哪天你四哥時來運轉了，一定不會忘了你今日待哥的恩惠。來，一張餅一人一半，將來再有什麼好事，即便是偌大的江山，也是咱們兄弟一人一半！」

朱權看看朱棣，他臉色冷峻，不帶半絲笑意。朱權回味半晌，沉思著點點頭，默默地將半張餅嚥進肚裡。

用罷早飯，二人便同坐一輛車輦出了王府。車輦前頭儀仗林立，執旋的，執幡的，捧香爐的香盒的唾盂的前腳跟踢著後腳跟，逶迤來到街北。車輦後面則跟著大寧都司和寧王府的官員，其後便是留守大寧城的部分軍隊。

不知什麼時候，天上又零零星星地飄起了雪花。朱權坐在輦內，不知該用何種表情與朱棣面對，二人默默低下頭去。輦外街道兩側看熱鬧的人聲不絕於耳，但他們都沒有心思拉開輦門朝外看看。

終於出了南門，來到通向關內的路口。黑泥路面兩旁紮了松門，門上張燈結綵，各色絲綢在雪中飛舞。松門下儀仗分立兩側，鼓樂高奏，朱棣所帶的五千兵馬，列隊站在松門外，單等一聲令下，便可開拔，沿大路回到關內，回到北平。

車輦在人群簇擁下隆隆而來，於松門前紅地毯鋪就的地面停住。有兩個執事官小跑著過來，恭恭敬敬半跪著打開輦門，扶二人下來，引他們來到松門一側的小亭內。朱棣披甲戴胄，外罩大紅斗篷，一副即將遠行的樣子。朱權穿著皮弁，外罩湖色縐面白狐皮鶴氅，適意而隨便。

二人也不就座，執手相互叮囑幾句。有宮人托酒盤過來，朱權擎杯在手，口裡說道：「四哥保重，」遞與朱棣。朱棣道聲：「十七弟，你可曾記住四哥的話了？有福同享，哥最講道義，對外人尚且如此，何況你我兄弟！」

朱權見他說得古怪，一愣神工夫，朱棣忽然臉色大變，殷殷的目光倏爾成了兩道閃電，狠狠將手中酒杯往地下一摔，大喝道：「伏兵何在？快快出來！」

眾人措手不及，頓時愣住，個個呆若木雞。這時四面驚天動地齊聲吶喊，埋伏於林木溝坎中的燕軍漫地湧來，不等眾人反應過來，已湧進亭中，三下兩下將朱權縛住推出亭外。

朱權頭嗡地一聲頃刻恍然大悟，放眼四下看看，見吳賓也醒過神來，奪路欲逃，卻被朱能幾步趕上，揮刀砍作兩段，鮮血噴濺處，朱權閉上眼睛，滿心慌亂迷惑，又夾雜著幾許快意。

都指揮朱鑒畢竟經過陣仗，見燕兵漫山遍野，遠遠多於城內守軍，絕望中忽然想到朵顏三衛就在附近，或可將他們抵擋住。可是當他怒吼著令三衛騎兵衝殺時，三衛騎兵卻無動於衷，眼看著這邊打開了，還彷彿看把戲一樣袖手旁觀。

朱鑒自然不知道，朱棣在大寧城中這幾天，張玉、朱能等人拿著燕王金印四處遊說，答應事成之後許朵顏三衛自治大寧。三衛首領脫兒火察見朱棣來者不善，想到不若靜觀其成敗，無論誰勝誰敗自己都不會吃虧，便樂得作個順水人情，遂滿口答應，以至今日按兵不動。

朱鑒不知其中原委，但看出有異，情知不妙。只好殺開一條血路，衝進城中，準備固守待援。

都指揮房寬見朱權突然被擒，本欲上前解救，可抬眼一看，四處全是燕兵，朵顏三衛卻坐壁上觀。料定其中必有隱情，腦中閃過一個念頭，既然是人家兄弟們之間的事，我又何必自找囉嗦，白白丟了性命豈不可惜！正想著見張玉已揮刀衝來，忙叫道：「將軍且慢，房寬願追隨燕王！」

朱鑒衝進城中，氣急敗壞地叫嚷著令人將城門關閉，這才驚魂稍定，喘過一口氣來。不料此時城北騰起一股濃煙，喊殺聲隱隱傳來。原來就在他們傾城去送朱棣時，伏兵早已伺機混進北門。朱鑒急得連連跺腳，高聲叫罵著：「留這種無情無義的小子，真真是引狼入室！」一邊糾集起兵士倉皇去救北門。

未走幾步，燕軍迎面衝來，倉促迎戰中，自己兵馬被擠到牆角，自相踐踏，先已死了不少。朱鑒六神無主，正大叫大喊地招呼手下人散開，見一員大將面黑如漆，鬍子拉碴，宛如張飛再世般風馳電掣衝過來，不及細看，已被抬手一槍刺中咽喉，直瞪著雙眼趔趄幾下，一頭栽於馬下。眾士兵見狀一陣驚呼：「快跑呀，朱將軍被殺了！」人群躁動得更加劇烈，鮮血和著泥水，腳下軟綿綿滑嘰嘰的站立不住。

大寧城外已經收拾妥當。朱權就地囚禁在了城外，朱棣重新登上車輦，帶著燕軍和朵顏三衛的兵馬，浩浩蕩蕩，進駐寧王府中。當即傳下令去，令寧王妻妾等家人將所有貴重細軟速速收拾一下，隨其奔赴關內。

朱棣下命令時火急火燎的，因為剛才張玉給了他一封世子朱高熾的信函，說是李景隆已率大軍包圍了北平，形勢似乎不大妙。朱棣看罷倒吸一口涼氣，城破家亡的慘相立刻浮現在眼前，他坐立不安，大呼小叫地接連下令，要火速回師北平。

正是在朱棣將返關內時，李景隆中軍已抵蘆溝河。

十月的北平，朔風急呼，雪花如席，儼然冬景。蘆溝河自山西蜿蜒而來，出宛平縣城，向東南入海。橫亙蘆溝河的蘆溝橋，寬闊而雄偉，那橋間二百八十根壁柱上栩栩如生千姿百態的小石獅，千秋萬代地閃耀著光輝。

李景隆立馬站在蘆溝橋上時，忽然想起「燕京八景」之一的「蘆溝曉月」，舉目四望，可是只看見沉沉低雲壓頂，光禿禿的樹枝瑟瑟發抖，結了冰花的河水打著旋兒滯澀地流過，似乎詩意並不如傳說和想像中那樣濃。

正遐想不已，探卒來報，北平城下方圓幾里內房屋均被拆毀，伐木斷橋，凡有水泉處皆已投毒，城門緊閉，吊橋高掛，城壕內修築了「羊馬城」，城上設瞭望敵棚、弓弩台。李景隆聽罷作出一副處驚不變的神情，微微一笑說：「看來北平早有準備了?也好，滄海橫流，方顯英雄本色嘛！」

回到大營，李景隆已考慮妥當，立即升帳傳令，將五十萬大軍分作三部，一部分散開在北平城九門構築工事，準備攻城，一部分攻打北平東面的通州，以便攔截由大寧回師的燕軍；一部在通州與北平之間的鄭村壩結營下寨，伺機與燕軍決戰。一道道命令不沾泥不帶水，痛快淋漓地傳出後，李景隆長舒口氣，一股在戲臺上經常見到的大將的自豪感油然而生。

北平城下城上的攻守之戰隨即展開。

拂曉之前，北平城瀰漫著大霧。月亮已經下去，太陽還未升起，一天中最暗的時分。道衍深知張信耿直而細心，特命他與老將軍顧城共守北平。張信乍受重託激動得什麼也似，半夜裡便披掛整齊，部署防務。細細檢查過羊馬城的修築，督促防城器械的製作，檢閱臨時召募的兵壯，甚至連防備奸細、管制燈火等瑣屑小事也過問一番。

辰時剛過，天光已大亮，濃霧也漸漸消散，集結於城下的官兵開始了進攻。剛開始的進攻小心翼翼，躲躲閃閃，只在麗正門和安定門用發炮車向城上發射炮石。不過發炮車打得並不很準，不是落在了城外壕溝中，便是打在城中無人處。

張信看見許多新兵面色緊張，四處亂竄著不知該往何處躲藏，而許多老兵卻見怪不怪，滿臉的不在乎，便冒著呼嘯而過的石塊飛馬跑過來喝道：「眾人聽著，敵軍這才是試探，不必驚慌也不可大意，務必站好各人位置，但等敵軍衝來時狠狠地殺！」

話音未落，炮石已經停止。城下官軍開始組織人力強攻城頭了。震天動地的三聲號炮響過後，距離城壕百步之外的官軍突然變換陣形，前頭站立的盾牌軍和騎兵齊刷刷撤向兩旁，步兵們抬著雲梯，推著行天車，從中間吶喊著撲向城牆。因為壕溝內滿是積水，他們便放倒雲梯當獨木橋，穿過壕溝貼近城下。

張信俯在城堞中看得真切，見是時候了，立即揮手下令。守城兵士聞命發動機弩，先射倒。

一排跑在最前邊的人，不過後面的人很快將這些屍首踩在腳下，繼續衝過來。進軍的鼓聲震耳欲聾，每個人都在鼓聲中熱血澎湃，似乎木偶一般，身不由己被人牽著沒命地往前趕。有些驍勇者眨眼間已經越過城壕，衝進城牆與壕溝之間的羊馬城內。

羊馬城高約一丈，是甕城之外的最後一道屏障，它只有一門，與甕城之門斜對。當官軍殺進羊馬城擠在甕城門外準備用巨木撞門時，城上燕軍開始往下扔擂木滾石。血肉飛濺中，慘號聲叫成一片，很多人當場被砸成肉餅，更多的被擦著碰著，血頭血臉地滾落到一邊。城上那些新兵從未見過這等慘相，許多人便別過臉去不敢多看。

然而催命的鼓聲更加密集，又有一排人喊叫著湧上來，手持火鉤、鐵錨，狠命地往上攀登，無奈城牆堅硬溜滑，頭頂又有雨點般的滾石檑木，沒攀幾步，便死了十有八九。好不容易，城下大營中金鑼鳴響，城上城下的人都長舒一口氣。看看攻城人撤去，張信忽然率二三百個燕軍開小門衝出去，冷不防向撤退中的官兵一頓亂砍亂�，沒等他們回過神來，又旋風般地退回城中，大門隨後閉緊。氣得吃了虧的官兵乾瞪眼，直跺著腳罵娘。

第一次攻城被輕而易舉地打退，前敵指揮都督瞿能眼中直冒出火來，一邊大罵身邊將佐，一邊同兩個兒子，指揮瞿良材和千戶瞿秀材，打馬回中軍行轅中向李景隆上報軍情，商討計策。

但瞿能未料到，這位眉目秀朗，雍容偉然的大帥李景隆，並不像他想像的那樣溫文爾雅雍容大度。他父子三人剛進大帳，迎面便碰上李景隆的橫眉怒目，並不過問具體軍情，只是劈頭蓋臉一頓訓斥奚落，甚至還差點兒要以軍棍相加。雖然由於眾將求情，並未真的挨打，但自恃德望甚高的瞿能自覺顏面掃地，比挨打還要難受。

他強忍著走出大帳，旋風般回到北平城下自己帳中，面紅耳赤地當著自己部下將佐大叫道：「我瞿能是在為朝廷效力，並非為某個人賣命！這回豁上老命也要拿下北平，待城破之後，瞿能親自將實情向朝廷稟奏！」

當夜，慘烈的攻守戰在麗正門下拉開。

也正是那一夜，翠環感覺很不對勁。肚裡翻江倒海似的鬧騰得愈加厲害。自那日小丫頭回來說娘娘答應給找接生婆後，翠環終於搬走心頭一塊沉甸甸的石頭。有了接生婆，孩子平安生下來就沒有問題了。

她在寂寞無聊中不止一次憧憬過小孩出生後的情形。小孩生下後自己身子就清爽了，將息些時日便可以走出王府，趕回山東老家，錦衣衛肯定認不出自己來了。家中雖說沒了史鐵，但鄉里鄉親的，誰不肯幫她一把，再苦的日子有小孩在身邊，大概也不會覺得有多苦了。熬他個三年五載的，史鐵興許就能回來，到那時一家人安安穩穩的過日子，該有多美！

然而一天天地很快過去，接生婆的事兒始終不見動靜，開始翠環還能忍著，不敢多嘴，後來實在憋不住了，趁送飯的機會試探著問小丫頭：「好妹妹，日子一天天近了，咋還不見接生婆來看看，這陣子俺覺得不大好呢！」

小丫頭卻也膽怯地很，不願再在徐妃眼前多嘴，唯恐挨了罵，只好遮遮掩掩地說：「快了吧，這幾天城外有數不清的官軍圍著，王府中都亂作一團了，怕是耽擱了。你再耐心等兩天，說不定娘娘已經安排好了。」

「好妹妹，別的事能等，這種事可萬萬等不得的。人常說女人生孩子就跟睡在棺材楞上似的，一不小心就掉進去再也出不來了。好妹妹，人命關天的事，求你再怎麼作難也催娘娘一聲。姐姐逃過這一劫，往後和孩子做牛做馬也要報答你的大恩。」翠環說到難處，翻起笨重的身子就在炕上給小丫頭叩頭。

小丫頭畢竟還是半大孩子，哪裡見過這等陣勢，急得不知如何是好，趕忙扶翠環躺下，輕聲說：「咱們住在這深宅大院中什麼也聽不見，王府裡的人都說街上亂哄哄的，到處都是軍士兵馬，血頭血臉的傷兵哭爹叫娘，慘著呢！看樣子官兵快殺進城來了，王妃她們個個火急火燎地團團轉。剛才我見小太監拿了一副紅戰袍，莫非娘娘也要上城牆打仗去？」

「哦，」翠環勉強壓住腹中不適，心頭陣陣吃驚。王妃在這裡自己尚且這麼難，要是官兵殺進來，又燒又搶的，那孩子……她不敢多想，直埋怨自己命太苦，孩子生的不是時候。忽而又想只要孩子能平安生下來，即便官軍殺進來，想逃走也便利些，再不濟，託付人也有個著落，總強似挺個大肚子躺著等死。

這樣想著，心底騰起的希望一點點擴大，急切抓住小丫頭的手說：「好妹妹，不管城能不能守得住，孩子總不能憋在肚裡，煩你再稟娘娘一聲，俺……可能今夜都挺不過去了……」說話間肚中又翻起一陣疼痛，不覺臉色煞白，額上冒出汗來。

小丫頭見狀有些膽怯，連連答應著跑出屋去。翠環抖手撫摩著圓滾滾的肚子，輕聲說：

「乖，一會兒接生婆就來了，再忍會子你就能出來了。」

北平城外麗正門下，瞿能拿出當年的勇氣，進攻一陣猛似一陣，城牆下、壕溝兩側，屍首日漸高壘，官兵們在瞿能揮舞刀劍的吆喝下，一路踩著軟綿綿的屍體衝進檑木、滾石、狼牙棒的瀑布驟雨中，很快又在一聲聲慘叫哀號中成了別人腳下的路。

而城頭上也並不輕鬆，他們在奮力用檑木等物殺傷城下官兵的時候，自己也不時被飛過來的箭鏃石塊擊倒，更多的則被攀援上來的勇士揮刀砍死。城上的屍體也漸漸積滿並不太寬的甬道。

徐妃這幾日確實不好過。隨著形勢惡化，北平城越來越岌岌可危。燕王雖被滿城兵民望眼欲穿，卻始終連個影子也沒有，而現在城中連個音信也帶不出去，看來只能靠自己了。張信見城頭上人數一日少似一日，焦慮之餘，想到能否頒布一個臨時法令，將全城男女全集中起來，壯男為一軍，護城打仗；壯女為一軍，負責護理和打雜；其餘老弱者，專門作飯餵馬。徐妃聽張信稟報後，與世子朱高熾，道衍等略略商議幾句，欣然贊同，並要親自帶頭參加壯女軍。

道衍等人本欲勸阻幾句，可城中情勢如此危急，說不定哪一時便會城破人亡，也只好隨她而去。不過既然王妃都加入了壯女軍，自己自然不好再穩坐府中，於是朱高熾、道衍、金忠等人草草收拾一下，來到城牆上親臨督戰，以期鼓舞士氣。

壯女軍很快集結起上千人，多是些壯年農婦，大營便紮在王府前院。徐妃率府中眾夫人太太夾雜其中，往城上搬運托叉、火銄、鐵錨、牛皮、石灰等器物，又協助老弱軍們做飯、送飯、抬運傷兵。如此一來，城頭上下都傳揚著王妃娘娘也親自下手助戰的消息，疲弱的兵士們心頭果然一振，士氣明顯好轉。

然而情勢並未明顯改觀。瞿能和他兩個兒子率三萬餘兵丁發瘋般衝撞著麗正門，像一頭狂暴的猛獸咆哮著越衝越近。那場面令城頭上的人看了不禁頭皮發麻，不寒而慄。

瞿能征戰多年，攻城之法自然不生疏，這次更是使盡所有手段。先用炮石車往城上拋石，又用揚塵車往城頭揚塵。繼而在城下架起柴薪，意欲火攻。看看火堆尚未燃起便被城上澆下來的水潑滅，瞿能氣急敗壞的下令集中起全軍所有雲梯和行天橋車在強弩亂箭的掩護下，趁城頭上守軍不敢露頭時強行登城。

城上人自然不敢怠慢，先以弓弩還擊，繼而拋下檑木滾石，甚而磚瓦等物也雨點般砸下。力氣大些的漢子則用狼牙板，專往人稠的地方拍擊，每次拍出都會引出一片嚎叫和腦漿血水四濺。也有人使用飛鉤，甩到攻城人身上，提起來一刀砍死又扔回城下。

但是敵人畢竟太多，守城人畢竟太少。隨著城上拋物的漸緩漸稀，城下後繼者終於可以踏著同伴的屍體借助雲梯或「行天橋」車接近城頭。城頭上的人只好摸起刀槍斧頭奮力搏殺。短兵相接，城頭劣勢頓現。守城人本來就少，且老弱病殘居多，遠距離搏殺尚可，兵刃撞擊中卻迅速大量傷亡。北平城頓時風雨飄搖，形勢急轉直下，張信與顧成等大將跑東顧不了西，朔風凜冽中急得滿頭大汗，卻無濟於事。

正在這危急萬分的關頭，徐妃帶一隊女兵運送石頭磚瓦登上麗正門城頭。見情勢千鈞一髮，來不及半點猶豫，忘情地揮手招呼道：「殺呀，他們爬上來啦！」順手搬起塊石頭，照準正往城上爬的一名官軍咬牙砸去。她似乎聽見噗哧一聲悶響，紛亂中看到那顆頭顱如跌碎的西瓜般炸裂開來，淌出紅紅白白的汁瓤。沒等想些什麼，又一個人頭從城牆下露出來，她機械地搬起第二塊石頭砸過去，那人驚叫一聲連同石頭飛離雲梯，重重跌落在城下羊馬城裡。

回頭見身後的那些婦女一個個驚懼萬分，面色灰黑瑟瑟發抖。徐王妃突然微微一笑叫道：「快來護城！古有花木蘭，近有穆桂英，怕什麼，女人照樣能殺人放火！」說著喝令每個婦女舉一塊石頭拋向城下，「看，咱們也能殺死敵人！來，有第一回就有第二回！」徐王妃雙眸噴火，大改素日的和顏悅色。嚇傻了的婦女們不知所措，只能木然地對準個個人頭閉起眼睛亂砸一氣，許多人邊砸邊嗚嗚地哭出聲來。

漫長的下午。太陽緩緩沉下西山，城上城下夕陽與血漿融成一片，繼而變褐發黑，千萬人期盼的黑夜終於來臨。當瞿能無可奈何地鳴金聲響起時，雙方都鬆一口氣，暗暗在心頭高呼萬歲。

徐王妃軟軟地倚坐在城堞上，暮色蒼茫中下意識看看自己的手掌，上面糊滿了黏黏的黑血，她忽然忍不住，哇哇地嘔吐起來，搜腸刮肚地吐了個一乾二淨。

翠環住的小屋子，座西朝東，黑夜往往比別處來的更早。屋內已經全暗，看什麼東西只是個模模糊糊的影子。然而翠環已經沒有力氣挪到床下將蠟燭點亮，小丫頭出去一整天了，現在還沒個音信，不要說接生婆，連湯水也沒人給送過一星半點。不過翠環還覺不出餓，肚中陣陣痙攣作痛已折磨得她喘不過氣來。

「小ㄚ頭，你在哪兒？娘娘，你在哪兒？接生婆，俺的大恩人，你快來呀！」翠環暗中瞪大雙眼，焦乾著嘴唇喃喃自語。然而黑暗空空洞洞，消散了她低弱的聲音。腹中陣陣下墜，疼痛如波浪般一波連著一波。她知道無論如何也拖不下去了。可是黑燈瞎火中，天地如死去般寂寂無聲。翠環感到令人窒息的孤單無助，她掙扎著想坐起來，然而試了幾回卻不能夠。

「孩兒呀，即便沒有接生婆，你也快快地生下來吧，別再往死裡整你娘啦！」不知什麼時候，翠環發現自己已滿身是汗，疼痛漸漸傳過全身，接著木木得渾然不覺，「也許快要生了。」翠環混沌的頭腦中冒出點欣喜，下身用用勁，等待瓜熟蒂落的那一刻到來。然而過了許久，仍不見動靜，尖銳的疼痛卻又席捲而來，毒蛇一樣上下亂竄。

翠環忽然想到，自從懷了孩子就開始擔驚受怕，幾千里遠跑到北平，又受那趕車的漢子折騰，會不會為這錯了胎位？聽人說要是胎位不正，非得請有經驗的接生婆不可，否則十有八九大人孩子都活不成。

愈想愈怕，翠環覺得眼前一陣金星亂冒。金星閃耀中，屋子似乎一下子亮堂起來。翠環四下打量，屋中金壁輝煌，楠木的桌椅，紅氈兒鋪地，炕前擺著個麒麟形四足滾金大銅火盆，炭火燒得正旺，薰得人渾身懶洋洋如春睡般愜意舒暢。又有一道光亮閃過，門無聲無息地開了，史鐵出現在門口，他頭戴烏紗，身著麒麟補服，腳踏粉底烏靴，斜握著一柄佩劍，滿面紅光笑意盈盈地望著自己。

「啊，史鐵哥，你咋才來！」翠環湧動著難以抑制的欣悅，歡快地招手叫道。史鐵仍然翹嘴角笑道：「俺替燕王進宮辦事，他這人最講道義，到底沒虧待咱，讓俺當了個頂大的官，又叫來看看你和孩子。」

「孩子？」翠環不禁也笑了，「孩子還在肚裡呢，不過你別急，快出來了。」

「俺不急，你看那麒麟，不是送子觀音派來給咱們送小孩來了麼？」翠環低頭一看，可不是，麒麟形的大銅火盆動起來了，它邁開四根粗壯的大腿直立起來，炭火撒了滿地，呵呵地獰笑道：「什麼送子麒麟，爺爺是奪命麒麟！」一口將史鐵吞下，史鐵的頭在麒麟嘴中還含糊不清地叫著：「燕王快來救我！」

翠環見此慘狀驚得目瞪口呆，「啊」地長長一聲慘號。慘號聲驚醒了自己，發覺屋內越發黑暗如漆，自己渾身上下被汗水打個濕透。

「史鐵哥，燕王不是最講道義麼？你為他辦事，他咋連個接生婆都不找呢？徐王妃，你不是最仁慈寬厚麼，咋就見死不救呢？」翠環喃喃自語著，覺得身下有些異樣，勉強伸手一摸，濕乎乎的一把，撚撚有些發黏，放在鼻子前聞聞，濃濃的腥味。

「啊，血！」翠環大吃一驚，頭嗡地一下脹大，身下熱流卻不可遏制地股股湧出。

小丫頭本來是急急忙忙找王妃，傳翠環的話找接生婆的，不料見到徐王妃尚未來得及開口，便被王妃指派到壯女軍中送飯運石塊。她鼓起勇氣漲紅臉低聲說：「娘娘，那邊快生了，沒個人怕不好。」不知是聲音太低還是人聲太糟雜，徐王妃沒聽見似地瞪了她一眼，嚇得她吐吐舌頭趕忙低頭幹活去了。

一天戰鬥總算結束，險雖險，城卻保住了。回到王府中，徐王妃令人在大廳四角點起燭臺，燈火通明中，一群婦女換衣洗刷。徐王妃臉上漾溢著喜色說：「姐妹們，既然幹上了，索性就當個花木蘭！王爺已派人送來消息，再有一兩日大軍就到了。今兒好好歇息一夜，明天再堅守一天估計就算大功告成了。你們也知道，王爺平素最講義氣的，將來還能虧待了咱們麼?!說不定你們的爺們還得沾你們的光呢！」

婦女們聞言面露感激之色，有人說：「那就全託娘娘洪福，要是咱一個婦道人家能給爺們掙個一官半職的，那往後他還不定怎麼捧著咱們呢！」一句話說得眾人都笑起來。又有人收拾衣服說：「咱們光聽說娘娘大慈大悲，沒承想娘娘還大智大勇呢！今兒能親自上城殺敵，將來被編到說的書裡去，沒準兒比《岳飛傳》裡的梁紅玉更叫人敬佩呢！」

徐王妃笑笑正色道：「咱可不敢亂比古人，不過粗知大義，願意為天下百姓擔些罪過罷了！」正說著小丫頭灰頭灰臉地闖進來，面色蒼白，閃著驚恐的眼光叫道：「娘娘，不好了！……她難產死了，血流得滿屋都是！」

徐王妃聽她連呼「不好了」，唬了一跳，待明白過來冷冷笑道：「什麼大驚小怪的，不過是個不守婦道的破爛貨嘛！死了就死了唄！」忽又見眾人直著眼朝自己這邊看，忙變了臉色說：「你們不知道，這是個遠房親戚，因同野漢子私奔，懷上了孩子，我見她可憐，將她收留在王府中。這幾日忙得人要死，就沒顧得上去看看，誰承想偏偏就難產了！」眼中淚光一閃低下頭去說：「罷了，這都是當女人的命苦，說起來叫人怪傷情的。你先找幾個宮人收拾一下，過這幾天好好地下葬也就是了。」

眾人聽得半懂不懂，紛紛咐和道：「娘娘果然大仁大義，今兒才算見了。」

機關算盡何所得

不管道衍、金忠還是張信、顧城和徐王妃怎樣百般設法，北平城仍然日益危急。

麗正門雖然暫時保住了，城西的彰義門卻形勢驟緊。瞿能在進攻麗正門時發現，北平城守軍大部集於此門，繼續硬攻無異於死啃硬骨頭，便見機行事，悄悄移師彰義門，雷霆萬鈞般驟然發起攻擊。

金忠正好守在彰義門，感覺情形不對，立即派人報告張信和顧城，請求派兵增援。但是各門防守都不輕鬆，傷亡又日益增多，張信手中已無兵可調。奔波半晌，好歹湊齊三百軍卒，風風火火地趕往彰義門。

漸入深冬的北平，西北風一日疾似一日，平地上經日飛沙走石。官軍借助風勢，先用揚塵車往城頭上揚塵，揚得昏天黑地，令人不敢睜眼。見時機差不多了，便又用炮石車猛力發炮，企圖在城頭打幾個缺口。笨重的石塊疾飛而來，嗵嗵地撞在城頭堞雉上。磚石漸漸鬆動，隨即有地方坍塌。張信慌忙招手叫人推來木女頭，這種傢伙前邊是塊堅硬厚實的大木板，後邊一根大樑下兩個木輪，吱吱扭扭地推過去，直堵在坍塌的缺口上。然後有人貓腰從木女頭中間的洞眼向外放箭。

一招不成，瞿能嘴裡罵著娘援桴擊鼓，又換種進攻的方法。千百官兵一手舉牌護住頭頂，一手抱些柴薪，堆在城門前。不一刻便堆起小山似的一大堆。點著後畢畢剝剝火焰騰起，煙火借助風勢，呼呼地直竄城頭。張信見狀慌忙和金忠指揮兵士和民壯將水袋從城頭拋下，很快將火焰壓下去。可是柴薪很多，水袋太少，不一刻火焰又熄而復燃，搖曳的火舌不時冒出城頭，炙熱得讓人不能靠近，濃煙嗆得個個面紅耳赤。金忠被薰得面色灰黑，紅著眼珠子四下亂嚷：「快，快往城上運水！」張信和幾員部將親自下手，帶士卒及男女民壯用罈罈罐罐將水搬到城頭，衝火苗灌下去。不出幾趟，個個已累得氣喘吁吁，那些女壯軍更是連滾帶爬，好容易搬過來的水卻在登梯時被絆倒灑得到處都是。

拼死拼活地，火焰總算漸漸小了下去，柴薪濕淋淋的，任憑火箭怎麼射再也燃不起來。瞿能突著眼珠子，咬牙切齒地罵一聲：「好他娘的，還真能死掙！爺爺這回讓你躲了雷公，躲不了霹靂！」大手一招，鼙鼓驟然大作，黑鴉鴉的兵馬如洪水決堤直朝城門洶湧而來。

因為瞿能胸中憋著一口氣，心頭窩著一股火，鼓點也就敲得特別急，兵潮一浪緊接著一浪，比麗正門更令人驚駭。官軍一面利用雲梯、行天橋車，甚至火鉤等物件不顧命地往上攀援，企圖打開個缺口，在城頭上奪得一席之地，一面組織兩千餘騎兵飛也似的竄過來直奔城門。

「弟兄們多用心些，如今真到了魚死網破的時候了！」張信在城頭上看得真切，嘶啞著嗓子大叫。一邊持槊在手，東奔西跑著將那些露出城頭的官兵一個個戳下去。

金忠剛上城來時頭戴道冠，身穿八卦藕絲袍，白綾褶疊裙，腰束鵝黃絲絛，手執青鋼劍，一派仙風道骨。經過半日廝殺，臉上被煙火薰得黑一塊白一塊，道冠不知什麼時候被風吹去，八卦袍七扭八歪，倒是青鋼劍仍緊握在手中，招呼兵丁對準衝過來的騎兵拼命放箭。

瞿能見騎兵衝近城壕時在如雨箭鏃下人仰馬翻，亂成一團，臉膛更加黑紫，紅著眼睛狠狠喝道：「快推過填壕車來，爺爺要親自會他一會！」扔下鼓椎跳上戰馬，一陣風衝過去。

有了填壕車鋪路，兩千騎兵緊隨瞿能其後闖進城壕，又秋風掃落葉似的颸進羊馬城，在羊馬城三轉兩轉竟出人意料地輕易撞進甕城。張信見這幫拼命三郎如此勇猛，熱汗頓時變作冷汗，急命守軍透過彰義正門上的洞眼往外射箭，繼而又用長矛向外亂捅。但是城門外的騎兵畢竟太多，他們三五成群地抬著粗大的木頭狠命撞擊城門。「通通」的聲音讓守城燕兵個個心驚肉跳，手忙腳亂地慌作一團。

厚重的彰義門在不懈的撞擊下開始抖動，搖擺。忽然天崩地裂的一聲巨響，大門訇然洞開！

瞿能喜不自勝，大眼掃去，身後剩餘的騎兵已不足千人。「只要大功告成，死多少人也不必可惜，」這個念頭一閃而過，立刻喝令一起衝進城中。誰知緊貼城門內側還有一條壕溝，雖不太深卻埋滿了鐵蒺藜，衝在前邊的人防不勝防，頃刻又有二百餘人跌進去，混身被紮得稀爛，復又被後來的馬蹄踩成肉醬。但不管怎麼說，瞿能精神振奮，欣喜異常，總算殺進城來了！他們立大功將來封侯入將的時刻就要到了！

抬眼望去，瞿能已經能清楚地看到北平城內的街衢房舍。街道在靠近城門的路口處攔了用橫木和交叉的鐵矛織成的拒馬牆。不過瞿能並不在乎。這種東西他見多了，三槍兩槍便可挑零散，他所焦慮的是，幾百騎兵敢不敢輕易進到城內呢？

瞿能立刻想到李景隆今日親臨陣前，見自己好不容易進來了，一定會擊鼓衝鋒的，耐心等待片刻，到大隊人馬跟上來再衝進去也不遲，反正頭功是自己的已無疑了。這樣想著，瞿能一邊指揮眾騎兵四下砍殺前來關門的燕軍，一邊側耳傾聽城外衝鋒的鼓角聲是否響起。

然而城外空曠的郊野上空，突然迴盪起收兵的金鉦聲。

瞿能乍聽一下子愣住，幾乎懷疑自己聽錯了。傾耳再聽，不是鳴金收兵又是什麼?!「李景隆啊李景隆！」瞿能臉紅脖子粗，忍不住揮槍大喊一聲，不過看看周圍的騎兵正望著自己，只好嚥回半句話去，粗暴地吼道：「還等什麼，軍令大如山，快往回撤！」

城門終於關上了。門內門外除了多出一堆一堆屍體，一切又歸於平靜。金忠一屁股跌在斷垣上，驚嚇過後的平靜讓他神情有些恍惚。他忽然想，這到底是在做什麼呢？莫非從一開始就和道衍打算錯了？唉，要是道衍在這裡交談幾句，該有多好！

道衍此刻正迎著斜陽站立在麗正門城頭。攻城之兵都已散去，朔風呼嘯中原野霎時寂靜淒冷。遠遠近近殘煙嫋嫋，橫七豎八布滿了各種奇形怪狀的死屍。

道衍抬手摸摸光頭，內心如漸漸通紅的夕陽一點點往下沉，「唉，一將功成萬骨枯啊。是立功還是造孽，世事如走馬轉燈般變幻，誰能說得清呢？可是不管怎樣，走了這條路，也只有硬著頭皮往下走了，是對是錯，留於後人評說吧！」道衍自言自語著，一股冷風吹過，不禁打個寒戰。再看衣袖上的濕處，竟然硬硬地結了一層薄冰。

道衍突然靈機一動，有了！如此一來既保住了城，又可免於廝殺，少傷幾條無辜蒼生，何樂而不為呢?!細細一想便興沖沖地向將佐們吩咐道：「快下去傳令，著士卒民壯多備盛水器物，天黑以後往各處城頭運水！」

「天黑以後還往城頭運水?!」將佐不解其言，疑惑地反問一句，旋及見道衍胸有成竹，知道其自有道理，便紛紛下階梯傳令去了。

瞿能怒氣沖沖撤回本部大營時，李景隆正坐在虎皮帥椅上笑瞇瞇地等著他。

「大帥，瞿能已衝進城中，正於城門洞內等待後軍接應，大帥可曾看到?!」瞿能強忍火氣叉手施禮，話語中卻遮掩不住火藥味。

李景隆這次倒頗有大將風度，不慍不火依舊笑著道：「瞿將軍神威勇猛，本帥自然看在眼裡了。哎呀，果然不凡呢，正如人常說說的，學者如牛毛，成者如麟角。我大明戰將千員，士卒百萬，可是能及得上瞿將軍的，確實寥寥啊！瞿將軍，聽你口氣似乎責備本帥不該鳴金，是不是？」

瞿能聽他不酸不鹹的一番話，弄不清是真誇獎還是在挖苦自己，氣嘟嘟地說：「不僅不該鳴金，還應擊鼓進軍，一齊湧進北平城才是！」

李景隆鼻孔裡「哼」了一聲，抖動大紅戰袍從帥椅上站起來，沿紅氈鋪地的過道來回踱兩步慢悠悠說：「瞿將軍久經沙場，自然聽說過『兵主凶危，用之不可不謹慎』這句話了?北平城中虛實不明，我大軍貿然跟進，倘裡面伏兵四起，如之奈何?!你只是一將之勇，我卻要掌三軍之司命!本帥統領三軍，肩負朝廷重任，務必要以忠義為先，總不能眼睜睜地看著將軍和朝廷兵士自蹈死地吧！」

「什麼忠義，分明是你嫉賢妒能，怕別人搶了頭功！」一側站立的瞿秀材終於忍不住，兩眼噴著怒火替父親鳴不平。

「休得胡說！」李景隆再也沉不住氣，勃然大怒，「諒你一個副將，也敢如此無禮!來人，拉下去打四十軍棍，明日本帥親自攻城！」

瞿能見兒子就要挨打，又急又怒，卻也只得壓住萬般不滿，叉手求請。李景隆冷笑一聲，甩戰袍轉入後帳。瞿秀材踉踉蹌蹌被衛士拉扯著往外拽，一邊還大聲叫著：「什麼忠義，全是假的，你們一個個看上去全是正人君子，其實淨做些見不得人的事，你們的臉怪白，心卻黑得快發毛啦!小人得志啊小人得志……」

瞿能見狀，萬箭攢心，撲通跪倒在大帳中央，欲哭無淚，仰天長歎：「皇上啊，皇上!難道兵士的命就那麼不值錢，千萬人就那麼白白死了嗎!哪個不是娘的寶貝蛋，哪個不是妻兒的頂樑柱，就這麼白白死了呀!皇上，人人都講義，義在哪兒呀……」

道衍命人往牆上潑水的這一夜，分外寒冷，簡直滴水成冰。他們肩挑人抬，在黑暗中，在閃閃繁星下悄無聲息地忙碌。整整一個夜晚，每寸城牆都反覆用水澆過。天光大亮，呈現在李景隆面前的，已是一座冰城，光溜溜的城牆又硬又滑，各種攀牆的物件都失去了作用。李景隆端坐馬上，遠遠看了一會兒，歎口氣道：「傳令下去，各自歸營等候，待風定轉暖，冰融後再行攻城！」

傳令官吐吐舌頭，心說往後一日冷似一日，轉暖得等到明年呢！不過只要不打仗，大家也就樂得等待，苦熬總比快死強吧！他一聲不吭地下去傳令去了。

接下來的幾天，北平城內城外平靜許多，彼此陷入膠著狀態。直到有一天，城中忽然傳出消息，燕王的軍隊終於回來了，正逼近鄭壩村伺機同南軍決戰。乍聞此燕王府上下人人興奮不已，徐王妃，三個世子，道衍和金忠等人彷彿小孩子過年似的，緊張而喜悅地忙碌起來，厲兵秣馬，準備裡應外和。

李景隆一直等待著同朱棣的決戰，但他沒料到這場可以使他功成名就的決戰會遲遲拖到如此寒冷的冬季才正兒八經地拉開，這多少讓他暗暗叫苦。

鄭壩村名為村，其實並沒什麼人家，不過有幾座荒蕪的小院。四十餘萬人馬只能住在曠野中的帳篷裡。其中大部分都是從南京過來的蘇杭一帶軍隊，這等苦寒之地大大超出他們的想像。幾日之中，人人在寒風中縮手縮腳，唉聲歎氣，連李景隆自己也有些心神不定了。

燕軍對於寒冷卻見怪不怪。特別是新加入來的朵顏三衛，寒風中縱馬飛奔更是難得的樂趣，由於收編大寧駐軍及沿途招募，朱棣部下兵力已達三十五六萬，數量上與南軍旗鼓相當，朱棣更是雄心勃勃，成竹在胸。

正午時分，太陽發出慘白的光卻感受不到一絲溫熱，大戰來臨前的冷冷殺氣直逼肌骨。朱棣鎧甲一新，登上陣中觀樓上遠遠眺望，見南軍尚未集結整齊，急忙下令朵顏三衛騎兵趁敵軍陣形未穩時衝過去打亂他陣腳。一聲聲戰鼓突兀響起，三衛首領脫兒火察帶本部人馬呼嘯著狂飆般席捲而去。這群衣著怪異的莽漢個個剽悍異常，朱棣知道他們這一去，定然成功，三步兩步走下觀樓，跳上自己的汗血馬，率大隊人馬緊隨其後去收拾戰果。

三衛騎兵已衝進對方陣中，如秋風掃落葉般，頃刻將敵陣衝得七零八落。朱棣興奮異常，挺槍對旁邊的張玉說：「哈，十羊一狼，勢無全羊。三衛騎兵這番真是如同豺狼闖進羊圈中了！快，立刻跟上殺過去！」

李景隆按兵書所言，布的是方形陣，周邊以弓弩手和騎步兵為主，中央停放著糧車和輜重車輛。他騎在馬上手揮號旗，指揮周邊兵馬左右移動。當發現朱棣親自來到陣前時，李景隆湧上一陣莫名的激動，揮旗不迭地喊道：「那就是燕王，弓弩手，快放箭！」

然而人喊馬叫的混亂中，弓弩手根本聽不到命令。三衛騎兵未等他們搭箭拉弓已經踐踏過來。數十萬人馬攪在一起，整個軍陣猶如沸騰一般，只見刀光劍影，血肉迸濺。李景隆手中的帥旗已無人顧得再看一眼，連他自己也身不由己，在人和馬的波濤中上下沉浮，左右亂撞。

慘烈的激戰從午時一直持續到日落，誰也不能獨吞對方，終於在薄暮冥冥中鳴金收兵。千軍萬馬退潮一樣嘩地流向兩側。空曠的原野顯露出來，散落的屍體鋪滿大地，一片狼藉。西風嗚咽地低吼著，枯黃的樹葉四下飛舞，似乎天地合奏著一支低低的曲子。曲中透著悲涼的死氣與不祥，幾經生死的軍漢們也感到無限惆悵與哀傷。

黑夜很快來臨了，風更大了許多，寒氣也開始陣陣緊逼上來。呼嘯的寒風強勁有力，不時將帳篷掀起。躺在地上的兵卒只好一次次爬起來，將帳篷反覆釘在地下。有經驗的老兵見狀就打趣說：「這樣也好，省得躺下睡著了明天再也醒不來。」

朱棣的大帳雖然嚴實些，但還是在半夜時分凍醒了。旁邊侍寢的內官小馬聽見動靜，忙跑過來說：「王爺，我剛才到帳外想找些柴禾點著給王爺烤烤，誰承想地面凍得硬梆梆的，一根草棍也沒弄下……」小馬只有十四五歲，娃娃臉，話音中還透出一股童聲。朱棣看他一眼說：「那，你手中提的是何物？」

「是在帳外拾的一個馬鞍，我見它破了，便拿回來問問王爺，要是不能用，正好點火取暖。」小馬雙手捧過來給朱棣看。馬鞍破破爛爛，早已不成樣子，朱棣略看一眼笑道：「都似你這般節省就好了。如此破爛，點著了烤火取暖倒還算物盡其用。」小馬痛痛快快地答應一聲，收拾著打火點著。

不一刻，火苗漸漸升高，帳中立時有了暖意。雖然青煙中有股沖鼻的酸腥味，但比受凍要好多了。在帳外值勤戍衛的幾個士卒正拍手跺腳，寒冷讓手腳耳鼻疼得無處可放。忽見帳中火光熊熊，便身不由己地靠攏過來，擠到帳篷門口，將凍僵的手伸得直直的映著火光想撈取一絲熱氣。

小馬覺得有動靜，扭臉看見帳口伸進來幾隻手，便幾步走過去喝道：「你等好大膽，難道不知道這是王爺的營帳，怎麼這樣放肆！還不快退到外邊！」

朱棣聽到呵斥聲，抬頭透過紅紅的焰光見小馬正推搡著幾個士卒，士卒們雖口裡答應著「是」，眼光卻盯住火堆，戀戀不捨。朱棣忽然心頭一動，直起身叫道：「小馬，休要對他們無禮！」幾步走過去，順手拽住一個士卒冰冷的手說：「你等皆是本王左膀右臂，戰陣之中要是沒有你等盡心盡力，本王又如何能屢戰屢勝！來，站在外邊能烤出個什麼勁，反正睡不著，索性進來盡情暖和一陣！」

幾個士卒不料朱棣會這樣對待他們，反倒手足無措，本能地往外躲閃。朱棣輕輕喝聲：「怕什麼，本王讓你們進來就快進來！」見他們順從地蹩進，又放柔聲道：「唉，本王穿著兩層皮袍尚且覺得冷不可支，更何況你等戰袍如此單薄？誰不是父母生養的，讓你等受這番苦，皆本王之罪呀！將來功成之後，你等皆國之功臣，榮華富貴有享受的時候，先苦後甜嘛！來，快烤烤火，一會兒可就燒完了！」

士卒們聞言個個感激涕零，湊近火堆胡亂烘烤片刻，便眼含熱淚匆匆言謝出帳。小馬站在朱棣旁邊說：「王爺真是菩薩心腸，對士卒也這麼好。難怪人家都說王爺是義王呢！」朱棣坐在矮凳上，看著火光漸漸熄下去歎道：「義重如山，乃作人之法則，本王一向以道義自許，可惜做的還不夠。若將士早一日不受此苦，本王也就安心了。」小馬眨眨眼忽然想起來說：「那，那要是從現在不打仗，立即罷兵，將士們不就不用受苦，也不用成天死人了嗎？」

朱棣聞言臉色突變，狠狠地瞪小馬一眼，「哼」一聲起身斜躺在榻上，再不說話。小馬被他瞪得矮了半截，悄無聲息地蜷縮在一旁想，莫非我說錯了話？

就在朱棣似睡非睡中，對面南軍營中卻熱鬧非凡。收兵之後，檢點人數畢，傷亡人數令李景隆大吃一驚，明日的交戰便成了吞到半截的骨刺，嚥不下去又吐不出來。

輾轉不安中，有人建議說不如先撤退的好，退守德州還可保全實力，否則明日一戰，怕要有全軍覆沒的危險。李景隆心煩意亂地應付幾句：「主上對本帥如此器重，本帥向來以忠義立身，正當殺身成仁以報聖恩，怎肯輕易言退?!」想一想又道：「雖然如此，本帥卻著實不忍眾多將士喪命於此。唉，也罷，以退為進，也是兵法所肯定過的。」

匆匆商議一番，趁半夜夜色濃重之際，李景隆帶領南軍悄悄撤去。為了走得乾脆俐落，眾多輜重車輛，帳篷丟得滿地都是。以至第二天燕軍探馬來報前方軍營是座空營時，朱棣遲疑半天才敢率大軍從鄭壩村李景隆陣營上穿過去，進抵北平城下。

李景隆半夜急急撤軍，卻忘了尚在北平圍城的軍隊。那些南軍正躲在他們正對著北平九門構築而成的堡壘中，等待著李景隆在鄭壩村打敗自大寧而來的燕軍後，合兵一處，攻進北平。

然而席捲而來的軍馬衝到眼前時，他們才驚奇地發現帥旗上一個斗大的「燕」字，頓時倉皇失措。城內守兵乘勢殺出，不消半日，北平之圍即以告解。南軍丟下一片死屍，拼命南逃，追隨李景隆去了。

寒風凜凜中，朱棣回到北平城。闔家團聚自不待言，唯有道衍和金忠心頭沉甸甸向朱棣稟道：「王爺，襲取大寧取得全勝固然可喜可賀，只是為此一戰陣亡了成千上萬將士，我二人本係出家之人，素以慈悲為念，雖說為大王成就偉業，暫時顧不了許多，可心中常懷不忍，懇請大王恩准，我師兄二人願做個法事，以超度亡魂，也算了卻一樁心事。」

朱棣一愣，繼而笑道：「好，好哇，道義道義，心同此理，豈止你們出家人?本王亦正有此意。你二人且下去安置，祭奠之日，本王令世子代本王出祭。另外，本王還要將這些死者的屍骸堆埋到鄭壩村山原之下，立碑樹傳，以示紀念！」道衍和金忠忙施禮答謝：「吾王如此仁義，將來成就大業，乃是自然之理。」

朱棣隨手梳理著長鬚，仰天哈哈大笑。

潤生正悶頭悶腦地恍然若失，忽然被窗外一聲清脆的話語攪醒，悚然起身，盯住門口想道：「壞了，怕是被人發現了馬腳，這可如何是好，自己一死，澤生再要被殺，那一家人不就絕了麼？」當下急得手腳麻木，不知該如何是好。

門簾挑處，閃進個宮女來，梳兩盤雙髻，玉綠紗裙，湖青半背，面敷脂粉，姿容俊俏風流。美中不足的是上唇角有顆黑痣，牙床微微外突，但如果在宮外也稱得上是上等姿色了。潤生心慌意亂地掃了她一眼，不知她是何人，要幹什麼，忙縮手站立一側，低下頭去不敢說話，心頭如小鹿亂撞。

那宮女輕步挪近些，仔細打量一番潤生，壓低聲音咯咯笑道：「呦，雖說皮肉粗糙些，不過眉眼周周正正，倒是個挺標致的小夥子呢，怪不得裝起太監來跟真的一樣。」

潤生雖沒見過什麼大世面，但聽她言語輕浮，似乎不像來抓自己的，便鼓起勇氣拱手說道：「娘娘恕罪，小人不過想到這院中玩玩，看個稀罕，下次再也不敢了。」

宮女聞言笑聲更浪，抬起柔荑之手照潤生臉上輕輕摸一下說：「別白臉狼戴草帽，假充善人了。你剛才在正殿中和翠美人說的那些話，我在窗外都聽見了。看你嚇得那個熊樣子！實話告訴你吧，我是翠美人的侍女，翠娘娘做什麼事，能瞞得了我？不過你放心，只要你對我好，我是不會給別人說起你和翠娘娘的事。」

潤生聽她這話，立刻放心大半，猛地想起在家鄉時時常聽人說起邊關當兵的整年累月沒見過女人，有時候見頭母牛也覺得彎眉細眼的分外可愛。男人如此，宮中這幫女人大概也一樣，長年不見個正經男人，我潤生如今倒和那公牛差不多了。難怪翠紅會輕而易舉隨了皇上。一想起翠紅，他心裡又酸溜溜起來，抬臉大著膽子看了宮女幾眼。

或許因為撲了粉，或者她也有幾分害羞，潤生見她面色粉紅，若芙蓉花開，紅馥馥的朱唇，柳眉彎月眼，雙目含情，正水滴滴地盯著自己，不禁心頭怦然一動，有個念頭騰地升起，俺潤生好容易相好了一個，卻又被皇上老兒占了去，他能占俺的，俺為什麼不能占他的！

宮女見他面色緊張，神情猶豫，撲哧一笑道：「我還知道你叫潤生，既然翠美人都叫你潤生哥，我也叫你潤生哥好了。潤生哥，你不用害怕，這邊園子還沒竣工，十天半月的都沒個人影兒，幹什麼都不會有人看見的。」

潤生還是頭一次聽女人這樣對自己說話，登時被挑逗起來，心神搖曳，忽然衝動著一把將宮女抱住喃喃說道：「姐姐叫什麼名字，潤生也好記住。」

宮女冷不防被他一摟一抱，面色更加豔若桃花，復笑著說：「潤生哥，都是苦命人，何必知道個賤姓賤名的？人活一世，哪樣沒有都不行的，你……不嫌我不知廉恥吧？」說著不能自持，嬌滴滴哼叫一聲，軟軟地跌在潤生懷中。潤生也是渾身熱血奔湧，不顧一切地抱起宮女放在炕上，中二人扭作一團，痛快淋漓的呻吟裡，潤生忽然覺出了充實，澤生、翠紅和自己眼前的處境，都暫且拋在了腦後。

忘情地折騰半晌，二人方雲收雨住，匆匆忙忙各自整理衣服。宮女此時忽然羞澀起來，柔聲說：「潤生哥，不是我不知羞恥，實在是這宮裡……」潤生替她理理髮髻：「別說了，俺心裡都明白，只是以後不知還能不能見上。」

「能！」宮女急切地說道：「潤生哥，我原來叫春紅，翠紅被封了美人後我就改名叫春靈。翠美人時常被皇上召幸，我們空閒時候多得很，你要不嫌棄，以後每逢三六九日，正中午時分咱在這裡見面……還有幾個姐妹，都是一樣的苦命，她們時常也……潤生哥，有機會我領來為讓你見見，」春靈忽然遮遮掩掩面露羞紅。潤生被她多變的神情逗得又心旌搖動，忍不住撲過去，緊緊抱住又親吻幾口。

可是潤生的好心情僅過一天便被打破了。第二日下午，潤生正和劉莊熱火朝天地打造鐵釘，心中盤算著今天初二，太陽沉下去再升上來便是初三，春靈準在那兒等自己。史鐵從正門慢騰騰走出來，滿臉惴惴。

史鐵前幾天瞅空溜出宮，找到徐增壽，說自家有親戚誤被認為殺了人，叫應天府抓起來，不日就要處斬，求大人幫忙求個請。徐增壽一抹短鬚看著史鐵面露難色說：「唉呀，難喲。如今應天府尹和下屬各官都是齊泰黃子澄的人，他們已懷疑我私通燕王，我們向來勢若水火，只怕他們不肯聽我的。再者說，朝廷向來不仁不義，視民命如草芥，誰肯在乎這個。不過你既然說出來了，我自當勉力去辦。你知道，我是個有情有義的人，絕不會虧待朋友。你且在宮中盡心打探，有甚麼消息儘管送與我，功勞自然是咱們兩人的。」

史鐵千恩萬謝地自密室告辭出來，徐增壽送至門口，看著他的背影冷冷一笑：「哼，一個探味的小犬也來找我辦事！待我令應天府尹速速斬了此人，讓你對朝廷怨念更深，辦起事來豈不更盡力些？若有什麼至關機密傳出，那我徐增壽可就立下大功一件了！徐增壽很快考慮妥當，立即喝令下人：「快備轎，去應天府！」

史鐵本想待事情辦成，澤生放出來後再告訴潤生。以他想來，徐增壽身為皇親國戚，辦這點事情應該不成多大問題。雖然他說的不易，可如今當官的，有幾個痛痛快快答應人的?!想必澤生很快就釋放出來了。

今天中午，史鐵趁著出宮採買的機會，預備再到徐府問問，看辦成了沒有。不料剛出四牌樓轉到淮清橋，就見街牆上貼了布告，人山人海地擠著看。史鐵格登一下覺得不妙，忙擠過去瞧，果然布告斬處殺人犯史澤生，於今日午時三刻在小教場斬首示眾。草草看罷他頭嗡地一下子就大了。沒命地打馬沿大中橋，復呈橋，直來到小教場。可是那裡已斬罷人散。刑場之上血跡還鮮亮，一襲草席遮住澤生屍首，史鐵不顧有人在場，扒過去痛哭失聲，半天爬不起來。

想想人已死了，哭也沒用，叫人見自己這身打扮起了疑心，萬一傳到宮裡，連自己也得搭上，便強忍住摸出幾塊銀子，央一家棺材鋪夥計先將屍首收了，自己不敢再耽擱，胡亂辦完差事回到宮中。

如何告訴潤生呢？史鐵很犯難。這是在皇宮裡頭，不比別處。萬一潤生知道澤生已被斬首，倔勁犯上來，胡喊亂叫，衝撞了要緊的人，那非得大家一窩端了不可。思來想去，史鐵覺得還是先不告訴他為好。可是潤生心裡焦急，每次見都要問起，怎麼辦呢？史鐵靈機一動，不如先給他圓個謊，就說澤生已被赦免，暫時押在牢中看管，待年後才能放出，這樣就堵住他的嘴，彼此也都安生些。等將來園子修好了，他出宮後徐徐告訴他也不遲。

儘管心中惴惴，史鐵還是強作出一幅喜出望外的樣子，招呼叫過潤生，拉他到角門一側低聲說：「潤生，告訴你個好事，澤生的事兒總算過去啦！」

潤生乍一聽似乎有些不相信，瞪眼睛問：「真的？你咋知道的？那他人呢？」

史鐵生怕被看出破綻，忙搶話頭說：「我親口聽徐大人說的還能有假？應天府發話了，澤生確實是冤枉，詳情公文已報上去了，眼下宗卷還沒批下來，權且在監中一個院子裡閒住著，等過了年，諸項手續辦妥，便可以出來了。」

見他說的一五一十，潤生這才相信，興奮地一拍大腿說：「史鐵哥，俺和澤生這一輩子是忘不了你的好處啦！你說的那個徐大人真是個好人，趕明兒出去了，你給他說，他家有啥活計，俺全包了！」

史鐵見他高興，便紅著眼圈也附和著笑笑，又說：「潤生，翠紅的事你也想開點，一人一個命，什麼事都是身不由己，強求不得的。不是說醫得病醫不得命麼？唉，其實不怪你也不怪她，只怪咱這窮賤的命！凡事想開些也就好了。」

提起翠紅，潤生臉色有些灰暗，咬牙切齒地說：「皇上，哼，皇上，他咋就那麼能，奪人家的東西，還奪人家的老婆，俺嚥不下這口氣，俺會報復他的！俺已經把他的女人……」忽然自知失口，忙閉住嘴不再往下說。

史鐵並沒在意，他聽得心不在焉。潤生說皇帝奪人老婆，他立刻想起翠環，一年沒見面了，也不知她在北平怎麼樣。孩子肯定出世了，也不知是男孩還是女孩？當然最好是男孩，因為這是他留給世上的最後一條生命，史家的血脈僅能靠這條命來維繫了。但願蒼天開眼，多佑苦命善人，讓翠環生個男孩，讓他們母子平平安安的，有天一家人能高高興興的團聚。只要能熬到這一天，金忠和徐增壽許給他將來當官享福的願望，一個實現不了也沒什麼要緊。

見史鐵神情木然，潤生忙問：「咋啦，史鐵哥？」

史鐵哥收住遐想笑笑：「不咋，不咋，我想這園子工程大得很。皇上新近又招了批秀女進宮，還有好幾外院要修繕，這會兒怕是一年半載的也完不了，你就安心幹吧，工錢是虧不了的。到時候澤生出來了，要能進來就讓他也和你一塊兒幹，要進不來，我就給他些盤纏，先讓他回家去。」

潤生低頭想想說：「也是，反正翠紅也見了，在這裡再也沒啥想頭，讓他先回去也成。史鐵哥，宮裡的娘們都這麼多了，咋還召人進來？」

史鐵苦笑一下：「人家說了，這叫天下太平，皇上要與民同樂。」

潤生冷笑著還沒說話，忽聽有腳步聲從遠處過來。二人警惕地扭臉張望，見幾十個太監模樣的人慢騰騰轉過花圃，朝這邊走來。史鐵說：「是找俺來了。你先回去幹活，什麼話也別對人說。有消息俺自會來找你。」說完撣撣衣服，迎著那些人走過去。

潤生得了澤生的消息，心裡鬆爽了許多。大鐵錘掂在手裡也不那麼沉甸甸的了。

第二日中午，工匠們吃過飯一個個倒在床上瞇眼打盹兒。潤生見沒人留意自己，悄悄挨出門來，沿小路穿過圓門，七拐八拐，路上果然靜悄悄的，沒一個人。潤生更加放心大膽，小跑著來到那間小屋。門虛掩著，推門進去，裡面陳設依舊。那身太監袖袍仍掛在衣架上。潤生看看自己這身衣服實在髒得不成樣子，便急急地脫下來將袖袍換上。

剛收拾妥當，門外響起細碎的腳步聲。潤生心頭驟然一緊，捉摸不透緊張還是興奮。門簾挑起春靈閃身進來。四目對視，又都不太好意思地扭過臉去。過了片刻，潤生蹭過去拉住春靈笑著說：「春靈姐姐，今兒沒什麼事麼？」

春靈順勢倚在潤生肩上說：「聽人講在北方打仗的李什麼元帥吃了敗仗，帶走的兵退回到德州只剩下了一大半，皇上雖說好脾性，但也少不得要生氣，各宮娘娘都過去請安解悶了，我這才趕了來。」

又是皇上，潤生聽到這兩個字就有氣，那種報復這個皇上的想法又湧上來，他咬咬牙放聲音說：「別管他。春靈姐姐，隔一天不見，俺還怪想你哩。那天俺還是平生頭一回，那滋味……」說著話語中漸漸有些醉意，春靈在這醉意朦朧中長長呻吟一聲倒在潤生身下。

日子一天天很快過去，潤生在忙碌中多了一份對三、六、九日的期盼，多了一份柔柔的暖意。雖然再沒有機會和翠紅見面說話，不過潤生總算有了點新的支柱。老天爺總還算公平吧，不然這麼長的日子怎麼熬下去呢？潤生常常心懷僥倖地想。

晝長夜短中，殘冬漸進尾聲，年底一天天逼近，宮中上下開始忙碌起來，角角落落洋溢著新年的氣象。因為偶爾會有些霜凍，園中的修建幹幹停停，工匠們反而輕閒下來。但是史鐵傳來了內務府的命令，來年還有些工程要做，諸類匠人一律留在宮內過年，不得私自走出宮城。

匠人們聞聽消息一個個唉聲歎氣，私下裡抱怨不已。唯獨潤生反而求之不得，雖然掛念著澤生，但史鐵說了，非得等年後才能出來。既然這樣，與其出去一個人冰鍋涼灶的，倒不如留在這裡樂得自在。更何況還有春靈讓他丟捨不下。

臘月十六了，一個霧氣濛濛的日子。又有兩天沒見到春靈了。潤生牽腸掛肚，草草吃過午飯，一個人在院中溜溜達達，瞅人不備，腳步已挪出院門，徑直朝西園小徑奔去。春靈這回來得更早，已在小屋端坐等候了。

二人輕車熟路，纏綿幾句便寬衣解帶，繾綣在一起，正漸漸入巷，欲死欲仙之際，忽聽門板響動，「嗵嗵」聲雖不高，卻很急。潤生和春靈知道大事不妙，抖索著如同篩糠。春靈臉色煞白，張張嘴卻說不出話來，幾乎昏厥過去。

潤生到底是個男人，一陣天塌地陷的恐慌後還能勉強撐著低聲問：「春靈，你過來時見沒見太監或錦衣衛跟著？」

春靈懵懂一片，使勁搖搖頭，末了有氣無力地說：「天爺呀，這讓抓住了可是不得好死的罪呀，我，我害怕……」未說完已嚶嚶泣出聲來。潤生見狀也覺死到臨頭，頭腦一片空白，茫茫然不知如何是好。

驚懼欲死時，門板忽然不響，有個女人聲音咯咯笑著低沉嗓子說：「春靈，你這小淫婦，還裝作沒事兒似的，我舔破窗紙都看見啦。快開門吧。」

聲音不大，卻好似霹靂雷霆一般，震得春靈立刻魂歸體內。骨碌翻身坐起，拉過衣服來邊穿邊說：「是春芳這個死丫頭，差點兒沒把人嚇死，等會子非得罰她連磕三個響頭不可！」

潤生見她緩過神來，情知虛驚一場，也急忙胡亂穿戴起來。春靈打開一條門縫，立刻擠進來個宮女，裝束與春靈不相上下，鳳眼流盼，娥眉微攢，櫻嘴杏臉，似乎比春靈更有些動人之處。

那宮女進來立刻回身先將門掩住又掛上，才喜眉笑眼地重重拍拍春靈說：「妹妹，好你個賊精丫頭！這些日子我們幾個私下裡都說春靈近來臉也紅潤了，話也多起來，比起以前半個死人似的就像脫了一回胎。大家猜想其中必有緣故，敢情是怨女不怨了?!可這滿皇宮，除皇上一個外，不是太監就是怨女，即便和哪個太監勾搭成了菜戶，也不至於滋潤成這樣。還是我機靈，沒事就悄悄兒跟著。嘿，抓了個正著！」連珠炮似地說著，餘光直朝潤生身上打量。

潤生見她眼光賊亮賊亮，被瞧得渾身不自在，忙別過身去躲開。春靈半嗔半怒，也讓說得不大好意思。沉默片刻才氣嘟嘟說道：「姐姐說這話，好像大家都是小淫婦似的。可皇上一個人霸佔成千成百，那又算什麼?咱們雖然命賤，可再命賤好歹也是個人。我媽常說女人家寧為貧人妻，莫作富家妾。說句不知害臊的話，如今我寧可當個富家的小妾，也比在這宮裡活活悶死的強！」

那宮女哈哈一笑：「你們都這樣了，還說什麼害臊不害臊，真成了龜婆龜婆，信口開河了！」潤生和春靈聞言頓時面紅耳赤，急切間尋不出一句話來。

春靈無話找話，扯過潤生道：「她叫春芳，長我兩歲。我們都是一樣伺候人的丫頭，一樣的憋屈得慌。前兩天聽東宮那邊宮女唱小曲時唱的『人前一面笑，背後兩行淚』，真正說的就是我們過的日子。」

春芳聽她這樣說，笑意慢慢變作滿臉淒然，微微向潤生施禮道：「春靈妹妹說的是，滿宮幾千宮女，哪個不心比醋酸，命賽黃連?!敢問這位大哥高姓大名？」

潤生聽她們說得淒婉，想想自己的處境，心頭也沉甸甸的，張口結舌還沒答話，春靈已搶先三言兩語將他的來歷大略講了一遍。春芳點點頭說：「翠美人原來也和我們一樣，在宮裡當個下人。後來不知怎麼吉星高照，讓皇上給看上了。滿殿中誰個不羨慕她？可羨慕歸羨慕，登天的繩子只有一根，誰先抓住是誰的，其他人不是白瞪眼？」

潤生一聽翠紅和皇上的事便心裡酸酸的吃不住勁，忙半是寬慰半是叉開話頭說：「那你們每日裡好好梳洗打扮著，興許哪一日遇見了皇上，也召幸了去，豈不也是一步登天？」

春靈滿臉不屑地「喊」了一聲說：「只怕沒那個好運！這皇宮裡像我們姐妹的就有三千多，比我們姐妹強的還有兩千多，皇上能忙得過來麼?!就是那些偶爾召幸一回的，又能怎麼樣，天亮後還不是像丟破爛一樣被丟在一邊。我們這輩子，除了在這裡熬白頭，是沒別的指望了！」

說著話見春芳雙眼脈脈地盯住潤生，潤生此刻膽子也大起來，直著眼打量春芳。春靈自然會意，軟著腸肚柔聲說：「好姐姐，咱們的苦楚咱們自然最明白。俗話說一日不害羞，三天吃飽飯。既然到了這步田地，大家也別計較淫婦不淫婦了，圖個一時快活罷。要不，白生一回女兒身，豈不虧得慌！」春芳明白她的意思，頓時滿臉通紅，扭著身子說不出話來。春靈咬住嘴唇一把將她推到潤生身旁說：「我遠遠地在那頭路口放風去。放心，我可不比你那樣小心眼，舔破了窗紙往裡看！」說著狠狠看了潤生兩眼，扭身開門跑出去。

三人成戲，等剩下兩個人時，屋內霎時靜得出奇。兩人相對，多少有些彆扭。半晌，春芳才沒話找話地說：「潤生哥，你別看春靈嘴巴厲害，她可是狠在面皮，愛在心裡。我們姐妹在一處，全靠著互相照顧，要不日子真的沒法子打發。」

潤生看著他嬌媚的臉龐，心中盪起陣陣漣漪，暗想這樣俊俏的女子，要是在鄉下，指不定多少人家求都求不上呢，可是落到這種鬼地方，從外邊看著富麗堂皇的怪好，她家人也以為女兒在裡面享福，誰知道她們卻在沒頭沒尾地受這種見不得人的罪！想著想著忽然覺得自己實在錯怪了翠紅，其實輪到誰都一樣。心頭的積冰一點點融化，柔情慢慢溢滿胸中，不覺拉住春芳說：「春芳……俺……」四目正對，二人喘息漸粗，渾身顫慄著擁在一起。

潤生在她粉嫩的臉上輕吻不已，直吻得春芳清淚滿眶。楚楚嬌憐激起潤生熱血奔湧，一把將她托起，輕輕擺放在炕沿，雙手摸進紗袍中，柔柔摩挲她滑膩的肌膚。春芳嬌吟著不能自持，扯拽住潤生抖聲說：「潤生哥，有你這一回，也不枉活了一世……你……快些罷！」

潤生得了鼓勵，輕輕解開羅裳，兩個健壯的年輕生命融成了一體。從春芳喉嚨深處流出的歡快哼叫讓潤生覺得痛快淋漓。他們似魚兒游入大海，盡情搖擺，體驗著歡暢的滋味。有一剎那，潤生似乎突然體會到天地間什麼是幸福，以至於雲收雨歇風平浪靜後，他們仍緊緊偎依著久久不願分開。

有所期盼的時光總是跳躍得飛快。潤生就在等待三六九的日子裡度過了新年。這期間有時候春靈，有時候春芳來，不管誰在小屋，小路遠遠的一頭總有另一個望風。這樣小屋裡的人就更放心大膽，歡娛的興致也就更高漲許多。她們的每句話語，每個眼神，都令潤生心動，往往要在心裡咂摸許多遍。連劉莊也看出來，潤生幹活的時候心不在焉，不時走神。

新年一過，史鐵就為如何繼續瞞住澤生的死訊而發愁。終於他拿定主意，救人須救活，索性一瞞到底算了。於是史鐵又裝出高興的神情告訴潤生：「澤生已經讓放出來了。俺給了他二十兩銀子，他自個兒先回老家去了，說等你幹完活出宮後，也不用再在南京待下去，還是回老家哥倆好好過日子。」

潤生高興得直搓手：「那是，那是。咱一個莊戶人家，只要人平平安安的，還想怎樣？翠紅的事，俺也想開了，人就這麼一回。這裡的活計幹完後，俺就回老家去，安安生生過小日子。」說著忽又想起春芳春靈來，生離死別似乎就在眼前，滿臉悱惻，低下頭去不再吱聲。

史鐵本想囑咐他將來出去之後，去看看翠環和未見過面的小孩，要是他們在王府住不慣，就接了他們回家。可是見他這番沒精打采的模樣，想想眼下兵荒馬亂的，去一趟北平還真讓人不大放心，再說出宮的日子還早，到時候再說也不遲，便閒扯幾句垂頭走開。

翠紅自打過了年後，心裡一直不大平靜。潤生的到來，使她陷入心慌意亂之中。想到人家情深意重，抛家離戶的來找自己，而自己卻先失身，滿心的愧疚無以名狀。再加上近來征討燕王的軍隊連吃敗仗，建文帝整日唉聲歎氣，惶惶不可終日，也讓翠紅牽腸掛肚。而齊泰黃子澄等一班力主削藩的大臣，也沒料到局勢會如此之壞，一個個在朝堂上只能講講如何忠義報國等一些不著邊際的閒話，卻拿不出什麼高明的主意。

翠紅本想勸建文帝一句，都是一家人，打來打去死那麼多老百姓，何苦呢？還是兩下裡講和，不打了為好。可又礙於後宮皇妃和太監不得干預朝政的古訓，幾次話到口邊又嚥了回去。終於有一次憋不住，吞吞吐吐地說出自己的意思，建文帝斜乜她一眼，不滿地說道：「朕有齊泰黃子澄等忠直大臣，皆千古少有的義士，他們尚且沒有這樣說，你一個婦道人家，懂得什麼?!」翠紅被嗆得滿臉通紅，忙跪下低頭稱罪。

然而儘管朝中大臣們每天爭爭吵吵，三天兩頭出個主意，局勢仍一天天惡化。至四五月間，有消息傳來，據說燕軍已抵達濟南城下。建文帝如熱鍋上的螞蟻，忽而要罷免齊黃二人以求息事寧人，忽而又要直起腰杆子，命人四下募兵，拼個你死我活。朝廷大計如風中樹葉般搖擺不定，人心更加惶惶。翠紅看在眼裡，急在心中，又不敢再多說一句話，只好趁空四下走走，減除心裡的焦慮。

四五月天氣，南京城中已略感悶熱。大中午的，霧氣騰騰，尤讓人心煩意亂，枕衾難挨。翠紅在屋內來回轉了兩圈，透過打開雕花窗扇的窗戶向外望去，沉沉天空像死魚的肚皮，泛著蒼白無神的光，陰不陰晴不晴的。看看春靈和春芳都不在跟前，忽而想起今天是五月初三，後日便是端陽節了，皇上說過端陽節要到後邊園中去看看的。也不知修得怎麼樣了。想到園子，便不由得想起潤生，心下猛地一顫。整日裡神情昏昏沉沉的，不知不覺有半年沒見過他了，唉，不見心想，見了心傷，分明一個前世的冤家呀！

不過翠紅料想大中午的，工匠們肯定都歇息了，況且他們盡在東園幹活，自己先去西園瞧瞧，誰也碰不上，既看看準備得如何，又順便散散心。拿定主意便整整衣裳，叫上兩個貼身小宮女，特意找條平素無人走的小路逶迤而來。

園中悄寂無聲，假山碧湖沒了人的襯托，顯得死氣沉沉。翠紅也沒心思細細觀賞，大略瀏覽一遍，便沿正路欲回宮中。三人腳步輕盈默默無言地緩緩而行，翠紅忽聽路旁小屋內有細微響動，屏息靜聽，忽然省悟出裡面在做些什麼，不禁面紅心跳，趁兩個小宮女沒留意到，招手催她們快走。

裡面是誰呢？自然不會是太監了。太監和宮女結成菜戶，不過小孩兒過家家一般，根本不會有這種事情。翠紅心裡嘀咕著，暗暗為碰到這種事情感到晦氣。低頭緊走出幾步，猛抬頭見春芳站在前面路邊草叢中東張西望，似乎在等誰，又像在觀望。翠紅心竅頓時一亮，準是她們搗的鬼。哎呀，這種事情要是讓錦衣衛或太監們知道了，那可是了不得呀！不行，得仔細問問，免得到時候她們吃了大苦頭還渾然不覺。

想著已走到近前，春芳背朝她們，兀自朝宮中那邊張望。翠紅沉下臉冷冷叫一聲：「春芳！」春芳被突如其來的叫聲唬得「媽呀」大叫著跌坐在草中。扭臉見是翠紅，驚魂稍定，乍白著臉就地施禮。

翠紅也不說讓她起來，接著問道：「春芳，這大正午的，不在屋裡歇著，站這兒幹什麼？」春芳本來就綿善，沒春靈那般潑辣，現在突然被問，一時反應不過來，支支唔唔的說不成句話。翠紅見狀更明白了八九分，便叫身後兩個小宮女說：「你倆先回去吧，待會兒有春芳陪著。」兩個小宮女答應一聲先走了。看她們走遠了，翠紅才冷臉說：「春芳，咱們以前是姐妹，現在自然也是。宮裡的規矩你不是不知道，千萬別做什麼傻事。橫豎你給我講清楚了，萬一出什麼事也好有個準備。」

春芳以前和翠紅同在一宮，做什麼事互相幫襯著，挺能合得來。如今雖說翠紅成主子了，可心裡邊仍是親近的，又見翠紅打發走了兩個小宮女，知道是在維護自己，便也不隱瞞，將春靈和自己看上個工匠的事情抖落出來。

翠紅聽得臉紅心跳，又愈聽愈覺得不對勁，鼓起勇氣說：「你說的那個工匠叫什麼？」

春芳情知隱瞞不住，咬咬牙吐出兩個字：「潤生。」

「啊！」翠紅一陣頭暈，險些跌坐在地上。良久才結結巴巴地說：「春芳……你們幹的事要是讓皇上知道了，會掉腦袋的，你們難道不知道?!」

春芳抹把眼淚抽噎著說：「娘娘，我們是一時糊塗，可是說句不怕掌嘴的話，貓兒狗兒還有懷春的時候呢，我們……我們也是……」

翠紅聽她話說到這份上，心頭柔柔的一酸，是呀，春靈，春芳她們比自己年齡還大些，彼此的心思誰還不明白？還有潤生，讓他苦苦地白等了這麼長時間，自己還有什麼理由來管人家？其實他們在一塊兒彼此找些慰藉，也未嘗不是好事，自己心裡也能減輕些愧疚。可話又說回來，這是什麼地方，萬一讓人告發了會有怎樣的後果？

見翠紅皺眉瞇眼，心神不定，春芳忙又說：「娘娘，不是人都說當今皇上大仁大義，最能善待人麼？他即便知道，也許能明白我們女兒家心裡的苦處，不至於怎樣罷？」

翠紅翹嘴角苦笑一下，大仁大義，確實都這麼說，連燕王造反，他不也在開始時一會兒要抓，一會兒又要放，後來真開仗了，又一會兒要往死裡打，一會兒又想著善待叔父，落個仁孝的美名。至於對待春靈春芳她們，誰知道會不會也是這樣呢？當然，這種事情是絕對不能讓他知道的。翠紅本想說你們就此罷手斷了來往的話，可一想到潤生，不知怎地又吐不出口，末了只好搖搖頭，長歎一聲獨自回宮去了。剩下春芳一個人茫然呆愣半晌。

自此翠紅紛亂的思緒中又平添了一層心事。她左思右想，不知該如何辦才好，想悄悄找史鐵商計一下，可這種事情怎麼好說出口？

事情一天天拖下去，朝廷中忽然又炸開了鍋，人們議論紛紛，齊泰、黃子澄、方孝孺等人個個喜形於色。特別是齊泰，逢人就誇：「我這個門生，真沒看走眼，真真是鐵血義士呀！」

朝堂上朝會時，君臣上下歡欣鼓舞，國家似乎自此又開始太平盛世起來。建文帝當然最喜不自勝，召幸後宮嬪妃明顯頻繁，又令方孝孺等人繼續推行以文治國，按古書所記載的改換現在的地名和官名，以便儘快回到禮樂升平的遙遠盛世。

原來，鐵鉉在濟南打了一個大勝仗，重創燕軍，扭轉了朝廷屢敗局面。

人間最苦是心耗

李景隆敗退德州，燕軍卻毫不鬆懈，立刻尾隨而至。李景隆敗過一陣，心裡先自膽怯，害怕將來燕兵圍住德州，弄個內無良將，外無救兵，豈非要束手就擒？反覆思量，索性一退到底，率大軍退至濟南，自己便回京城交差去了。

德州本是李景隆北征軍的大本營。城內糧草、被服、兵器堆積如山，單糧草就有近百萬石。李景隆撤出德州城時，本想將這些一把火燒掉，卻忽然又動了心思，他想到自己屢戰屢敗，皇上對待他叔叔的態度又忽陰忽晴，如今看來勝負尚不敢下什麼定論，雖說自己出於忠義之門，可古人不是都說識時務者為俊傑嗎？將這些百姓血汗換來的東西存放著，既不至於作孽，也可留作個人情，何樂而不為？既然皇上和燕王都屬一家，人家窩裡鬥，自己索性就來個楚人失弓，楚人得之吧！李景隆沒拿定主意時，燕兵已兵臨城下，他顧不上多想，當即下令：「撤軍出城，暫奔濟南！」

因為李景隆的一番心眼活動，朱棣輕易得到大量輜重。他心頭通地一亮，感覺其中必有蹊蹺。莫非李景隆……但不管怎樣，無須再回北平籌糧了。

經過這一回，朱棣忽然感覺得到天下似乎並不是很難，李景隆忠烈世家尚且如此，不如李景隆的尚不知道有多少呢！他頓感渾身是勁，稍稍休整後，繼續南進，不日便進抵濟南城下。其時李景隆已經回朝，而濟南參政鐵鉉只好臨危受命，與都督盛庸擔當起守城的重任。

濟南是北國名城，建制規格也頗高。不過朱棣仰仗自己一路凱歌，兵強馬壯，城中又無甚麼名將防守，也就沒將攻城看作是大事。五月中旬，燕軍大部隊在濟南城周圍築壘，氣勢洶洶拉開架勢。

關於鐵鉉，朱棣倒是聽說過其人。鐵鉉是河南鄧州人氏，早在洪武年間，以國子監監生的身分被授予左軍都督府斷事的官職。當時洪武皇帝有個侄孫朱守謙，被封為靖江王駐守雲南。但這個靖江王卻半點也不謙，倒是一味恣行不法，鞭笞公吏，擅殺百姓，最後發展到霸佔人田產，強奪人妻室。直鬧得雲南一帶民怨沸騰。洪武皇帝風聞此事，便將朱守謙召至京師審問。然而朝中大小官員個個畏懼他是皇室，誰也不敢深究細查。而鐵鉉卻能據法查詢，奏請皇上將朱守謙削職查辦。洪武帝見鐵鉉雖然外貌粗糙，卻斷事精明，不苟不枉，大為讚賞，立即升其職位，並賜給他一個字型大小叫「鼎石」。

不過朱棣並未將這些放在心上。再怎麼說，他也不過是個儒生。「儒生之大患在於不知兵，任他鐵鉉如何剛直不阿，濟南城卻是萬萬守不住的！」臨行前，朱棣頗為自信地對張玉、朱能等人宣稱，話語中飽含著勢如破竹的洋洋得意。

然而，攻城剛剛開始，朱棣就發現事情並不像自己預料的那麼簡單。

當圍城燕軍仗刀劍、抬雲梯鼓噪著漸漸接近城牆時，城上忽然拋下許多滾筒來。這些滾筒大小不一，嗤嗤地冒著白煙落入燕軍陣中，突然間巨響連連，炸裂開來。火星崩濺四射散開，毫無防備的燕軍大受其驚，深受其害。許多將佐因為驚悸跌下馬來，更多的兵士則被灼傷了面目手腳。迸濺的火焰燃著了大旗，燕軍陣中頓時一片混亂。

鐵鉉在城頭看得清楚，立即命令「打開城門，擊鼓殺敵！」官軍聞令，吶喊著殺出城去，左突右闖，將燕軍陣形攪得更加混亂不堪，首尾不能相顧。多虧張玉、朱能及時放開戰馬往來整頓，總算退後一些又重新列陣。

不料此時城頭卻突然鳴金，官軍迅速退回城內，吊橋高掛，閉門堅守不出。又氣又急的朱棣滿頭大汗，暴跳如雷，可又無可奈何。

連日來強攻不下，不覺間雨季姍姍而至。淅淅瀝瀝煙雨蔥蘢，令人格外鬱悶。朱棣一路廝殺，頭回遇到這等不爽利，況且與之對峙的又是個儒生。這讓他更加煩躁不安，弄得侍衛個個斂息靜氣，戰戰兢兢，生恐成了倒楣的出氣筒。

恰在眾人日夜難熬之際，有侍衛來報，紀善金忠受王妃和道衍之託，由北平來犒軍了。朱棣聞報心頭掠過一絲興奮，彷佛沉悶的屋中吹進一股涼風。忙起身出帳，親自迎到轅門外。

金忠千里遠行，雖然風塵僕僕，精神尚好，滿臉笑嘻嘻的模樣。迎進大帳中，相互寒暄已畢，金忠便詳細稟報了北平近況。朱棣聽他說世子朱高熾老成穩重，又有道衍等人輔佐，無甚憂心事時，心中寬鬆大半。忽又想起濟南城下戰不能戰，退不能退的窘境，不由得長長歎息一聲。

金忠仍然一臉笑意地問：「王爺何事犯愁啊？可否說與金忠聽聽？」

朱棣倒也不遮掩，將濟南戰事大致講了一遍，末了又是幾聲歎息。金忠摸著短鬚眯眼笑道：「王爺所慮之事，金忠剛進大營時就聽兵將們說起。當年金忠曾遊歷大半中國，濟南也來過幾次，其地理形勢倒頗熟悉。我已有個主意，但不知是否妥當。」

朱棣心頭一動，傾身湊近些急急問道：「紀善有何主意，不妨講來聽聽。」

金忠卻不慌不忙，仍撫鬚說：「王爺營寨一側不就是千佛山麼？明日金忠陪王爺上山一遊，主意便在其中了。」朱棣見他說的神神祕祕，也不再追問，當即吩咐擺下酒飯接風。

千佛山又稱歷山，在濟南城東南郊，距城不過五里光景。山上有唐時貞觀年間開鑿的千佛崖，供有佛像多尊。朱棣行轅紮在千佛山西側山下，相距倒也不算太遠。第二天，朱棣換上便裝，帶幾個親兵，張幾柄油傘，陪金忠在細雨如煙中遊逛千佛山。

不一刻登至千佛崖，轉身遙望濟南城，但見霧氣升騰，宛如身在飄渺雲海中。城內房屋樓閣模模糊糊，一切都看得不十分清楚，金忠隨手指點著說：「王爺，雨中雖看不分明，若是晴天朗日，站在此處，趵突泉、大名湖、齊王府，都歷歷在目，若在眼前呢！」

朱棣心不在焉，隨口答應著問：「金忠啊，本王還是沒明白，攻克濟南有何良策？」

金忠點點頭笑道：「王爺可知濟南城名字的由來？」

「那還用問，濟南濟南，濟水之南嘛！」

「王爺說的是。但王爺可否知曉，濟水亦即濼水，濼水卻源於濟南城內趵突泉。金忠想，我軍既進不得城，卻不妨在城外截流堵水，不過數日，濟南定成水鄉澤國，到那時，城內自救尚且不暇，又如何能阻擋住城外大軍的進攻？」

「妙，妙！」朱棣一掃連日沉悶，撫掌哈哈大笑。

「只是……」金忠遲疑一下，還是說出來，「只是齊王尚在城內，大水過處，不辨貴賤……」

「這個……」朱棣聞言愣住，沉吟半晌說，「金忠，你知本王最看重的便是一個義字，兄弟情義重似千鈞，本王自然不會不顧。可話又說回來，咱們目下行的是大義，舉大義有時就不得不滅小義……難啊！唉，不必多言了，你知本王之心就行，我即刻去傳令，馬上堵截濟水！」說著面露痛楚之色，用手在雙眉間使勁揉捏。

金忠見狀自知不便多言，一行人默默返身下山。

濟南城內可謂家家泉水，戶戶垂楊。各處泉水由地下曲曲折折匯入城北大明湖，又由大明湖流入大清河。燕軍得了將令，在泉水入河處用磚石嚴嚴實實地將水截住。如此一來，城內各湖各泉的水位漸漸上漲，大明湖的湖面逐步擴大，不出一日便漫淹了繁華的鵲華街，流入齊王府，沿齊王府再漫過趵突泉。

各泉眼中的水無處流洩，積聚著呼呼上竄，先是淹沒了院子，繼而淹沒了鍋臺，緊接著又淹沒了窗櫺，最後整座房屋便只露出個房脊。

參政衙門旁的漱玉泉本來流水細細，至陰至柔，而今卻氣象大變，丈高的水柱車輪似的翻騰不已，不一刻就將周邊房舍統統淹沒，小吏們只好把桌椅全摞起來，將各類文書放在最高層，以免它們濕成一團紙漿。

當風景秀美的濟南變成水鄉澤國的時候，金忠正走在返回北平的路上。車輪聲在耳畔隆隆作響，他心中有些神情恍惚。自己這是做了什麼呢，拯救國家？可國家如今的事端明明就由他們這些人挑起；拯救百姓？可濟南城中有多少老弱病殘者和婦女兒童將葬身水底；那就只好算是拯救自己吧！金忠忽然有點茫然。

他眼前浮現出那個一臉剛氣的漢子鐵鉉來，命運竟會如此天衣無縫的輪迴，當初在臨沂客悅來旅店中見面時，誰也不會想到他們日後的角色竟會如此戲劇化。金忠又想起自己一時衝動著提出這個計謀時，本以為朱棣會覺得此計太毒而反對，不料他卻答應得如此痛快，並且還以大義來使其名正言順，然而大義究竟是什麼？大義何在呢？

金忠下意識地想到，回去之後萬萬不能將此事告訴道衍。道衍心內的負疚之感已經夠重了。可是紙裡包不住火，他終究會知道的，到那時他會怎樣看自己呢？

鐵鉉蹲在城牆烽樓處，望著城內人喊馬叫的混亂場面，心緒如麻。

階梯響起沉重的腳步聲，都督盛庸走上來。見鐵鉉獨自悶坐，盛庸走近些說：「參政，老這樣下去可不是個辦法，用不了幾天濟南就會不攻自破，白白拱手讓人哪！」

鐵鉉悶頭悶腦地哼一聲：「老天爺偏讓濟南這麼多泉眼，堵也沒法堵，塞也塞不住，唉，真愁煞人哪！」

盛庸看看他說：「參政，我倒有個主意，想來和你商議一下。」

「什麼主意，別商議不商議的，說出來聽聽。」

「咱們不妨投降。」

「啊?!」鐵鉉像被人猛地打了個耳光，臉色頓時漲得通紅，布滿血絲的眼珠瞪得溜圓。見他這樣，盛庸不由得笑笑，附耳低言一番，「唔，這倒還可以試試，」鐵鉉點點頭，臉上好久才緩緩變過色來。

朱棣看看時機已差不多了，正欲下令攻城，忽見城頭上高高豎起一杆白旗，守城兵民發出一片哭喊。

城下燕兵看得發愣，正在迷惑不解，城門吱扭吱扭地打開，吊橋也緩緩放下。沿吊橋走過一群人，前邊是幾個耆老，後邊兩個將佐，最後跟著幾個白面書生。他們在燕軍灼灼注視下來到陣前，撲通跪倒在朱棣馬前。哭哭啼啼地，前邊一個白鬍老頭雙手托上一紙降書。朱棣接過一看，上邊用很秀氣的字寫著：

「國有奸臣，累及百姓。大王頂霜披露，為社稷分憂。我等賤民無知，尚欲抗天從逆，實愚昧之至。近幡然悔悟，願傾城以降。然東海僻荒之民，素不習兵戈，見大軍壓境，俱驚慌不已。為此懇請大王退師十里，單騎入城，以釋民疑。臣等具壺漿夾道歡迎，感激不盡。」

降書下方亂七八糟按有許多手印，並有鐵鉉、盛庸等人簽名。朱棣將降書反覆看過兩遍，又盯住馬下跪的人群看了一陣，冷冷問道：「既然投降也就罷了，為何還要本王單騎入城，你等所耍花招，焉能瞞過本王?!」

耆老見問，忙叩頭垂首答道：「王爺休疑，其中原委待老漢講明。幾日來城中百姓飽受水災之苦，如今更怕投降後再受兵匪之害，生怕王爺部下進城之後亂施屠掠。故而先請王爺入城當面安撫百姓，之後大軍可徐徐開進。」

對於這樣的說法，朱棣多少有些懷疑，卻又覺得有理由相信。略微思索，感覺濟南若能自願投降，那以後攻城掠地，便可以以此為樣板，少費許多周折。於是懷著寧可信其有的想法，呵呵笑道：「好，本王粗知道理，素來重民意體民心，就依了你等！你等可速回城中預備迎接，本王即刻下令，扒堤洩水，以解萬民之困！」

眾人慌忙叩頭謝恩，連聲答應著一溜煙跑回城中。

張信縱馬前行兩步，低聲道：「王爺，事關重大，不可大意。單騎進城，萬一城門隨之緊閉，困在城中，殺又殺不過，出又出不得，如之奈何？」

朱棣若有所思，臉上似笑非笑，轉身見張信正站立在身後，招手叫過來說：「張信哪，你待本王恩重如山，當初若非你提前相告，只怕本王早已成為朝廷的階下之囚刀下之鬼了！本王在府中提起你時，常呼之以『恩張』，實在是心存感激，不那忘舊恩哪！」

張信聞言半驚半喜，忙施禮說：「些許小事，皆臣之本分。王爺何故忽然提起？」

朱棣捋鬚長長歎口氣說：「唉，剛才濟南城中使者的話你也聽到了。本王深知濟南百姓民風淳樸，斷不會使出什麼花招。不過兵戈之事，還須慎之又慎。本王想置一華蓋車輦，你替本王坐於輦中率少數兵丁先進城中權為先鋒，本王與張玉、朱能等率大軍緩緩尾隨。待你進城之後，我等亦蜂擁而進。如此一來，即便有少數刁兵欲趁機作亂，也就不足為慮了。不知愛卿可願擔當先鋒之任？」

「這……」張信略一猶豫，立刻叉手說：「王爺替張信保住了家小，恩義如山，就是肝腦塗地也在所不辭。擔當先鋒乃是我之榮耀，謝恩還來不及，哪有願不願意的道理？王爺儘管吩咐！」

「好，義士，到底是義士！」朱棣撫掌大笑，翻身下馬，雙手拉住張信，替他拍拍衣上的塵土，衝周圍兵將高聲叫道：「諸位且看，我們君臣是義士逢義士，真算各得其所，痛快呀痛快！」眾將聞言忙哈哈大笑，歡呼雀躍，張玉臉色灰冷一下，也附和著笑笑。

第二日，難得的一個好天氣。陽光燦爛，薰風徐徐。正午三刻，燕軍陣中推出一輛五彩車輦，前頭數人張傘持扇，後邊隨著勁騎數十人。車輦隆隆，很快來到城下。

城門上張燈結綵，鼓樂喧天，城頭上兵民人頭聳動，每人手中揮舞著小旗，齊聲吶喊：「吾王千歲！」「吾王千歲！」

朱棣夾雜在兵丁中間，遠遠望見，忽然心頭一動，看來城中之民確實是真心投降了。若如此，這次進城受降似乎就不必再要張信代替了。此番榮耀，自然會留於青史。不能親身品嘗一下滋味，豈不可惜？

尚未想好，車輦已漸漸接近城下。朱棣忽然喝道：「快！快去追上車輦，令其速速返回！」侍衛也不知何故，但見朱棣急得臉色都變了顏色，不敢怠慢，兩三騎策馬飛奔，箭一般追過去，不大會兒便將軍令傳到。

城上官兵正喊得熱鬧，忽見車輦又掉頭返回，不知出了何事，一個個目瞪口呆，小旗也忘了搖擺。盛庸眼看功虧一簣，暗暗發急，揮手大呼：「放箭，快放箭！」話音未落，鐵鉉接口喝道：「慢著！」又低聲說：「都督切莫性急，這麼遠即便射箭也傷不了他。咱們不明就裡，先別暴露心思，看看變化再說。」

張信回到陣中，鑽出車輦問道：「王爺為何阻攔？」

朱棣三步兩步跑過來，笑著拍拍張信肩膀說：「愛卿，剛才本王忽然想起件事來。萬一城中詐降，埋伏下刀斧手，『恩張』豈不萬分險惡？若恩人有個好歹，本王心中如何能安？思來想去，還是本王親自去的好，你與張玉等人領兵斷後，一旦有變，立刻接應！」

「不！」張信臉上漲紅，眼中含淚，一字一頓地說：「王爺待信如此情義深重，我今日就是一死也沒什麼遺憾了！既然有險，王爺萬金之軀怎可輕去，還是信去的好！」

「不必多言，我意已決！」朱棣輕輕一推張信，翻身上馬，大聲喝道：「諸公，自古有道義者有天下，你等待我有義，本王豈能辜負諸位？還望諸位盡心盡力，一朝功成名就，必然流芳百世，子子孫孫有享不盡的富貴！」

幾句話說得眾人又是一陣歡呼，就在呼喊聲中，朱棣也不乘輦，依舊帶了剛才的隨從，飛奔城下。

張玉滿臉疑惑，看看愣在原地的張信說：「張將軍快上馬，大軍徐徐移動，準備接應！」

朱棣馬蹄很快便踏上放下的吊橋，陽光遍灑全身，縷縷長髯如金絲般輕輕拂動。他覺得如駕雲中，醺然有些醉意。轉瞬穿過吊橋，進到甕城。高大城牆忽地將陽光阻在外邊，但歡呼聲和鼓樂聲驟然響亮，朱棣繃緊了臉，帶著一股帝王豪氣揮手向兩側人眾示意。

慢慢來到主城門之下，欲進未進之際，忽然從城頭上落下一塊碩大無比的鐵板，迅雷不及掩耳般直朝朱棣頭上砸下。轉瞬之間，朱棣便要在鐵板之下成為肉醬。

然而朱棣一剎間聽到頭頂似乎有風聲，本能地在馬上向後縮縮身子，鐵板呼嘯著在眼前落下，那匹汗血馬連哼一聲都來不及，立刻成為一堆爛肉。

朱棣畢竟久經戰陣，也歷過幾回小險，雖然驚慌，卻不糊塗，爬起來一把推下身後馬上的一個衛士，竄上馬背掉頭往城外急逃。

鐵鉉和盛庸在城頭指揮，本以為鐵板落處，一切都可萬事大吉。不料聽下邊人們的喊聲不對勁，急忙探身向下查看，見朱棣已飛也似地竄出城門，踏上了吊橋。

鐵鉉知道大事不妙，跺腳叫道：「快拉起吊橋，快拉起吊橋！」士兵們被這突如其來的變化弄得有些暈頭暈腦，手忙腳亂地絞動索鏈，嘎吱嘎吱聲中，吊橋終於緩緩升起。然而畢竟太慢，吊橋剛剛離地，朱棣已飛奔至橋頭，三跳兩跳，躍下吊橋，一溜煙塵回到自己陣中。

「天啊，為何偏偏不佑我忠義之士！」望著漸漸消失的飛揚塵土，鐵鉉呆若木雞，盛庸則捶胸頓足，雙手向空中亂抓，撕心裂肺地大聲喊叫。

朱棣此刻也咆哮如雷，咬牙切齒下令全軍：「休要問他耍何花招，只管強攻！無論拼死多少人，本王只向你們要濟南城！」

頃刻之間，濟南城下烽煙四起。燕軍兵士肩挑背扛，弄來大堆的土填平了城壕，再架起雲梯往城上攀登。鐵鉉、盛庸見形勢危急，顧不得繼續後悔，打起精神令守軍用撐杆從城堞內撐出，讓雲梯靠不上城牆。雲梯接連滑落，燕軍紛紛跌下，不大工夫，城牆角下已是屍首堆積。

朱棣見一招不靈，遂調動炮石軍，往城上發射炮石。但石塊準頭太差，對城中威脅似乎不大。朱棣並不甘心，又讓士卒於城角處挖地道，準備神不知鬼不覺突進城去。可是濟南水位太淺，下挖幾尺便有泉水湧出，分明是無濟於事。

幾天時間轉眼過去，濟南城並未攻下，而燕軍卻死傷累累。朱棣急得雙眼冒火，哇哇叫道：「罷了，罷了，不必如此費力，還是再將河水堵住，等全濟南城中的人全都淹死了再進去！」

張玉等將佐也沒什麼別的辦法，連日來無望的衝殺死傷，讓他們厭倦而無可奈何，想想倒是繼續堵水更省力些，便附聲說：「對，還是水淹管事，前次他們不是差點兒撐不住麼？」

正議論紛紛時，一個侍衛進來遞上道衍自北平送來的書信。朱棣不耐煩地打開一看，上面寫道：「王爺殿下，臣聞金忠所施水淹濟南之計，甚感不妥。試想濟南城積水之後，勢若一大水桶，倘鐵鉉急中生智，自掘城牆，水勢必然不小，如此我軍反受其害矣！引火可燒自身，堵水未必不會淹了自家，望王爺三思。為平穩計，應速扒堤洩水，以另求萬全之策。」

匆匆看罷，朱棣倒吸一口涼氣，暗道多虧道衍提醒。前番堵水淹城，若鐵鉉衝著我軍營寨方向掘一缺口，那後果不堪設想啊！唉，幸虧鐵鉉一介儒生，雖然忠義，可惜知兵不多，朝廷倚重他，哼，高興得太早了！想著順手將書信塞進衣內，靜靜神衝張玉朱能等人說：「諸位有所不知，淹城雖為良策，但勢必會傷及無辜百姓，本王上次便有一絲悔意，剛才雖口中一時說出氣話，但此等不仁不義之事，斷不可再做了。唔……對了，當年追殺舊元殘軍時，曾用過一種重炮，所發礌石比普通礌石重出許多，且石中混有火藥、鐵菱角，攻破城牆最為得力，不妨一試！」

沉寂數日後，重炮全部運到。朱棣下令，將重炮全集於濟南城北門。指揮官紅旗一揮，瞬間百炮齊發。震耳欲聾的轟響中，塵土濃煙遮天蔽日，南門城樓立刻坍塌了半邊，雉堞也毀壞了幾處。守城兵士防不勝防，成片地倒下，慘呼驚叫混亂不堪。

鐵鉉情知不妙，勉強壓住恐慌，東奔西跑喝令軍士趁發炮的間歇修補城牆，又命強弓硬弩向燕軍陣中發炮者發射箭鏃，壓住企圖趁亂登城者。半晌下來，死者不斷增加，而活著的人也滿懷恐懼，個個手忙腳亂。看看天色將晚，終於熬到日落西山。

雙方各自收兵，暫時的風平浪靜。重炮果然非同一般，半日下來，城頭已是景象大變。處處殘壁斷垣，個個土頭黑面。

一片唉聲歎氣中，盛庸趔趄過來，遠遠招手說：「鐵公，今兒僥倖守住，明日怕有更厲害的呢！咱們趕緊回衙門中召集眾人仔細議議，須得想個法子才好，總不能坐以待斃吧！」

盛庸的頭盔不知丟在了何處，臉上煙薰火燎的黑一塊黃一塊，左臂處被檑石擦破，有血跡滲出碎片也似的戰袍。鐵鉉坐在一堆掉下來的城磚上，看他這番模樣，想想自己也好不到哪裡去，不由解嘲地笑道：「都督，咱們這副打扮，進府衙怕是有些不相稱了。也不必再召集眾人，我這裡有個主意，是剛才被炮石打出來的，你聽聽可否一試。倘若成了，濟南城或許還能轉危為安。」

盛庸雙眼發亮，就勢貼身坐下，長舒口氣說：「鐵公啊，咱上回誑燕王進城就是個絕妙的主意，可惜計劃不周，功虧一簣。這回要有好辦法，一定要確保萬無一失才好。」

提到上回已經煮熟的鴨子又飛了，鐵鉉就有些痛心疾首，歎氣說：「別提他了。這回肯定不會出那事兒。我這裡有個以其人之道還治其人之身的法子。燕王不是動輒就以皇子的身分教訓別人，說什麼清君側靖君難嗎？既然他那樣講究道義，咱們不妨弄些木片，上書『太祖高皇帝神主之位』，城頭上相隔不遠就掛他一個，看他燕王還敢不敢往城頭上放炮。他若不放，這城便保全了。他若還放炮呢，咱們便大罵其無情無義，不仁不孝，敢打他爹的神位，他心裡虧得慌，自然不敢了，否則他部下眼裡也看不過去呀！」

盛庸聽罷哈哈大笑，連聲稱妙，拍拍鐵鉉說：「鐵公呀，這法子虧你想得出來，只怕洪武爺知道了，怪罪下來，要折你陽壽呢！」

鐵鉉苦笑道：「有什麼辦法，這也是不得已而為之。說起來這也是洪武爺留的禍根子，他老人家不擔待點也說不過去。唉，朝廷說朝廷仁義布施天下，讓我等奉命安撫反側，拯救萬民百姓。燕王說他替天行道，基於大義而清君側，救黎民於水火。到底誰是真仁，誰是假義？總之城內城外死的全都是百姓啊！」

盛庸斂笑說：「鐵公飽讀詩書，想的自然多些。不過君君臣臣倒是不能亂變的。我等既為朝廷臣子，理當奉命行事到底，這也算是大義吧。來，不必想那麼多，快讓工匠雕木寫牌吧！」

忙碌一夜。太陽剛剛從東山頂峰露出紅臉，燕軍已吆五喝六地拉出重炮，對準了南門城樓，拉開轟城的架勢。然而還未收拾妥當，城頭上眾士卒在鐵鉉和盛庸帶領下，齊聲高呼：「你們可看仔細了，太祖高皇帝洪武爺的神主在此，不怕犯下大不敬的罪名麼，想讓誅滅九族的爺們只管朝這裡打！」

正要發炮的燕軍這時才仔細朝城頭上看去。果然，一塊塊寫著「太祖高皇帝神主之位」的神牌，或高懸於城樓上，或排列於雉堞之間。有些大些的神牌旁邊還燒著高香，燃著巨燭。這一看讓眾人吃驚不小，誰也不敢造次，慌忙稟報給營寨中的燕王。

朱棣飛馬過來，遠遠就望見「太祖高皇帝」幾個字油黑發亮，彷彿一雙眼睛正冷冷地向下瞧。「高皇帝呀高皇帝，當年你未將皇位傳於我也就罷了，如今崩了多年卻又讓鐵鉉拿來壓制我。可恨，可恨！」朱棣胸中翻江倒海，怎麼辦，只要打出一炮，那就是大大的不孝，就會遭到天譴人憤，若如此，口口聲聲的道義又何在？可就此罷手，又實在不甘心。

思前想後，頭腦亂哄哄一片。張玉和朱能在身後小聲問：「王爺，這鐵鉉著實可恨，要不要擊鼓搖旗，強攻城樓？」朱棣垂下頭微微搖手，渾身軟綿綿的久久說不出一句話來。

張玉和朱能見狀面面相覷，不得要領。有一匹快馬飛奔而至，老遠就翻身滾落下地，單膝下跪稟道：「報王爺，道衍自北平來營中求見大王！」

「噢?」朱棣眼睛一亮，「來的可真是時候呀，快，回營計議了再說！」

道衍身穿一件湖青色直裰，腰束絲絛，腳下千層底的僧鞋有幾處開了花。剛在大帳中喝口清茶，喘息略定，朱棣大踏步走進來。廝見已畢，也不等道衍相問，朱棣一屁股坐在虎皮帥椅上，氣乎乎地將方才的事情大略說一遍，末了問：「道衍，你看該如何處置？」

道衍手捧茶杯，仔細聽完後微微一笑：「王爺，道衍來正是為濟南戰事。王爺在濟南已逗留近三個月，看來鐵鉉其志不小啊。王爺，此等壯士，只可軟磨，硬攻則落得兩敗俱傷。以我看，三月不下，我軍士氣必然受損，不如暫還北平，以圖後舉。」見朱棣面沉如水，不置可否，又補充說：「北平近日捕獲一南軍斥候，得知朝廷已命都督安平為將，帥兵二十萬北上河間單家橋，欲襲擊我軍後路，截斷我軍餉道。如此前後有患，不可不慎呀！」

朱棣凜然一驚：「道衍之話當真?!」又無可奈何地垂頭說：「唉，也罷，傳令下去，即刻收拾營寨，徐徐撤回北平。」

濟南之戰終於以朝廷得勝而告終。駐守德州附近的官軍趁勢強攻德州，燕軍損兵折將，棄城而逃。朝廷上下，無不歡欣鼓舞，有詔令擢升鐵鉉為兵部尚書，代齊泰督管前線軍馬，封盛庸為歷城侯，取代李景隆為大將軍，掌管北伐軍事。

濟南城中，更是熱鬧喜慶。時逢八月，天高雲淡，大明湖上一碧如洗，水光瀲灩，令人賞心悅目。鐵鉉於湖中涼亭內大擺慶功宴，犒賞將士。觥籌交錯，人人無不沉浸在難得的勝利喜悅中。

而此刻道衍正隨大軍緩緩北撤。雖為撤軍，可由於官軍乘機收復一些失地，其實已經成了敗退，行軍佇列異常沉悶。

道衍端坐馬上，顛簸起伏中默默地想，鐵鉉固然是義士，可惜硬有餘而柔不足，弓硬弦易斷，人硬禍不遠。以燕王秉性，栽了這麼大個跟頭，他肯輕易罷休？唉，鐵鉉啊鐵鉉，只恐天不佑義士呀！

建文帝久久為濟南之戰的勝利所激動，他覺得這僅僅是個開端，朝廷那些屢戰屢敗的晦氣日子已經過去，燕王被擒只是遲早的事。果不其然，喜報接連傳到，臘月二十五，盛庸帥軍於東昌大破燕軍，朱棣險些被擒，其大將張玉多處受傷而被送回北平，再不能隨軍征戰。燕軍遭受重創，退縮北平周圍，一時已難有所作為。

消息傳到之時，建文帝正在朝堂中與眾臣議論當下局勢。聞聽喜訊，上下一片歡呼，個個喜形於色。建文帝擁重裘在寶座上，滿面春風，盯著齊泰含笑說：「齊愛卿，你前番說鐵鉉近墨已黑，是你看錯了人，現在看來如何呢？」

齊泰正與黃子澄方孝孺眉飛色舞地說話，忽聽皇上問自己，頓時紅了臉訕訕奏道：「是臣一時不明，為小人所蒙蔽。不過土裡埋不住黃金，仁人義士，總歸有顯露之時的。」眾人聞言，哈哈大笑。

御史練子寧正站在李景隆對面，見李景隆繃著新漿的官袍，也跟隨眾人嬉笑不已，忽然一股惡氣竄上心頭，出班高喊道：「陛下，方今歡慶之時，亦不應該忘了舊日之恥，李景隆有負朝廷重託，連打敗仗，數十萬將士白白死於沙場，他本人實在死有餘辜！可是他非但沒有受到懲罰，反而仍站在這裡若無其事，真真忝不知恥！臣請陛下速將李景隆正法，以正天下民心！」

李景隆沒有料到在這種場合會有人突然攻擊到自己，嘎然止住笑大喝道：「練子寧，你莫非吃錯了藥不成，我雖無功，但還不至於有罪，休得狂犬亂吠！」

「哼，李景隆，你身為北伐軍統帥，皇上親自賜你玉帶，對你寄了多大的重望！而你卻視戰陣如同兒戲，幾個月間，千里國土拱手讓於燕軍，十餘萬兵馬枉死沙場。這不是有罪是什麼?!」說著竟然控制不住，疾步上前，一手扯住李景隆袍袖，一手舉象牙笏板朝他劈頭蓋臉地亂打。

李景隆不提防他會這樣，手忙腳亂中早已結結實實挨了幾下。殿上登時大亂，有幾個文臣武將趕緊過來拉架。但他們咋咋呼呼，卻暗中架住李景隆，讓練子寧狠打。建文帝在丹墀之上見不是事兒，將龍案拍得通通作響，喝令他們立刻停下。可是殿上哄鬧成一片，沒人聽見，還是隨堂太監叫過殿下衛士上來，才把李景隆和練子寧分開。

李景隆鼻青臉腫，額上滲出血珠。甩著撕爛的袍袖，拜倒在御案前哭訴道：「陛下，自古道勝負乃兵家常事，臣非不用命，實在是事出有因……可練子寧卻血口噴人，他還咆哮朝堂，目無君父，臣請陛下治其大不敬之罪……」

連哭帶叫中，建文帝呼地站起來，白皙的圓臉上滿是不耐煩，揮袖說道：「你等休要胡鬧，喜慶的事也給攪得如此掃興，退朝！」說著轉過屏風，進內廷去了。

眾人見皇上回去了，也都議論著四下散開。方孝孺夾在人堆中悄悄對黃子澄說：「皇上究竟仁義，要是當年洪武爺，李景隆喪師敗績，早就死幾次了。練御史雖是直諫，可咆哮於帝座之前，不斬首也得廷杖……」

黃子澄見四下皆是人，不便多說，唔唔地答應著隨眾人走出大殿。徐增壽不忍看李景隆那副慘相，蠟黃著臉低頭獨自走出，心中暗想：「幸虧自家行事穩妥，不然……」

齊泰走出一大截，看看沒人了，才招呼黃子澄和方孝孺過來，悄聲說：「官軍雖然接連戰勝，但形勢其實並不如眾人所想的那樣樂觀。我軍盡集結於河北山東一線，河南至江南一帶幾乎無兵把守，倘燕軍不糾纏於河北山東，取道直接南下，那南京不就成惡狼前的一頭綿羊了?!明日咱們一起面見皇上，將實情稟知，得議個法子才是，不然真到了那麼一天，咱們可都得死無葬身之地了！」

不料等到第二日，齊泰黃子澄和方孝孺進文華殿面君，剛剛把這番話說完，建文帝舒舒服服地伸個了懶腰，斜倚在大軟椅上，滿臉笑意地說：「三位愛卿所慮極是，只不過燕王屢敗之際，未必敢貿然直驅南下。再者說，若抽調河北兵力回防，又恐朝廷連勝之勢受損。不若就此任其發展，看樣子燕王出不了河北就會被生擒來朝呢！」

方孝孺坐在一側龍墩上，接過話來說：「陛下所見極是。只不過人無遠慮，必有近憂，還是提早考慮的好。」

建文帝擺擺手：「好，好，你三人私下裡再議一議如何遠慮，朕也想想再說。」扭臉見史鐵侍立一旁，問道：「怎麼是你，許公公呢？」

史鐵正直著眼發愣，猛然省悟到是在問自己，忙跪倒回稟道：「回陛下，許公公一大早便去那邊看翠美人住的園子修葺得怎麼樣了。臨走時吩咐奴才暫時伺候皇上。」

建文帝點點頭，吩咐道：「那你去後邊將雲南新進的春茶拿些來，朕與愛卿同品一品，走時再賜他們些帶回去。」

齊泰三人見建文帝這般說，也就不好再提防務的事，一連聲地謝恩不迭。

然而未等建文帝細想如何避免南京唱空城計的危險，宮裡卻平空生出事端來。

開春過後，天氣漸暖，加上近來捷報連連，建文帝宮內巡遊的時候愈來愈多。許公公尋思著儘快將各處新園子修起來，也好多添個景致。接連幾日，他有空便到園中來，督促工匠，四處指點一番。

有了許公公的催促，修建速度明顯加快，格局日益擴大，眼看就將竣工。有天早晨，許公公來得晚了些，假山池水，亭臺樓閣逐一看過，與從人評頭論足，越繞越遠，不覺錯過了午飯時刻。忽然有人看看日影說：「哎呀，許公公，時候不早了，怕中午飯都要耽擱了！」

許公公瞇眼看一下日頭，啞著嗓子說：「呦，可不是！咱們給皇上辦差，真到了廢寢忘食的地步了。來，咱從那邊小路過去，穿西門就到內宮了。」說著一行人匆匆沿湖邊水道穿園而去。

拐彎抹角，不大工夫，已走到西園門口。行至門口處那間小屋時，忽聞裡邊有嚶嚶說話聲。眾人都聽見，不由放慢腳步。細細分辨，分明是一男一女卿卿我我，正打得火熱。許公公低聲罵道：「哪個王八羔子，弄個菜戶也就罷了，大白天的，成什麼體統！來，也甭敲門，與咱使勁一腳揣開！」

跟隨的小太監，聽到這種聲音，又是羨慕又是冒火，早已心癢難耐，巴不得這句話。當即上去兩人，齊齊抬腿狠命一腳。「咣啷」一聲，裡邊插的門閂啰嚓折斷，門扇大開。

潤生看看工程不日就將完工，一面放心不下澤生，想盡快出去看看，一面又捨不得春靈春芳，再者沒撈機會和翠紅再說說話，也有些不大甘心。心裡左牽右扯，不知如何是好。

中午時分趁劉莊還未吃完飯，吩咐著「吃完飯先生火，俺馬上就來，」悄悄走至小屋。見春靈春芳都在，忙一手拉住一個說：「姐姐，俺怕就要走了，咱們好好說會兒話吧。」

其實也沒什麼好說的，無非談及各自身世，互訴衷情，又俱感前程茫茫，不由得黯然神傷。正有一句沒一句依依不捨著，門忽然大開，一群人竄進來。許公公見三人相擁著坐在炕上，白嫩的胖臉立刻泛紅，指著他們叫道：「好哇，一男二女，真夠滋潤的。也不看看這是什麼地方，竟淫蕩到皇宮裡了，這不是大逆不道是什麼?!來呀，把他們三人給扭住，先送到內務府裡押起來，待咱稟過皇上，將這三個淫貨皮給扒了！」

春靈春芳認得許公公，立刻知道大事不妙，忙拉著驚呆了的潤生跪下，哭泣著求饒。許公公冷笑幾聲：「哼，這會知道告饒啦，快活的時候怎麼沒想想會有今日！別和他們囉嗦，快些兒帶走！」

小太監們進門時見他三個那親熱模樣，個個眼熱不已，恨不得一把將潤生掐死了心裡痛快些。立刻不由分說，三把兩把扭住了，推推搡搡帶進宮中。

翠紅見建文帝近來心情好了許多，自然也高興，但心底又隱隱有一絲擔心，該怎麼對待春靈春芳和潤生的事呢？索性將春靈春芳關起來，不許她們走動。這倒是個辦法，可翠紅又覺得這樣對潤生未免有些太絕情。自己已經辜負了潤生，難道他就不能再從別處找些溫情來補償嗎？

可她又明白，放任他們下去，無異於草堆中玩火，時間長了，難免不惹出事端。並且一旦出了事，那就不是小事，掉腦袋怕都是輕的呢！在這種心思下，她盼著工程趕緊完結，潤生一出宮，那就萬事大吉，可他若出了宮，此生還能見到他嗎？翠紅心頭好像浪尖峰頂的小船，左想不是，右想不妥，整日心神不定。

每次發現春靈、春芳不在房中，翠紅便懸著一顆心，暗念佛祖保佑，千萬別出什麼亂子。每次都身不由己地來到殿外甬道旁，至於來這裡有什麼用，她也說不清楚。

然而擔心的事還是發生了。翠紅看見潤生他們三人被幾個太監押著，許公公一路氣咻咻地謾罵不休，一行人朝內務府方向走去。

「完了！」她一陣頭暈目眩，扶住牆根才算站穩。事情再明白不過，潤生他們被發現了，要押他們到內務府去審問。那接下來呢，自然是許公公去報給皇上，然後再折磨他們個半死不活，最後亂棍打死了事。

「不行！」翠紅柳眉緊鎖，她知道，不論是她，還是潤生，人生路上的一道關口不期然又逃避不過地來到了。

翠紅匆匆忙忙又仔仔細細地梳妝一番，穿上大紅袍，梳著高高的髮髻，低壓兩支金釵，兩鬢斜插玉花，乘玉輦在眾宮女簇擁下來到內務府。許公公已經走了，幾個小太監還在，見翠美人駕到，忙遠遠跪下。

翠紅緩步下輦，厲聲問道：「剛才拿住的那三個賤人呢？」

有太監前趨兩步叩頭答道：「回娘娘，正在屋內押著。」

翠紅略放下心來，又厲聲吩咐：「將史鐵叫來，叫他把三人押出來！」

小太監猶豫一下答應著「是。」已有人撒腿跑去叫喚。翠紅面色陰冷，心中卻如熱油沸騰，感覺時間彷彿結成冰似的半天流不過去一刻。「史鐵呀，你快來吧，晚會兒許公公來了，那就麻煩啦！」翠紅心神不定，卻又不敢顯露出來，暗暗搓手，不知什麼時候，額上滲出豆大的汗粒來。

史鐵終於小跑著過來。翠紅騰地一下把心放回肚裡，才覺出剛才緊張得貼身衣服都濕透了。不等史鐵施禮，翠紅看看腳下跪的幾個小太監，大聲說：「史鐵，你將那三個賤人速速押至儲秀宮來，皇上要親自問話，」頓一頓又說，「別人不用跟著，你自個兒就行，反正他們又跑不了。記住，要快！」說罷鑽進輦中，等史鐵進去拿人。

史鐵見翠紅臉色和口氣甚是異常，當著許多人又不敢細問，答應著跑進去才發現屋裡捆綁著的人中竟有潤生，更加茫然不解。卻又不能打問，只好將他們領出來，跟在玉輦後拐進儲秀宮。幾個人進到內室，支開眾人，翠紅忽然變了臉色，雙目垂淚撲通跪倒在潤生和春芳春靈面前。三人見狀大驚，不知該如何應付，情急之中也紛紛跪下。翠紅抹把眼淚說：「好姐妹們，潤生哥他是個苦人，也是個好人，可惜我沒有那個福分，不能和他長相伴了。你倆就替我還了這個情，將來和和美美，安生度日，俺……俺死也瞑目了！」

春靈驚叫道：「娘娘何出此言！都怪我們一時糊塗，既是娘娘對我們如此好，就是把我們交給皇上，立刻去死也不枉了……」

翠紅打斷她的話：「來不及多說了。我的心你們知道就好，趁著宮裡還不知道這回事，俺親自打後宮小門送你們出去，諒無人敢攔著。你們出去後，一刻也不能耽擱，速速離開南京，往北走，越往北越好，那邊打仗，朝廷的人在那邊少一些。」說著從桌上拿起一個小盒，捧著塞給潤生：「潤生哥，俺對不住你，不過有她倆替俺，也是天意。這是些宮中的首飾，有金釵玉墜什麼的，拿去賣了一樣當錢使。自今往後，你們就是一家人，千萬千萬忘了翠紅！」說著泣不成聲，險些兒癱倒在地上。

潤生早已淚流滿面，一把抱住翠紅：「翠紅，俺錯怪了你，是俺不好，是那狗日的皇上不好！俺哪兒也不去，去了他們準饒不了你，讓他們來殺俺好了！」

翠紅紅著眼睛慘然一笑：「潤生哥，你好糊塗，俗話說留得青山在，不怕沒柴燒，男子漢大丈夫，白白死在這裡算什麼出息？再說皇上也未必就會殺俺。他為人寬厚，又講仁義，俺把話給他挑明了，他會理解開的。哎呀，時候不早了，走，我送你們出去！」

潤生回過神來，咬牙說：「俺出去後就參加燕軍，把這個狗皇上給殺了！」

「別，別！」翠紅連聲說，「千萬別去參軍，皇上就是皇上，潤生哥，其實什麼都不怪皇上，怪的是咱的……命！」說著想起來什麼，起身說：「等一下，俺還有件東西。」轉身進到裡屋。

史鐵站在一旁，早將事情看得清清楚楚，這時突然想起來乘機說：「潤生，事到如今，俺也不再瞞你了。澤生……他已經給斬首了！」

潤生聞言如五雷轟頂，「啊」地一聲驚叫，險些暈厥過去。史鐵一把將他扶住，又急急說道：「潤生，這個仇俺已經有了報的辦法。你不是想去參軍麼？那你就直接到燕軍營中去見燕王，告訴他朝廷軍隊全集中在河北山東一帶，其他地方空虛得厲害。只要他不在這兩處糾纏不休，大軍直驅南下，南京城不要多久就能拿下！千萬記住，這是皇上和齊泰、黃子澄、方孝孺等人親口說的，是機密當中的機密。潤生，只要你把這個口信傳到，保管你頭功一件！」

見潤生連連點頭答應，史鐵又從懷中取出一塊小玉佩，遞給澤生說：「這是俺從北平來時，恩人金忠給的，他們見到這個準會相信你的話。這消息前日俺曾給徐增壽說過，可他見燕王連吃敗仗，心裡頭害怕萬一燕兵勝不了，倒把自己給連累了，推三推四地不肯派人報信。你去後把實情向燕王相告就是。另外，潤生，你有空兒到北平見見你嫂子，還有那個沒見過面的孩子，就說俺在這裡很好，等仗打完了，俺就去接他們娘倆。」

潤生「嗯嗯」地答應著，雙眼射出寒光來，狠狠地說道：「狗日的，你等著吧，會有你好看的！」忽見翠紅走出來，二人忙閉住嘴。

翠紅拿著兩條紅汗巾，給春靈春芳一人一條：「這是當年在鄉下時潤生哥給俺買的，俺一直帶著。現在你倆好生收著吧。見了它就是見了俺，就該想著好好過日子……」說著又嗚咽起來。春靈春芳各自摟住翠紅一條腿，嗚嗚著說不出話來。

史鐵見狀急急地說：「別耽擱了，俺送他們出去吧。」翠紅拽起二人說：「不用再拉扯那麼多人了，俺去送，一則好說話些，再則……」想想沒說，催促三人趕快收拾好往外走。春靈春芳已哭成淚人一般，口中喃喃道：「娘娘……」

正如翠紅所料，後宮小門處的衛士見最得寵的翠美人駕到，慌作一團，散開兩旁施禮不迭。翠紅在輦內令宮女傳話：「皇上令他三人出宮辦差，你等速開門放他們出去！」衛士自然不敢怠慢，躬身開門，陪笑著讓潤生和春靈春芳出門而去。

看三人出去，翠紅渾身一陣輕爽，壓在心頭的千斤巨石瞬間搬開，滿天烏雲頃刻消散。她感到如今她真正自由了，她什麼也不必害怕了。此刻她冷靜異常，嗓音清脆地說：「擺駕前廷，立刻去見皇上！」

尾聲

道義從來成道具

燕王轉眼已起兵三年有餘，可轉來轉去雖說勝仗吃了不少，卻總轉不出河北山東一帶。那麼看來，江山社稷是無大憂了。雖說其他地方兵力空虛，基本上無兵可守，但那又能怎樣？俗話說當局者迷，他們既然鑽了牛角尖，自然想不到長驅南下，況且不知虛實，他們也沒這個膽量。

思來想去，建文帝愈覺特別踏實。忽然想起這兩日未見翠紅的面了。眼下正是空閒，何不過去瞧瞧？正要吩咐太監們抬肩輿，許公公屁顛屁顛跑進殿來，氣喘吁吁稟報說擒住了兩個偷漢的宮女，奇的是那個男的竟然不是太監，只是個修園的工匠。

建文帝正在興頭上，很樂得管這等閒事。待問明詳情後，氣呼呼地一甩袍袖站起身踱兩步，嘟嘟囔囔說道：「這還了得嗎？這是皇宮，最乾淨的地方。豈容這等狗男女髒污了?!朕自小讀聖賢之書，飽知大義，今兒出了這種事情，真真讓人臉紅！你快去，將那三個狗男女審明了，著錦衣衛狠狠用刑，末了亂棍打死，遠遠地扔出宮外！」

許公公肯首不已，「哎，哎」地連聲答應著倒退出殿。建文帝氣猶未消，扭臉看見身後兩個打扇的宮女，厲聲喝道：「看到了嗎，不守婦德絕沒有好下場，世間道義千千萬，人倫最最為先！你等記住了，下去後對宮裡下人們講講，休要不知廉恥！」兩個宮女戰戰兢兢，放下扇子叩頭領命。

不一刻許公公又跑上殿來，連叩三個響頭說道：「哎呀，皇上，老奴罪該萬死！方才將那三個人押在內務府，讓錦衣衛和幾個小奴才看著，不料老奴剛走，翠美人隨後趕到，說是皇上要親自審問，將他們三人給帶走了！」

「噢?」建文帝騰地站起身來，「朕並未見到過翠美人，更未說過親審。她假傳聖意，帶走三人是何用意?」建文帝面皮緊繃，皺眉想想說，「是了，那兩個宮女定是她殿中之人，他有意維護也是有的，不過那個工匠怎麼也帶走了?」

許公公知道翠紅一直頗受寵愛，況且自己也不明就裡，自然不能亂說，只好趴在殿中任由建文帝胡亂猜測。

忽然殿外值事官進到門口叫道：「稟皇上，翠美人求見。」

建文帝求之不得，連呼快進。翠紅盛裝淡抹，嫵媚中不失端莊。款款走近御座前跪拜施禮。建文帝早將剛才疑慮忘盡，滿臉堆笑說：「愛妃不必多禮，看座。」

翠紅卻站著不動，漲紅臉說：「臣妾不敢，臣妾有罪。」

「噢?罪從何來啊?」建文帝盯住翠紅，饒有興趣。

「……臣妾私放宮人，還請皇上治罪。」翠紅猶豫片刻，終於小聲吐出一句。

建文帝哈哈大笑：「愛妃還不知道朕麼?朕最講寬仁，既是愛妃殿中之人，愛妃領回去自行處罰也就是了，」忽然又想起來，止住笑問道：「愛妃，那個男子，許公公說並非太監，乃是修花園的一個匠人，你為何將他也領走了?!」

「這……這……」翠紅臉越紅了，支支唔唔不知該如何說。

建文帝臉色漸漸嚴厲起來，勉強柔聲問：「愛妃有何隱情，不妨從實說來，朕最善解人意，自然不會怪罪的。」

「陛下，」翠紅一咬牙，索性將潤生和自己的前前後後略述一遍，講完了又說：「臣妾知道陛下仁義為懷，最能體會人心之甘苦。臣妾不敢絲毫隱瞞，懇請陛下體諒下民之苦，不再追究。」

建文帝聽翠紅講她與潤生自小青梅竹馬，年長以後本來就要成親，臉色愈來愈陰，雙目漸漸冷峻，沉吟半晌終於說：「那麼說來，那個工匠是你的野漢子了?!」

「不，陛下，臣妾與他自幼相知，兩小無猜，並非陛下說的那麼骯髒！」翠紅羞得無地自容，急急分辯。

「哼!裝得還挺像，淑女似的。怪不得朕第一回召幸你時，沒有見紅，原來是個破爛貨！」建文帝冷冷的目光裡，又射出幾分鄙夷來。

話音不高，翠紅聽來卻如炸雷一般，「啊！」地叫道：「陛下，臣妾雖是賤民，卻也知道些禮義廉恥。臣妾說過，那是小時候幫家裡打棗子，從樹上跌下來摔的。臣妾與他雖是從小相好，可並沒有甚久不軌之事啊！」

「說的倒好聽!看看你殿內宮女做出的事情，就知道你等都是一幫賤人！」建文帝覺得一股醋意湧上胸中，衝動著大聲喊道：「賤人，賤人，全是一幫賤人！」

幾句話尖刻凌厲，如萬箭攢心，翠紅淚灑金磚，嗚咽道：「那麼陛下以前說喜歡臣妾，都是假的了？」

「那倒不假。不過朕喜歡的是白璧無瑕，不是甚麼破爛玩意兒！」建文帝越說越怒不可遏，

「許公公，你快傳令下去，緊守各處城門，一旦將三個賤人抓住，立刻碎屍萬段！」說罷氣哼哼地甩袖進到內廷。

恍恍惚惚中，翠紅不知如何被宮女們扶回儲秀宮。皇上變臉變得如此之快，她不知道潤生他們是否已經出了城。「賤人，破爛貨！」尖利的話語總在耳邊響起，聲音振聾發聵，像利刃般一點一點割著她的心。

「娘娘用點兒銀耳燕窩湯吧，」有宮女過來輕聲問。翠紅搖搖頭，顫抖著手將那宮女拉住說：「好妹妹，人常說鏡破不改光，蘭死不改香。咱們都是賤家女子，又千不該萬不該落到這地方，吃的住的雖說富麗堂皇，可心中的苦楚真是啞巴吃黃連，只有自己知啊！好妹子，千萬別想著等機會讓皇帝召幸了，要是能夠的話，趁早出去找個良善人家，窮雖窮些，那畢竟是人過的日子啊！」

「娘娘說這些幹什麼，還是快些喝了吧，待會兒該涼了，」小宮女見她神情不對，忙誠惶誠恐地打斷她。

「也好，」翠紅掙扎著爬起來，端過碗幾口喝下，吩咐說：「好妹子，一會兒要是皇上來了，你就告訴他，翠紅說了，她不是賤人！好了，你先出去吧，我想靜靜地歇會兒。」

小宮女欲言又止，答應一聲退出去，反手將門關上。

回到內廷，建文帝仍然怒氣未消，無緣無故地又湧上幾分尷尬，翠紅肯定和那個叫什麼生的工匠有過那種私情了，自己堂堂一個皇帝，撿的卻是別人用過的，唉，真真晦氣！在他看來，這種事比起前線打了勝仗或敗仗，更令人牽腸掛肚，耗費心力。「等那小子抓住了，我倒要看看，什麼樣的貨色，竟然占了我的先？看罷再讓他一點一點地死掉！」他咬牙切齒，坐臥不寧。

忽然外間有說話聲，似乎吵嚷什麼。建文帝大步出去，見一個宮女正和守門太監急紅了臉說話。建文帝厲聲高喝：「幹什麼的這是?!」

兩人嚇一大跳，雙雙跪倒。守門太監說：「陛下，這個宮女非要見皇上，奴才說她一個宮女，哪能輕易就進來和皇上說話？可她不依不饒，還大吵大嚷，驚動聖駕。」

宮女嚇作一團，囁嚅道：「本不該打擾聖上，可我們娘娘翠美人剛才上吊歸天了，眾人不知如何是好，才託小奴來稟皇上的。」

「什麼？翠紅上吊了！」建文帝吃驚非同小可，不及細問，抬腿就往外走。幾個太監慌忙朝外喊道：「聖上出宮了，快抬肩輿過來！」

翠紅屍體停放在儲秀宮偏殿雕花大床上。肌膚尚未僵硬，面色平靜，似乎還略帶些淡淡的笑意。看著一個大活人轉眼成了陰陽兩界，方才的怒氣和醋意煙消雲散，想到後宮雖有千百嬪妃宮娥，個個妖嬈有餘，端莊不足，似翠紅這樣溫柔又不失莊重，端莊中又有無限柔情詩意的女子，千裡挑一，往後再難遇到，建文帝追悔莫及，忘情地撲上去慟哭半晌，末了吩咐太監宮女：「好生厚葬翠美人，規格要高些……就葬於水西門外萬歲崗上……」

翠紅既死，而潤生和兩個宮女也沒有抓到，不過建文帝已無心過問這些，事情不了了之。宮中一切照舊，齊泰、黃子澄和方孝孺日日來文華殿內面君，幾個人嘀嘀咕咕商議不休。但既然江山社稷並無覆亡之憂，建文帝商議起事來也就懶洋洋地，一副心不在焉的模樣，心緒總好不起來。

時光倏忽而過，未等建文帝從翠紅之死的陰雲中解脫出來，前線壞消息卻一個接著一個。令建文帝猝不及防，如同當頭挨了一悶棒，連喘息的空兒都沒有。

十二月中旬，燕軍忽然放棄河北與山東的爭奪戰，只留小股兵力與之周旋，精銳部隊卻取道螽縣汊河，避開真定與德州守軍，直插山東，進入淮北。……

建文四年正月初一，燕軍攻佔槁城，糧草源源南下，兵威大振。正月十五，佔據沛縣，進而奪取徐州……

正月底，燕軍於淝水大破朝廷臨時拼湊起來的軍隊，深入朝廷腹地，逼近宿州……

二月中，燕軍繞過宿州，緊緊尾隨南逃官軍，迫近淮河……四月中旬，朝廷集聚江南僅有的兵力堵燕軍南下，雙方會戰於靈壁，結果官兵大敗，主將平安被活捉後投降，自此官軍糧道被燕兵截斷，局面更為艱難……

五月二十日，揚州守軍獻城投降，燕軍兵臨長江，南京危在眉睫……

建文帝怎麼也想不通，雙方本來在山東河北一帶拔河似地推拉個不停，怎麼朱棣突然大徹大悟似的，一下子洞察到朝廷的實情，迅雷不及掩耳之勢竟然打到長江！更令人氣憤難耐的是，那些個封疆大吏，平日裡滿口忠義道德，私下裡卻首鼠兩端！見燕軍如今勢盛，竟一個個忙不迭地投靠過去。每日裡都有獻城投降的消息傳來，建文帝已見怪不怪，也由剛開始的憤怒轉為歎息：

「唉，外賊易打，內奸難防。忠義，全是假忠義！褒人貶人皆是口，扶人推人皆是手啊！」

話雖這樣說，辦法卻總是要想一想的。朝會時面對齊泰、黃子澄和方孝孺，建文帝的信心正一點點消失。城外長江對岸已是燕軍的天下，朱棣此刻就能望見金陵城牆。「唉，計將安出啊！」建文帝垂著頭，唉聲歎氣。

「陛下勿憂，這都怪臣等思慮不周，讓他們鑽了空子。」齊泰強打精神，臉上盡力作出鎮定自若的樣子，「城中尚有勁旅二十萬，況且城高牆固，他們一時半刻是打不進來的。盛庸、鐵鉉等正集結山東河北之兵力，隨後趕來。只要我等拖他些時日，待盛庸大軍趕到，前後夾擊，生擒燕王並不是難事。」

這番話看似有理，可仍扳不走壓在眾人心頭的巨石。方孝孺倒是眼睛突然發亮，搶聲說：「哎，對，對！咱就給他來個拖兵之計！若想拖住他，臣倒有個好主意。不如派人前去議和，許燕王以封地，世襲爵位。不管他同不同意，使者來往，都需些時日，讓他在不覺中等到盛庸領兵趕來。」

建文帝聽他二人一唱一和，想想也只有這個法子。看看東側站立的卓敬，卓敬會意，出班奏道：「以臣看，眼下也只好如此了。」

於是眾人議論一番，推出李景隆和茹常前往燕軍營中議和。因為李景隆與燕王沾些親戚，又是手下敗將，想來燕王不會拘留他；茹常雖是國家重臣，但在兩軍交戰中未曾出過頭露過面，燕王對他無甚積怨，即便說不成，料也無妨。

二人本不想去，可架不住你一言我一語，又加上聖命難違，只得換上一身素衣素帽，乘一葉扁舟，過江來見朱棣。

燕軍大營列江而紮，前前後後數十里。朱棣行轅正居當中，行轅大門正對南京外金川門。大門外側，一杆大旗獵獵飄在半空，斗大的「燕」字似乎展翅欲飛，數十名高大威猛的軍校一甲鮮明，手持刀槍護列兩側。

二人小心翼翼，遞上拜帖。少頃高一聲低一聲從裡向外傳道：「傳李景隆茹常進帳！」二人躬身屈腰，被引導官引進朱棣大帳中。

帳內收拾得乾淨俐落，左右各立兩根大柱，柱上各雕一條盤金大龍。帳頂掛一幅滿堂紅的彩幔，四壁古玩陳列。中央設一張寶案，案台攤開著書卷，文房四寶齊全。銀台並列，尚有半截未燃盡的畫燭。若不是門旁一側兵器架上站立著刀槍斧錘，儼然就是一座典雅行宮。

朱棣頭戴鳳翅金盔，兩枝雉尾高高翹起，身披鎖子黃金甲，內襯盤龍蜀錦戰袍，長髯飄飄，面色威嚴，端坐於案後虎皮帥椅上。二人見這番氣勢，更覺底虛，蹭到帳中，膝下一軟，雙雙拜倒，口呼：「王爺千歲。」

朱棣嘴角掠過一絲笑意，捋捋鬍鬚，緩緩說道：「景隆啊，你是曹國公，也算列侯之一，怎麼行起如此大禮來啦？本王可當不起喲。」

李景隆期期艾艾，跪也不是，起也不是，惶恐間汗流浹背。好在朱棣隨後輕描淡寫地說一句：「起來吧，左右，看座。」他們這才如蒙大赦地謝過了，側身坐在下首。

半刻無語，二人覺得心跳得穩些了，才囁囁嚅嚅，你一言我一語地將來意說清。

朱棣聽完後撫鬚冷冷笑道：「本王是洪武爺的親兒子，早已受命裂土分封。本王在北平守邊二十餘年，怎麼又有人封本王為藩王了?本王本來就是藩王嘛!曹國公剛才說朝廷願意割地求和，這個本王就不明白了，這好好的一個泱泱大國，到底是誰家的地?我乃皇家，此番舉兵本是為了國家太平，若為了割地，那割的是誰家的地呢?!你等見過割自己身上之肉往自己嘴裡塞的嗎?笑話，真是笑話！」

二人點頭不迭，連聲含糊不清地笑應著「是」。朱棣看看二人，忽然變了聲調，極親切地說：「你二人皆國之重臣，本王心下甚為敬重。韓信當年不忘漂母一飯之恩，那是以義換義啊!本王即日將攻打金陵，本王常聽人說，饑時一口，勝似飽時一斗。你二人可明白本王之意？」

二人心中一驚，又是一喜，接著一絲慌亂，不容多想，「唔唔」地胡亂應著再次屈身下拜，告辭出營。

緩兵之計未能行通，盛庸、鐵鉉所率兵力現在究竟到了何地，朝廷快報已被阻在城外，誰也說不清楚。唯一能看到的，便是燕軍兩三日內浩浩蕩蕩兵臨城下，將南京十三城門堵了個水洩不通。

建文帝如芒刺在背，慌忙升朝華蓋殿，命值日太監於午門外擊鼓傳臣。震天鼓聲咚咚響了半晌，才稀稀拉拉來到幾個，無非齊泰、黃子澄、方孝孺和卓敬等人。建文帝心亂如麻，也無心再計較這些，聲音打著顫問道：「諸位愛卿，今日能來上朝的，皆是國之忠臣。真是家貧知孝子，國難見忠臣啊！說著說著燕軍已大兵圍城，援軍卻遲遲不見蹤影，如何是好啊？」

情勢危急，自然誰也無甚良策，無非堅守待援云云。齊泰覺得自己分管兵事，理當出來說兩句以解聖上之憂，便出班奏道：「陛下勿憂，南京地勢險要，牆高溝深，易守難攻，燕軍一時半會還攻不進來。十三城門皆分重兵把守，只要堅守些時日，一則燕軍士氣必落，二則援軍和四方勤王之兵必到。那時候內外夾擊，說不定因禍得福，一舉清除國難呢！」

建文帝聞言心下略略寬鬆，點點頭正要說話，忽有幾個衛士簇擁著徐增壽吵吵嚷嚷走上殿來。一個將佐打扮的人跪拜在地奏道：「陛下，小臣奉命守儀鳳門，徐增壽暗地裡聯絡英武衛、龍虎衛的幾個將官，企圖開門降敵，幸而部眾不從，將徐增壽就地拿獲，押解來聽陛下發落！」

殿上眾人聞言都是一愣，看看徐增壽，目光中雖有幾分恐慌，卻掩飾不住幸災樂禍的神情，跪的姿勢也是懶洋洋的，完全一副無賴模樣。建文帝又驚又氣，拍案大叫：「好啊，好啊，朕還有座南京城，你等就這樣子了。人都說遇急尋親威，落難思故人，徐增壽，你也算皇親國戚了，怎麼能對朕這樣！」

徐增壽翻翻白眼珠，還未答話，有個將佐慌慌張張一路踉蹌著從右順門過來，將殿上金磚踩得通通作響。一溜大呼小叫來到華蓋殿丹墀下，撲通跪倒在御座前，喘粗氣說道：「萬歲，萬歲爺，大事不妙，燕軍已殺進內金川門了！」

晴天一聲霹靂，殿上所有人都傻了片刻。建文帝直著眼，臉色煞白，張幾張嘴才說出話來：「你看清楚了沒有，城中不是有二十萬大軍麼?!」

「回陛下，是……是李景隆他們開城門投降了！」將佐頓足捶胸，大聲叫道。

「啊！」建文帝一瞬間眼前金光四濺，他覺得雙耳嗡嗡作響，驚慌和恐惑似乎反不如剛才那麼強烈，倒是一股股瘋狂的念頭滿身亂竄。他呼地從御座上站起，仰天哈哈大笑：「朕向來以仁義為懷，究竟犯有何過，蒼天不容，親戚離叛！」大笑著走下臺階，眼角餘光中，他看見了跪在地下的徐增壽臉上似乎流露出一絲冷笑，眸子裡閃過幾分狡黠。

「哈哈！眾叛親離！來吧，朕講的什麼仁什麼義又有何用！」建文帝腳步飄飄地走到徐增壽身邊。「嚓」地從將佐身上抽出腰刀，「啊！」一聲大叫，雙手揮刀狠狠朝徐增壽頭上劈去。

徐增壽猝不及防，雙手護頭慘號一聲：「不！」刀影閃處，一股濃血如瓢潑大雨噴灑過來，建文帝在濃濃的血腥味中放聲大笑。

金川門雖然離皇城還有段距離，但兵如潮水，不可遏制，不大功夫已湧進西安門、洪武門和北宮門，宮內登時大亂。宮女太監們呼號連天，沿各殿甬道拼命往貼近紫禁城的朝陽門方向逃竄，企圖從那裡出去混入百姓群中，免得遭燕軍屠宮。

一派紛亂中，史鐵有幾分解氣，也有一絲恐懼。「亂吧，亂吧，他奶奶的，這幫作威作福的狗東西們也有今日！」他一邊念叨著一邊沿奉先殿向西奔乾清宮方向跑去。史鐵知道奉先殿中的值錢器物早被刁鑽的宮女太監們揣了逃走。乾清宮那邊可能還有些金銀器具。「來一趟不能白來，拿些東西回老家和翠環帶孩子過安生日子去！」他氣喘吁吁，逆著眾人拼命往前擠。

路上人越來越少，接近乾清宮時，幾乎不見了人影。史鐵忽然聞到一股濃濃的焦糊味，抬眼一看，哎呀，乾清宮著火了，火勢很快，看樣子不是一處點的火。血紅的火苗四處舔噬，滾滾濃煙遮天蔽日。「莫非燕軍已經到了這裡？」史鐵不及細想，扭身想往回走。他深知自己雖是燕王派來的，可普通士卒哪裡知道這些，他們怕是見人便砍，還是躲遠些的好。

剛一回頭，迎面撞在一員將佐身上。那將佐見是個太監，怒目圓睜，大喝一聲揮劍便劈。史鐵雙腿軟軟的幾乎癱倒，一個念頭飛快閃過，「我史鐵就這麼著稀里糊塗地完了?!可惜熬到這時候，卻再也見不到翠環和孩子了。」

不料那人劍舉到半空突然停住，急急叫道：「史鐵哥！」

史鐵慌亂間細眼一看，咳，原來是潤生呀！潤生扔下劍二人相擁抽泣。

史鐵紅著眼圈笑笑說：「潤生，一年不見，你都混成大將軍了，怪不得剛才一下子沒認出來。」

潤生也抹淚淡淡一笑：「史鐵哥，這回燕王多虧你報的那個信兒，他們本來在河北山東一帶打得焦頭爛額，爭來奪去就那點地盤。俺千辛萬苦找到燕王營盤，把你那個信物一交，他們就相信了。當時那個叫道衍的和尚大腿一拍說：『這可真是當局者迷，旁觀者清呀！咱這三年仗真是白打了！』當下便議定不奪城池，揮軍一路南下，直取應天的計謀。這不，一年不到，把狗日的皇上的老窩就給端了！當初燕王見俺傳了這麼個重要的信兒，嘉獎了好幾回，如今俺是朱能帳下的千戶啦！哎，史鐵哥，翠紅呢？這裡亂糟糟的，俺剛才找了半天也不見個人影。」

史鐵愣愣神，知道隱瞞不過，遂將翠紅如何負氣上吊的事簡單說了一遍。潤生聽著臉色漸漸黑紫，盯住沖天大火忽然哈哈大笑：「狗日的皇上，燒吧，燒死你一家子龜孫！翠紅啊，你看到了吧，潤生給你出氣啦！」

史鐵見他問到翠紅，立刻想起翠環，使勁扯住潤生衣甲問：「哎，潤生，你嫂子怎麼樣，生了個男孩還是女孩？」

潤生見問，臉色瞬間又灰暗下來，垂下頭去半晌不吱聲。史鐵見狀心裡火急火燎，連聲催問。

潤生咬咬牙抬起臉，雙眼映著熊熊火焰和濃濃黑煙，緩緩說：「史鐵哥，俺心裡一直記掛著嫂子，上回借押運軍糧去了一趟北平，在王府中找見了一個伺侯過嫂子的丫頭，她開始支支唔唔不敢說，禁不住俺百般哀求，還給了她一大錠銀子，她才說了實話。」頓了頓，終於下狠狠心將翠環難產至死的事說了個大概。

史鐵頓如五雷轟頂，心中那點希望轉眼間灰飛煙滅。但他並未大喊大叫，反而放下一副重擔似的衝潤生笑笑。潤生見他臉色灰白，笑得慘兮兮的，本想安慰兩句，可自己心中也是針刺般疼痛，一時找不出話來。

對視片刻，史鐵忽然問：「潤生，誰讓你放火燒乾清宮的？」

「自然是燕王嘍！他悄聲吩咐俺說當今皇上無道，活捉了他也不好處置，不如一把火燒了省事。俺說皇宮這麼大，誰知道他在哪裡呢？燕王想想說皇后皇子們全在乾清宮，此刻他一定也在那裡。這不，俺就奉命帶幾個人先突進了。嘿，你還別說，真他娘的解氣！那皇上連他的雜種們一定都成灰了！」

史鐵聞言陡然一驚，旋及苦笑道：「潤生，即便皇上嚇糊塗了。他手下總有幾個精明人，方才我隱隱約約見他和幾個太監大臣向謹身殿東邊的後左門方向跑了，那邊有地道，此刻怕已出宮城了！」

潤生聽他這樣說，未免有些喪氣，這時身前身後人馬雜沓，後續部隊湧了進來。潤生一把將史鐵拽到路邊說：「史鐵哥，這回咱立了大功，走，去見燕王去，給你也弄個官當當，也不枉咱苦了半輩子！」

史鐵慘然一笑：「潤生，這兩年我也把這世事看透了。你剛才又說了翠環的事，我這心哪，更覺得冷了。你想想趕走個皇上，不過又來一個新的，到底誰好誰壞，說透了還不一個樣?!皇上說自己最仁義，燕王說自己最道義，可百姓在仁義和道義中，死得不知有多少！唉，潤生，放火燒皇宮雖說是燕王下的令，可燒皇宮是天大的罪名呀，不管燒死沒燒死皇上，那都是要誅滅九族的！萬一有人吵嚷起來，燕王吃不住勁，還不拿你來當成替罪羊?!潤生，聽哥一句話，咱也別貪圖他什麼大富大貴了，倒不如趁亂趕緊跑出去，找個地方安安生生過一輩子。潤生，咱根本弄不過人家，還是想明白些的好。」

潤生不等他把話說完，脖子一揚滿臉不解地說：「史鐵哥，你真是讓氣糊塗了?咱受苦受難這些年，就這麼著走了，豈不便宜了他們！不行，到手的富貴不拿，那叫什麼事兒?!俺就是要當個大官，先把整死澤生的那個什麼府尹給宰了，再把什麼許公公之類的傢伙一個個收拾掉，也好出了這口惡氣！」

鐵苦笑著說：「潤生，你到底年輕幾歲，經的事又少，他們這幫人一個個泥鰍似的，咱們根本滑不過人家，還是把世事看淡些的好，聽哥的話，咱這就走，再過會兒可就走不了了！」

潤生還未答話，有幾名軍校過來叉手報告道：「史將軍，王爺有令，命你回去交差！」

潤生看看史鐵，急急地說：「史鐵哥，你先在這裡等著，俺去去就來！」說著撿起地上的劍放回腰中劍鞘，慌慌張張地走了。

史鐵緊趕兩步，連叫：「潤生，潤生！」可聲音淹沒在畢畢剝剝的火聲中。大火越燒越旺，順風已燃著了附近的交泰殿和坤寧宮，連西北角的清寧宮也開始冒出縷縷黑煙。火光映紅了半邊天，史鐵放眼再看一遍紫禁城，忍不住揮揮衣袖，告別這如幻的夢境。

朱棣正端坐在午門外的玉輦中，太監將領裡裡外外簇擁了一大堆。潤生一溜小跑，上氣不接下氣地來到近前，跪拜畢正要說話，朱棣卻陰沉著臉先問道：「那宮中大火，可是你放的?!」

潤生聞言一愣，囁嚅回道：「不是王爺吩咐過的麼?!」

朱棣勃然大怒，手拍扶手大叫：「放屁！本王讓你肅宮，禁止兵丁進去擾亂宮人，如何會讓你放火?!本王此番用兵，正是清除皇上身邊小人，保護皇上坐穩江山。如今皇上就在宮中，你竟敢大逆不道，欲放火弒君，是何居心?!」

潤生瞬間摸不著頭腦，如一盆冷水迎頭潑來，他剛想辯解兩句，又聽朱棣喝道：「你如此目無聖上，將置本王於何地?!」又怒氣沖沖地向左右大喊：「你等還愣在這裡幹什麼？還不快去救火，救皇上！」左右眾人答應一聲，立刻四散奔去。

朱棣仍然怒氣未消，手指潤生厲聲說：「你是何居心，放火燒宮還要嫁禍於本王頭上，欲置本王於不仁不義！許公公，先過來掌嘴！左右，拉下去斬了！」

潤生終於有些明白過來，可還未等張口說話，許公公左右開弓，巴掌雨點般落在臉上，根本發不出聲來。連打幾十巴掌，兩邊幾個衛士過來，推搡著潤生往一邊走。雙眼被打得直冒金星中，潤生認出了眼前這個白胖老頭，臉皮如泡在水裡的豬肉一般慘白浮腫，眼裡卻射出兩道寒光，一瞬間他全想清楚了，他全明白了，就在砍刀落下的那一刻，他終於喊出了一句：「史鐵哥，後悔不聽你的話，相信了這幫人哪！」

許公公心頭一動，對呀，忙東忙西的，怎麼不見史鐵的影兒？他幹什麼去了？

史鐵此刻正換上了百姓衣服，隨眾人出了朝陽門，斜陽餘暉中，他轉身最後看一眼煙霧籠罩下陰沉沉的紫禁城。

跑去救火的親兵少頃來報：「乾清宮中找到一具屍體，已經焦黑，辨不出面目！」

朱棣臉色凜然一變，邁前兩步逼視著那親兵，急急問道：「可是個中等身材，體態微胖?!」

那親兵被逼視得倒退兩步，語無倫次地抖聲說：「可能……正是……」

朱棣不等他話音落下，手拍前額抹淚叫道：「可憐的聖上，都怪本王對部下約束不嚴，本來是要保你，誰承想卻害了你呀！本王……」話未說完已泣不成聲，許公公等人慌忙上前扶住，喊喳喳地寬慰不迭。

殘破的皇城餘煙尚未散盡時，朱棣經眾臣再三勸進，終於在六月十七日那天袞冕加身，登上了皇帝的寶座。緊接著大封功臣，眾人山呼舞拜，歌功頌德之聲不絕於耳。

然而熱鬧非凡中，卻獨獨不見了道衍和金忠。令人四下查找，但不見蹤影。

道衍和金忠此時已改換衣服，儼然一僧一道，乘一葉扁舟，沿長江直向東來漂流。輕舟飛越，清風徐徐，二人衣袂飄飄，真有種羽化登仙的感覺。

道衍手撫念珠，望著浩浩渺渺的江水說：「金忠哪，當年你我俱覺懷才不遇，總覺得這一肚子的才學不用了實在可惜，這才投靠於燕王門下。可誰承想，為施一人之才，卻喪掉無數生靈！唉，對乎？錯乎？」

金忠抖抖袍袖凝神說：「師兄也不必太過思慮。天下興衰，各有時運，非你我所能左右。即便沒有師兄，以燕王之人品，天下也難逃過這一劫。師兄出面，倒少傷些百姓也未可知，譬如濟南一役，堵水淹城雖是小弟立功心切，一時糊塗提了出來，師兄也罵了我半日，但若非師兄當下寄書於燕王，他如再度水淹濟南，那死傷不知會有多少呢！」

道衍笑笑：「人生忽如寄，夢幻無窮時。未立功業時雄心勃勃，等功業已就回頭再看，也不過過如此。正所謂富貴如風中秉燭，名利似水上浮瓢，天下熙熙皆為利來，天下攘攘，皆為利往。又有幾人能參透這一層？這幾日我聞聽燕王進京之後，齊泰、黃子澄誅滅九族自然不說，方孝孺基於大義不肯為他寫登基詔書，結果讓滅了十族，自己也被千刀萬剮。至於卓敬，鐵鉉等剛氣之人，恐怕不得好死也成定局了。至於寧王，前日還對我說準備著待寧王消停後，受那一半江山的賞賜呢！與虎謀皮，聽起來可笑，細細一想，紅塵中又有幾個不是這樣呢?!唉，真正是天若有情天亦老啊！你我本紅塵外的人，何苦又摻和進來興風作浪呢！不管如何，萬事皆過，自今以後，你我泛舟江湖，唯有以善為念，慢慢消解以前所作之惡了！慈悲勝念千聲佛，造惡徒燒萬柱香。看來今世是難成正果，只要不受天譴便萬幸了！」

金忠點頭深思，半晌無語。道衍忽然想起一件事來，微微一笑說：「金忠啊，你到底凡心未退，那翠環慘死，可不就有你的份兒麼?!你須仔細記住這一檔子事，人最怕得意時忘了形，今後再勿圖一時之快，遺百年之害呀！」金忠頓時滿臉通紅，期期艾艾，抬頭放眼前望，水面驟然寬悶，小舟已過太倉，漸漸接近出海口。天地愈來愈大，小舟越來越小，無聲無息地融入到水天一色中。

錦衣衛們上下出動，在南京四處尋了好幾日，始終不見道衍、金忠，只得如實奏報。

朱棣兗冕玉帶，端坐在高高的玉階之上，沉著臉聽罷錦衣衛北鎮撫司稟奏後，想想說：「既是找不到也就罷了。他們本非世俗中人，勉強留住也無益。只是目下天下還並不安定，他二人俱胸懷韜略，難免會被惡人拉去誤用。你可傳檄各府州縣，若發現二人，一定要好生招待。朕的意思，你可明白?」

北鎮撫司眼珠一轉，很快省過神來，連聲稱「是」，退下布置去了。

朱棣長長舒口氣，看看輝煌雄偉的金殿，摸摸腰間涼潤細膩的玉佩，心頭湧起一陣不敢相信似的快意。再抬頭看看御座正上方雕刻的一條盤龍。龍嘴裡含著一個亮晶晶的大鐵球。朱棣知道，那鐵球叫「軒轅鏡」，相傳若非真命天子，以不義手段登上這寶座，「軒轅鏡」便會從龍嘴裡掉下來，砸在下面座中人頭之上，砸他個腦漿迸流。

不過朱棣也知道，「軒轅鏡」比龍嘴大得多，除非整座奉天殿倒塌，否則它是不會掉下來的。天下的事情不都是這樣的麼，說得危言聳聽，其實內裡自有另一番乾坤。默默想著，朱棣趁著大臣散朝下去，殿中無人之機，忽然從座上站起來，縱聲哈哈大笑，笑聲在大殿中久久迴盪，響徹屋宇……

國家圖書館出版品預行編目資料

永樂王朝／宋福聚．夏明亮著；
-- 一版. -- 臺北市：大地, 2004〔民93〕
冊；　公分--　（歷史小說；23）

ISBN 986-7480-14-7　（平裝）

857.7　93014740

永樂王朝(上卷)—金陵歸燕

歷史小說 023

作　　者：宋福聚．夏明亮

創 辦 人：姚宜瑛

發 行 人：吳錫清

主　　編：陳玟玟

封面設計：呈祥設計印刷工作室

出 版 者：大地出版社

台北市內湖區內湖路二段103巷104號

劃撥帳號：〇〇一九二五二～九

戶　　名：大地出版社

電　　話：（〇二）二六二七七七四九

傳　　真：（〇二）二六二七〇八九五

印 刷 者：普林特斯資訊有限公司

一版一刷：二〇〇四年九月

定　　價：250元

E-mail：vastplai@ms45.hinet.net

Printed in Taiwan

（本書如有破損或裝訂錯誤，請寄回本社更換）